郭小东 著

走失的小酒馆

许多年后，我们也许会再度抵达那再度属于他的小酒馆，把酒喝到天明。

WUHAN UNIVERSITY PRESS
武汉大学出版社

图书在版编目(CIP)数据

走失的小酒馆/郭小东著.—武汉:武汉大学出版社,2012.7
红土地之歌
ISBN 978-7-307-09844-2

Ⅰ.走… Ⅱ.郭… Ⅲ.①随笔—作品集—中国—当代 ②散文集—中国—当代 Ⅳ.I267

中国版本图书馆CIP数据核字(2012)第106978号

责任编辑:夏敏玲 谢超凡 责任校对:黄添生 版式设计:马 佳

出版发行:武汉大学出版社 (430072 武昌 珞珈山)
(电子邮件:cbs22@whu.edu.cn 网址:www.wdp.com.cn)
印刷:武汉中科兴业印务有限公司
开本:880×1230 1/32 印张:14 字数:316千字
版次:2012年7月第1版 2012年7月第1次印刷
ISBN 978-7-307-09844-2/I·592 定价:25.00元

总　　序

叶　辛

40多年前，中国的大地上发生了一场波澜壮阔的知识青年上山下乡运动。“波澜壮阔”四个字，不是我特意选用的形容词，而是当年的习惯说法，广播里这么说，报纸的通栏大标题里这么写。知识青年上山下乡，当年还是毛泽东主席的伟大战略部署，是培养和造就千百万无产阶级革命事业接班人的百年大计，千年大计，万年大计。

这一说法，也不是我今天的特意强调，而是天天在我们耳边一再重复宣传的话，以至于老知青们今天聚在一起，讲起当年的话语，忆起当年的情形，唱起当年的歌，仍然会气氛热烈，情绪激烈，有说不完的话。

说“波澜壮阔”，还因为就是在“知识青年到农村去，接受贫下中农的再教育，很有必要”的指示和召唤之下，1600多万大中城市毕业的知识青年，上山下乡，奔赴农村，奔赴边疆，奔赴草原、渔村、山乡、海岛，在大山深处，在戈壁荒原，在兵团、北大荒和西双版纳，开始了这一代人艰辛、平凡而又非凡的人生。

讲完这一段话，我还要作一番解释。首先，我们习惯上讲，中国上山下乡的知识青年，有1700万，我为什么用了1600万这个数字。其实，1700万这个数字，是国务院知青办的权威统计，应该没有错。但是这个统计，是从1955年有知青下乡这件事开始算起的。研究中国知青史的中外专家都知道，从1955年到1966年“文革”初始，十多年的时间里，全国有100多万知青下乡，全国人民所熟知的一些知青先行者，都在这个阶段涌现出来，宣传开去。而发展到“文革”期间，特别是1968年12月21日夜间，毛主席的最新最高指示发表，知识青年上山下乡，掀起了一个前所未有的高潮。那个年头，毛主席的话，一句顶一万句；毛主席的指示，理解的要执行，不理解的也要执行，且落实毛主席的最新指示，要“不过夜”。于是乎全国城乡迅疾地行动起来，在随后的10年时间里，有1600万知青上山下乡。而在此之前，知识青年下乡去，习惯的说法是下乡上山。我最初到贵州山乡插队落户时，发给我们每个知青点集体户的那本小小的刊物，刊名也是《下乡上山》。在大规模的知青下乡形成波澜壮阔之势时，才逐渐规范成“上山下乡”的统一说法。

我还要说明的是，1700万知青上山下乡的数字，是国务院知青办根据大中城市上山下乡的实际数字统计的，比较准确。但是这个数字仍然是有争议的。

为什么呢？

因为国务院知青办统计的是大中城市上山下乡知青的数字，没有统计千百万回乡知青的数字。回乡知青，也被叫作本乡本土的知青，他们在县城中学读书，或者在县城下面的区、城镇、公社的中学读书，如果没有文化大革命，他们读到初中毕业，照样可以考高中；他们读到高中毕业，照样可以报考全国各地所有的大学，就像今天的情形一样，不会因为他们毕业于区级中学、县级中学不允许他们报考北大、清华、复旦、交大、武大、南大。只要成绩好，名牌大学照样录取他们。但是在上山下乡“一片红”的大形势之下，大中城市的毕业生都要汇入上山下乡的洪流，本乡本土的毕业生理所当然地也要回到自己的乡村里去。他们的回归对政府和国家来说，比较简单，就是回到自己出生的村寨上去，回到父母身边去，那里本来就是他们的家。学校和政府不需要为他们支付安置费，也不需要为他们安排交通，只要对他们说，大学停办了，你们毕业以后回到乡村，也像你们的父母一样参加农业劳动，自食其力。千千万万本乡本土的知青就这样回到了他们生于斯、长于斯的乡村里。他们的名字叫“回乡知青”，也是名副其实的知青。

而大中城市的上山下乡知青，和他们就不一样了。他们要离开从小生活的城市，迁出城市户口，注销粮油关系，而学校、政府、国家还要负责把他们送到农村这一“广阔天地”中去。离开城市去往乡村，要坐火车，要坐长途公共汽车，要坐轮船，像北京、上海、天津、广州、武汉、长沙的知青，有的往北去到“反修前哨”的黑龙江、内蒙古、新疆，有的往南到海南、西双版纳，路途相当遥远，所有知青的交通费用，都由国家和政府负担。而每一个插队到村庄、寨子里去的知青，还要为他们拨付安置费，下乡第一年的粮食和生活补贴。所有这一切必须要核对准确，做出计划和安排，国务院知青办统计离开大中城市上山下乡知青的人数，还是有其依据的。

其实我郑重其事写下的这一切，每一个回乡知青当年都是十分明白的。在我插队落户的公社里，我就经常遇到县中、区中毕业的回乡知青，他们和远方来的贵阳知青、上海知青的关系也都很好。

但是现在他们有想法了，他们说：我们也是知青呀！回乡知青怎么就不能算知青呢？不少人觉得他们的想法有道理。于是乎，关于中国知青总人数的说法，又有了新的版本，有的说是2000万，有的说是2400万，也有说3000万的。

看看，对于我们这些过来人来说，一个十分简单的统计数字，就要结合当年的时代背景、具体政策，费好多笔墨才能讲明白。而知识青年上山下乡运动中，还有多多少少类似的情形啊，诸如兵团知青、国营农场知青、插队知青、病退、顶替、老三届、工农兵大学生，等等等等，对于这些显而易见的字眼，今天的年轻一代，已经看不甚明白了。我就经常会碰到今天的中学生向我提出的种种问题：凭啥你们上山下乡一代人要称“老三届”？比你们早读书的人还多着呢，他们不是比你们更老吗？嗳，你们怎么那样笨，让你们下乡，你们完全可以不去啊，还非要争着去，那是你们活该……

有的问题我还能解答，有的问题我除了苦笑，一时间都无从答起。

从这个意义上来说，武汉大学出版社推出反映知青生活的“黄土地之歌”、“红土地之歌”和“黑土地之歌”系列作品这一大型项目，实在是一件大好事。既利于经历过那一时代的知青们回顾以往，理清脉络；又利于今天的年轻一代，懂得和理解他们的上一代人经历了一段什么样的岁月；还给历史留下了一份真切的记忆。

对于知青来说，无论你当年下放在哪个地方，无论你在乡间待过多长时间，无论你如今是取得了很大业绩还是默默无闻，从那一时期起，我们就有了一个共同的称呼：知青。这是时代给我们留下的抹不去的印记。

历史的巨轮带着我们来到了2012年，转眼间，距离那段已逝的岁月已40多年了。40多年啊，遗憾也好，感慨也罢，青春无悔也好，不堪回首也罢，我们已经无能为力了。

我们所拥有的只是我们人生的过程，40多年里的某年、某月、某一天，或将永久地铭记在我们的心中。

风雨如磐见真情，

岁月蹉跎志犹存。

正如出版者所言：1700万知青平凡而又非凡的人生，虽谈不上“感天动地”，但也是共和国同时代人的成长史。事是史之体，人是史之魂。1700万知青的成长史也是新中国历史的一部分，不可遗忘，不可断裂，亟求正确定位，给生者或者死者以安慰，给昨天、今天和明天一个交待。

是为序。

目　录

第三辑

第四辑

第五辑

第六辑

第七辑

第　一　辑

山、窝棚与树

余琼州，原名余宏州，男，49 岁。25 岁时当过知青连长。后当守林人、信用社会计，一生坎坷多病，但视一切为平常，坚韧地躬行于世，吃苦而不诉苦。

无论我用什么方式，我都无法准确涵示这个人的生命能量。他始终以一种非常平淡极不传奇但是相当独立的状态，流行于那一方寂寞有些悍野缺少色彩的土地。他对于时代生活，对于社会变迁，对于自己的人生选择，永远取一种理想主义的憧憬，像一个纯真的快活的孩子，期望太阳、月亮、星星永远与自己同在一样地期望着奇迹的必然诞生。他永远极端地相信未来一定比现在好，横逆与艰难一定难以持久。因此，不管遭遇什么不幸与坎坷，他都不曾气馁。他已经是一个接近 50 岁的人了。可是，他依然像一个孩子那样，对生活充满着一种难以描述的激动情绪。好像生命于他是一口永不枯竭的泉眼，他得与这泉眼一样永生，一样旺盛。

当我以由衷的敬意怀念这个人时，我自然也就觉悟到一种难以超越的精神境界对于人生全程的重要意义。

并非所有的人生都能充分地体现这种意义。

他是我们这一伙知青中最年长者。那时我 15 岁，他已经 25 岁，不属老三届。他是作为居委会派出的知青领队与我们一起到黎母山去的，他那时本可以归去却自愿留在黎母山知青农场，自然也就成了知青连的连长。

因为患过肺结核病，1.8 米高的个子瘦成一根电线杆，消瘦白净的脸上有一副深度的白框眼镜，走起路来轻飘飘的，像芦苇一般在风中飘摇。他是法定的知青领袖但是缺少领袖的神采。人们敬重他但却可随意地与他调侃。他并不在意，只是偶尔训斥几句，带着无限的笑意，于是训斥也便没有效果。

只要有他在，大家必定快活，仅仅因为他是最没有师道尊严而且极富玩笑因子的人。他砍芭的动作、极为认真虔诚的表情以及对工作庄严神圣的理解，都处处诱发了顽皮且百无聊赖的知青们的恶作剧。烈日当顶，精疲力竭，他自己也累得半死，可全没有让大家休息的意思。于是有人捂住他的眼睛，大家一齐搔他，他狂笑着扭成一团直往草丛中钻，滚得一身泥一身芒刺。于是只好停工休息。知青们喊着“乌拉”把他抬起来，一齐跌滚进河里去，直泡到太阳落山。芭也不用砍了。

那一年“文革”向纵深发展，大串联大批判如火如荼。知青们第一个反应便是回城里造反去。他劝阻无效只好尾随大流怏怏回到城里。时隔不久又统统被遣返回场，开始“一打三反”，“清理阶级队伍”。那天夜晚场部空地上点着大汽灯，白呼呼照出一片雪亮来。想不到今晚批斗的对象竟是他。1.8 米的瘦高条被压成喷气式，由两个知青架出来，顶着他的腰要他跪。他扑倒在地，全场静默，只听得见蚊蝇扑灯和汽灯的嗡嗡声。我想他这回完了，芦秆一般的身子不消多少时间便折断无疑。

只见他突如其来地挣扎着，大喊道："我没有罪，为什么要我下跪？"他终于拱倒了两个压着他的知青打手，直挺挺地站起来。满脸的骄矜、愤怒和肃穆。所有的人都呆了。人们想不到他会作如此反抗，会有如此的力量。

他最年长，返城造反的罪责都算在他身上。可是他自认没罪，他没有鼓动大家回城造反，事实是恰恰相反的。于是他坚挺地站立起来。他必须维护自己作为人的尊严。没有人再敢压住他。对他的批斗也奇迹般突然中止。想不到这个柔弱的人，却是一条硬汉子。这算得上是一个奇迹。

此后，他便被流放到一处非常边远荒凉的山地苗圃去。每天从山坳的小溪中挑水上山浇树苗。一个人在山上搭了窝棚。他从此在人们的记忆中消失了。

第三年，有知青陆续病退、困退走了。那天山上来了一个黑不溜秋的人，这人就是他。他告诉大家，他已改名叫余琼州。大家一点也不惊奇。他本名佘宏州，何以叫余琼州呢？黎族老乡余佘难分，余叫起来顺，为使老乡方便，他便姓余，至于琼州，略表扎根的意愿。这三年间，他明显的苍老了，背也开始驼起。可是那片荒山全部布满绿树，同时为场里育出了近五万株嫁接过的橡胶树苗。那一年，他 35 岁，依然单身一人，医生说他肺病灶已消失，可以结婚。但是，那座方圆不下五十里的荒山只有一个窝棚，他的窝棚。他自己好像也没有这种欲望。

没有情歌的荒山，不等于没有梦想。离他的窝棚二十里远处，小河尽头有一个苗寨叫荔枝仔。那儿有许多学龄儿童却没有学校，一所草屋里有黑板可是老师不知在哪儿。那黑板是用来摘抄“二报一刊”社论的。他毛遂自荐而去，一天步行往返四十里山路，三次涉过同一条河去给孩子们上课。老人和孩子都用一种疑惧的眼神迎接他。他笑笑，抱起流鼻涕的孩子走进那间四面通风的草屋。照例是从“东方红，太阳升，中国出了个毛泽东”教起。苗寨老乡听到这熟悉的神圣歌曲，恍然大悟，明白这人是毛主席派来的。苗寨从此有了老师，有了孩子的读书声。教完书他给老乡义务记工分，然后打着火把回他的窝棚。

从没人说普通话的苗寨荔枝仔，从此有许多孩子说普通话。许多年后我去那儿采访，许多青年人都说着一种令我惊奇又好笑的普通话——潮汕普通话。我想起了播种的余琼州的功劳。他把知识同时也把不纯正的语音一并传授给孩子们，但这总比没有好。总是一个历史的进步，历史的证明。

他终于有机会离开他的山地了。前几年知青陆续招工、读书、回城，这一切对于他来说都不实际。他将近 40 岁了，什么都没有他的份。这一回，县知青办一定要照顾他，调他到一个公社信用社去当会计。消息传来，苗寨的老乡们坚决反对，他们认准了只有余琼州是他们的贴心人。扬言若调走他，他们将永不接纳任何老师到寨子里来。出于尊重民族感情，县里只好作罢。

他又回到他的窝棚。我不知他此刻心情如何？场里知青已经所剩寥寥了。

他的学生有的已经成家立业，他依然伴着一山的绿树，一盏飘摇的马灯。他又开始教他的学生的儿女们。依然一天步行往返四十里山路，三次涉过同一条河去给孩子们上课，依然于深夜举着火把回他的窝棚。第二天一大早，他必须给新嫁接的树苗浇水……

没有人注意到这样一个事实，他十几年间为苗寨所做的一切贡献都是无偿的义务，也没有人留意到一个将近四十岁的男人依然是孤零零的单身。人们更多的是尊敬他甚至把他当作一个圣者，一个头顶光环普度众生的僧人。他自己也似乎默许了这一现状。

在这个问题上，我甚至没有发觉他哪怕是一丁点的欲望或谈兴。他总是极平淡极严肃地搪塞过去，以至于我曾一度确信他生理一定有某种难言的缺陷，对待种种如此的取笑，他都不置可否，神秘莫测地一笑置之。

他又咯血了，他有三天没有去荔枝仔上课。刚好那三天黎母山大雨滂沱，百年不遇的山洪把所有的山路都冲垮了，同时带走了无数的树苗。第四天，苗寨的老乡去寻他，他躺在已经倒塌了半边的窝棚里，湿湿的茅草排子盖在他身上。他脸色苍白得没一丝活气，嘴角满是血沫而嘴唇干裂。人们把他抬回荔枝仔，焐在火塘边，待他暖过来，便往山下医院抬。

这场病使他离开那座山，离开那窝棚和荔枝仔。已经当了苗寨支部书记的他的学生，这回大彻大悟，亲自上县城，要求县里给他安排一份好工作。这回，他说，还是让他留在那山，那窝棚和荔枝仔，也许时日不多，生命不长，无须兴师动众。40多岁了，还招什么工呢！在场的人都哭了。他淌着泪。

奇迹注定是属于这个人的。

他单薄的躯壳里似乎有一种很坚韧的生命活力，有着一眼神泉。半年之后，他不但完全康复而且病灶彻底消失。由于养病，他白得如雪，脸上也有了血色。很令女孩子顿生爱意。

又是半年，他结婚了，不久便生了一个胖小子。他的恋爱永远是一个谜。人们很想猜可又无从猜起，于是只好不猜。他的妻子也是一个知青。他突然宣布结婚，而这之前无任何迹象。又是突如其来。

他拗不过老乡的盛情，也许结婚改变了他对人生的看法，他终于坐到信用社会计的位置上。他在45岁上开始攻读中大中文刊授，成绩应该是很好的。我曾问过中大刊授的老师，一个叫余琼州的人，成绩如何？他们并不记得这个学生。我很傻，中大刊授几十万人，谁能记得住谁呢？

他何止淹没在几十万人中。在茫茫的人海里，在成千上万的知青朋友中，他不是英雄也不可能成为英雄。他只是很平淡地活着而且问心无愧地活着。他几乎是一个最与世无争的典型。

他是我们这伙知青中唯一留在黎母山，同时很清高很自得很情愿地留在那儿的人。每回我经过黎母山与他彻夜长谈，谈荒山绿树、荔枝仔的记忆时，他总是由衷地哈哈笑着，仿佛艰难困苦的昨天岁月，抛却青春的年华，都是等闲之事。一切的伤感都是人造的。一代一代的人不都是这样过来的！

他是我见过的绝不诉苦，绝不对人生抱有成见和牢骚的人，一个甘愿于平淡中躬行的人。

他安之若素的处世，认真严格地做人做事，没有烟酒与一切不良嗜好。他的人生只需用两个字来注释：清淡。他唯一的爱好是古典文学，尤其是对唐诗倒背如流。棋也下得极精，还能拉一手有些忧伤的二胡。

他是我们这伙知青中最早递交入党申请书的人，不知他现在入党了没有？

我想，他的所有追求最终都能实现。他既然追求了，实现也就不会太遥远。他像一片树叶一样，把自己全部的绿色实现在森林中，墨绿的是森林，消失的是自己。

到处有山、窝棚与树，尽管到处都有，我还是写了他。我不知道为什么！

走失的小酒馆

胡剑光，外号胡亚猪。男，1949 年生。1966 年上山下乡海南黎母山区。当过伐木工、搬运工，跑过单帮，开小酒馆并将其抵赌债。现无业，走失，不知所终。

在他开的小酒馆里，客人已经走尽，泥夯的地板凹凸不平，散落着顾客吐出来的骨头和菜屑，粉红色的卫生纸污秽地沾在泥里。酒馆打烊了。昏黄的路灯光射进来，惨惨地在泥地上画出一圈圈暗淡。

有许多年没见他，但我一直视他为最好的朋友之一。他刚过四十，但已经老气横秋，脸色苍白，有无穷的倦意，眉骨耸突将那永远眯缝着的眼睛淹埋得更幽深，似一扇粗木门的关不紧的门缝，透出黑屋子的森然。那本来就已经突起的颧骨似乎拉得更高更开，宽阔的脸盘因此骨梭梭的，剔不出一丝肉来，一张永远没有笑意的脸，冷漠得如同沙砾。

他昨夜又搓麻将至天明，输了许多钱，我费了九牛二虎之力找遍了这个处于海榆中线中段的小县城里星罗棋布的小饭店，直近黄昏时分才找到他。他原在县汽车站搬运组当苦力，知青农场于 1979 年解散后他便被安排到那儿。我去搬运组找他时，这个组也已经解散多时了。原因是此地的原始森林已经砍伐殆尽，汽车无木可拉。以搬运木头为主要工作的搬运组便无存在的必要，苦力们都自行寻找出路。公路沿线便出现了许多失业知青们经营的各种活计，诸如摆烟摊、卖水豆腐、转录音带、开小酒馆等等。他拖着三个女儿几乎做过所有的下等行当，还当过几天公安局业余探子，凭着一腔胆气和武功，在小县城上也威风了几天。最终还是弄了个执照开了小酒馆。

我找到他时，他正在与人交割小酒馆的赎买手续。一脸的阴沉。他昨夜又输了钱，连同以前的赌债累计下来，不下万元。他毫不犹豫地把小酒馆抵押了。今夜是最后一夜，明晨 8 时小酒馆易主。合同上这样写。一切原封不动。

他阴沉着脸，没有一丝一毫的痛悔或沮丧。他妻子只和我寒暄几句便不见了，避开我，没有说酒馆易主和输钱的事。

早就风闻他豪赌，他说心里闷极，不知干什么好。只有赌到天明，什么都忘干净也就好过了，妻子便拥着三个女儿哀哀地啜泣。他呆呆地迟滞地看着别处，把带回来的早点塞在女儿的脏手上，便摇摇晃晃地走了。

他曾经很快活。

那年我们将去下乡，到海南岛黎母山去。招工的人说那有个松涛水库，天天可以到里面划船捉鱼游水，一根针还可以向黎苗族老乡换回一只鸡。我们都相信。但原始森林的神秘和蛮野更有吸引力。可是到那儿才知道，松涛水库是真的，可离农场几十公里远。我在那儿待了 6 年多，只翻山越岭去游过一回，累得半死。

我与他分在一个伐木队，他外号叫亚猪，胖墩墩的，脸圆圆的，长得不好看但很可爱。在知青中我年纪最小，他比我年长且力大无穷。他砍伐的树总是先倒，便过来抢去我的锯子接着锯，他赤膊光着上身，肚子一鼓一鼓地伸缩着。树倒了，他也倒了埋在树叶中，我扑过去，他却从我背后钻出来，扮着鬼脸搭着我的肩膀把我吓得半死，然后是两个人抱在一起滚进山溪里浸上半个时辰。然后生火焖木薯，烤山鼠，就着山泉水或砍几段鸡血藤吸那红红的、苦涩得让人龇牙咧嘴的汁液，于是便昏沉沉睡上一会儿，然后再把那倒下的树锯成段，赶下山沟里去让牛驮着走。

经过苗寨，他便唱着歌，引得那凶猛无比的狗群咬着他脚后跟又跳又吠。他腾跳着在狗群里左冲右突，冷不防抱住一头不大不小的黑狗，就势滚进河沟里，憋住气藏在水里直到把那狗活活憋死，他才紫涨着脸向惊呆的我吹了一声唿哨，顺着河水漂走了。

傍晚他又唱着歌消失在莽林里，半夜里鼻青眼肿归来，抱着一脖子的陶罐，带着一股酒香冲进窝棚。他偷了老乡的酒，顺手摸了鸡窝，让值夜的一阵追杀……

我鄙视他敬佩他，跟他在一起又惊又怕，可又从心里盼望跟他在一起，一起干活儿一起去偷东西来填肚子。

他撕着狗腿吃得满嘴是油，忽然静默谈起他父亲，极爱吃狗肉可久不知肉味。我见过他父亲，是在他临死前不久。那次我们一起去探家，他父亲已奄奄一息。在那间破屋里，一个皮包骨的活物裹在破棉絮里。听人说他父亲曾是国民党水巡队队长，解放时被拉去刑场处决，临了忽接一纸通知，说是据查他曾保护过共产党人，因此免于一死就地监管。夫妻便被安排进环管站。终日推着粪车，走街串巷为人倒马桶……他从小便背着妹妹拉着弟弟跟在粪车后头拾破烂，勉强读到初一便辍学推起粪车来，上山下乡每月有16元35斤大米对他无啻于福音。他是自愿来的没人迫着他，于是他至今不悔。

他父亲死时他没有一滴泪，我去看他，他只淡淡地说了一句话："他终于安乐了，不必活受罪，其实他早已经死了。"那时我16岁，什么都听不懂却记得极清楚。他仅比我年长2岁，可是心肠铁硬，我一点也不明白。

有人在他窗外发现一块烧成一角的报纸片，报纸上刚好有半幅领袖像。报到场里如临大敌。他的同室，地主出身的小陈惊惶至极，原来是他无意间闯下的祸。本文主人公乜了哭哭啼啼不知所措的小陈一眼，到场里认了，说是自己干的。他跪在太阳下晒了5天，批斗了5天。他戴着手铐被带走的那天，没有人敢去送他，他孤零零地被押送着翻过山脊。从此没有人再理睬小陈，直到他困退回城时，依然孤零零一人去车站。

而他1976年平反回场时，几乎是让知青们给抬着、簇拥着走了二十几道山梁的。

在属于他的小酒馆最后一夜，我们一直对着孤灯坐到天亮。我问他为什么不继续在公安局帮忙，慢慢干出成绩，弄个编制成正式的，有个铁饭碗不是挺好？

他不言语，只是阴沉着脸。

他帮公安局破了几件案子，可是眼见罪犯妻儿的穷愁潦倒，他又心软，企图替罪犯翻供，暗地里为之传递口信，弄得办案人员极反感。有一次险被当作同案人牵连进去。

他没有了小酒馆，就什么也没有了。临近天明，我这才发现他眼中有泪。我知对他无须安慰也无须开导，他既有泪，也就知道怎样挨过去。我相信他。

“天无绝人之路”，他开始跑单帮，从山里把山货贩运到海口，居然也赚到一些钱。河谷边上的草顶的小木屋也贴上了瓦片，还花了几百元拉了电灯。

半年前，又听说他犯事了。

他本是县城上一个人物，太爱揽事。说起他的大名胡剑光，没人知道，若说胡亚猪，则大名鼎鼎。有一日，也当过知青的老乡来找他，说是另一老乡，一个在公安局做事的小青年，因怀疑局长与妻子有奸情，一怒之下，拔出手枪枪杀局长。恰逢副局长到来，见状边喝令小青年住手边去护局长，被枪击中身亡。小青年遂被判死刑。副局长是本地一个地处穷乡僻壤的乡村里唯一做了官的人，村人视为荣耀，忽然无辜遭害，便商议去刑场劫尸，碎尸解恨。小青年的亲属闻讯惊惶，便托人来找胡剑光，请他抱不平。

他二话不说，即四出串联，居然纠集了两三卡车的知青，大军压境似的早早开赴刑场，做出一副架势，把几十名村人给镇住了。枪声响后，他跳跃过去，抱起那具尚温热的尸体，跳上预先准备好的小型货车，裹上十几层草纸，包上塑料布。他便守着那尸体，过海峡，直奔死者故乡。在无顶篷的卡车上，让寒风吹扫了两天一夜。村人丢了面子，又闹到公安局。公安局为平息事端，也觉胡剑光此举不妥，单凭偷运尸体过海也有错误，便要收审他。他也不逃，拘押了几日，放了。

此后再没见过他。海南有熟人来，我每每问及，都说在那县城上没见过他。也许他又抛下妻儿云游去了，或跑单帮挣钱。总之是没了他的消息。雷铎曾与我在他的小酒馆里呆过，把玩过他那根从知青时代就伴随着他的、他从黎母山里砍出来的榄木做成的棍棒，那棍棒因为岁月沧桑变得油亮。雷铎说：“郭小东你怎么有这样的朋友，真不可思议。”

我说我有这样的朋友理所当然，他点头称是，然后说这人是一部真实的大书，日后定然采写他。

可是，他已经没了消息。但我坚信他依然活得潇洒，他的人生里有许多我们这些人所没有或许不可能有的精彩与无奈。我惦记着他！许多年后，我们也许会再度抵达那再度属于他的小酒馆，把酒喝到天明。

自杀的星期五

吴瑞光，男，1950年生人，弱智。1966年上山下乡海南岛。1973年自杀身亡，草葬于黎母山荒地上。无碑，唯有一坟堆，上压一红砖。现坟堆已逝。

关于这个人的故事，黎母山人记得最牢。许多年后，人们一直在茶前饭后谈论他，谈论他在生时给人的欢娱——取笑他时的欢娱。谈论他死的壮烈：没有人会因为被人偷了五块钱，而吊死在这个人的门楣上，以示抗议。他毫不犹豫且异常壮烈地做到了。他没有别的方式，只能无告地以自己的生命作为武器，企图也以此置偷儿于死地——他以他的思维想象着因为他的死而使偷儿得到惩罚。

他留下了一封错字百出的简短的遗书，说明他自杀的原因，指出了偷儿的姓名，并声明自己只有以死抗争。他天真地认为他使用这个方式之后，他还能活过来。

那天清晨，北风吹得很厉害。黎母山似有寒霜。我仍在梦中，只听得屋外一片喧闹，有人惊呼："吴瑞光死了！”他像一颗风中的干辣椒，悬在低矮的屋檐下，脚可触地。人们把他放下来，他早已断气了。他手里捏着巴掌大的遗书。人们展开那纸条，读出声来，不约而同地望着吴瑞光的同屋，睡眼惺忪的苏钦杰，人称吊灯仔的知青。遗书上已经写明：“苏钦杰同志”、“吊灯仔同志”偷了他的五元钱，被查出之后并不抵赖，且扬言偷得其所。吴瑞光只好以死证明苏钦杰的罪大恶极。苏钦杰在众人的注视下，面无人色地逃进屋里去。从此，不敢夜间出门。

他的父母是一对小裁缝，养了他这个儿子，读了十年小学，永远停留在三年级上。适那年号召上山下乡，他父母便第一个响应号召，早早地为吴瑞光报了名。居委会的干部还有些犹豫，但出于完成指标的考虑，便毫不犹豫了。

农场终于发现吴瑞光是个弱智，坚决要退回去。这回是吴瑞光不答应。他口中振振有词，说他是毛主席派来的人，是毛主席的知识青年，最听毛主席的话，他死也死在农场了。他既搬出革命大道理，农场领导便自认倒霉，不再吭气了。

农场开批判会，最积极最神气的就是吴瑞光。他早早地帮着拉汽灯，搬桌子，贴标语，把那标语贴得周正，抹平了每一条皱折。呼口号时他总是很用劲，扯开嗓门，苦着一张用力太猛的脸，又总是慢半拍。全场静了，唯有他还余音未尽。人们于是哄然大笑。他便有些不好意思地憨笑。问人家笑什么。有时，人家怂恿他去打批判对象的耳光，他便会有些义愤有些颤抖地上前去，以他孱弱的手，在空中比划了半天，终于没有打成。

他是连队里最优秀的杂役，谁都可以支使他，他极卖力地为各种各样的支使奔忙。

我们连队主业是伐木。没有人愿意与他搭档，他也拉不动大锯，便被派到炊事班洗菜。他洗得很认真，但动作很慢。他很能烧火，便派他当伙夫，专门烧农场食堂的那三口大灶。他极卖力地把那火烧得极旺。他是只管烧大火，不管炊事员是否需要大火，往往把饭给烧煳了。他于是被撵出炊事班。

他很能吃，整日赤裸着上身，到处帮人干活。农场大嫂极喜欢他，他自然也极讨好农场大嫂。他失去伙夫的职务之后，农场干脆不派他什么活，只管让他到处游荡。他便帮农场大嫂干这干那，帮她们带孩子哄孩子切猪菜看园子……他因此东家吃一点西家吃一点，吃得很饱。

吴瑞光没有别的不良嗜好，但烟抽得很凶。为了一支烟，他是头可断血可流的，信誓旦旦什么事都愿意干。农场开大会小会，他一律坚守到人走场空，于是他瘦弱的身子便伏在地上，细心地寻找每一个烟头，很笨拙地分解那些烟头，然后吞云吐雾一番。

有一日他失踪了。人们在第三天才记起他，到处寻找，终于在原始森林的峭岩下找到他，他已奄奄一息。问他为什么。他支吾了半天，终于坦白他想偷渡去香港。人们大哗，吴瑞光怎么会有这等奢想。再说香港与原始森林有什么关系？他怨恨地望着他的同屋苏钦杰，含糊不清地说，“吊灯仔告诉我的！”他自认与苏钦杰很平等，在人多的地方，他总是很得意地叫他的绰号“吊灯仔”。苏钦杰的眼睑上有个疤痕，潮汕土语俗称“吊灯仔”。苏钦杰更是得意非凡，他说吴瑞光既然很想去香港过好日子，骗骗他有何妨。他对他说，香港就在原始森林那边，穿过森林就是。他明白受骗，但扬言有一日他会偷渡成功，去香港过好日子。他见过故乡的香港客回乡时很荣光，飞机头，抽洋烟喝洋酒还有摸起来很滑的喇叭裤。他并不气馁，很豪爽地感谢救援他的人们，说将来从香港回来，大家要他帮买什么东西尽管说。大家都很神情黯淡，痛恨苏钦杰的恶作剧。

几年后，知青们都陆续回城里探亲，他的父母却没有要他回去的意思。农场批他回去探亲，却没有知青愿意与他同行。他几次便因此没有走成。他也没有什么太大的怨恨，只是每一回有知青回城探亲，他是最忠实的送行者，他跟着送行的知青们，扛着大包小包，很卖力地赶了好几公里路，到小镇去坐车。他泪眼汪汪地看着知青坐车远去，孤零零地独自回连队里来。有知青从城里回来，他便最积极地去接车，又是帮着扛大包扛小包地往回赶。他乐起来好似是自己回城探亲一般。他永远问回来的知青们的话是："见到我娘了么？她说什么了么？"知青们便糊弄他，他也便很满足，等到明白人们在捉弄他，他便笑着骂人："神经仔。"这是他们那地方骂得亲昵的土话。

我至今依然很清晰地凸现着吴瑞光的样子，他有些残疾的腿，走起来有些瘸，往一边斜着，像一张单薄的风帆，在黎母山的小路上徐徐驶着。

有一年，我回黎母山。忽然想起应该到他坟上去看看。他是我的108个知青朋友中，第一个谢世的人。我从没捉弄取笑过他，他对我也极尊敬，偶尔对我也说一两句拜年话。我在连队当过半年出纳，有一回自作主张让他开白条借给他十元钱，其中五元买烟抽了，余下五元被偷了。至今吴瑞光的这张白条还保存在会计那里。我移交出纳手续时，把他的那张白条一并移交了。他的字写得歪斜但很认真，诚如他的为人。有许多错别字，并非所有的人都能读懂。但是我明白他的意思，所以不改正他白条的错别字。这对于谁，都是无伤大雅的。

我在荒草伫林中寻找吴瑞光的墓地，找了许久，没有找到。问老乡也说不知道，这地方的人没有碑，只信鬼。人死了成鬼，埋起来堆个土堆也就罢了，从没有树碑的习惯。吴瑞光随俗了，也随缘了。

我在一篇小说里写进了他，给他取名星期五。星期五是《鲁滨逊漂流记》中那个善良的土著。我也不知为什么，想到吴瑞光，这个名字就冒出来了。

往事之梦

宁可没有悲壮，没有史诗的诞生，没有刻骨铭心的青年时代的记忆，人类也不愿意付出如此巨大的代价，去换取未来就不应该有也不需要有的知青文学的辉煌。

对于知青文学和知青作家来说，归根到底的清醒和深刻只有一点，那就是：他们曾经经历和面对的，是人类本来就在逃避和并不愿面对与经历，而又不可避免地面对与经历的东西。

悲剧正是如此诞生，必然的丧失也就成为了必然。

——题记

曼沙罕老屋的女人

我找到他的时候，太阳已经在澜沧江上沉浮且迅速地黯淡下去。无边的橡胶林由墨绿转向深灰，暮霭包围了深山里那一片陈旧的老屋，西双版纳卸去了一天的劳累，在风尾竹的婆娑抚拂中开始了惬意的惺忪。

在见到他之前，我对他一无所知。一位身佩缅刀的路人遥指那深灰气氛围中的老屋，我便寻了去。此地叫曼沙罕，那是曼沙罕的老屋。

粗糙的木板门敞开着，昏黄的灯影中闪出来一个中年汉子。光着上身露出一身史泰龙般的疙瘩肉，黑油铮亮闪着蓝钢般的幽光，黝黑的脸膛上两只大而亮、犀利异常的眼睛极为迫人。我说了来意，他有些欣喜有些突然，双手不停地在那条挂满电工家伙的帆布短裤上搓擦着，有些不知所措。“看我这个样子，很不礼貌，我刚从电站回来，吃完饭马上又得去上班，真对不起!”说着便要去更衣，咋呼妻子泡茶倒水。极为忙乱，竟至不知如何是好。我有些内疚，也许我并不应该来搅乱他们的生活。

在昏黄的灯光下，我喝着很苦涩又很浓烈的云南砣茶，咬着乡村杂货铺里买来的油炸粽角。我目不转睛地注视着这位经历非凡，曾经轰动整个西双版纳的北京知青。他叫何秉义。我惊奇他的名字与我的《中国知青部落》中的何亚义仅一字之差，但经历与外形却极为相似。同往的吴启泰、袁军和梅洪都有同感。

在筹拍《中国知青部落》时，认识何秉义真是个意外收获，乃至他成了我正在写作中的《部落》第二部《流放者归来》中的一个主要人物。

凡是云南知青，说起发生于1971年5月的版纳大街知青大斗殴事件，无不唏嘘。记忆犹新如在昨日，又遥远得如同一个神话。

事情简单得令人难以置信。刚到版纳不到20天的一群北京知青，在版纳大街因坐车发生口角。17岁的张维琪与16岁的马艺英相持不下，16岁的何秉义哥们义气一个扫堂腿把马艺英绊倒在地。张维琪一刀下去，马艺英一命呜呼。于是现场大乱，所有的人包括张维琪、何秉义都被事态吓呆了。他们毕竟只是孩子，都未经历过人生的大波澜，死人的事更未在他们的头脑中形成概念。在当时的政治环境中，他们被当作杀人犯，被当作破坏毛主席上山下乡革命路线的现行反革命押上审判台。17 岁的张维琪经过万人公审后枪毙，从犯何秉义被判 20 年徒刑。

何秉义还没有从童年和少年时代的浪漫与顽皮中苏醒过来，便匆匆地结束了少年的憧憬。他的整个青年时代，是在监狱中度过的。

12 年后，他因在狱中表现良好，提早释放，回原先的景洪农场二分场就业。他回来那天，人们发现这个昔日慓悍的幽默的 16 岁少年，如今已成一条黑铁柱般的汉子，身边跟着一位娇小的女孩，这是他在狱中 12 年的收获之一，监狱长的女儿成为了他的老婆。我始终没能见到这位伟大女性的风采，是这个女人改变了他的狼性和他对世界对人生的态度。“我很幽默，也很能说相声，参加过州里演出，但是，唉！”他似有难言之隐。我自然明白他的苦衷。如果可能，我是极希望他有机会在《92，中国知青部落》中扮演一个角色，甚或是一个群众演员也好。我想那于他将是天大的慰藉和尊严的重建。

“我只恨我自己，马艺英死得很惨……”他是真恨。“我现在是拼命干活，拼命赚钱。每月收入四百多，在农场是最高工资。”他眉飞色舞，嗓门很大。他在任何场合任何话题里都不忘向人暗示他曾是一个罪犯。他豪壮的发言里潜伏着一丝负罪的忧伤和卑微。他很小心很严格地把自己与别人分开来，他活在一种极端自觉的对自己的清醒中。对此我很难过，也许是多年的监狱生活，太年轻就成为罪犯的经历，使他成为一个很奇特的人。他已经融入周围人们的生活，又小心翼翼地把自己与别人区别开来，过去的年代阴影像山一样压在他的灵魂中。

我离开西双版纳的前夕，几个老知青邀在一起喝酒。何秉义没有来，我想问但始终没有问，没有人提起他。我于是明白，他始终和别人不一样，尽管我极希望他和所有人都一样。20 年的青春抵偿，足以抵偿一切有形的东西，但永远无法抵偿人生与灵魂的债务。对何秉义，对别的人，都一样。他始终是一个冉·阿让。

所以，我极为敬佩那位给他新的生命和生活勇气的女性，那位我从未见过的监狱长的女儿，那位住在曼沙罕的老屋的女人。

流沙河 746 的女知青

太阳当顶时，抵达这叫做流沙河 746 的地方。这里曾经是景洪农场的一个知青连队。1971 年至 1979 年，是 746 的鼎盛时期，曾有 70 多个上海北京知青在这里生活过，其中大部分是女知青。现在，硕果仅存的是一排残破不堪的土坯房子。几户留守的老职工家庭，在草草地经营着知青们开垦出来又让荒草和灌木再度复辟的山地。知青的历史在这里没有留下任何痕迹，只是在破败的土坯房的山墙上，依稀可见当年知青们留下的标语。有过知青的地方都会有故事和神话。

深山很静。改革开放，746 正在苏醒，土坯房似要翻新。一辆从山外来的加重单车，驮着从老房子里清理出来的旧砍刀，拖拉机犁铧之类的废铁，向山外艰难地挪动。这些知青时代的遗物正在被清理出去。

谷底有一口井。井是知青挖的，现在已有些干涸了。水很浅很浊。井的那边是一座从峡谷里突兀而起的小山包。小山包背靠深深的峡谷，面对逶迤而去的重重远山，气势不凡。懂风水的吴启泰很有些惊叹。山包正中长着一丛巨大的凤尾竹，上海知青沈林欣告诉我，此行正是为着这丛竹子来的。凡是西双版纳的老知青，大多要到 746 来，为的便是看望这丛神话般的竹子。

凤尾竹下是一座知青坟，女知青坟。

1971 年 6 月 27 日，知青连大战 746。刚来版纳不到一个半月的 17 岁女知青周金宝，捅破了一个百年老蜂窝，成千成万的老蜂把周金宝裹成一个蜂球。五个男女知青扑上去救出周金宝，三个被蜇重伤，两个致残。不成人形的周金宝蜷在小推车上，在山路上被推了五六个小时，送进医院已告不治。

她的尸体被送回 746 时，一个美丽的灵魂凝结为 746 历史上一个惊世的感叹号。当我不厌其烦地向 746 的人们询问细节时，我从当年知青连的姚支书那苍老的脸上，看到了一连串的泪珠。他只是一个劲含混不清地说，要是现在，她一定能救过来！一定！

令 746 的人们感到神圣的是，在埋葬周金宝的坟地上，五六年后竟长出了一丛凤尾竹，把整座坟墓包裹起来。墓碑被茂盛的凤尾竹簇拥着，凤尾竹成了周金宝生生不已的墓碑。我惊奇于大自然对一个美丽的女知青的钟情和体恤，感激西双版纳对于不公正年代的牺牲所做出的公正回报。周金宝的墓地，成为了西双版纳的一绝，成为了 746 的灵魂。

在 746 的黄昏，山风飒飒，空峡回荡着幽冷的五月气息。那丛凤尾竹在晚风中美丽地接吻。透过急驶下山的吉普车的后窗，我看见 746 的墓地上一片辉煌的大火，火中人影憧憧。我曾经历且熔融其中的那个时代的幻影，在那辉煌中烧成一种生命的墨绿，一种蓝遍这森林这峡谷的烧蓝。

回到广州之后，我接到景洪农场二分场场长章建国的来信。在景洪，我们曾有一段短暂但是深刻的友谊。我把其中一节抄录于下：

“……上个月，我们二十几个知青，去 746，重搞了知青墓。对墓上的竹子，大家意见不一。有的说要砍，有的说要留。后来砍了一部分，算是调和吧！留了十七棵竹子，以纪念她17岁那年去的。

……”

昆明机场的女人

这事意外得有点像小说情节。因为购不到去畹町的机票，便临时决定飞回广州。排在我前面的是个四十岁左右的女人，焦躁，忧郁，魂不守舍。行李很多，衣服也穿得很多。五月的昆明，有些凉意，但我想没人会穿这么多。大约有些热，她脱下风衣，大约又感觉到冷，又穿上风衣。如此反复。忽然她对我说，“劳驾！我排在你前面，我出外马上回来。”我说没问题。“但很快要卖票了，等不了多久的。”她说知道，便快步奔出补票厅。

开始售票，那女人还没来，我只好先买了，并对售票员说明在我前面还有一个排队的女人。售票员并不理睬，只是有气无力地喊，“下一个”。那女人匆匆赶来，提起地上的行李，“不走了！谢谢。”我看她忙乱又慌张的样子，便帮她提起一个旅行包。她有些歉意地瞧了我一眼，算是致谢了。

我帮她把行李提到候车道那儿，正想走开，她却忽然说，“我读过《中国知青部落》。”我有些吃惊。“与照片上很像，我看到你身份证的姓名了。”我并不吃惊，只是笑笑，不置可否。

“我就是你写的那个饶一苇。”

我有些虚伪的得意，因为那全是事实。

飞机晚点两个小时。我便问她为什么突然又不走了。

她说刚才又去打了电话，找孩子的事似有点眉目，还是再试试吧！

我马上想到了弃婴。

1979 年初云南知青大逃亡，许多离了婚的女知青把孩子遗弃在火车站，我在《中国知青部落》中写了那场面。我明白那些弃婴的母亲们彼时彼地的境遇和情状，离了婚带着孩子的女人和未婚母亲，回城之后将面临的种种遭遇是可想而知的。

我尽可能克制自己不提起她弃婴的事，只是淡淡地问："孩子有消息吗？"

她苦笑，只说："很苦！"

我没有再问她什么，甚至完全没有要与她交谈，或采访她的想法。我只是觉得她所感叹的"很苦"，已经说尽了我们之间彼此想要知道和已经体验了的话题。

重返昆明和农场寻找自己儿女的知青，近年来渐次多了起来。这些当过母亲的女知青，在度过她们生活中最艰难的时刻——回城，重新寻找生存空间和个人价值之后，已人到中年。她们隐藏在心底，尘封在岁月中的那点轻易不敢去面对去触动的东西，终于冲破了人性压迫的茧壳，迅急地繁衍成为生命的终极寄托。

寻找弃婴，是她们生命中最迫切最辉煌的行动，也是悬在她们灵魂之门的利剑。

"我每年都来，从北京坐三天三夜的火车，到昆明骨头都散了。"

我沉默。我当年写作《部落》中这一节时的激越和悲怆，在此刻化为一股轻烟，在灵魂中袅袅升腾。我知道父母对于自己骨血的思念，那种血缘的牵挂是何等的令人心碎，何况是发生于那个年代那个情景那种冲动。

“我也不知究竟为什么？即使找到了，又能得到什么呢？还是我的儿女吗？他们会原谅我吗？”她抬起很凄厉的眼睛，对视着我，像在叩问，又很肯定。

我这才注意到这是一张曾经很秀丽很多情的脸，但此刻完全被绝望和极度的内疚扭曲了。

问题在于，即使找到了，明知已经不再属于自己，还要去寻找，这才是人的苦役。而这苦役又是不可避免且主动迎送的。

“你很成功，我们是不同的！”说不清她的真正意思，但是我明白，自从那个有形的知青群体崩溃之后，无形的群体仅仅作为一种形而上的力量，在扭结着这一代人的精神和行为。

她掏出许多各种字体写成的纸条。“这些都是我的知青朋友们托我寻找的，孩子的特征和弃婴的地点都写在上面，我的路费是大家凑的。”就像当年每人凑一毛钱让知青代表上京反映情况。她走了。我甚至忘了问她的姓名。

她只说她就是饶一苇。

机场已经华灯初上，天空有“隆隆”声，从畹町来再飞广州的航班已到达。我有些木然地走过安检门，在候机厅的窗口看飞机中吐出来的人群，也许在他们当中，又会有寻找弃婴的母亲？当真那非常年代的一页，永远翻不过去？永远要成为这代人的感叹号么？

西双版纳的依罕

此去西双版纳，固然是在补充电视剧《92，中国知青部落》的素材，并选外景。但于我而言，压在我心底的，还有一个秘而不宣的心愿。

在《部落》中，我写了一个自阉的老兵德胜。许多人问我，这个人物当真？我多笑而不答。我能说什么呢？我坚信我写的都是实有的人与事。在黎母山，在澜沧江畔的密林中，在流沙河畔的荒原，你都可以轻而易举地找到类似老兵德胜这样的人。没有人愿意认认真真地走进他的内心，或许说很少有人能够走进他的内心。他们的经历注定他们太孤独和生僻，而且奇崛。我只不过是因为极为意外的机遇，偶然成为他们的朋友。

老兵德胜诚如小说所叙，他是在一个风雨之夜，因那神牛的指引，走入沼泽而永远没有回来。

“他裹起红毛毡，独自走下竹楼，像20多年前那样。他向荒原走去。老牛在沼泽地那儿召唤他。他走进沼泽，一种亢奋弥漫心胸。他当真看见了什么？看见了在黎明时刻才会有的金光灿灿的老牛。”

没有人知道老兵德胜终极的风景。

但我想他的一切都因那个傣家普少，那个叫依罕的女人。西双版纳的女人，十有八九都叫依罕。傣语意为月亮。

西双版纳有多少个依罕，就能诞生多少个刚烈如火、以其生命显示情有独钟的老兵德胜。他既然爱恋着依罕，又为现实所不容；他既然不能够爱依罕，那么他就不愿意再做一个地道的男人。或许说，这个世界上便没有他能再爱的女人了。既然如此，还做一个男人干什么？他过分的偏执中渗透进太多生命的倔犟。也许老兵德胜作为一种精神而不是一种普遍的行为是可取的。但问题在于，永远在于西双版纳的女人，何以能诞生出这么一些男人来。

冯牧曾在一篇文章里写道，傣族的女性是所有民族中最美丽最纯情的女性。天然的种性，气候和水土所塑成的人文风致，像一柄岁月的刻刀，精心雕刻着西双版纳的女性，柔韧无骨，如溪水如潺流如凤尾竹在小雨中。不是盆景，不是花瓶，不是摆设。是焦土上晒不干的露珠，是长河中流不走的纤绳，是能裹走男人猥琐的纱丽，是诞生男人刚烈的襁褓。

所以，只要找到老兵德胜，我就可能找到依罕。我寻找老兵德胜的目的，全然在于依罕。在我看来，西双版纳的所有女性，都是依罕，从姓名到情性。

我们找到她的时候，她正在办公室里忙着。听说是从广州来的，她赶紧把别的人打发走。

她说刚到西双版纳的时候，景洪还是一条小街。场里派一辆车来接她，已近黄昏了。赶车的是一个一言不发的中年汉子，脸孔黑黑的，只顾把她的行李往车上搬，拉起她就走。她很害怕，但是没有用，终归是要走的。她坐在马车上，在黝黑的丛林中穿行。马车在松软的林中小路上无声地辗过，晚雨敲击着树叶，那种热带雨林特有的阔叶。那个赶车的男人始终没有说话。他坚硬得如同一块生铁，在瘆人的雨夜中显得恐怖又冷僻。她从广州来，一个未出远门的大学生此刻反而宁静了。她极希望看清楚那永远无法看清的男人的脸。可她只看到一个背影，一个如岩石般的人的背影。她心中忽然升腾起一种奇怪的感觉，一种对男性神秘的灵犀。

西双版纳陌生而难堪的雨夜，使她对人生有着豁然开朗的启示。生命颜色在这一瞬间显示了它难以捉摸的本色。

外部并不可怕。女性的大限在于自身而不在于她的外部环境。在日后漫长的岁月中，她从那些令男人颤抖也令男性刚烈的傣家女子那里，发现了女性自身抗击大限的所在。她愿意而且极希望做一个真真正正的傣族女性。当她褪下了大学生的面具之后，她便是一个很投入的西双版纳的女性。用洗米水，在井边用竹筒打水冲洗齐腰的长发。甚至在澜沧江水中游泳，穿着纱丽去赶街……她用西双版纳的眼光和风情去塑造自己的“老兵德胜”。

她的胜利，是她在大回城的时候，她没有回城的欣喜，她依自己的意愿，在西双版纳完成着脱胎换骨的过程。

当她从养猪工、植保员、场长甚而坐上农垦分局的一把手交椅时，她依然是一个西双版纳无处不在的依罕。

她把少女时期的梦想，包括对男性的梦想，落实在西双版纳的土地上，凝冻成土地上的月亮。她叫刘韵芜，广州人，60 年代热作学院毕业生。

端烛台的舞蹈家

五月的景洪之夜，街市照例是没有街灯。山高水瘦，缺水缺电。城里却因黑了街灯而有着星星点点的照明灯，反而添了一种夜的神秘。街边到处是乘凉的人。人力三轮倚在路边的菩提树下，并不着急地招徕顾客。我们摸上州歌舞团的三楼，傣族舞蹈家朱兰芳和她的丈夫正端着烛台往楼梯下迎接我们。

我们刚落座，她便兴奋得跳起舞来。五十开外的人，腰身却轻盈得如同少女，性情开朗而且童心未泯。一脸舞蹈家美丽的沧桑，头发乌黑铮亮长及腰际，像一个黑夜的精灵，在客厅的幽暗中旋转着。她的丈夫是导演和编舞，创作过多部很轰动的舞剧，文静略有些腼腆，也许是妻子太活泼的缘故。

她很自豪于她的事业，翻出许多剧照和生活照让我们欣赏。女儿和儿子也都是小有名气的舞蹈演员，这个家庭很令人感染。无处不是艺术，连那些狰狞的头骨和来自大野的皮毛，也透露着一种原始的犷狝之美。

她和知青是截然不同的两代人。她却说对云南的知青她太熟悉太有感情，她曾经任职的舞蹈团里就有好些当过知青的演员。“文革”中她下放的农村里也有好多知青。她教他们唱傣歌跳傣舞，和他们一起上山扒草下河捉鱼。她丈夫不甘示弱，说他和知青一起打猎，如何被当作资本主义尾巴割了好多回。

这位发现并培养了著名民族舞蹈家杨丽萍的人，谈起知青一往情深。不单知道《青春祭》，知道《知青部落》，而且对云南知青运动知之甚多，体验极深。她惋惜她所接触过的许多知青的舞蹈与艺术潜质，非常岁月非常时世和非常遭遇令这些潜质呆滞，失却保养终于难成大器。杨丽萍是在10岁时被她发现且坚信不疑她能成大器。于是从严训练，十年树人，无愧于艺术报效了祖国。知青们没有这样的机遇和命运，她说到这一点时神色黯然。梦想成真对于知青来说不亚于天方夜谭。

尽管是在西双版纳，在曾经流动过几十万知青的景洪大街旁边的小楼上，在静谧且弥漫着怀想之情的艺术之乡里，我们谈起艺术与知青，便恍如谈论着一个极遥远的话题之两个终端。一端是失血的苍白，一端是充血的辉煌。我努力想从这极端的对立中寻找到一点契合。可是不能，正如我无法忤逆历史忤逆理想与现实的冲突一样，往事之梦永远是一个钟情的令人难以忘记难以不去终生怀想的理想。

我唯一的冲动只是非常感激她这位傣族舞蹈家，在非常年代对于云南知青的那一份纯挚而又美丽的感情，她丈夫对于知青们那一种慓悍那一点胆气赐予。

在告别的一刻，她与她丈夫依然端着烛台，举着那圈小小的亮光，把我们送出黑暗的楼道。菩提树叶上洒满斑斓的月色。我突然眼睛一亮，看到簇拥着知青们的广场，土台上正演出着昔日的歌舞。无端的幻觉仅仅是对于过去岁月的回光返照，一曲追怀的乡村小调，如此而已。

经过歌舞团的练功厅，那儿也点着蜡烛，许多十五六岁的男孩女孩在练功。他们属于一个非凡的开明的年代，一段辉煌的历史。我们十五六岁时在干什么？在“文化大革命”的洪流里，在红卫兵的战旗下，在上山下乡的跋涉中，在无端地祭奠自己的青春。历史无法不令你失落你自己，也无法令你走出你自己。

但是，岁月如流。我们的往事之梦是什么呢？

是写在西双版纳土地上的他们的脚印，那脚印或者歪斜，或者深刻。但有一点，他们对自己也对历史负责，他们将永不忏悔。即使为着一个最终被历史裁判为是堂诘诃德的风车的夙愿，而无私地奉献自己的生命的那一份胆气，那一点精神，我想也是值得后人永远怀想着的。何况他们都在十五岁、十六岁、十七岁的花季。哪怕是无花无果的花季，生命依然充满着梦想。他们的梦想，便是为着一个英雄主义的憧憬，残酷地浪漫了自己的生命。也许这正是我不厌其烦地强调并检视的知青情结之所在。

我涂鸦了这许多往事的平庸，只为着时过境迁，往事之梦不再是堂诘诃德的风车。这便是我们这一代人对历史的贡献。

生命的墓志铭

教了十几年书的朋友，突然给我写信，说他已辞去公职年余，到海南省某处深山垦殖，重蹈20年前我们插队的老路，在那儿办了野生动物研究所。他读的是中文系，书也教得相当不错，怎么突然改了主意？人到中年改弦易辙，没有非凡的决心与勇气是难全的。何况从事的是完全陌生的行当，他何曾有过研究野生动物的学问。

自然有难言之隐。当教师当腻了，看看也没什么前途，不如去干喜欢的事情，下半辈子也就有了交代，他这样告知我。

仅仅出于热爱生命。在那些野性的大自然蔓生初发的小生命里，他满足了他作为人的一切尊贵，也自审了作为人的一切猥琐。他在插队的地方，那片已经缩小得异常可怜的原始森林里圈起一片土地，一片无法开发的峡谷地带，搜寻了从血蚂蚁到飞鼠的大小动物。一所只有当地农民们才承认的“研究所”就在窝棚里开张了。

他的理想是待到动物们繁衍得成群结队时再聘请研究人员，他的乐趣和责任简单得令现代人不屑一顾：热爱生命，热爱那些不被当作生命存在的生命。

他还得办企业，制作驯养野生动物的副产品，扩张地域搞自然保护区，他将在已被毁坏的原生林基础上，以毕生或几代人的生命，重新垦殖出原始森林来。他的全部理想就是以他的行为与主张为圆心，旋转出阔大的热爱生命、热爱自然的庞大的地带与人群。人类正在经历一个新的童年的启蒙，这就是对自然对生命的重新认识和重新考虑，建树另一种态度。

当我面临他那荒芜蛮野的“圈地”时，只有我们两个人。这片熟悉而又遥远的森林曾经飘动着垦荒者的篝火和浓烟，如今静谧得如同地狱，他就站在地狱的入口处遥望他那未可知的明天。仅仅因为热爱生命，不是自己的生命而是大自然失去庇护的生命。他已经作出了常人认为的牺牲——他不以为是牺牲，却是收获。他收获了自然，收获了无数多的生命。

我想起了一位去过北欧的朋友谈起他在北欧的遭遇。有一天他在北欧乡村土路上漫步，前方百米远处跑过来两个金发的小朋友，非常神秘又极为关切地对他说：前边路上有一只受伤的小鸟，他们已替小鸟上药包扎了，现在小鸟就在路边的草丛中休息，请等会静悄悄地过去，别惊动它。后来他与朋友遇上一队横路而过的蚂蚁，那朋友拉住他等那蚁群消失才又上路，唯恐伤害它们。这类事他碰到不少，后来才觉悟了。他们并非人人都是基督徒，但是从不把自然界的任何生命当作异类而加以无端残杀。这是从童年起就熏陶着的共识。问题不在于对具体的生命的态度，而在于弥漫于精神世界中的人的性格修养的良性发展。生性冷酷的民族会有什么指望呢！

所以我的朋友弃教，而去大自然中实现他无声无息的另一种教育，我能理解他，尽管许多人不想理解他。

近百年来，地球上的人类对大自然的索取所导致的对大自然生命的漠视，已开始得到大自然的惩罚了。恩格斯早就提出警告，而包括信仰他的人对此也无动于衷。人类生存之路越走越艰难越短暂了。我的朋友的睿智和他的悲天悯人的禀性，包含着的是我们暂时还无法估量无法理喻的理想主义、新内涵的理想主义。

他拒绝城市克制诱惑，源出于热爱大自然的生命。也许他这一辈子不会有什么显赫的回报，将默默地守着那片时刻受到人类威胁的森林，默默地走完他的中年、老年，老死于依然是野林的悄无人知的小小的林莽。那样，我会为他写一篇墓志铭，最末一句将是：他为他以外的生命悄悄地生活了。

1990 年元月 10 日

藤 之 桥

彭隆荣，1954 年生，肖马。15 岁到海南岛当知青，凡 23 年。当过农场团委书记、工会主席、副书记、场长，其间上过大学中文系本科，当过学生党支部书记。现为海南三亚海棠湾旅游城总裁，神州股份有限公司总经理，国营南田农场场长。

所有的地名都有传说，所有的传说都有从人到神，从神到人的传奇。我本已不再相信这世间还有什么叫传奇与神奇，除非到传说里去寻觅。可是，在海榆东线最南端这个叫藤桥的地方，穿过古老而尘土飞扬的乡间土街，到达南田农场，这个南方之田的地方，面对我的知青朋友彭隆荣时，你顿感到一切传奇与神奇，原来都来自于一个很遥远的故事，一个人的故事。

他并不老，我不很老，他自然就并不老，因为我与他都是 15 岁去海南当知青。他还没有老到成为故事。可是，他的作为已经流传为一种神奇，一个神话，一个年轻的神话。

他从 15 岁来到南田，就再也没有离开南田。

大回城的时候，他和农场广播员结婚。结婚意味着他此生将像一根藤，缠绕在南田这个地方，像那传说中的老藤扎成的桥，把许多人从此岸渡往彼岸。在没有桥的时代，藤便成了桥。这个叫藤桥的地方，因此便具有宿命的意义，总要有人愿意成为桥，藤之桥。

他是少数留在南田的潮汕知青之一，他本已走出海南岛，到广州来上大学。毕业后，广东农垦总局要留他，他执意要回海南南田，没有很崇高很深奥的理由，我问过他——作为他的知青朋友，也作为他大学时代的老师——他都不置可否。其实也用不着多问，每个人都有自己心中的圣地。对于每一个海南知青来说，谁也没有真正离开过海南岛，那是一个令人难以忘怀令人时时落泪的地方。

他那张刀砍斧削的脸和向后梳去的卷发，一双幽深犀利的深目和隆鼻，像南美人，也像马来人。我和电视台的朋友去为他拍专题片（在广东台、中央台播出），在三亚机场，只见奔驰 500 中钻出一个酷似外国人的人：黝黑的肤色，像抹了橄榄油，从里到外都像印尼爪哇或东南亚人，热带气息扑面而来。这个彭隆荣，他常有惊人之举。他绝对不掩饰自己的个性和风格。他那张脸上写满了热带精神和赤道血统。他既然敢于坐奔驰 500，着色彩奔放大胆的衣服，穿行于古老的尘土飞扬的乡间土街，自然有一个超越于世俗又被世俗认可的道理。

他色彩奔放热情的衣着和最先进的坐骑奔驰 500，是当今南田人一种观念标识，土街蓬头垢面、刀耕火种的年代应该结束了。这是一个奔驰 500 和凌志王的时代。南田的历史和这个人的神话正是以此作为开篇锣鼓的，没有人会对此感到惊奇。20 多年来，人们习惯彭隆荣，诚如习惯这南田千百年的土地。

半年之前，当曾是农垦十大企业之一的南田农场负债累累，亏损

500多万元，有四五个月发不出工资之际，彭隆荣临危受命。这个三万人口的国有企业的讲坛上，从此站着一个姓彭名隆荣的知青场长。

半年，还清债务，补发工资，春节每个职工都拿到红包，每个分场都配了吉普车。总场车队成了汽车博览会，凌志王、道奇、奔驰……是海南农垦最高级的车队。

这一切是神话又不是神话！

南田的土地以它20多年的静默注视，在无言地告知世人，这个彭隆荣与南田命运契机的联系。人算不如天算，但天算终归要靠人算来完成。既然把南田的讲坛给了彭隆荣，他自然就不能坐以待毙。

精简机构，他相信一个人只要焕发精神，便足以顶两个人以至5个人用。他宣布从他妻子开始，于是他妻子第一个被请出场部机关。接下来的事就好办了。

当地有俗语：东边一条龙（牙龙湾），西边一只凤（凤凰机场），中间有个落笔洞。天时地利，南田已经处于三亚市的“旅游金三角”之中。可是以往南田人对此置若罔闻。彭隆荣看到这一点，向旅游业倾斜的方案出台了。谁不知道南田有神泉！日伪时期曾作过勘探，至今没被重视利用。在全场职工揭不开锅之时，彭隆荣决定贷款21万元，再度勘探神泉。背水一战，舍命求成。

在钻至60米深之时，一条灼热的水龙，如南田喷薄而出的红日，升腾于赤田之上……

地质矿产部海南省中心实验室的检测报告这样写道：

南田赤田澡用自喷热矿泉水，此水为氯化钠型热矿泉水，无色无嗅透明，水温56.5℃，流量自喷，每日三千多立方，水头高，为世界罕见，神州第一……

神州第一泉由此而得名。中央、省领导多次亲临神泉现场视察，与彭隆荣交流开发意见。至1993年5月，已有80多家客商前来洽谈项目，投入资金6000多万元。

鸟枪换炮的本质意义在于，现在是由南田人来选择世界了。

没有出卖一寸土地，南田的起步与飞跃来自于智慧，来自于一种博大的胸怀与眼光。

尽管从外表上，我怀疑彭隆荣有南美人种或马来人种的血统，赤道的血统，但他确实是一个中国人，潮汕人，一个扎根已达23年的知青。

那天去三亚，飞机延误了，第二天才抵达。彭隆荣在毒热的阳光下五次穿梭于机场与农场之间。他刚刚从病床上摘下输液管到机场来。我不无忧虑地对他说："千万别在南田辉煌之日，你自己折断了自己。"

在海口，他把奔驰500给我用，自己去"打的"。我把三版修订的《中国知青部落》签名送他。有人在旁说要借去看。他有些犹豫，还是借了，说："作者签名的，开玩笑？别搞坏了，要了你的命！"

在海榆东线，在藤桥的水边，在知青时代延宕至今的小酒馆里，我们汗流浃背地喝烈酒，大碗大碗地喝，吃火锅，喝鲜蛇血，红红的，腥气扑人，很畅快。四面通风的乡村酒馆里没有一丝风。有人说唱歌，录音机里是邓丽君和童安格，女的甜腻，男的伤感。彭隆荣说来首罗大佑的《潇洒走一回》，他唱得豪迈的是：留一半清醒留一半醉。我却听到其中的另一种旋律，那就是人们已经淡忘却依然流荡于海南岛的土地上，久久不肯散去的幽灵："革命熔炉火最红"和"抬头望见北斗星"。

这是谁也无法回避的宿命。

已经有许多文章在描画彭隆荣了，许多人写他的成功和辉煌的瞬间。我自然也难免俗。但是，我知道没有写出的，将永远是最精彩的，那是彭隆荣身后，23 年来那一行艰坷的脚印和长夜寂寞的辗转反侧。于是，我在喝了许多酒之后，对他说，许多人都沉醉于自己为自己鼓掌之中。但是，我们，严格说，是你，期待的和最终将是：让别人来为之鼓掌！

童年的大朋友

“小时候”，许多好故事都是这样开头的，我也愿意这样开头。于是，从现在往回写，然而，小时候的大朋友，今天却相见不相识。

有三十年了，那时我才七八岁，他是个很斯文很清秀的中学生。他肖兔，我也肖兔。

父母工作后，我们姐弟便由保姆带着租住他家的闲屋。他家是世家，有一座带有偏巷，用柚木做栋梁的大四合院。到处镂刻着金碧辉煌的木雕，简直就是一座东方艺术馆。这是他侨居国外的祖上置下的产业。他最初的艺术熏陶可能就源出于这种环境。

游泳，撒野，爬在他背上去郊游。后来他到武汉读体院去了。再后来，他消失了。又听说他与后来成为全国著名企业家、全国人大代表的李科生一起创办街道工厂。“文革”期间，李科生被当作资本主义尾巴送进监狱。他因牵连也就流亡异地。三十年间我从没见过他。

童年的大朋友，如今已经五十二岁了。我是在母校新楼落成的剪彩仪式上见到他的。母亲把我引见给他。

对各自的变化，我们都没有惊讶。我觉得我们每一个人似乎都极为适应种种人世的变故。何况时间已经流逝了三十年。三十年间小树都要衰老，弱草曾历几度夕阳！

他奔走了三十年，干过许多事，体育场上的竞技与赛事已成为青年时代遥远的记忆。如今他是一家专营工艺陶瓷出口贸易的营业部主管，向东南亚一带出口潮汕工艺陶瓷。

我是在母校新楼的迎客厅里看到他捐赠给母校的陶瓷艺术品的。这些价值万余元的艺术品和一些日用陶瓷，使一所普通中学顿生出一种艺术的庄严与辉煌。这种庄严与辉煌不在这些艺术品本身，而是令每一个从这所学校出去，或者将要踏进这所学校就读的人，感觉到这所学校的神圣与尊严：它有一种无形的尊贵的力量，吸引着无数曾经受惠于他的学子，不管在如何遥远的地方，也会永远地记住它，怀念它。他的捐赠在无言地倡导一种已经源流了很古老的东方精神，不仅仅是尊师重教，在他已经发达而且在经济上比较宽裕的时候，他殷勤地寻找他的老师，他的母校。

听母亲说，他宴请了所有曾经教过他的老师，在三分之一世纪前，这些老师都还是风华正茂的潇洒学人，而现在，他们已是风烛残年的老人，离退休散落在芸芸众生、深巷小街之中。他一一打听，一一寻访，共聚一堂，给每位老人送上一座昂贵的镂金大花瓶。

他静谧地倾听他们遥远的怀旧，敬他们酒。他把无限的尊敬写在静默的凝视中。

作为与李科生最早的共事者，我发觉他们这些在难以勇敢的环境中，勇敢地开拓事业的人，都有一种东方民族极为可贵的精神传承和人格修养。即君子爱财，取之有道，而且乐善好施，取之于民用之于民。他们发财的目的都执著于一种建树，个人事业和繁荣社会的建树，把发财当作成就某项事业的过程而不是目的。所以他们这些人无论在商界或在人情上，都恪守着一种很优秀的传统准则，那就是人最起码的道德修养，都讲究一种治国齐家平天下的襟怀。个人生活相当俭朴，而对公益事业又热情倾囊。

他的事业正在开端，他说，对陶瓷艺术的钟情是终生的，他今天的所有贸易活动归根到底都是建立在一种利他的基础上的。他希望赚很多钱，充分利用党的改革开放政策，为国家创外汇，又为自己梦寐以求的陶瓷艺术事业铺平道路。“我最终要完成的那个陶瓷艺术的事业顶点，需要很大的投资。”他是一位很文静又很矜持的人，我知道他所指的顶点是什么。那是属于艺术的憧憬，一座辉煌的艺术殿堂同样需要金钱来为它铺设地基。而艺术和为艺术而存在的一切都是利他的，为着社会和后代的。他主管的汕头市万安陶瓷营业部门面狭小，装潢一般，但不需要很多年，我们会突然发现，很多人传说的属于下个世纪的艺术殿堂就源出于这个营业部和他的主人。他的名字叫李明生。

为着社会的人总是活得充实的。但愿我的母校的新生们，对母校和社会都永远怀有一种终生难以割断的情愫，它会使人永远崇高。

朋友邦澄

朋友邦澄，他是什么时候当上企业家的，我不知道。我记忆中只有他初中时的模样，每天从老远的乡下徒步到学校里来上课。后来听说他离开农村到工地上去了，从小工一直干到自己掌管一个企业。20年后我们再见时，他风度翩翩，谦恭的神情背后似乎没有多少岁月的风霜，依然是我印象中的邦澄，只是多了几分心宽体胖的绰约。

我问他成功之道。他笑说成功什么？全靠朋友“帮衬”。这就对了，他的名字应了广州话中生意场上行话的谐音。朋友邦澄是靠着他的朋友们的“帮衬”来完成他的事业的，他的朋友便是他的部下、他的工人，他视他们为自己事业的真正朋友。

他没有正规的现代化办公室，没有女秘书和公关小姐，简洁的寝室里摆几张桌子，除了几个财务人员，他一个人包打天下。自己开着辆轿车，在工场间穿梭。所到之处，居然工作秩序井然，用不着他多费口舌，三言两语就又驱车他去，做别的事情。

所以他活得潇洒。这种潇洒全然是他于20年中从一个小工一步步攀向顶点却又时刻记住自己做一个小工时的全部感情。他把这种感情不断地投注到他的管理之中，企业是自己的，但更是工人的，自己只不过是企业的策划者和领导者。贯彻并使之实现的真正过程，其主动权在工人的意志中。体恤、化解、怜惜工人的苦恼和艰辛的付出，是他管理人的出发点。他主张人性的管理，同时在政治思想工作中灌注了人性的内容，这人性内容是以道德原则和社会文明为起点的。面对工人，他几乎没有许多道理许多话，他和善的粲然一笑以及极为实际的排忧解难的方法方式所产生的效果，不仅仅使他与工人之间建立了难得的真诚，而且把这种真诚进一步圆融为友谊。在工作职责中倘若汇流进友谊的成分，那将是什么样的境界！会有什么样的效应！

我说他把中国哲学的浩瀚简化浓缩到极致，把中国国民性中最优秀的部分，以最质朴的方式实践到本来是极为严厉极为平板的经济关系中去，充分地发掘了人性中善良友爱互济和顺的禀性，把它作为工作的启动点。我的话说得他一头雾水。他狡黠地笑说："大老粗一个，我只知道我与工人们并没有什么大区别，都是打工仔一个。他们干得不如意，可以抬脚就去，炒老板的鱿鱼。我这个打工仔可不同，工人们一走，我找谁干活去，我是依托着他们来维持我的事业的。我的职责里有二分之一的责任，是让工人们时刻感到他们活得如意，活得受尊重，工作得有价值。"也许他当真不大懂什么中国哲学的精华，但他的个人经历和实践告知他的，正是一种可以看得见、摸得着同时感觉强烈的人与人之间的友谊，是如何转化为企业的凝聚力的。东方民族堪足珍惜的人性生成，是凝聚了几千年的社会关系与社会伦理的实践结晶的。这种人与人之间最本质的关系，在工作过程和经济关系中常常被无意识地忽略掉，或者被庸俗化。在朋友邦澄这儿，却被拾起来，温情地推向极致，把最普通最常识的东西，认认真真地筛选然后认认真真地推向极致，这就是现代意识的大奥秘。这不是经验之谈，是一种修养，一种并非学来的而是靠人格的浸润高远的禀赋蔓延开去的完善，是在漫长的琐屑而又艰难的人生经历与生命形式中的再度提升。

今日传奇：一个人的生命核能

《八小时以外》的王炳护从津门来电，邀我去今日集团采访。我知近日传媒发生大爆炸，导火索便是今日集团。总经理何伯权于《八小时以外》的一篇文章中读到有关“生命核能”配方的事，忽生灵感，便四处寻找马俊仁，终于如愿以偿，以1000万元巨资购得马俊仁的秘方“生命核能”。这在国外，虽不足为奇，也属鲜有。在中国，则是前无古人、史无前例之事。

这是本世纪中国商界和知识界最具刺激的范例，自然也是世纪末情调中一次震撼灵魂、震撼社会生活的观念革命。尽管传媒已经不失时机地炒得沸沸扬扬，但是，我想，人们还是忽略了这个人，这个叫何伯权的年轻人和这件由他的灵感所激发的关系。不，严格说，与其说是灵感，不如说是他长期累积淤淀而成的对于中国文化人、中国文化和中国现实之间的巨大落差的一种思考。他对于尊重知识的内涵的透彻认识，对于知识价值观的真正度量，他骨子里根深蒂固的人本思想的勃兴。

广东中山市小榄镇。在昏暗的已经打烊的大堂酒吧里，此刻，我感兴趣的已经不是那 1000 万元和“生命核能”配方之间的微妙关系。面对这个年轻人，我顿生一种希望知道这个人的来龙去脉的欲望。我深切地预感到，在下一个世纪的广东商界或是其他与之相关的领域里，这个人所将要发挥的巨大作用，将是未可限量的。当然，这一切还是一个端倪。但我确信我的预感不会错。能够于瞬间信息闪现中，果断地坚决地捕捉一丝曙光并迅速把它推向时代与历史潮头的人，定然是为历史与时代所钟情的人物。

在珠江三角洲，改革开放十五年中，有许多像何伯权这样的人，但真正的如此决断的何伯权只有一个，那就是确切地强调和明晰地认识到一张创造世界冠军的秘方，它的价值何止千万的人。我们欣赏的是，何伯权年轻的头脑里，那种洞穿历史、明晰未来的思路，那种始终追随文明与思想观念同步的思维。这种思维决定了这个人的品位。

已经有不止一篇文章谈到何伯权与马俊仁关于配方转让形式的一席谈话，我以为这席谈话的真义正是凸现何伯权具备崭新时代观念和人类精神的证明。

在这一点上，马俊仁在价值观念上还是有些滞后的。他依然不敢理直气壮地出卖配方。他企望以一个更为委婉的方式来实现这一转让。

读者诸君也许会从以下这段对话中悟出点儿什么！

马俊仁：“是这样，马家军的改进配方价值巨大，最少不低于 1000 万。为了不太商业化，免得外人说我为了钱，你们拿出 1000 万，赞助我创办女子中长跑培训中心，作为对你们今日集团的回报，我把 20 多年研究的配方提供给你们。”

何伯权：“马导，这次合作，采用赞助形式不好，我们同意拿1000万，是买配方，不搞赞助。当然，我们可以赞助，但用掉1000万，对您、对我们企业没有多少实际意义。我们花大钱买您的配方，本身就是尊重知识，尊重人才。”

马俊仁：“我们马家军拿了这1000万赞助，可以在培训中心校名上写明今日中长跑学校。”

何伯权：“您现在已经是国宝了，没有必要捧着金饭碗去讨饭要赞助。假如这1000万元我赞助了您，是您要求我赞助，是我支持您，而现在不应该是这种关系。是您的配方本身值1000万，是我要求您给我一个机会，成全我们今日集团。您答应拿出配方，由我们开发产品，我给您1000万，还要感激您。

“假如我们捐钱，您办学校，结果只能培养出几个、或者几十个世界冠军。而我们花1000万买你们的神奇配方，通过这次极有影响的合作，使大家都看到知识产权受到尊重。知识有价，并且一张配方值1000万，那就会促使人们转变观念，推动整个国家知识界与企业界的大合作，变施舍赞助为花大钱购买技术。这么做，不是更有意义吗？”

中山小榄镇，本是伶仃洋上的一个岛屿，有大榄、小榄和园榄。在这个诞生过孙中山、出没过文天祥的地方，有为的人们曾经在伶仃洋上叹伶仃。可是，现在，中国改革开放十五年间，小榄脱颖而出，不再空叹伶仃，成为珠江三角洲上一颗明亮的星辰，全国七大首富乡镇之一。乡镇企业星罗棋布，近两年间，更是集团公司林立，企业界强人能人辈出，令世界瞩目。《八小时以外》的读者何止千万，唯独今日集团的何伯权对此信息独具慧眼，跋涉于千山万水寻找马俊仁。

他的一切都在今日，只争朝夕。他的一切目光都注视着今日当空的那一轮红日，那一轮象征人与自然合二而一的时间和空间之神。他意欲通过对“生命核能”的开发，来实现一种他从童年时代起就朦朦胧胧地浮沉着的东西，那就是通过个体的人的努力，实现对人类文化的多方面贡献。

菊城酒店大堂酒吧的侍应小姐说要关门了。已近午夜，伶仃洋上涛声依旧，我们怕打扰何总太久——黄昏我们到达时，他还在与外商谈判，准备进口生产“生命核能”的部分设备，晚餐后即与我们谈话——建议采访到此作罢。他却兴犹未尽，说上他家去看看，早些时他已热情邀请我们上他家留宿。

小镇午夜街巷很静。我想，只有真正走进何伯权的个人生活和他的内心世界，我们才能真正认识这个人。沸沸扬扬 3 个多月的国内外 200 多家新闻机构的消息，都在大同小异地通告着一个震撼人们生活的有关何伯权和马俊仁之间交易一张配方的事，但没有深入地告知何伯权这个年轻人灵魂的秘密和人性的魅力。我想，这个人吸引人的地方，是他的透明和他对人类文化的清醒与执著的挚爱。

在他家中，有一间书房，五千多册藏书，有《资治通鉴》、《中国大百科全书》、《胡适讲演》以及工农商医方面等等的书，还有一些作家签名书。墙壁上挂着许多刚刚洗印出来的摄影作品，他与妻子赴新疆旅游时拍的照片，拍得很艺术。西部的粗犷和宁静，孤独和野性，博大与纤细在画面中有一种不绝如缕的流动。他有些感慨地说，青少年时代最渴望的梦想是拥有一架好的照相机，可那真是一个梦想。想拍而不能拍，能拍而无法拍，这是很痛苦的。“现在我终于如愿以偿，有自己理想的照相器材了，却没有时间去拍。在新疆，随旅游团，没有专门时间停下来照相摄影，一切都是匆匆忙忙的。”我看那些他以妻子为主角的照片，那些或是孤树，或是羊群，或是旷古无人的沙堆，或是静寂的孤墙的照片，感觉得出何伯权内心深处的那份宁静和淡泊，可能包裹的博大是何等的自然。这些于匆忙中，过目即逝的世界中捕掠下来定格下来的瞬间，是最能透视何伯权内心的秘密的。

他爱孩子，妻子，爱一切艺术和艺术形态的东西；他爱摄影，练习书法，喜好音乐。他当过知青、工人、农民。他作为丈夫、父亲、儿子和一个企业家，在他很年轻的生命里，跃动着的是对于今日的社会观念改良之心，对于中国人在全人类面前体能和精神面貌乃至观念思维的平等与同步。

何伯权用1000万元购买的究竟是什么？他因此举而将实现了什么？时至今日，那种巨大的经济效益还如远海喷薄欲出的红日那样遥遥在望。但是，这个决策所创造的世纪末的观念传奇，它的辐射所及，对我们的社会生活的反响和影响，其价值将是难以评估的。真正改变我们观念的是，何伯权为中国未来的知识产权领域，勾勒了几条可供纵横驰骋的轨道。

马俊仁“生命核能”配方被何伯权买走以后，有的厂家已出价高达五千万元，希望能通过马俊仁把配方再从何伯权手中买回去。这绝不仅仅是一种生意杠杆在知识领域开始摆动，它深刻地显示着，何伯权此举已经引起观念领域的革命性变动。人类的优秀文化结晶和现代优秀成果，在中国这片古老凝重让传统拖得很累的土地上，将以一种崭新的姿态出现在世人面前，将以非常自我、非常独立的形象和品位，出现在经济生活中，共同成为一种可视的力量。从这一点上说，何伯权的贡献，其文化意义是相当深远博大的。

“我们希望的并不是仅仅多出几个世界冠军，我开发这个产品的终极动机，是让所有中国人乃至外国人，喝了‘生命核能’之后，都能改善自己的体质，也就是实现改善、加强人类体能和体质的目的。”何伯权如是说。

“生命核能”已在今日集团生产车间试产，美国、日本等国的商人已纷纷来洽谈代理经销事宜。三月，今日集团在成都拍卖该产品的国内城市经销权，这又是一个创举。

何伯权是想在中国的观念领域中不断掀起风暴了。他要释放他自己的“生命核能”了。他认为90年代的观念、21世纪的观念和50年代的精神——奋发图强的精神，是他和他的伙伴走向今日、拥抱今日的法宝。

潮汕有个茶博士

我在他茶行的小阁楼上，听他侃茶经茶道茶生意。阁楼是草草搭起的，楼梯狭小而弯曲，踏上去有些摇晃，似乎整座木板小楼都在撼动。家具却很好，都是红木的，暗红的颜色与他沏的功夫茶色很吻合。做茶行的人一般都有些仙风道骨，与做中药开诊所的人相去不远，大都举止谈吐力趋风雅，文质彬彬。这是旧时代遗留下来固定下来的行业形象。而他截然相反，这位叫陈汉森的茶行老板，却长得五大三粗，浓眉锐目，脸上似有若无地带着一些闯荡江湖的野性。我们第一次见面，朋友说我不可不见识这位一般人只知其名不见其人，在闽粤民间茶道上很有些名气，很能说得几句话的人物。初次见面，他一点也不客气，全无一般生意人的客套。他骑着摩托风尘仆仆而来，把我们引上阁楼之后便摆开茶具，很得内中道行似的沏起茶来。

见的斯文人多了，对他的粗豪倒有几分好印象。

他一开口便毫不避讳，说他曾是黑道上的人物。十几岁便闯荡人生，很赚得一些钱。栽了几个跟斗之后，他自己顿觉人生如行船走马。曾经腰缠万贯，一夜间双手空空，命运该你怎样来钱也怎样去钱，一点也不冤枉。他忽然间轻松且明白了许多人生哲理，从此告别黑道，认认真真做点事了。

他于是成了汕头市第一个茶叶个体户。

他发自内心地对我说，他有今日，全靠技术和良心发点小财，做一桩正事且在闽粤茶道上有些信用，很吃得开。当然也忘不了当年街道、工商所、派出所的兄弟父老的救助扶掖帮助他开了茶行。“现在半夜敲门心不惊，那时可是夜夜要踅到公安局派出所去窥测动静，半夜查户口也把你吓个半死!”他坦率得惊人，直爽得可爱。年龄仅35岁，可是已经有丰富的人生阅历和一份可观的资本。

他的资本是他的聪明智慧勤勉。开茶行要懂茶，他上凤凰山求师，师不收徒，于是他便于鞍前马后的跟随中，窥得几手功夫。在大彻大悟之后，已经一无所有的他申请到牌照，便一头扎入福建茶山，在那方圆上千里的茶林里交了许多莫逆之交。人们知道他义气，知道他品茶有一手轻功，也知道他说一不二并恪守信条，明确大家做生意，有钱要大家一起赚的道理，谁也别想黑了谁。正道行船就要明来明去。

在茶道上走了十几年，他终于把茶给玩得圆熟。哪道山梁哪道峡谷，一样的茶种一样的成色，那微小的差异躲不过他的锐目。同是白叶单枞，山这边与那边的品格就不一样，他区别得一清二楚。有些茶农要点小把戏，欺他年轻也是试他道行，把甲地的茶说成是乙地的，或在茶中掺下不同成色的品种，颜色质量几可乱真。他抓起一把，在手掌心中一一给你分出来。有些茶叶产地相隔几步之遥，但因土质风向雨水等略有差异成色便有些不同，再加上制作过程的火候，贮存方式等等的各自风格，茶叶的品位和品格便相去甚远。陈汉森鬼精灵，他既触类旁通，又善于钻研，常常于实践中无师自通悟出一些道行。他的聪明能干和从实践中学得、悟得的知识令人佩服，江湖义气又深得民间草莽的赏识。于是他在茶道上走得红，人也走得顺畅。他可以靠交情，随时随地把好货从茶农手中提走，茶农会把新茶及时地交付给他，钱以后慢慢算。有时新茶抢手，国营茶厂反而拿不到货，便找陈汉森。好说！人都是政府的，同舟共济，陈汉森把到手的新茶全让给国营茶厂。汕头另外几家个体茶厂的一些茶也来自陈汉森。大家都知道他道行深，在茶道中是一把好手，也都乐意从他这里要茶，各自再去做深度加工上市，很赚了一些钱。

做茶是很可赚钱的，看你怎样赚，可以赚得很薄，也可以很厚。其中有个良心和商业道德问题。因为真正深得茶道，会品茶的人毕竟不多。对大多数人来说，只要觉得茶气味不错也就难再深究下去，很容易满足。他对钱已看得淡，曾经暴富过复又一无所有的人，知道钱是怎么回事，来得正才花得舒心，花得有价值。所以“我只赚那么一点很合理的薄利即可，重要的是质量和茶客们心中的好评价”。发财要走正路才算真发财。所以他的茶行取名“佳发”茶行。

他说民间有许多品茶沏茶懂茶经的高手，但那仅限于理论也是茶客的事，同时懂得种茶和制茶以及鉴别茶质那才算得真正的功夫。潮汕功夫茶道中人道行真是深极了，所以又能有高明的茶客和满口经纶的品茶行家里手，但没有茶博士。

我说这个世界上许多东西都是封的。即使博士，也并非样样精通。也许你精湛于一，你就可称为“一”的博士，不是九九归一吗？

说没有茶博士的人，可能就已具备茶博士的种种，否则他怎么知道没有？凭什么评判没有呢？于是，我认定陈汉森就是潮汕民间的土生土长的茶博士。

潮汕应该有许多茶博士，陈汉森就是一个。千百年关于茶的文化传承，就是靠他们这些博士链条来延续的。

真正的学问家往往来自于民间。

民生的奠基

民生是怎样奠基的？

用不着奠基，板结而荒秃的老土盖着一种无法说清的寂寞，在大气中悬浮着、飘逸着，透视着荒野的旷达。说到底，唯有荒野的旷达才是他真正钟情的。当生命的钟摆第一次越轨地摇动时，荒野就向他展示了无穷的挽救力和深刻的诱惑。那时他没有想到奠基，郑重其事的奠基躲得遥远，他只是以一个极端平常的人，开端了注定要在悠长的时间之后才显示伟力的事业。没有任何神示，没有未卜先知，甚至没有很热情的赞许。他贸然但是坚定地出走了，面对后来充分显示惨淡、铺排坎坷的半生。

他是奠基了，但不是在奠基日。那短暂的热闹只是一种仪式。它很快就将过去，也许很快就将遗忘细节，满地鞭炮的红色弃屑将被翻卷进松开的老土，又将是长久的寂寞。

他真正意义的奠基，是他领悟人的价值的那一天，他辞去公职也就卸去一切保险而变得一文不名时。他将要以自己的整个人生作保。也许一败涂地，也许半生小康，也许能成就一番事业，也许……一切的可能都诞生于狮山脚下那个简陋的小作坊。他想到成功？想到成功后的辉煌？想到辉煌的显赫？他想到了吗？我不知道！可是那时他什么都没有，什么都难以预料。正如我们每一个人，在动荡的年代里不仅仅很难选择什么，连对自己的选择也难以把握，在难以自持的生命里，连憧憬都是虚妄的，不实在的，一切都只有亦步亦趋的证明。那时他实在是什么都没有！可是他拥有的却是许多人所不敢拥有的，那就是把自己从一个人人追逐的生活格局中解脱出来，他相信可以不凭借任何依傍而去创造新的人生。后来的历史在不断证明这种选择的风险的同时，充满着坚实的社会希望和人格精神。

于是他选择了荒野，离开了拥挤的街市，远去了热闹与喧嚣，在无人的狮山奠基了事业的起点。

没有奠基礼，没有红色鞭炮，没有热闹的人群，没有丝绸的柔软和光亮，冷清的奠基是属于精神孤独与寂寞所透视的、所蔓延的另一种境界的。人人都可以轻而易举地拥有这个起点，这个境界，可是很少有人乐意拥有它们，这就是他与别人不同之处。所有的不同在最初始的时候都是令人不屑一顾的，只有成功者才令人羡慕。我就常常沉溺于这种思索的悖反状态中去体味人生困顿，去悟觉成功者之所以成功、并不成功和介于成功与崩溃之间的意志选择。他们似乎都拥有一种对时代发展的先知先觉，尽管一切都很朦胧，唯此是清晰的就足以令他们成功。这种顺应正是一种最非凡的生命奠基。

离那无人的狮山已经很久远了。狮山不但有人而且群楼林立。二十年间消失了那低矮的小作坊，也消失了墓场，很难再去追寻那第一台手摇机和小作坊上青苔斑驳的老瓦了。它们魂归何处？只有他知道他明白，而且将终生怀念。

人们羡慕他们的现在，同时也羡慕他生命中的老瓦吗？我以复杂的心情遥想我所看不见的但很容易再现的老瓦，那脆弱的老瓦所记载的岁月风雨下的滂沱，在告知我们什么叫做历史的公正，它总是把荆棘做的桂冠献给布满荆棘的人生，它永远毫不吝啬地把荆途抛给任何一个成功者。所以，也许我们羡慕的倒应该是荆棘铺就的崎岖，人啊！你愿意吗？

他再次选择了荒野，因为荒野的旷达又一次开启了他的心胸，那时就是荒野接纳了他的寂寞他的孤独他的酸楚和坎坷的，也是荒野令他想起人生的真实，让他挥却一切轻浮和幻影。他因此把希望再一次投给荒野。他希望在那里长出一片森林，正如曾经无人的狮山二十年间布满楼群。

黎母山神话里有找沉香的香客，这个香客告知我找沉香是为了黄金。有了黄金是为了埋藏，埋藏黄金是为了什么呢？他没有告知我。可是许多年后有一个刚刚诞生的哲人告诉我，把黄金埋藏起来是为了让它发芽，生成一片金矿。于是我明白了道理。这个哲人又说，在现代社会里，教育就是埋藏黄金的事业。要用许多的黄金孕育另一种意义的黄金。

谁吝啬这种投入，谁就难以获取。

于午夜奠基太阳，黄昏时收获辉煌。他把黄金藏进荒野，发芽的是绿遍天涯的森林。

还是丘陵。自然没有狮山今日的景观，似乎比当年的狮山更恬静，更起伏。荒草咬着黄土，斜风扫过小路，此生的起点和归宿似乎最终凝结在这里。从荒野走向荒野，从森林走向森林，这是生命的规律也是人类周而复始的命运。他也将无法违背这种安排。相反，他比任何时候都透彻地理悟这种安排，何况这种安排正是他终生追逐的：在没有人的荒野里，长出一片片遮蔽烈日的森林来。

五百万元，对于海外巨富来说也不是一个小数目，它意味着豪华的雅致的乡间别墅，奔驰汽车和浪漫的全球旅游以及许许多多的人间享受；对于一个中国公民来说，这是一个天文数目；对于他来说，是半生奋斗的一个结晶。他愿意把这结晶像盐种一样撒给这片荒野，像会发芽的黄金一样深深地埋进地底下，让它们去孕育去发生。

这个决定发生在很早以前，那是一个细雨飘飞的黄昏，不正规的采访之后的闲谈中，灯还没揿亮但天开始黑了。他说他此生唯一想完成的事就是办一座学校，培养许多有用的人，从小学一年级开始。这是一个并不惊人又很宏大的想法，“正在酝酿中请不要昭示于人，我最怕的就是车大炮。做成了再说！”我于是缄默，但是悟觉了他的苦心他的抱负他的无私。他接济孤寡，扶持贫弱，尽所能援助社会福利，没有宣言但是把宣言写在平民的实践精神上，遵奉劳工神圣和社会契约，在远见上体现他全部人生态度和卓识。

他在生他养他的土地上所做的每一件事，都实践着对这片土地的养育之恩、父老之情的回报。包括学校的名称，他坚持不以他的名字命名，而命名为民生，从孔子到孙中山，从毛泽东到共产主义，在极不相同的历史范畴中都沉积着一个最基本的内涵，那就是民众的生存利益，最传统也最本质的仁人志士的基本追求和人生理想。由此我对他说，一个地区的企业经济，在现代社会中，都将不可避免地影响并引导着这个地区的人文精神和文化发展。这也正是他多年实践的历史证明，他先我更明白这个道理所以有夙愿。

短暂的热闹的仪式背后，是漫长的蜿蜒的孤独的奋斗，许多人给他支持，化解他的孤独，给他力量，他将把他所获得的加倍地报偿他人。他终于实现了这个时刻。

民生学校奠基了，那是何等的辉煌和热闹啊！因为荒野的历史在这一天结束，结束得如此果断如此多情！

这一瞬间如此辉煌。

他无法否认这一点，却又极不愿意承认这一点，他心里布满艰难的回思，这是每一个睿智的成功者的回思。上帝总是把痛苦留给智者，尤其是辉煌的痛苦。他宁愿回到那老瓦覆盖的小作坊里去，从头思索人生之路，从起点追寻终点。

他明白，在午夜奠基太阳，让黄昏去收获辉煌，这也许就是真正的人真实的生活，真实的理想。问心无愧地活过了，也将问心无愧地死去，至于未来的森林，那是为着覆盖未来的荒野的。我们每一个人充其量只是尽自己的力量去为未来奠基，唯此可以暂时合上疲倦的双眼，休息一会吧！我这样对这个人说。

民生就这样奠基了。

塞外青城

内蒙古很遥远，地图上赤褐色一长条，占了中国偌大一块版图。草原和沙漠掩盖了许多的旗和盟，很干净的图示上，似乎很少有河流和铁路的标识。总之，在内地和沿海的人眼中，那里既遥远又陌生，许多人是从玛拉沁夫的小说和电影去认识内蒙古的。

其实，内蒙古首府呼和浩特离北京只有 500 多公里，坐飞机只要 40 分钟，坐火车出张家口，经山西的大同市离呼和浩特便近在咫尺。九曲黄河从青海经甘肃流入内蒙古，兜了一圈，然后从呼和浩特南边的小城托克托转而泻入山西的府谷。黄河在内蒙古的杰作是在蒙古高原上切割出一块俗称河套、土默川平原的绿洲来。呼和浩特就在土默川平原的东北端，背靠大青山，呼和浩特在蒙语中的意思为“青色的城市”。

我到呼和浩特时已近黄昏。这是一座于我完全陌生的城市。从机场坐出租车到内蒙古大学专家楼，司机索价 25 元，据说 15 公里左右。我只觉得路很宽阔也很平坦，到处是长着酷似眼睛的白桦树和白杨树。那种树皮上长着酷似眼睛的树节的北方乔木，是内蒙古主要的树种之一。它是我到达内蒙古的最初印象。尽管这种树北方到处都有，但是，我觉得它对于内蒙古的土地来说更适合一些。原因很简单，内蒙古给我的印象色调是赭黄色的苍茫，而这种叶子墨绿的杨树和桦树的树干却给人一种苍老的刚劲。我似乎感觉到它们从地层深处吮吸地液的艰辛和勤奋，否则它们难以有那么墨绿的树叶。我想南方热带雨林的树叶大都是鲜嫩而且近于浅绿的，多雾和充足的水源令它们翠绿而叶色浅淡。呼和浩特的“青色”是一种生命的顽强吮吸之后的收获。

呼和浩特旧城的街道两侧，是许多低矮的干打垒的平顶土屋，大部分做了商店和饭店，张挂着写着蒙汉文两种文字的招牌。已是傍晚，但生意似乎很红火，到处是人。地摊上满是新上市的瓜果和蔬菜，西瓜、哈密瓜和玉兰瓜很便宜，西红柿和包心菜堆成小山一样。人们推着小车，赶着小毛驴购买这些东西，旧城的晚市极富塞外重镇的生活情趣。人们在熟肉店里大块大块地切肉，沽来酒便在小吃铺里大碗喝酒，大块吃肉，这是在古旧的小说中才能感受到的粗犷和豪放。想起广州的大排档，已经渐渐消失其本原的初始的模样，而向中高档发展了，唯有这塞外旧城的街市，让人怀念粗鄙但是质朴纯洁的人生形态。

即使是在内蒙古大学雅致的专家楼的餐厅里，我也每每感受着一种无处不在的北方草原精神。这里，每一道菜都给我一个暗示。大块的肉装在硕大的盘子里，满得要溢出来，没有什么人工的花鸟的装饰，全是货真价实的东西。馒头也是粗面做就的，有些干硬，但比精细的意大利面粉做成的广州馒头，似乎更有嚼头且更能填肚。蒙古籍的大学教授，也全然没有食不厌精的习气，照样是大块的撕肉、大碗的喝酒，酒肉之后是放开喉咙唱祝酒歌。实在而又豪放的民族，令你觉悟到什么叫坚实和可靠。我于是也大块吃肉，大碗喝酒，居然没有了斯文，也不觉得那生煮的羊肉有什么膻味，连那肥腻腻的羊尾，也吞下去半只而胃中不胀。

在广州赴宴常有腹中空落的印象，而在内蒙古便由不得你不实实在在的吃喝，否则，人们要小看你，你也要觉到自己的伪饰自己的渺小。

呼和浩特的新城是很壮观的，许多大型的建筑物如彩电中心、体育馆、内蒙古大厦等等，其形状都让我联想到竖起的剑：基座平展而中间高耸起主楼，直插青天。也许其中并无什么深意，但我还是觉得这种建筑对于草原民族的审美，是有着某种意义的，它让我觉到了神秘和悍野的力度。这便构成这座塞外重镇源远流长的传统与现代精神。

新城和旧城其实是渗透结合在一起的。走惯了南方大城市拥挤而又喧闹的马路，呼和浩特清洁而宽阔的马路便有如漫步原野。马路上，行人稀渺，公共汽车也并不拥挤，塞外秋天的草原风穿城而过，桦树叶便欢呼着叹息着响个不停。尽管是在城中，你还是时时感觉着大自然的一切亲切与远古的记忆。南方城市人造的东西太多，假山假水连同那半截子移植的树，都让人顿生一种图画的意象。而在呼和浩特，风是青色的，天空蔚蓝得没有一丝别的颜色。连地摊上的瓜果，也依然挂着野地里的青草、土坷和树叶，你甚至可以在小吃铺里看见来自草原的待宰的流着泪的羊和牛，就那样就地剥杀着，转眼便端上饭桌。一座充满着无限真实的城市，一座浸透着大自然的悍野和生命汁液的城市。在旧城，我有置身于草原蒙古包的错觉。那是我后来到库伦图草原的蒙古包去作客时突然悟到的。旧城是一个极大的蒙古包，它就在大草原的边缘上。

所以，在呼和浩特的那些日子，我常常一个人逃出专家楼的雅致餐厅而独自一人到旧城的街道上去。在小吃铺里，我要了3个牛羊肉做的大菜，还有米饭和啤酒，除去另外又要了一瓶长城干白不算，这顿饭只花了12块钱。我像填鸭一样独酌，从没有过如此的好胃口，我想是那悍野而粗犷的塞外气氛和草原精神，敦促着我摈弃昔日的恶习，而作为一个大自然之子，完全以自然的豪放去对待人生以至于饮食方式的更新，暂时忘却南方城市生活文明而还原一个当年知青的脾性。在内蒙古的那些天，饮食方式的更新和精神状态的改变，似乎使我变成了另一个人。往昔的病态和孱弱好像并不存在，似乎体内也已经注入一种莫名的北方草原精神。

现代城市文明使一切向精细发展，同时也就滋生着某种装饰和虚假，而渐渐远离自然的质朴与真实。有时连人的感情也变得极富装饰性。这种负面的诞生，我想就连最早的雅典的城邦的缔造者们，也是没有预料到的。

应该说，北方的城市，甚至中国的城市，就其大的范畴而言是大同小异的，但是内蒙古的城市自有它人性的深度和魅力。关于这个问题，我想到库伦图草原之后回过头看，也许一切粗浅便转化为深刻。

第二辑

时间的空格

世间最难穷究自然也最深刻的东西，是那些可意会不可言传的东西。一个新栏目的诞生，自然也祈望有这种机缘与效果。

我首先想到时间。

这是一个中学生作文的题目，可更是一个中年人或老年人更其关注更其恐怖的问题。孩子渴望长大，而老人渴望年轻。中年人日照中天，野心勃勃迫不及待而又很无奈。从中作祟的是谁？

时间。

世间一切都可以改变能够改变，唯独不可改变不能改变的是时间。一切关于人的哀叹和感喟，一切的日出和日落，一切的失意与失落，一切的莺歌燕舞与花残柳败，一切的忏悔和永不忏悔……都与时间相关，都因时间枯荣。它使熟悉变得陌生，让经历成为教训；它以痛失为收获，它把快乐消失为记忆；它把言语变成节奏与旋律，它把极短拉成无限，于是人们得以在它之前冠以

“小说时间”、“生活时间”、“戏剧时间”等，演义补充出新的时间概念。可时间还依然是时间。

在无数中学生作文和权威的教科书中，我们同时看到类似的字眼：时间对谁都一样公平的陈词滥调。可是它的所谓公平，仅仅是一个贮满苍白的空格。在这个空格里，孩子抹上了梦想与童话，青年填上浪漫和憧憬，中年人注入了实际和动作，老年人体味了自豪和怨恨。即使如此，时间也依然是并不公平的。在你需要悠长的时候，它给你短暂，在你渴望短暂时，它却无端地拉长了。时间常常扮演了一个和人类捉迷藏的角色而且极为甘于充当这种角色。

人们天天在经历着时间的残忍，对这个残忍的朋友，人类却又最为宽容且常常忽略它的存在。不管它予人的是曾经的荣耀和快乐，或者曾经的失败和枯萎，人类可能有一万种不同的情绪去面对这截然不同的“曾经”。但是归根到底的结局只有一个，也只能一个。那就是，枯荣盛衰，如烟飘失，无可轮回，无可流转。它的残忍真正表现在此。

什么都可能再来一次，什么都可以再度弥补再度登临，而时间不能。时间在你刚刚感受到它时，它迅即成为历史。当你还在诅咒传统时，时间已经把你汇入传统变成传统，把你也变成你所诅咒的传统的一部分。时间的精彩正在于它严格的自由。如果说，空间是人类手中的面团，那么，时间是揉面团的每一次动作。

是旭日也是落日

人在边缘，是一种什么感觉？也许很少有人很认真地去体察这种状态。越来越多的文学和影视作品注意到人的这种微妙的文化特性，将其作为一个文学主题予以表现。现代社会的多元选择和人的自由状态，决定了人既是自己又疏离着自己。对自己的不断审视与诘问，是附着在对自己的不断欣赏和肯定上的。这种两重性丰富于人的内心生活，把人推到了边缘的境地，各种文化内涵夹击的境地。

现代人从某种意义上说，都是边缘人，是时刻站在自己过去与现有之临界点上的边缘人。只是强烈的现在状态，遮蔽且模糊了边缘的特性。而时间，又在不断洗刷这种边缘的粗糙感觉，于是生活变得腻烦，一迹油渍，它固定在那儿，蹭也蹭不掉。

人类永恒的烦恼，一系列恒定情绪，诸如忧郁、死亡意识、孤独感、落寞伤感和渴望完善的理想等等，都深刻且极现实地昭示着人对于自身生存状态和心灵负载的改善与摆脱，皆因人永远无休止地鞭打着自己，企盼世界的完善和对自己的彻底认识。而这是一个永远没有边际没有终点，看不出终点的圆周，每一个点都是起点又都是归宿。对于人类来说，是旭阳也是落日，是黄昏也是早晨。人在时间的轮转中感觉到空间的变换，却迟钝于或停滞于自身的文化更迭。于是日新月异的外部风景和固有的恒常的内在状态，发生了严重的精神冲突，使人时时有落伍和渴望补充的痛苦。这种痛苦正是人在边缘的现实感觉。无欲无求是人类自我安慰自娱自乐自我消解的信条和佛光，它对于人类改造的伟大力量，在于它成为教诲却又深入于尘世，成为一个人生的退避所和安全岛。人因之感觉到一种崇高，这种崇高是面对自己的。它磨合消停了人与世界的矛盾，成为人内心精神转变的方式，调节了人类永恒烦恼中的现实矛盾部分，却加深了其内在冲突部分。人类在千百年的文化冲突中，寻找着解决这冲突的灵丹妙药。但是，每一次寻找都必然地带来更深刻的矛盾。这就是为什么人在边缘，在永不休止永不停顿的人生起点上向终点迅跑时，本是无望却充满着希望的缘故。它成为奇妙的动力使人类永远处于积极亢奋永不疲惫的进取状态，成为人生命中固有的因子。

所以，就我的体验而言，对人生状态尤其是精神状态，而不是物质状态没有任何痛苦的人，是无所谓幸福可言的。忧郁与惆怅乃至孤独感的自我发现，那种无端的，对世界与人类种种行为方式的总体格局与走向的认识所导致的迷惘，正是人对世界和对自己深入认识的契机。不是为没有能够获得一双几百元上千元的高级皮鞋而痛苦，而是因为人为什么不能赤脚与地球接触，甚或人为什么不能用脑袋走路，如马克思所预言的那个时代，人的智慧时代的迟迟不到来痛苦。战争频仍，世事纷扰，全都是人类自身的互为争雄。这究竟为什么？越是认识到这一点，则人的边缘感觉就越强烈。

渴望陌生

边缘，真正是一个涵盖无穷的概念，时间、空间、文化等等都与它的属性结缘。陌生也是一种边缘。我力求一开始就挣脱这种过于切近的概念周边，但在这个专栏的最初几篇文章中，这种挣脱是很困难的。既然一开始就已经沿着它的轨迹运行，则它前途的任何一个点都具有无穷的吸引力。

人进入陌生的环境，或顿生陌生的感觉，是一种什么样的状态呢？

一个人在日日熟视无睹的城市中行走，他大约不会有陌生感。街道、商场、饭店、广告牌乃至每一棵布满灰尘的路树，无从陌生。甚至马路上一个明显的坎坷，都令你感到某种难以言喻的亲切，走到那儿，你会很自然地抬高脚，很自然地越过去，绝不会让鞋跟磕碰上它。在黑夜里你会很不经意地迈过一个年深日久没人修整的沙井，安然地走你的路。皆因为太熟悉了。即使是街上的行人，陌生的面孔也是那种并不陌生的经验所汇聚成的一种提示，陌生人在熟悉的环境中是不陌生的。因为是陌生走进你的世界而不是你走进陌生的世界，这两种不同的心理经验与负载是有区别的。前者没有人在边缘的感觉，后者正显示了边缘的压力。

陌生是一种文化的刷新，也是体验边缘消灭边缘的机会。它会使人失去惯常的保障而充满了防御同时调动起全部的活力，以迎接挑战的心态给生命以充实的反弹。

假如要检验自身的能量与能力，那么就经常给自己创造陌生的机会。这种机会是遍地皆是的。

从公共汽车的车窗望匆匆流过的车辆和人流，在公园的长凳上静静地留意每一双从长凳前或慢或快踱过的，穿塑料鞋、皮鞋、高跟鞋、赤脚或趿着肮脏拖鞋的行脚，体察一下这些熟悉的陌生的归属。幻想这每一双脚的主人的模样，揣摸他们的人生行旅。曾历大漠？遍访椰林？年轻与年老？美丽与丑陋？幸福与不幸？乐观与悲观？不一而足。想得酣畅时，有一种惊奇，一种惬意，一种凄楚。人为什么是这样？陌生的人陌生的命运陌生的经历，如一本打开叙说着结尾并没有展示开头的大书，一本有发黄的书页，从过去世纪翻到现在，前史茫然的旧小说。每一个人对于另一个人来说，都是一本空前绝后，比任何作家写出的小说更精彩更不晓畅却更真实曲折的小说。只有在边缘的人自觉让自己处于或进入陌生的人，才会真正领悟陌生的魅力和人生的魅力。而这一点，对于大多数人来说，都是不太自觉的。

许多人觉到庸常人生的苍白，觉到时间的漫长和了无止境的空虚，觉到很寂寞很孤独因而恓惶孤芳自赏。我想正是他们没有完全进入人生甚或连自己都没有进入的缘故。真正意识到寂寞的人事实上是并不寂寞的，因为寂寞更是一种陌生，陌生意味着新奇和色彩。

陌生使人年轻，自觉进入陌生使生命充满活力，而熟悉是一间老屋，长满青苔堆满陈年旧事的燕巢。

即使不唱歌……

我写下这个题目的时候，突然感觉到了一种欣喜。本没有什么可欣喜却又欣喜是怎么回事？连我自己也说不太清楚。我只是觉得，在这个世界上，许多人是并不唱歌的。虽然很难找出一个人，他从来就没唱过歌，连哼哼唧唧也不曾有过，可是，从唱的严格意义上言，确实许多人是并不唱歌的。

即使不唱歌，即使有不唱歌的人，但不喜欢歌没有歌的人应该是没有的。这本也没有什么更具体更深刻的奥秘和理由可言。人各有各的生活和喜好，唱歌确实是人生的一种轻而易举的奢侈。我是把唱歌当一种境界的禅定来认识的。与歌结缘的人，也许是幸福的人，但这并不意味着歌星是幸福的。相反，什么事情，成为了职业，这种事情就开始失却了它最初始的冲动、可爱和钟情，开始失却它对人对于曾经并不以它为职业时的新鲜与兴奋。即使不唱歌，我依然也在唱歌，心中永远有歌的旋律在流转，在滋润着灵魂的运行。它令人觉到空气的湿润，群楼不再巍峨灰黑；觉到长街并不拥挤，孤旅并不寂寥，觉到路树为你而鲜绿，花为你而绽开；每一粒沙砾都不是多余，连无情讨厌的尘埃都是理所当然的我行我素。

所以，用不着不会唱歌，因为没有唱歌的歌喉而埋怨生活的欠缺。并非人人都有歌的天赋，歌的风韵。在这个充满纷扰与诸多诱惑的世界里，善于寻求一己的宁静一己的角落一己的情怀，是现代人幸福的根谛。会唱歌是很辉煌的，不会唱歌呢？也很辉煌吗？人常常在这种问题面前失却了判断的自信，或轻易地倾斜。我的结论是，两者都很辉煌。如果后者因此而真正体味到一种切近平实的验证并因此而并不轻贱自己，则后者也许是真的辉煌。因为前者的辉煌是从别人那里，由并不实在的掌声和很快便会凋谢的鲜花的烘托中得来的。它很快便会逝去，它不是来自内心的自我肯定自我体验的充实的结果。后者则相反，没有人为之陶醉，为之捧场，为之掬一把各种内容的清泪。它由漫长的寂寞与孤苦自知的吟哦所构成。其中的每一个节拍、旋律或根本无法构成旋律的东西，都是从自身的落寞与辛苦中挣扎出来的，它将成为一种永久的纪念和碑刻烙印在记忆中。你永不会忘记它生成的任何一个细节，任何一个破绽，任何一次失败的远征和任何一种变调的诞生。即使喑哑了嗓门，挫伤了声带，也是一次革命一次胜利的序幕。在我的经验中，它是真辉煌大辉煌。

即使不唱歌，你也终将成为一个歌者，一个歌颂人的力量、人的辛苦、人的不可战胜的歌者。

当城市的霓虹灯开始迷乱你的眼睛时，你开始觉到诱惑同时还有虚假。而在这虚假背后的垃圾场上，你认识了人生的真实和人生不可或缺的一面，是如何严酷地展示和招摇着它的铁律。只有在此刻，你心中依然会升起对于平庸生活的礼赞，看得出毫无光彩的生活中那炫目的色泽，你即使不唱歌，已经能唱歌，在唱歌。你的歌，就是你自己的梦想与钟情。

对一切现成取抱怨态度的人，即使是歌星，也是没有歌不会有歌的。对一切都诉苦的人，他是永远无力超越本不是苦，却把乐趣也当苦歌来无病呻吟的。

吃苦而不诉苦，即使不唱歌，你依然令人羡慕不已，你便已成你人生舞台上最杰出的歌星。

命运的耕耘

命运是由人来解释的。宿命更是一种无可奈何之后的喟叹。命运显示过程，宿命通常是终场式的符号，是人在末日在终极时的自我规避。在一切还没有开始，或开始却还未显示结果时，命运和宿命仅仅是梦呓，是弱者的自我安慰。对之的诅咒与听命也就意味着一切已经不可挽回，诚如《巴黎圣母院》中的传教士克洛德·弗罗洛。

易与命相以及种种卜卦的盛行，几成一种流行于市井于文坛的文化人象征，连中学生中也扶乩成风。似乎一个从冥冥中寻求命运走向和宿命案卷的波涌正在到来，人们对于命运的迷信与机遇的到来抱有同等的崇拜、同等的祈盼。究竟是智慧地生存还是于生存中盼求天赐的智慧？奇迹也是一种智慧的结晶。不同的是，在不同的人那儿，天赐机缘与创造机缘这两种截然不同的状态，被巧妙地调和起来，混为一体来顶礼膜拜了。在更年轻的一代人那儿，等待天赐，迷信命运这种日暮时的灵感，被作为一种流行曲。

创造机遇是另一些处于逆境也处于无奈的人，在人生阶段的临界点上对自己对现状的积极反弹。

机遇的确是不可强求的，它之降临无规律可循。但是，有些人无须期待，有些人却需期待终生。有些人只问耕耘，不问收获，有些人无须耕耘，却坐待收获。人生百态，命运相异，这些可能性都是存在的。然而一般的规则是，对大多数人而言，命运就是对机遇到来时的应对与把握，它的旗帜是人们有权决定自己。

但也有例外，这就是社会调节之失败。

当今广州七十万回城知青中，许多人至今仍然很不景气。昔日风景依旧。并非是他们对于机遇把握不力，而是时代没有给他们提供足够的机遇，在一个非常年代里，积压了生活于成长于毛泽东时代的整整一代人，停顿了一代人的脚步。社会位置小于这代人的需求，于是他们被夹生了。这个反常的例子常常勾引人们对于命运的信任。然而，这个例外更充实地证明机遇对于人的重要性。知青们在回城之后努力创造机遇——也即调整自身去应对机遇，可是，机遇供求失调令英雄无用武之地。

改革开放本身就是一种机遇，到处公开招聘人才，从最低级到最高级人才的聘任，对所有人敞开机会。这是十几年前闻所未闻难能设想的。这不是个人命运所能预测，只能说是大时代的走向使一代人免于期待之苦，人们终于能够由自己来决定自己的命运。这是时势的进步，非人力所为。

失败是一个梦

不是梦呓，失败当真是一个梦，一个很理想却又极不愿意实现的梦。没有人企望做这个梦。我说它很理想，是因为任何理想的实现都不可避免地要经历失败这个环节。这个环节如此严峻和现实地横亘在每一个成功者的背后，只是人们很希望忽略或省略它的存在。我宁可梦想失败，梦想失败总比梦想胜利要痛苦得多，但其结果却往往是相反的。是痛苦于过程好呢、还是甜蜜于结局更好些呢？或者相反？我宁愿取其后者，那样不至于对生活太失望，对奋斗太惊骇。

著名的海明威之所以著名，是因为他得了诺贝尔文学奖的成功么？也许是的。但造就这一切的，是什么呢？他钟情的是乞力马扎罗风干的狮子，而不是中国古典文学威猛的龙虎豹；是《老人与海》中老桑提亚哥失败的经历，一个以失败为终局却始终被理解为英雄的人物；是《饥饿也是有益的磨炼》，回忆也是饥饿。青年偶像史泰龙并非因为是一个胜利者被美国青年崇拜，恰恰相反，皆因他始终扮演的角色是失败。他失败了，同时他胜利了。

俗套以外的深度是，海明威对于失败的理解是非同凡俗的。人一生所经历的东西，一定是痛苦多于幸福，欠缺多于完善，失败多于胜利。但人们并不愿意正视这种现实并为之憧憬。长久的痛苦方能使瞬间的幸福显示堪足珍惜的滋味和悠远的韵致。没有别离的人生就绝对不会有重逢的企盼，自然也就消竭了希望的期待，没有期待的生命难道会使每一个平庸的日子炫耀出光彩么？

失败是一个梦，只有当它是一个梦，时时在人的梦境中出现，成为一种对现实欠缺承认的梦想时，它将令人有足够的勇气去承诺生存的弊端，它将激活平庸的浪漫，激活人的潜能人的意志，而对一切不抱任何不切实际的幻想。

我们的传播媒介给年轻一代太多轻而易举成功的例证，我们太善于简化过程而又太钟情抵达目的地时的渲染。我们太有本事使英雄苍白，使辉煌失色，使成功虚假，使刚刚开始就已经结束——这种拙劣的不求甚解，图拼生活逻辑的传媒，尤其是电视剧制作的思想匮乏和对人的浅薄认识，已经在制造另一种不可容忍的流行病般的无积压与幼稚。加之表演的矫作，制作的粗糙，一张张漂亮面孔后面的毫无内涵，看不出有任何深刻的人生体验与情感韵致的沉淀蕴蓄，都在向观众显示草台班子的文化构成。只有认认真真地把失败当做一种梦想、当做对世界本质飞越的一个不可或缺永难消顿的人生梦想时，人的内心才会有一种不可遏止的力量，与之对抗，人才会在突破这个梦想中充满着痛苦的求索和挣扎的能量。

如果失败当真是一个梦，一个魂系梦牵的梦，则我们将处于一种习惯紧张之中，我们将习惯于紧张的思虑，而最终实现一种永恒的宁静，一种足以抗击紧张的宁静。每一个出家人的宁静淡泊后面，都有一段长长的失败的历史。这个蹩脚的比喻也许不能充分地说透这个问题。但是他们的宁静和豁达禅定，是以失败为代价的。只有到了此刻，失败是一种梦想于他们才是最深刻的。

人生永远是一座金字塔。要祈望成为金字塔顶的那块砖或玉石，那么，且把失败当一个梦想，则即使是在临近塔顶的那一瞬间又滑倒下来，你也会获得一种永恒的宁静和安息，觉到这之前的全部失败是一种值得。在即将滑倒的那一瞬间，你已经胜利了，你就已经走过了你的梦想而到达一个彼岸。

终极的风景

“我很寂寞。”我不止一次地听到这种感叹。

当真很寂寞吗？他是怎么知道自己很寂寞的？我以为，最不寂寞的恰恰正是这种人。他拥有太多太满的意欲，而这些意欲又暂时得不到满足或开解。他幻想拥有太多的东西，以至于整个心胸膨胀得难以忍受而顿生一种虚空，一种暂时无法填补的虚空。他寻找不到发泄的机会，于是只好退回内心，寂寞也就产生了。所以寂寞一旦让人自我感觉了，寂寞也就不复存在。喟叹寂寞的人，常常是并不寂寞且比一般人活得热闹活得喧哗的人。当热闹和喧哗退去而且一定退去的时候，虚假的充实和填补物也随之退去。世态人心总是以双重的面目和机制呈现于具体的物事具体的时间的。

我不知道“甘于寂寞”是何时成为一种美德，成为一种自诩也是褒奖的方式的。但由此可见世道人心的公准，是把退避和宁静乃至淡薄作为一种人格至境和操守的。“难得糊涂”、“宁静致远”便不乏成为中堂成为条幅成为座右铭，横行于世，招摇于最热闹最幽静之处，乃至不分什么场所，都以此为风雅，为时尚。而现实状况却在不断暗示和昭然着相反的现象。

文学很少留意到此种微妙的人生态度，对于世态人心的摇撼。这种无情节无故事状态流行于传统中，却不被认为传统乃至于已经成为传统潜行于时尚之中。故事是如何诞生的？许多作者感叹生活已无大波大澜当然也就无故事无情节可寻。而凶杀、暴力、色情又为文学所唾弃，为君子所不齿。西线无故事，西海无帆船，英雄已绝迹，文学往何处去便成为问题。梁启超云：二十世纪无英雄。乃指社会趋向和平民主，专业分工精细而全能者罕有，于是英雄志短，儿女情长，寂寞孤独忧郁诸贵族病态便风行于市。时代精神不在马上，而在人心操守。于是事情便复杂，文学便寂寞自然不在话下。

甘于寂寞的人是通晓世情的贤达，真正的寂寞是对世事万物包括自身的透彻。这是修炼颐养的结晶。是在血水中，在烈火里浸泡过锻炼过之后的无欲无求；是有过大欲大求且深味这欲求的血腥，包括对自我的鄙视、忏悔之后的一种境界；是人已经深刻地理解了自己认识了自己，且对别人拥有一种无穷博大的怜悯与爱心之后所默默流泻着的一份热情。所以甘于这寂寞并非是一种逃遁的托词，回避的屏障，而是一往情深地钟爱于某一理想执著于某种风景，坚定于一个只有自己能够看得见的自以为辉煌的终极的风景。

寂寞，事实上是一份精神的试纸。

人在孤旅，在暗无天日的西藏无人区，所有的景象都是孤独的。铁青苍茫的山与黄土飞扬的砾原，枯瘦的原上草甚至连石头都透着孤独的神情，天空偶尔的飞鸟和没有生命的颜色一起构成一个写着大问号的寂寞。可是这对那些朝圣的五体扑地亦步亦趋终其一生的圣徒来说，却是无穷丰富充满诱惑的天国之路。

寂寞与不寂寞，全在于你的操守。

无根的热闹

梦做多了，热闹也变成了冷寂。想想生命本来就很短暂，又很脆弱，经不起风吹雨淋。尤其是现代人，原生的东西在日渐衰竭，而人造的东西铺天盖地，连感情都带有太多的人造成分。生活愈来愈像一台戏，交际也愈来愈趋戏文化。于是，一切热闹的场所便渐渐给人以屠宰场的印象。不得不赴会时，只好静静地寻一方人不易见到的地方，待那灯光黯淡下来，黑暗弥漫那本已狭窄的空间，卡拉 OK 也在那幽暗中渐渐失去噪音的嚣张时，热闹才如潮水般退到无人的沙滩。只有此刻，你才觉到热闹终归是空落且毫无人生价值的。

久违了“边缘人语”，却又于惶惶中想出这么个命题，真有一点大煞风景的味道。可是细细一想，多少人在冷寂的奋斗中，渴念着热闹的风景，那是很自然的事，谁也不愿意被冷落被忽略被视作草芥无关紧要。人生最终的实现，不也就是让生命辉煌吗？而辉煌在最初的阶段里，是必得由热闹作为伴娘的，否则，何来辉煌之说呢？想到这一点，我也就自觉热闹本也是生活与生命的一部分，不可或缺的一部分。

现代人常常这样去认识人的价值。而人也因为如此而令热闹平添一种壮烈的色彩。活得轰轰烈烈，活得起三更，不到午夜不返家，如果还有家的话。从早到晚忙于赶场，比华威先生更忙碌于种种的社会承诺。热闹成了一个包装生命空虚的躯壳，那种忙碌的累是与热闹的虚荣成正比的。

热闹使人不得不虚假与虚饰，热闹也使人不得不在很大程度上改变自己的初衷与早先的承诺。我的一个朋友有一天早晨给我打电话，说已经很久没有出差了，单位每日工作又很忙，有许多应酬，几乎天天在外面陪吃陪喝，累极了也充实极了。但回到家里，又觉得寂寞难耐，应该找个机会出去走走。他向我寻机会。我说：几天前你不是已经飞了好几处地方了吗？他说好似已经很久了。一走进自己的冷屋就有一种被世界抛弃的忽略感。我只好苦笑说：你是一天也不能平静你自己的，你将永远走不出你自己，你没有了自己，你将永远属于那种理性的人避之而不及的热闹的裹挟。连你自己都不知道太平静的生命境界是人成就大事业的前提，这样一个简单的道理，或者你早已知道，但并不打算或根本就无法去实践它。那么，你就只好永远置身于热闹中，以无端的空耗去满足浅薄的灵魂需求。

因为渴望热闹，你永远寻找不到自己脚下的土地，永远寻找不到属于自己生命与事业的真正乐土与净土。

我的许多有成就的朋友，虽然他们的成就并非那种显赫于世的史诗般的成就。但是他们都共同有着一种精神的经历，那就是在大寂寞大平静和被冷落被忽略的漫长时间中，首先经历了这种考验。没有面壁十年的种种艰涩，没有经受令人忽略的那种心理煎熬，没有拒绝种种俗世的诱惑的心理承受力，没有对热闹持一种旷达的规避与舍弃的境界，你将成功什么，热闹什么呢？我常这样对自己说。在青年时代能够达到辉煌之顶点，那当然是最完美的人生，但多少人能够有这种天才与机遇呢？更多的人是默默无闻地奋斗而终将是默默无闻的。这是每一个祈求成功的人，祈求热闹的人所首先应该具备的素质和对自己的最好预告。

逃避欲望

人生之无奈与精彩都让人归诸于缘。“缘分”这个本来很民间很不登大雅之堂的东西，现在变成很流行很时髦。正如满街流行“潇洒”一样，缘分也成为一种万能的解释解嘲了。

当一个语词产生或被发掘出来成为一种流行语时，我想，它必然就意味着一种新的社会生态和心态的诞生。而这种诞生常常是悖反其原意本意且更倾向于寄托其上的种种引申义的。因为无法排解自己，因为自感苍白又渴望辉煌而不能，因为太迫切希望有所疏离却被胶黏着。因为都市太热闹而渴念着乡村田野牧歌，因为永无潇洒而永难潇洒，深感生命之累、人生之累、精神之累，而希冀轻松卸掉负担。因为过度的精彩而厌弃精彩只好说精彩是一种附加是买一送一的添头，而自叹馈赠大多难以承受之无奈。因为无数个因为而找不到一种很理性的解释，便自嘲为“缘分”。缘分因此而背驮了太多它无法背驮的东西，也便觉得比人世间利用它来排解什么的人更累更乏。诚如在北京召开电视剧《中国知青部落》研讨会时，社科院的朋友说，我们北京人已活得很累，既无钱又责任感极强、忧患意识极重，好不容易有《编辑部的故事》、《爱你没商量》来调侃生活，发泄闷气，轻卸肩上的负重，你们南方活得轻松活得很有钱却把如此沉重如此严肃如此历史感的东西带给我们，让我们累上加累。郭小东你真正可恶。我说，你轻松完了调侃完了宣泄完了不就希望再来点累的东西么？否则你那些没完没了的责任感历史感忧患感往哪儿装呢？我特意给你提供一个躯壳一个框架让你再度沉重起来不至于火气太盛不是很好吗？他说果然如此，既然是一种命中注定的东西，那就是缘分了。是缘分的东西你无论如何是逃不了的，那么就认命吧！

又是缘分。

缘分简直成了一大箩筐，什么东西往里一扔就万事大吉。人其实是脆弱悬殊很无奈的。人自己制造出许多东西包括制造出许多洋罪给自己受，可是又把这一切推给命，推给缘分，推给冥冥的上苍。从这一点而言，人是极不负责任的。这种精神的推卸还是人类赖以生存的手段之一。他把无法排解难以排解的东西推向一个自己也不甚了了难以明晰的世界；他又把自己的责任推卸完之后，把那暂时的轻松和愉悦称之为潇洒。在以公鸭嗓子在公众幽雅之处卡拉 OK 为荣为乐事，穿着一条到处故意开花的新潮牛仔裤招摇过市，在不是以现代嬉皮士自娱自乐而是以此炫耀与社会的错位以产生鹤立鸡群之效果，把这一切当做潇洒，当做缘分的天赐的时代，我们自然有理由对缘分和潇洒这个大箩筐持一种可疑的态度。

真正的缘分和潇洒是佛，是那个没有生命，由人供奉，肥头大耳对任何人与事都持同样眼光同样神情的泥塑木雕的如来佛。正因为如此，他才能够给人以普度众生的希望和许诺。他以他无生命的慈祥之态和宽怀众生的超然，令人悟觉到一种无缘之缘。他的潇洒之处正在于他是以一种虚无的承诺，以你自己意愿之还愿的真诚，白送你一份希望一份超然的无物之礼，那就是迫使你把自己塑造成为送给你自己的礼物。

缘分是现代人对于自身软弱与欲望之强大的逃避后的自嘲，潇洒本无所谓有无所谓无，它之流行正说明人之渴望的难求。它同样是对那种自嘲的另一种解脱。当你发觉潇洒是一种方式一种眼光一种需要的时候，也就是你从未潇洒最不潇洒不知潇洒为何物的时候。对于人而言，许多事物都是在你没有感到它的存在时，它便已经真实地存在过，而当你感觉到它时，它也许早就已经离你而去了。痛苦与幸福乃至爱情都是如此。所以该怎样活就怎样活，活着就是一种成功。

极度空灵

世人往往忽略了这样一个道理，那就是越是想成功什么，就越是成功不了什么。越是不想成功什么，就越是可能成功什么。这条规律的应验几乎遍及社会各个领域。可是尽管如此，人们在憧憬未来时，往往不愿意首先想到这一点。正如“失败是一个梦”这样的话题，它在充满浪漫情怀的人那儿绝对是一种梦呓一样。所谓志可鼓不可泄，也仅仅是一个方面而已。中国传统中的许多东西都是非常不确定且带有一定的机缘性的，所以它的哲学构架和思维也就常常因人而异因地而宜。中庸也就成了它的万能钥匙。

有几个人是在童年时就想当作家而最终成为真正意义的作家的？无须作精确的统计，其概率一定是相当悲观的。因此，我极不相信许多作家传记中关于童年作家梦的最终实现的话。

事实上，对于任何最终的成功而言，开始时的功利性和不可游移性就在很大程度上决定了前提的错位，也即只能成功不能失败的思维方式和目标，在许多领域是行不通的，尤其是那些精神与意识形态诸如文学艺术范畴中的东西。因为这种前提束缚且框定了思维的活跃，产生一种向既定的成功的范例重叠的那么一种惯性。它在很大程度上是对自己创造性和个人风格的背叛，这种背叛所产生的效果是人在本可能创造的情况下失却了创造而向世俗的老生常谈靠拢，因为只有那老生常谈令人觉到生存的可靠性。为了成功他不得不出卖自己、宰割自己以达成一种社会契约的翻版。其结果是人云亦云没有什么花样翻新及什么深刻之处，令人觉到二道贩子的恶心，如此而已。

无心插柳柳成荫和歪打正着，事实上是一种人类的智慧发现。这种似非人为因素，事实上是事物存在某一领域中的必然机制的偶然性体现。由于无心也就是没有什么迫切的功利目标，令人有一种轻松的听凭心灵的呼唤，听任个性的自由发展，听命于一种天籁之声的指引，他完全把自己置于一种极度空灵的创造性境遇与心态中去。世界于是仅仅是一个支点，一个灵魂赖以支撑的支点，而他的思想则成为一支任意发挥的杠杆。能否撬得起来，撬向何种角度何种方向，实现一种怎样的翻腾和超越，那是别人的事，严格说是一种水到渠成的结晶。你自由的天性天分天才的极度开发和实践，至于最终成功什么，能否成功，那也是一种天意。我想只要没有很功利的大希望，自然也就不会落入一种很痛苦的大失望中去。真正成功了某种事业，包括引车卖浆者流的事业的人，是非常能够体恤深味其中奥妙的。只是社会的某种流弊，常常予成功者太多的花环，予不成功者以太刻薄太严苛的眼色。因此而导致了一种误会，把成功者的初衷强调到不恰当不真实的地步，因为这其中的诱惑太容易与人的虚荣心，与普罗大众对强者的崇拜心理契合了。

并非主张不要对目标和成功作种种设计，而是强调要以一种宽怀豁达之心去洞悉世界与人生。成功的尺度由于明星崇拜，而变得越来越沙龙化贵族化绅士化圈子化了。凡此种种的弊端极容易使成功陷入一种神经质一种狭隘的社会评判中去，而迷失了真正的成功尺度。因此，追星热是一种极幼稚极浅薄，气泡式多虚荣所累，令自己成为无根的浮萍失却脊梁骨的浮华心态，对于成年人而言是一个黄昏时的笑柄。

只有顺乎自然，不失努力，珍视生命的每份馈赠，是人终生的朋友和前导。当然，这是我自己对自己说的话。

没有船的帆

——童年与我

那天一定有雨。

残破的老屋没有阳光和风，我于是降生于潮汕平原小溪之东。在这之前，我两岁的姐姐夭折了。我很像她，续了她的生命。那是1951年3月21日。妈妈在从未经历过的难产中生下了我。不适时宜的降生，由于外祖母的坚持我才没被送人。

我不是一个好孩子，但我极想做好孩子，尤其是做错了事面对父母的时候，我顿生怜悯他们的感觉。我的父亲是高级知识分子，母亲是上海教会学院毕业的大家闺秀。他们对我期望极高，可是因为工作繁忙，总是没有足够的时间管住我。这就给了我放纵野性的机缘。我于是常常和渔人的孩子一起，去野地里，躲在咸草滩中，到海上去玩。一个很斯文的野孩子。

父亲在家里永远是高朋满座。他教书，也写诗写散文写哲学文章。古典文学根底极深，在那一带很受人敬重。他的客人大多是他的师友和毕业多年从远方归来的学生还有远近的渔人，我常于无意间坐在一旁，翻着连环画听他们高谈阔论，谈我很陌生的事。那是一个大人的世界，也是一个深奥的引人入胜的世界。

我童年的顽劣是以一种很温情的方式进行的。我家的阁楼与中学校图书馆收藏旧书包括连环画的楼层相通，我于是常常躲在阁楼上，读那些唾手可得落满灰尘的书画。这些被人们遗忘丢弃的书画把我带进一个神奇而遥远的世界。《水浒传》、《三国演义》把我撩得血气冲天，而《格林童话》又使我如入天国一般，还有《圣经》的悲天悯人……我于是知道了什么叫做文学的高贵，我日夜迷失在里面。母亲却到海边惊骇呼喊，她 9 岁的儿子丢失了。

后来，我开始读许多大人的书，许多文学巨著主要是中国和苏俄的经典小说，诸如《静静的顿河》、《阿尔杰的末路》及《林海雪原》等等。我还常常得到父亲的允许，到海边寮居去听渔人讲鬼的故事，讲海上风暴和海的神话。这些渔人都是些历经海上风险九死一生的人物，每个人都是一部离奇惊险的小说。父亲虽然是高级知识分子，与他们却有很深的交情，他们常常邀父亲喝酒或送些海味到家里来，让父亲代写书信。父亲总是很认真。父亲这一点很深刻地影响了我，使我从小就没有那种尊卑贵贱的观念。以至于现在，我的朋友都是各色各样的。

那时，孩子自由的天性使我不顾一切地逃学，和渔人的孩子一起，偷他们父母的舢板，让海流漂得很远，而从不知什么叫怕。单身匹马到幽深的“梦之谷”去寻找洞穴，确信里面一定有宝物，有一个未可知的世界。父母经常的管教又使我不得不约束自己，尽可能地听话，别太野性，于是阁楼成了暂时的天堂。我也从中学会了克制。

我5周岁上小学，三年级时因爬树跌断了手臂休学一年，12岁时考上中学。中考作文题目是《下喜雨之后》，我作得很好，老师得意我也得意。初一时学校征文比赛，我写的《我最熟悉的人》得了奖。学校的《濠声报》也常登我的文章：《一节菜脯》、《虚荣心要不得》等等。我便有些志得意满。第一学期期中考试，全部在60分上下，我从父母的脸色中看到了我的过错，于是发誓要于期终考得高分。

我对文学的钟情仅仅因为那里面比平淡漫长的夏天中午更精彩，那里面热闹而没有孤独寂寞。我读张天翼的《宝葫芦的秘密》的时候，就常常想入非非，夜里做梦便也有了宝葫芦，有了神灯和宝船，乃至格林兄弟那无穷无尽的大森林、活命水和小红帽，我于是常常沉落在一个人静默独处的幻想中。海边落日黄昏，山林里面斑驳古老的青苔，乃至漂流着的枯草的流泉，我跟随着它们走向遥远的世界。我常常梦想着未来的日子，一个透明的梦。我最大的梦想是做一名地质工作者，握着地质锤到处流浪。也许是这种梦想，促成了我后来去海南岛上山下乡，在黎母山中当伐木人。我对于文学的钟情，说到底来自于对大自然的钟情，对活泼泼的生命与冒险的钟情。这种并不现实极为浪漫的精神，成了我后来在艰辛的人生历程中，不致气馁退缩坚信未来的希望终将能够实现的动力。童年渗透于血液中的这种气质，虽然它源之于文学熏染，却是人生必不可少的东西。它终将伴随着人走完生活的历程。所以，童年，是不能没有文学，没有对大自然的爱心的。我觉得从容不迫地走向自然，是人生最大的幸福。于是在15岁那年，我毫不畏惧地去了海南岛当一名最小的知青，在黎母山中延伸我的童年。虽然我已人到中年，但是，我想，我美丽的顽劣的童年，仅仅是昨天的事……

我常常看见我自己，犹如海上风暴中的一张帆，一张看不见船的没有船的帆，但是，只要有帆，在那风浪里鼓胀着，那么，你还担忧船么?

第三辑

天籁之声希声

许多联想是毫无道理的。

假如事事有道理，联想便成了教科书，那还有什么叫做悟与灵动。

悟是游走于性灵中的魂魄，灵动是这魂魄的车辚辚、马啸啸。如果嫌这种表述还太形而上的话，那么，我们将其形而下为一个无人不熟知的词语：音乐，或流行歌曲。

于是，问题便简单得多了。

联想便有了依托，也便有了道理。

文学起源于“吭哟，吭哟”的劳动号子或者某种病态的或健康的呻吟，这便是音乐的雏形。可是许多后来弄文学的人，竟不懂音乐或不屑于音乐或视音乐为大路货“嘣喳喳”，所以他的作品便无旋律便无呻吟无灵动之气润泽之色。有永远正确的结论却无跌宕的痛苦过程，他的正确是一个最可怕的结论。

因此，我说可以寻找不到爱情，但不可以寻找不到诗，因为寻找到诗，就可能寻找到爱情——植根于诗的爱情是无法拒绝诗情的。人生的过程与结果为诗，这便是音乐人生的精微解释，也是真文学真人生的真谛。正因此，可以不懂音乐，但绝对不可以不屑于音乐。

对音乐毫无知觉的人，一定是乏味寡情如枯叶，也绝对写不出真文学的人。

音乐常常是灵魂研磨的结果，不管它要表达的是怎样一种情绪，都无关宏旨。它毕竟是人生情绪中某种历经挫折和打磨的精华部分。同一段音乐，在不同人生经历体验的人那里，其处置之后的色调和效果大相径庭。只有少数已经让无数风月固定为一种不可避讳的熟悉的经典作品，可以有些微的例外。因为它那熟悉的旋律已经在世代千百万人的脑海中形成一种近乎基因的东西，人们只要凭着悬浮于空气中的那么一点熟悉的旋律就可以了。高超或者蹩脚的演奏，都无法违忤它博大与无所不在的威慑力，对于灵魂的威慑力。它的普遍灌输不是因为它本身普遍，像一地的青草。而是因为千百年的岁月沉淀所积成的厚度所形成的高贵，令所有的人对之膜拜。这种膜拜是来自灵魂的对应的。

可以说，我的文学寻觅，很大程度是对音乐的寻觅。关于这一点，是划分我作品深浅度的分水岭。我的文学启蒙乃至文学的开窍，全然得力于音乐。虽然至今我依然不识什么叫五线谱，也根本不愿意去认识它。但是，我相信我所关注所倾听的而且想向人们诉说的，仅仅是，沉蓄于人生于自然的天籁之声，那深深浅浅地回荡于贫穷人生富贵人生伟大人生的隐微的声音，那连他们也难以觉察的声音，那贯彻他们也是我自己人生的旋律。有时，仅仅是一种感觉中的旋律，一个音符和似有若无的节拍就可以了，就足以令我泪流满面或悸动异常。从而在笔下流出另一种形态来。

生命的风度

三毛的《橄榄树》，疯了半个中国的男女。在什么时候？在什么地方？就像塞林格的《麦田里的守望者》一样，一个“遁世”的美国作家所作的并非“遁世”之作，一部短短的长篇小说，却风靡全美乃至全世界，作为“现代经典”整整影响了一个漫长世代的文学和处世精神。即便是在中国，也无不受到塞林格的余波冲击。信奉土地神、“父母在，不远游”“一方水土养一方人”的中国人，什么时候对流浪精神也表达了一种尊崇和敬意！

把放逐视为罪恶，以流浪作为耻辱和惩罚，只有天灾人祸才不得不背井离乡，而且还怀揣着一坯“乡井土”的中国人，居然对《橄榄树》如此钟情。当我第一次听到《橄榄树》以及后来无数次听到它时，我都时刻怀着一种新鲜而陌生的心情与渴望，在心底唤起一种连自己也说不清的企盼。它启迪我尘封得太久远的灵性和太固定然而又常常在蠢动着的理想，一种无形但很飘逸的理想和抱负。有一天，我终于顿悟了自己，在许多次地战败之后，我明白了什么叫堂吉诃德的风车。

人不能没有理想，但理想在许多人那儿往往变得不是理想而仅仅是一个具体的东西，一个职位，一个有所需要的但是却逃离理想本身而借助其余的东西，一个饭碗。而《橄榄树》一反常规的是，它只给你一种生存状态，一种人人都可以很潇洒地谈论却并非人人都能很潇洒地实行的状态，一种至少是难以形容的东西。它是人生崇高的旋律，又是生命的风度。为日常生活庸常理念所累的人生，也许根本无法理喻《橄榄树》的精神，也许对之产生一种陌生的新奇而迸发热情，生命被启动被骚扰被喧嚣被震撼得不能自已。也许此生难以去流浪撒哈拉，难以仅仅为了草原和溪流而去流浪，可是，他的精神却因此有了对人生博大的认识和深刻的精神冲突。他在这旋律里听到在心如止水的生活和尘封的心灵中，无法领悟到的另一种外部世界的灵动和自身生命的历史超越。

《橄榄树》的卓越，在于它传达给人的是一种不经意和清淡的浓烈，它的抒情和优美的节律中沉淀着太多太负累的人类精神，它的惆怅正是它明白了人生本相和人类本相之后的一种姿态，一种没有经历没有钟情没有体恤就难能觉悟的天籁之声。所以我觉得惋惜的是，三毛永远是那么惆怅，她写惆怅人生的歌，却常常由并不惆怅的歌星口中唱出来。也许这正是一种自然。生活常常在以它的反常状态表达着另一种正常。我们无从拒绝和责备这种反常，只是觉到心底的凉意对自身的浸润。

其实，人人都流浪过又正在流浪中，这是开放时代人的精神形态之一。《橄榄树》使处于精神开放状态的人们，知道了生存形态和革命是包含着对世界，特别是对自身生命态度的革命的。

钟情《橄榄树》的人，至少是心怀高远和淡泊势利的人。

黑色的亮丽的忧愁

流浪和带有流浪意味自然也渗透着乡愁与离绪的歌曲和音乐之流行，能够于莫名其妙的场合游走于莫名其妙的人群，且负载着莫名其妙的时间，在同样莫名其妙的过程中不胫而走，具体于对《橄榄树》的认同和如醉如痴，这是为什么？

只要是《橄榄树》的旋律，黑色的忧愁便充满着亮丽的温情和对自身生命的骄傲。即使身处如何委顿的绝境，也自然体悟一种生命的自豪。一无所有的人生中，你拥有了谁也无法夺走的悬浮于空气中的《橄榄树》的旋律。你可能马上自怜自艾，自以为人生有价流浪无价生命无价最好是活着。走在有人和没有人的大街闹市，荒野沼泽，一切都无所谓。唯有你的生命是不可战胜的。因为你能流浪。当生命到了不能流浪的时候，你还指望什么呢？

《橄榄树》所引发所强调所张扬所肯定的正是：不必问为什么，来自哪里将到哪里去，拥有什么或不拥有什么。只要你愿意与大自然融为一体，为着自然而流浪你的生命。清流、小鸟……只要你愿意拾起被人们忘却的、不屑一顾的平凡，你便获得一份平凡的人生所不曾拥有的惊奇与惊喜，便拥有一个由大自然的生命构筑而成的远离奢华的人格精神。

我这里所指的流浪是一种精神、一种哲学态度、一种人格色彩，与流浪汉、盲流非同日而语。毛泽东极为欣赏人生的流浪精神。他说“会当击水三千里”，主张行万里路，读万卷书，鼓励青年一代经风雨、见世面，力主社会人生沉浮。他作为一个政治家、军事家，半生戎马，转战南北；作为诗人、学问家，他行万里路，浪迹天涯。直到老年，七十岁依然走南闯北，畅游长江，他不安分的灵魂中有一种对流浪的钟情，这精神集中体现在他的诗词里。那一时代的青年在童年和少年深受毛泽东人生态度的充分熏陶，他曾是一代青年的伟大楷模与典范。

毛泽东的身体力行，自然产生了革命大串联和千百万知青上山下乡的人口大迁徙。结果是国民的流动加速了国家观念的流动，也渐次形成了五湖四海，人在江湖的民生意识，这种意识使一个心如止水和土地观念极重的民族，在某种意义上注入了吉卜赛的人生精神。《橄榄树》在一个非常特殊的时刻，为这种精神的切入提供了声音，提供了音乐的灵动方式。它的风靡随着邓丽君最初的甜腻，全然都是无言与无克制的，这也就同时反证了当时社会心理的需求。

正因为流浪不是形式，而是精神，而它的对国民的浸润居然来自于音乐，来自于一首歌。来自于你很难咬文嚼字的说解清晰的包括所谓主题思想和政治教育意义的歌词，那么，你还有什么办法呢？于是只好听命于自然的勃动。

只能说，这是现实人生一个严肃的玩笑，一个有些过时但对于生命来说并不很过时的上帝的笔误，我们对上帝也就只好持原谅的态度！

殉道的绝响

音乐是最伟大的人类语言。优秀的音乐作品足以遮蔽一切琐屑的人生形式和委顿的人生内容，驱赶邪恶的意欲而把灵魂送进净土。

面对《圣母颂》，我无法真正且真实地捕捉巴赫在创作这首曲子时的情绪，所弥漫于他灵魂的全部真实。假如我能够知道这一点，那么，也许我便是最幸福的人。我会因此而知道上帝的感觉，圣母玛利亚的感觉，这正是我所企盼与渴念着的。我想伟大音乐的天赋之处正在于这里。就连巴赫自己也无从知道他所传达给人类给后世给每一个具体的生命的声音和音调，将会对人类对后世对生命产生如何的影响。假如他知道，那么一切都会是另外的风景。

自从我知道《圣母颂》时起，尽管我并非最大限度地理解音乐，且精微地解释它的每一个音符和旋律的大意。但是，我完全被《圣母颂》那种既熟悉又很陌生的人类语言所震撼、所驱动，没有一点点的杂质。每一个音符的流转所构成的梯级，都在无言地引导着你去登临一个虚幻的圣地。即使你并未经历过宗教的洗礼，领受过耶稣的圣餐，也会被那种来自母亲的胸腔深处，游动于母腹丛林的温馨，那一声声被拉长了或浓缩了生命反刍的声音，在轻轻地叩击着几近麻木枯萎的心田。

没有急促的生命节律，仿佛人类的每一次心跳都被无言地拉长了，拉成了一条柔曼坚韧的脐带，血流顺着这脐带在透明无色的奔流中，柔软地注入一个又一个生命。我看见走出丛林的母亲，在日耳曼的山地与草原，在地中海的河滩和岸边，赤脚走着，留下无数堆篝火和折断的荆棘，荆棘上血迹斑斑。于是，你无法抑捺你深蓄于心，或渐次让现代生活所销蚀了的激情，对于来自母腹感激母腹的那一份人类固有却已削弱了的性灵与情结，你会于瞬间闪射，重归母腹，再经历一次生命涅槃的目光。一切人类的浮华和罪恶，一切不可饶恕的德行和意欲，在这无字的旋律中，都经历了一次来自母血的洗礼。

它以温情，以泪眼，以爱心，以博大的无言注视和轻微的触摸，传达了来自母性胸腔的每一次惊心动魄震颤魂灵的悸动。它以生命的悸动诉说了人类生成的苦难历程。这苦难历程在她那儿，完全是一种殉道的绝响，唱出了不绝如缕的母亲的诗。

我无法以作曲的技艺水准去谈论《圣母颂》，我甚至认为那是极不重要的。对于芸芸众生来说，《圣母颂》的重要之点，在于让你伸出手，不管是肮脏或是世俗或是洁白的手，努力地，一步步地迫近而最终握住母亲那同样急迫地向你伸出的手。瞬间的交流所实现的是，一种超时空的回归纯朴回归生命原生态佳境。到人类的源头去渴饮生命之泉，去洗涤人世的污垢，从母亲那儿获得真正意义的爱情。它是超越一切简单的男女之爱的爱情。

在深刻的悲观背后

并非所有的人都愿意从《在雨中》听出苍凉人生和无可奈何的真实。我想更多的人愿意将其唱成一首不大甜腻的爱情歌曲，带一点苦涩一点怆然一点惆怅，让那本来就太甜的相恋带点儿悲壮，以加剧腻味的曲折，来点苦咖啡来点盐。

只要不去深究它，它确实在陈述一种爱情。唐彪、安李的二重唱和舞台风致，所营构的气氛所潜伏的意识所宣泄的情绪，加剧了这种陈述。听众也很企盼，在这种虽然疑云阵阵的陈述中，求取对欠缺的爱情的必然弥补。

但是，我愿意，我太愿意从《在雨中》领悟一种很真实又很无奈的人生现状。那种无处诉说又不得不诉说的惆怅，那份无法卸掉的沉重和苍凉，而这一切的一切又都是面对自己的内心绞缠在自己的灵魂里的。它成为一种教养、一种韧性和淡泊的平静。犹如经历了种种大战之后，在疲惫的废墟上，谛听挂在败垣上的衰草在风中轻轻地飘摇。天空是如此清朗，清朗得冷月入屋如一盏孤灯，照亮幽暗中无尽的落寞。可是，你还得不断地往前行脚，为着一点战前的记挂，战后的遗失，你甚至不愿意去回忆和重现那酣战的过程，你的所有努力，似乎仅仅是为着一切已经过去，而你却依然不改初衷的——哪怕是行走在坦途，在轻柔的青草地，甚或是战后的河沙，满目是不堪回首的墙垣——一如曾有的宁静，很坦然地走下去。

应该经历的，都已经经历了。不该经历的，也都异乎寻常地经历了。世间再无什么该有或不该有，该发生或不该发生的东西；能够左右你的思想，干扰你的意志，消磨你的激情和永不泯灭的爱意。因为在这一切之前，你就已经接受了一个鲜有的但是永恒的事实，那就是这一首《在雨中》的歌曲，早就为你准备的礼物，一个没有夏天也没有秋天，唯有春天和冬天的人生。春华和冬藏，是如此顽强的占领和充溢着你生命的全程。唯有夏长和秋实，却远远地逃逸着你。你无法寻觅它们丰盈的身影，却听得见它们款款的、姗姗的脚步声，这是何等痛苦何等无奈的煎熬啊！

可是，就连这无奈和煎熬都已经由于通达的生命知觉而化解为一种更博大的气运时，还有什么东西能够使你不平静不淡然于种种的失败和胜利呢？

人，就是在这种无可挑剔的欠缺中，成为了人，成为了令万物颤抖，也令一切喧嚣静默的神明。

也许我过于矫纵了《在雨中》，也许作者和歌者本就没有这种无端的意蕴，也许一切都是子虚乌有的联想和发挥。也许正因为如此，一切都应了《在雨中》这支歌传递给我的那种真实的无奈。

一切都来源于我对世界的过于清醒的注视，来源于那种我不断强调也不断寻找的南方的忧郁，一种在深刻的悲观背后的并不悲观的人生。

献给你阴晴圆缺

我极为欣赏也极盼望自己能够实现的，便是那种能够从伪饰、从矫枉的人生状态中，看到其中两面的境界。人为什么苦恼，为什么常常觉得难以承受的沉重和难以承受的轻松，在轻轻地咬噬着你，令你不安宁无法沉入一种恒常的喜悦中。而唯独音乐，好的音乐和歌曲，能很及时地超拔了你的心境。《在雨中》不同寻常之处，正在于它把人生的两面都说尽了，诚如相聚和分离，欢笑与哭泣，该来的来，该去的去。

它献给你的是一个阴晴圆缺，一个古难全的世界。

并非所有的人都能承受这种既定的无可更改的命运，正如所有的人都不会反对这种命运的存在依据一样。

当人生厄运没有降临之时，人是很豪壮的动物，很高傲的绅士；他无须逃避也无须惶惑。可是，当厄运将降临或人在逆境，也许一段早已注入你生命而从未被你悟觉其灵犀的音乐，一首从未引起你重视的歌曲，会在你心灵中掀起一阵大波。正是这大波给你力量，盖因为它令你觉到人生于失望之时，并非全无希望可追逐。

诸如《在雨中》这种音乐，顷刻弥漫你的心胸，冲刷你执著的狭窄和幽闭，击破你顽强的包裹。我常常于孤旅、于难堪的境地、于困顿的忧郁中，在心中静静地回荡我所感动所忧伤的音乐，在灵魂中以我的方式和情泪，改造那熟悉的旋律，把它们完全变成我自己灵魂的歌曲。它时刻像一支军歌，一支小夜曲，不是激发而是滋润我那干枯的情怀，像烈日下匆忙的长旅中，一支托着红红的喇叭花的旅人蕉。我用我心的眼睛去看它，也看自己。

犹如我自己在雨中。

我想，当我于烈日和风暴下，却把自己幻想为在雨中，在雨中看人看路也看自己，那是多么好的事啊！何况心中还有两个人，在为你唱着一首《在雨中》。

你于是并不孤独，你获得一个朝夕相处永不分离的同伴。永远保持这一份幻想，永远不从这份幻想中醒过来！

如歌的行板

可以有许多音乐作品，但是海顿的《如歌的行板》只有一首，而且永不会再有。对于生命，对于真正属于自己的生命感知，我想在人的一生中，只有一次，只有一次是表达着一种无法重复无法再度出现的悟觉和启示。他创造的，他经历的，只有他自己。人们无法仿效他，尽管极希望能仿效他，然而一切都是徒劳。他的伟大和智慧之点，正在于他把千百人在如流岁月中，不断淘洗中凝聚而成的那么一种莫名的情感，用一系列的音符和旋律，郁结成一首曲子，演化成一段音乐，一首生命的诗。他把非常具体的人的形态，升腾为形而上的诗的语言。所有的人都可以在这形而上的诗的语言中找到自己灵魂的小屋。无须搞懂和规则地弄清楚它在诉说着什么，反正你无言地悸动，从灵魂深处，踏着青草地，在欧亚大陆的丘陵和河谷，在中美洲丛林，在黑非洲和撒哈拉黑色和金色的土地上，忘掉了自己，只依着如歌的行板，感受着生命的精美和生命的血流在舒畅地运行。你同时顿觉这天宇的旋律正是人类对生命的自觉朝觐。那种属于人类永恒意识的生命情调，是经过无数代人的感情锤炼，从极为具体的苦难与极为坎坷的命运长旅，从漫漫的褴褛的游牧民族，源源不断的文化接续中走出的生命形式。无人能彻底地解释它们，领悟它们的终极意蕴。它留给人们的是一种无法破译只能感觉的精华，一种对生命的共同触摸。

这并非一种无端的唯心的感悟。但是在这个世界上，与灵魂与生命情调最接近的，便只能是感悟，一种来自感悟的终极关怀。这是我对天才的智慧的音乐家的伟大作品的唯一解释。否则我们无法在极端具体的事象中，找寻到一丝一毫的精神形态的东西。

《如歌的行板》，也许可以从海顿的生平和创作这支曲子的环境与年代特征中找寻到某种具体的注释。但是，正如我们面对海明威的全部记忆，关于他在巴黎，在乞力马扎罗的风干的狮子中的创造性灵魂的解释，只能用一个最不具象又最难以理喻的词语来概括一样："流动的圣节"，构成了海明威作品生成同时也是作品解释的精神范式。当我们拒绝了尘世的一切烦恼和琐屑的意欲，进入一个完全清净，好歌和田园诗的情境中，融进一种来自天国的圣洁的生命流转。把对自己的终极关怀，关于死亡关于生存关于快乐关于烦恼……都熔炼进一种豁达的对别人的终极关怀，在走进自己的同时，更深地走进别人。那么，你还会为着尘世的负担而感到生命的难以承受的轻与重么？难道你不是可以轻松地依着《如歌的行板》，在一无负担的灵魂大道上柔曼地跳舞么？

每个人的一生可能拥有许多东西，可能对自己对别人怀着无限的诘问。可是，假若你单单没有拥有一支属于你的独特解释或能予你以独特解释和终极怀念的曲子，你还能使自己的生命“如歌的行板”般流动么？我不知道，但是我知道自己不能。我可以不懂也不想去懂音乐，但我不能没有音乐。不能没有“如歌的行板”。于是，下一个题目：《你知道我在等你吗》?

永远的期待

我至今不完全明白为什么那么多人会喜欢张洪量的《你知道我在等你吗》，问题还在于我自己就极喜欢这首歌，我同样说不出一个非常具体的原因并对之作出解释。

可是，我曾经在我的一本书的“自序”中，莫名其妙地写下这样的开场白：“来到这个世界上，我们并非想得到什么，而在于期待什么！为什么期待和怎样地期待着，最终导致没有结局的期待又得对我们产生怎样的命运?”时至今日，我依然对这个开场白怀着一种深许的震颤，一种来自心底的忧郁弥漫着生命的全部岁月。我知道得到的一切都会再度失去，天下没有不散的筵席，也没有永远挥却不去的奢华与荣耀。天地之大，拥有或企盼拥有的诱惑太多了。可真正属于你自己，伴随终生走进你灵魂的东西并不多，且几乎等于零。可是期待，只有期待才是一种永恒的生命动力和生存的花果。

在人的一生中，有些事应该尽快地行动，但有一个范畴，在一个灵魂的角落里，你只能永远地期待。只有期待，你才能获取最真实也最美丽的情感。我想，这正是张洪量这首歌默契于所有人的缘故。

莫名的爱之强调，并非失却理智的盲目与无端，那是一种最直接也最深刻的交织。匆匆的一瞥，胜过许多世纪的跋涉，而这一瞥又是许多世纪的跋涉所奠基的，是期待已久的莫名躁动和瞬间的寻找。没有长久的期待，怎么可能于匆匆一瞥中迸发永生的爱意呢？所以期待是一种寻找，一种艰难坎坷的跋涉。我赋予期待于灵动的忧郁，于灵动的忧郁以无穷尽的期待，也许永远难能如期而至，但是人的一生却因此涂抹上、烙印上许多亮丽许多深刻许多永恒许多令自己悸动的爱情。

也许你永不知道我在等你！

也许我永远等不到你！

也许我不知道将会等到什么！

或许"也许"会成为一种命运，正如《巴黎圣母院》中的神父克洛德·弗罗洛最终只能在圣母院的墙上刻下"宿命"，作为自己终生的箴言。

由此我有些明白期待的真谛，期待正是希望与意欲在现实中的一种无可奈何的状态，一种不断的冲突。人因这冲突而感到了生命的辉煌与苍白的交战，一种对命运的永不屈服的挑战。继而产生不断的问询。

问别人也是问自己。

你不知道我在等你，而我确实在等你。人类一旦陷于这种窘境，这种难以诉说、无处诉说的窘境，便成为一种对人生承诺和精神追逐的执著。张洪量正是体味了这种执著之于人的可贵。

现代生活把哲学和人类精神引向一个模糊数学和更丰富更不确定的领地，同时把艺术推向既现实又超现实的境界。在现实与理想之间寻找一条没有河的桥，那就是期待。期待的外化是：你知道我在等你吗？

八月的叙事诗

圆号吹出的秋天与秋绪，和真实的秋天有什么区别吗？春华秋实，农人在秋天里收获果实，更多的人在秋天里感受秋天的精神。我在秋天里听到生命的修长的拔节，听到一种比春天更实在更真实的声音，那就是《落叶的旋律》。有谁把落叶的飘零作为对生命的礼赞呢？在中国文学，秋天几乎都是一种悲戚一种吟怨一种无可奈何花落去的象征，是古典主义文学一个永恒的主题。

当秋天从圆号中吹出来，在悠长和呜咽所构成的广袤原野中奔向你的心田你的思绪时，你还觉得落叶的痛苦落叶的凄楚落叶的悄无声息落叶的死亡皈依吗？不，落叶成为一种旋律时，秋天便是一首永恒的美丽的诗篇，八月的叙事诗。

人们很少把秋天把落叶当做一种生命的成功，当做人生中午的太阳来认识的。这种习惯认识来源于人们对死亡，当然也对于人生顶峰的恐怖。所以他们礼赞花朵渴望果实，却又害怕和拒绝落叶。只有面对死亡且把死亡当做新生的人才能真正理喻宇宙、自然、历史和太阳在人生命中的意义。

《落叶的旋律》把秋天当做季节的开端，也当做季节的终结，在忧郁的情调中投注入一种乐观的深刻认识，把落叶的旋律当做生活和生存的旋律来处理。有些忧伤但很明亮。由此我想起诺贝尔文学奖获得者辛格的《两片树叶的故事》，两片害怕变成落叶的叶子，一片终于落下，另一片在经过一个漫长黑暗的夜晃之后，也落下去了。它们终于躺在一起。它们以前所不知的爱互相致意。它们现在知道了，已经不是任由风吹雨打的叶子，而是宇宙的一部分。落下来的结果不是死亡，而是拯救。这只有获得解放而与宇宙混为一体的生物才能体会得到，以死的方式呼唤回失落的肉与灵。

秋天的落叶，在落叶的旋律中拯救了自己，也彻底地改变了秋天的印象。秋天因为这旋律，严格说因为这落叶的精神状态和自我认识而彻底地改变了时间在生命进程中的概念。它把时间化成一种房屋一种无法更代的永远的季节。

于是，当飞旋的落叶随风飘去的落叶在你头顶纷纷扬扬时，你并没有古往今来文人墨客那种杞人忧天，庸人自扰的秋绪。人生虽然苦短，对酒当歌的情怀并未成为秋天的题中之意，而恰恰相反。那么，落叶的旋律便是生命的进行曲，一曲由生命的圆号吹奏出来的进行曲。

如若我们能够对落叶怀抱着如此的意欲，我们便能突破一种惯常的来自农业社会和田园诗篇的规约，在斗转星移的惆怅岁月中，寻找到落叶的旋风席卷而来的关于生命的思索，关于自身位置的安排，关于人是什么的解答。我们便也能在落叶飘零的长安古道、栈桥荒驿中确定人的意义和生命苦旅的每一瞬间，它最富生命力和价值的时刻。把八月的叙事诗演奏成吹奏成一部生命的史诗。

秋日的私语

从斯堪的纳维亚半岛远播至欧美，又从阿根廷传至东南亚乃至中国，一股世界性的旋风席卷欧亚大陆。我说的是由钢琴王子理查德·克莱德曼演奏的钢琴曲。他赋予激情以深沉，给典雅以朴实，他把梦与安乐以古典的方式注入人们的情怀，他令音乐变成一种高贵的寻觅，任何人都可能寻觅到的一种高贵：随着他手指在黑白键盘上的敲打与按抚，走进一个完全陌生的又相当熟悉的时间和空间中。你使你自己走进一个异常阔大的你，随着那音符那旋律的指引。

我想说的是《秋日的私语》，也有译作《新秋的喁语》的。他所演奏的众多曲子，都有一种共同的情感倾向，亲切愉快安详，悠扬激情而又风雅典丽，《秋日的私语》兼顾了这种共有的风格。

在高寒的国度，秋天是最好的，又是最温情的，它是如此鲜明地区别着令人炎热或令人寒冷的季节。

按说所有的私语都是美丽的，秋天的私语则有如童话。在一个清朗的世界里，与谁私语？与大自然、宇宙、河流、太阳、历史和人；还是对秋天的色彩——那种别的季节里无法言喻的驳杂和斑斓，透明的金色，闪着银灰斑点的湖水、从堆积着厚厚落叶和网结着的草根深处汩汩流来的涓泉，以及吸饱了秋天的清瘦的浮云——那不绝如缕的色彩的眷恋，是对无尽的蝉声，对一片刚刚飘荡的红叶的重拾，对晚归云雀的祈祷，还是热恋中的情人，在林中小路上的喁喁私语？一切在别的季节里无从寻找，只能憧憬东西，在秋日的森林、湖泊、山谷和丘陵中，被无言地强调着，重复着。与天地私语，与季节私语，与情人私语，与灵魂私语。你仿佛在世界的任何地方和角落，重温着一次又一次不管发生于何地，但一定是在此刻，一定是在秋日的旅行，旅行中的私语。你甚至无法不对着已经发生了的，正在发生着的，将要发生的东西，抱着一种激烈的颤抖，一种难以遏止的心的私语。

《秋日的私语》，它不是一篇散文，一首诗，不是一部小说，一出戏剧。它仅仅是一支曲子，一支可以视作没有国度没有具体地方没有情节同时也没有言语的曲子。它把秋天的主题熔炼为秋天的私语，把秋天的明朗和驳杂的声色凝练为一种神秘的甜蜜、一种神圣的交流。它把人类对于秋天的情感升腾为灵魂对于大自然的馈赠的吻。它把短暂的年复一年的时序更迭为一种年年期许的希望。它把纯洁的钟情因了秋天的沉淀而充实得犹如浆果一般的饱满。它给旅人以休息以幻想以憧憬以浪漫以无尽的遐思，以私语的温馨和体恤怜悯着秋天的凋残。它还能是什么？让无数的，所有的对秋天情有独钟的或怀着萧瑟之心的人，都拥有着一种别的联想和梦幻，都拥有与这一个金色的季节私语的权利。

记住它吧，秋日的私语，私语的秋日，以怀拥一个永远的情人。

生命的海市蜃楼

雨后的丘陵地，秋天的胡杨林，春草拔节的白沙滩，还有冬雪初吻的美女松，是一种什么样的感觉？我说不好，我很难极准确地描摹人在其中的朦胧而清冽的印象，那种怡然的心境所形成的灵魂冲击，是如何响彻的一种旋律。超然其外，取一个遥远的视角去看取这风景所必然移情的人生感觉、所幻化的清幽色彩和高远气度，结果会是怎样？

我不很真切地确知《致艾丽丝》这首曲子的所有背景，但我又十分确切与它是老朋友，没有什么东西可以游移我对它的钟情，曲子旋律的钟情所包容的，几乎是由这旋律流荡着、冲击着的不可遏止的情调所渲染所强调——很温情地又很坚决地强调着的一个形象。一个清爽淡泊而又浓烈得化不开的很奇妙地统一着这天地间一切精灵的女性形象。她给人以太多太悠长的遐想，是林中空地，是峡谷兰草，是清流的悄无声息，是黑土地里青青的草芽。还能是什么呢？雨在淅淅地下，永远不会停息。你不知道这淅淅的小雨，会在哪一刻就突然停息了，停息了吗？雨与太阳交织着：可是那太阳呢？太阳也是雨滴，雨滴里有无数晃动的太阳。你无法准确地知道你面前的你置身其中的风景，是一种由于什么原因而导致的，但你会在瞬间的灵犀里顿悟，人生并非事事有因。最好的心境也许仅仅因为，在莫名的瞬间，你莫名地感知了一种来自天籁的声音。那声音是一个人、一个很不具体、很形而上，但却在你的生活中无时无刻不追随的人。一个很轻松很典雅的由气流包裹着的女性——从形体、声音到色彩。她常常在你人生长旅中，飘然前行，如期而至或不期而遇，她成为你灵魂的前导。能够感觉到这种莫名，这种怡然的人是幸福的。

大自然因为不是人造的，它才有理由永远以不屑的睥睨，不经意地浏览着人世间的许多假面，以一种恬静的安宁自得于自身的清淡，哪怕是毫无修饰无法修饰的贫困，而从中超然出一种崇高来。

《致艾丽丝》，仅仅是献给女友，礼赞女性的音乐吗？我常常以在三流的歌厅和肮脏的饭铺，听到它的旋律而深感不公。我常为许多对它无动于衷的女性（包括男性），担着一份对自己的欠缺的探讨，人的欠缺的探讨。

我们为什么要《致艾丽丝》？许多生命匆匆而来，又匆匆归去，没有留下什么痕迹，没有留下什么声音，这并非是一种遗憾。旭阳升起时很辉煌，但是辉煌终究是一种消逝的记忆。难道落日就不辉煌么？落日很快就灰暗了。黄昏以它的迷蒙取代了落日辉煌。生命归根结底都仅仅是一个匆匆的过程。所以，在有限生命过程中，太需要一个《致艾丽丝》这种没有具象但永恒的崇拜，成为我们生命的一个海市蜃楼。海市蜃楼在前方不停地诱惑着我们，它是幻影，难道不是另一个实有的折射么?

因为有《致艾丽丝》,失恋的人因此并不失落,前头永远有望;莫名的人,因此而有着一种明确,一种形而上的明确。而我呢?因为《致艾丽丝》而感到上帝与我同在,那是任何厄运横逆都无法阻挡我的,世间什么都可以穿透,时间、空间,只有声音,严格说是旋律,是无法穿透的。

苇船·海边的祈祷

尽管那是欧洲的海，由于日照短，海水更沉静更深蓝，海风也更凛冽更峭厉，更富神话的浪漫色彩。可是，世界上关于海的概念，是并不因地域的区别而游离的。

关于海，关于《海边的祈祷》这首钢琴曲，理查德·克莱德曼以他惯常的风格与指法，弹出了教堂与海的神圣气氛。我不禁想到印度哲学家托尔·海尔达尔，苦于对美索不达米亚、埃及和印度三大古代文明发源地之间的海上联系的千古之谜的焦灼索解，对于这个肯定的答案的缺少论证，致使他终日在海的遥对中苦苦地思虑。什么东西，把这三块大陆的海上之桥搭起来呢？

是苇船？

这是让大海沉没了许多世纪的关于海之船海之梦的推断。

世人很不明白，海尔达尔为什么要置身家性命于不顾，耗尽家财，到非洲塔纳湖畔收割纸莎草，在吉萨金字塔下造成苇船，从摩洛哥的萨兆港扬帆出征。

是为了冒险?

不，他想证明纸莎草船能不能同巨浪搏击，从这一片大陆驶向另一片大陆……

是证明也是破译。他无非在证明一种文明时，建树另一种文明；在破译一个谜底时，重构一个新的谜面。这是人类的骄傲，并不是人人值得骄傲。现世的渺小利益是无足惜的，给这个星球增加一点什么？在物欲横流中冲进去一线清泉，生命的游动因此显示了价值。海尔达尔的眼睛是瞪视着整个人类的。他周身都剥落了，风蚀了，唯有那双眼睛，布满血丝又笼罩着孩子般的忧伤；它漂浮在大海，在风暴中，在漫漫的非洲丛林中，在纸莎草的沼泽里，它孤独地滚动于大海、沼泽。也许它永远达不到彼岸，它将被历史的繁华所淹没，被人写的历史、优胜劣败的历史所淹没。它孤独的命运指示着两种可能：遗忘或者被载入史册。

这两种可能都排除于海尔达尔的动机之处。他的生命就是芦苇。他是会思想的芦苇，因为他比宇宙高明之处，是他知道自己将会死去。凄惨地死于苇船，和他的苇船一起。

因此他写就了另一种历史。一种不是由人写，而是由生命自身写就的历史，那种明知苇船会化于海水，依然建筑它直到胜利的行动的历史。一种随时都可能中断随时也都可能胜利的历史。

海尔达尔一定祈祷过大海，他不可能面对大海而不惊惧。于是他祈祷了。

教堂的钟声事实上是为他而鸣的。只有惧怕大海又钟情大海并时时为之祈祷的人，他终将化为大海。如它一般博大一般空灵一般永不沉静，涨了又退，退了又涨……

人们可以听出不同的声音和色彩，面对《海边的祈祷》，而我只能听到一种声音，心中油然升起的对于这瞬间的轻松和随之而来的长久的沉重的焦虑。

午后的旅行

我们只能以自我的经历来体验音乐。《午后的旅行》在寒带和热带，其感受是截然不同的。前者也许是一种太阳的赐予温暖的降临，后者则可能是一种要命的无奈。音乐以它天才的魔鬼般的魅力，浸润着每一个处于不同纬度的人，给予无端的联想和感受。诸如南方人对于五月炉火绝对不会生出欧洲式的浪漫情怀一般，对于午后的旅行也只能是认命的顺从。当然，旅行毕竟是惬意的。

旅行，成为生活的一个内容，提升为一种文明指数，这对于大多数中国人而言，是近年间的事。只有明了、深谙旅行的人生意义和对于生命的价值乃至于生命的风度时，“午后的旅行”所蕴蓄的东西才是淋漓尽致的。

为着谋生而远走他乡，背着行囊在尘埃与风雨中不断行走。太阳当顶时在路上，黄昏将临时寻找栖舍。那也是一种旅行，生命于苦旅中积蓄着别一样的风尘，许多人如此走来如此归去。音乐为他们提供了怎样的机缘？旅行与流浪毕竟是不同的。一种是选择的结果，一种却是无所皈依的漂泊。我不知道《午后的旅行》所取的是前者还是后者，但有一点可以肯定的是，它所礼赞或者叫做敲击着的一种效果，应是属于人在孤旅时的心境的。

对于一个视人生为空濛，或视尘世的荣枯若等闲的人而言，生命的漂流本身就是一种旅行，本无所谓幸与不幸。多艰多难，曾经充分拥有的人生，已经把他锤炼得无穷的博大。他的博大并非因为他现在依然拥有许多无穷多，而是他曾经拥有许多无穷多，直到有一天他发现这全部的拥有对于生命来说有百分之九十是没有意义和用处的。人是如此的贪欲，人又是如此的在热闹与繁华的众多面前，感到了力不从心和所需的渺小。意欲与实际之间是差距巨大的，生命实际上只需那么一点点就足够了。于是他放弃了众多的而珍视其一点。

所以，旅行的基础，是要求对于生命认识的博大。大自然就是他的行囊，也是他的目标。他的所有兴趣都集中于形而上的禅定上。

有太多牵挂的人，是注定与旅行无缘，且绝对不适合于旅行的。旅行在外国语汇中，包含有探险与观光的意味。这同时也就包含了对旅行的某种期许，某种生命相托乃至人生终局之辉煌的浪漫情调。旅行是一种兴趣与毅力的献身，一种含有宗教色彩的主动行为。《午后的旅行》，自然也就具有对于太阳的崇拜与礼赞。

音乐给人的想象是无边的，它因此也就排除了考据与追究的可能。这也正是它之所以能够博大，能够让几乎是所有的人都可以以不同的心境和面目，去从容地面对它，同时从容地听凭它流进各个截然不同、混合着崇高和邪恶的灵魂，在那里面穿行，如入无人之境。这也就注定了它既是全人类的，同时也是极其自我的。

我的所有随想，可能是全然毫无道理的，因为这一切，可能与《午后的旅行》的作曲者没有丝毫的联系，全然是我的随意的发挥。这也就更证明音乐的博大，是十二分的真理。仅仅是，《午后的旅行》这个意境，太诱人又太有魅力，它的音色引诱你作如是想。

第四辑

泰京并不陌生

作为《潮之阳》电视系列片撰稿人，我与摄制组一行5人于元月10日抵达曼谷。

虽然是初次抵达泰国，但异国理所当然的神秘于我并不陌生。泰京曼谷，几百万人口，华人占了大比例，而华人中又主要是潮汕人，潮汕人主要是潮阳人。许多大企业诸如盘谷银行、华尔街大厦、泰万发工业有限公司、拉彛大酒店、安顺金融信托有限公司、佳乐斯夜总会以及遍布商人街的大大小小的金行，都是潮阳人所为。泰京最繁华和古老的街市唐人街耀华力路，基本上是一个潮阳人的世界，这里通行的语言是潮阳口音的潮汕话，徜徉于泰京的耀华力路，我犹如漫步于潮阳县境的大街小巷，从街招到乡音。

我的家族中有许多人都是在泰国开始他们人生的辉煌与黯淡的。一个多世纪之前，鸦片战争敲开了中国的大门，近代史上这残酷的一页，潮阳人的作为并不猥琐。种性的剽悍和古已有之的海盗精神，使他们成为最早感觉到外面世界的诱惑的潮汕人。我对于潮阳人的理解，是从我的血管中所流动着的先辈的不羁的血流因子去感悟的。

潮阳，即海潮之北，即阴阳中之阳，方位中之上位，卦卜中之阳卦，亢盛有余而阴柔不足。潮阳自古便是全国人口最多的县份，现在已达200万。“喝”着海水长大的潮阳人，以他们重浊的口音和沉沉的脚步，无所畏惧地扑向大海，走向世界的任何角落。哪怕是石缝和没有土壤的屋脊，他们也能够落地生根，枝繁叶茂地蔓延。漂洋过海，穿着一条裤衩，腰缠一条水布便雄赳赳地去闯世界，这就是潮阳人的豪胆与风格。鸦片战争打开中国的大门同时也就冲开了潮阳乡村的田园堤坝。潮阳人迅即汇成两股洪流，向南的去泰国，向北的去上海。他们将最蛮野的与最繁华的两极作了极为成功的接续。仅就我们家族而言，母家姓马，父家姓郭，郭马两家分别于百余年间发达于泰国和上海，从身无分文、目不识丁的农民，靠做烟土、黄金、布米为原始积累。发展到垄断一时一地的银行、金行与米行，进而成就了第二、第三、第四、第五代的子孙，为哈佛和普林斯顿的硕士和博士。而百余年间，郭马两姓也在荒凉的练江两岸耸立起令人瞩目的庞大建筑：光德里和大鼎元、信记等，威震一方的气派曾经造就了许多革命与反革命、开明与反动的子孙。一个望族的兴衰，在近代史上的大风磨中，被碾碎了又再造，泰国与上海，既是他们灵魂的监狱，又是再生之地。

在泰国，与说英语和泰语的表兄弟、堂兄弟一起驾车走街串巷，去凭吊至死依然乡音浊重的先辈，我自然觉得百余年的历史劲风，穿胸而过。一个人，不管他如何孤单、如何卑微地蜷缩于红头船舱去漂洋过海，他究竟是怀抱着一个中国，一个潮汕惆怅而去的。所以，躬行之后，起点也是归宿。改革开放之后，华侨情感上的回归之势，有如弦上之梦，日日弹响。百余年间，不忘的是唐山。只要你稍为留心，泰京无处不在的是，潮汕的文化和它的变形。

身在异国而没有陌生感，这也许是一种骄傲同时是一种难得的情感。因此，当我走下中国民航的舷梯，进入廊曼国际机场迷宫一般的现代设施时，我并没有初出国门的惊疑，我只是觉到一种古老文化的延伸，来自潮阳的太阳的沐浴。

潮州老店

泰京曼谷的下层社会，是潮州人的世界。耀华力路（唐人街）和石龙军路至今仍然是潮州人聚集的地盘。街市店铺的格局与招牌，许多依然沿袭潮州老店的样子，只是多了些泰文或英文的注释。路边的大排档，入夜便灯火闪烁，摆卖各种小吃和河鲜的店家，也大多是潮州人及其后裔，操着半生不熟的潮州话的年青侍者，热情地招徕过往行人。许多大陆、港澳台来的观光客，极喜欢到这些地方来流连一阵。这也是初到异国的观光内容之一。

虽然华人尤其是潮人已陆续进入泰国的中上流社会，有的还成为泰国巨富并进入政界，但大部分潮人还是处于下层社会谋求殷实的小康生活，辛苦谋生捱铜板供儿女到英、美、新加坡等国深造，这是大部分华人、潮人的人生宿愿。

我们住在曼谷中央大酒店，这里的侍者和附近的人家也大都能操潮州话。泰国的华文地图，是以潮州话严格说是以潮阳话的发音来标示的。可见潮阳文化在泰国社会生活中的深入渗透。

到曼谷的第二天，我们拜会了泰华作家协会同人。正副会长司马攻（马君楚）先生和梦莉女士均是潮汕人，是晚他俩做东请我们到石龙军路的潮州老店“龙凤楼”吃饭。

“龙凤楼”是间老字号的潮州菜馆，从外观到内部设施全是清一色的潮州旧式建设。到处是镂金嵌银的木刻和恭喜发财、大富大贵的字画、对联等等，看得出是年深月久的摆设。餐厅正中摆着佛堂，供着泰国神圣的四面佛。屋角香火缭绕处有长明灯和供品，那里供着财神爷赵公元帅。各种不同品位的神佛同居一室互不干扰，倒有如入潮汕乡村古屋的感觉。来这里用餐的不独是潮汕人，许多泰国人和外国观光客也喜欢到潮州老店来。除了风味淳朴外，这类餐馆收费都比较公道，沿袭了老一辈人的经商之道，和气生财、老叟无欺的训律，在华侨中是发家的古训。

我虽不是美食家，但品尝潮州菜的兴味还是有的。“龙凤楼”的潮州菜大多很正宗，味道清淡且刀工考究。但有一些菜和作料便多少已渗进泰国风味了。泰国人喜酸辣和烧烤，大街小巷常弥漫烤肉的焦味和柠檬的酸味，很是刺鼻。龙凤楼的菜虽然正宗，但也许是原料无法正宗的缘故，一地一水会在某种程度上改变同一类东西的风味。所以我说它正宗，是指烹调手艺及方式的潮式保存而已。

这些都不出奇，出奇的是，这家潮州老店竟有一个罕见的规矩。

我们主客 6 人，上的菜却一律是大盘，可供 10 余人吃。吃了三四道菜，有鱼翅、白斩鸡、烤虾、飞龙蚝等，有些撑不住。主人司马攻先生和梦莉女士都是泰国的实业家，又是泰华的名作家，曾出版过好些集子，如《踏影集》、《烟雨更添一段愁》等等。他们殷实又好客，屡屡劝菜。出于对主人的感谢，我们一个劲地填充。我有些不解，便问司马攻先生："我们才 6 位，为何点了够十几人吃的菜呢?"司马攻先生说："我原想要小碟的，可是这个菜馆习惯上无论大碟小碟，价钱都一样。"这餐饭吃了 2 个小时，花了 3000 多泰币（约合人民币 800 多元），末了有几个大菜根本动都没动，让久候在外面的司机带给佣人吃。

最后一道菜是深海大石斑鱼，司马攻先生说这店的鱼也是论条的。这是最小的一条，也有四五斤重。

据说这家店老板开"龙凤楼"赚了钱，便去开豪华餐馆，但不赚钱，于是回老店来。

漂在车背上的城市

去过曼谷的人，都极讨厌曼谷的交通，整座城市，像一只爬行缓慢的大乌龟，慢慢地往前挪，又像一条泥之流，迟滞地漂流在毒热的阳光下。我也讨厌曼谷的交通。从城东到城西，也许步行比坐车还快，可人们还是要坐车，还是乐意蜷在车座里，很舒服地滞望着窗外的光怪陆离，慢吞吞地驾着车，到要去的地方去。可我又觉得曼谷的交通繁忙并非坏事，它至少说明了交通的发达，发达总比滞后要好。任何事物单就一面来说都是正确的，综合观之，则看出问题来。

马路上车辆真多，从“二战”时代的老爷车到最新式的“奔驰”；从烧煤气的摩托车到呼啸而至的“铃木王”，大街小巷到处是车，连小贩的汤锅底下也是一辆车。一般家庭都有私家车，有的拥有若干辆，摩托车几乎是人手一辆。曼谷有 400 多万辆车，其中轿车百多万辆，摩托车百多万辆，每天还以几百辆车上路的速度在增长着。所以我说曼谷是一座漂在车背上的城市。

曼谷唯独没有自行车。在距曼谷几十公里的旅游胜地芭堤雅，那儿有许多供游客坐骑的自行车。有的自行车长达四五米，有四五个座位，可供四五人同时骑着飞奔。

摩托车是很主要的交通工具，即使有轿车的人家，也离不开摩托车。因为车多交通阻塞，摩托车便以轻便取胜，钻空子呼啸而去。我敢说曼谷的摩托车速度是世界第一，骑手的胆量世界无敌，呼啸着来去，惊险之至，经常有横尸马路的车祸发生。那晚在湄南桥下的水上餐厅消夜，就有几辆摩托车连环相撞、抛尸桥面的惨祸。曼谷的警察似乎不管制车速，骑车人也不必戴头盔。有的摩托车上载着三四人，警察也并不干涉，好像能载多少人，是骑车者的事，与他人、公众交通无关。公共汽车的车门永远是开着的，人们可以随时攀爬上车，只要你能够安全上落，司机和乘务员并不干涉。许多上下学的孩子攀援在呼啸而过的车门上，路人也并无惊异之色。这种事，好像东南亚国家都如此，卡拉奇就是这样。

日本产驮着煤气罐的摩托三轮，装饰简约但是五彩缤纷，主要是所有的车后灯都装在顶棚上，所以，入夜之后，在马路上便闪烁着光的色彩。摩托三轮有如中世纪的马车，四面通风，漂亮的顶棚下有一排座位，可坐 3 人。只要顾客愿意，四五人挤在一起，司机也不反对。的士也是如此。法定坐 4 人的座位，你拥上去五六人也无所谓。如此混乱只是局部且有节制的，并未影响城市总体上的交通秩序。红绿灯的规矩，大家遵守得极严格。车辆和行人靠左行，人人都遵守得很好。若不遵守是要丧命的，这点，每位司机都极清楚。

马路两边可随意停车，只有少数地段有时间限制。城市的高速运转与混乱似乎有一种默契，共构成一种很特别的秩序。人们也都习惯了曼谷的交通所带来的种种问题，诸如迟到早退等社交约会的毛病，一般都可获得理解。

从廊曼机场到市区有高速公路，所以一般不必担忧会因交通阻塞误机。

计程车并不计程，所有的车价都好商量，不算太贵。但不懂泰语和潮州话是要吃哑巴亏的，斩你一刀并不为奇。泰国有一种风气，即很会保护国人的利益。国人坐车看戏，价钱都很公道。但外国人就不一样了。在芭堤雅看人妖表演，泰国人的票价是 20 铢，而外国人是 200 铢或 3000 铢不等。特别是对台湾客，非大斩特斩不可。如果你不特别说明或来不及说明，他们是一概把说华语的当台湾客对待的，那你就只好准备付特等的车马价了。

无期的花季

在曼谷街路泥之河般的车流里，轰响的寂寞伴着难耐的烦躁，时间在你的脑海中一寸寸地接近崩裂，你仿佛听得见时间即将崩裂的爆炸声。望不见边了无尽头的钢铁长蛇依然慢腾腾地在烈日的煎迫中喘气蠕动。你只有焦灼而失神地等待。等待那久久不熄的红灯，迟迟到来的绿灯，即使是绿灯，车流瞬间疯狂地蠢动，又马上开始了无休止地等待。你只好依然惆怅地望着车窗外空白的街市，这是一种闹市的修炼。人因此更焦虑，也更有韧性接受时间的折磨。

空白的街市是一片沙漠，假如沙漠里有鲜花呢？

有的。在长蛇的两边，有许多卖花串的女孩和光头赤足的男孩。他们头上、脖子上、手臂上、腰上，套着各种各样的花串。用鲜花精心编织的花串上残留着绿叶与雨露的滋润。你看见花串也就同时感觉到花地、花和森林中的草原、湖水和蔚蓝色的云雾；还有湖中的舢板系在菩提树的裸根上……孩子们穿梭在车的隙缝里，双手合十地向车主人行礼，希望人们买走花串。

泰国是花街也是佛国。到处有鲜花，到处有金碧辉煌的佛寺的尖顶，到处有多种鲜花织成的花串和花环。花环是献给佛的，佛又把花环普赐于人间，给人间以花色、花香和佛的护佑。在曼谷最热闹的地方，在离红灯区不太远的大酒店旁边，有一角供着四面佛的佛坛。那里可能是泰国香火最旺的佛坛，小小的佛坛从早晨到午夜，簇拥着成千上万的香客，警察在那里虔诚地守护。8 个古装少女从早到晚在那里跳宗教舞蹈，过往的行人即使匆匆而来，也双手合十，低头而过。每个香客都要花 10 个泰币买一个花串和一把香烛上供，有的还买上 100 泰币一份的金箔往佛坛上贴金。佛坛完全让花串给掩没了。

我坐过的公车或是私家车，几乎一无例外地都挂有新鲜的花串，那幽幽的暗香使你想起许多许多，那种难以言喻的由感觉所产生的视觉上的神游是难以解释明白的。

鲜花与花串在泰国人的生活中占有那样大的分量，你是很难理喻的。广州的花市是一年一度的，我想总有一种很刻意的装饰与工艺成分。而泰国的城市或乡村，一年 365 日，天天是花季和花期，少女或老人脖子上套着花串在大街信步。歌厅里对歌星的捧场奖赏是绵绵不断的花串，当然，花串上还系着好些 100 元的红色泰钞，即使是卖小吃的大篷车或装点得如中世纪的马车般的机动三轮，也是拴满了各式各样的花串。在最拥挤的街区或飞驰着车辆的高速公路，只要有可能塞车或有人迹的地方，你都不难发现卖花串的人，双手合十，身上缠满了花环。

一个爱花的民族是温柔的民族，自然也是偏倚于情绪的民族，即使是泰国的政变行为，也没有太剧烈的措施。我再到泰国时，正适政变期间，我依然感觉着花与花串的魅力与温馨，全然嗅不到血腥和硝烟味。即使是宵禁，也是很温情的宵禁。这就很好，太剑拔弩张总是很煞风景的。

于是我常常打开车窗，无缘无故地花20泰币买2个花串，随便系在车里的某个地方，一方面是出于对那些赤脚的卖花串的孩子们的鼓励，另一方面是出于一种很特别的我自己也说不清楚的感情与觉悟。我并不很钟爱鲜花。我家的阳台上永远是缺水少肥的残花败叶，没有很多心思去经营花的事业。可是在泰国泥之流的大街上，花与花串的意义是截然不同的。正如绿洲之于沙漠。

无期的花季，流动着永远的花信风。我盼望人生如此，人人如此。以不尽的花串，留驻无期的温情。

“是乐”的生命法则

泰国是周五工作制，即每周工作五天，周末与星期日休息。一般来说，周末是家庭的，周日是社会的。人们似乎有默契，周六是不可以打电话去别人家中的，有骚扰之虞。每到周末，人们便全家驾车到乡下去。中产阶级在乡下或郊外一般都有别墅。较平常的人家便携幼扶老坐车去芭堤雅、清迈、山芭等旅游胜地度假。拥挤了一周的曼谷街市，在这两天里车辆顿减，人流一下子疏朗了许多，也因此显得可爱一些、清凉一些，没有那么臃肿，那么热气迫人。

对于大多数市民来说，并不是每个周末都去郊游。城市生态自行调节的结果，是为市民准备一块就近的绿地，一个都市里的村庄。这就是公园。中国城市的公园很多，人们选择的余地大，于是公园之于城市便不出奇。曼谷有多少个公园，我不知道。但最大的是乐公园，在曼谷人的心目中，却是一块圣地。在拥挤不堪、车流如泥之流的曼谷市区，突然冒出这么一块有湖水有森林的绿地，那份清新那份惊喜可想而知。

星期天，你可以在是乐公园看到泰国社会的另一面。

许多侨领、大亨和政府要员周日晨练都在是乐公园。他们与庶民无异，难分彼此，并无前呼后拥不可一世的架势，更无暗杀绑架的恐怖。

那天为了抢镜头，早早赶到是乐公园。公园门口拥塞着卖小吃的，大部分是潮州风味的小吃，自然也是潮州人所为。严格说应是泰国式的潮州小吃，也自然是潮州式的泰国小吃。中泰饮食文化与风格已融为一体，如中泰人种已经有好几代的血缘交流一样，难分彼此。公园里有许多供人小憩的设施，树林中疏落着一些类似亭楼的平台。平台上有楼有桌，有侍应的马来人或泰人专司烧水泡茶。茶叶及吃食都是自备的。卖彩票的人也穿梭其间。人以群分，很默契地聚合。不管达官贵人或平民百姓，人们自觉地寻找与自己血统、语言有关联的角落。晨练后在那儿小憩、吃食，围在一起谈天，然后一起放开喉咙唱歌。海南人唱琼戏，潮汕人唱潮州歌谣。现在还挺时髦唱粤语歌和国语歌，自然也就有人很卖力地唱《血染的风采》和《十五的月亮》。

侨领陈汉士先生极为动情地在那儿指挥一群太太唱歌，人群中有他五十出头的夫人和八十一岁的岳母。大家唱得极认真极起劲，用那种软软的变得有些囫囵的泰国潮州口音唱着国语歌，倒是很天真很可爱的一幕。

陈汉士先生是泰华有名的企业家，也是体育爱好者和组织者。他是亚洲球协的副会长，曾多次应邀到中国来参与各种球类赛事。他爱唱歌爱运动，自己家中还有高级篮球场。是乐公园是他星期日必到之处。这儿有一个潮州角，许多潮汕侨领与潮籍泰国要人星期天都会到这儿来。那天华尔街大厦总裁李光隆先生、泰国警察少将郑先生都在潮州角。他们三人总已过之天命之年，可是都驻颜有术，四十多岁的样子。陈汉士先生说生理年龄与心理年龄无关，他一点也不觉得自己老了，还很年轻呢！高大魁伟，南人北相，健谈且逻辑严密。他说他深谙毛泽东的对应统一规律学说，全是靠此语录支撑人生奋斗和处世方式。他的发家史只有二十七年。进泰国时单身一人，举目无亲，每月挣六百泰铢，住房租四百泰铢的木屋，从做中文家庭教师开始旅泰生涯，逐步发展成为今天拥有巨资的跨国水产公司总裁。这是一个华人把握自己命运的典型，完全靠自己的智慧和力量战胜命运的不公。他说他是从一个穷人、穷怕了的人一步步走过来的。结婚时一无所有，可现在光大厅里陈设的一对象牙就达一百多万元，拥有一座西班牙式别墅，十几辆私家车。如今依然勤劳俭朴，一副与人肝胆相照的心胸。慷慨解囊资助各种公益事业，但从不留名和登报，“若要登报留名，那别把钱拿走。”这是他每逢捐资时说的话。

那天我们一起在是乐公园的大排档吃早餐，他说我们是客人，不让我们取饭菜。他与警察少将一起，挤在人群里买小吃、红米粥、各种小菜，搬了一大桌。吃剩的东西，用塑料袋提回家中，绝不浪费。由此谈起国内的吃喝风，他大为动容，痛心疾首。在泰国的日子，因为工作关系，我们和陈汉士先生在一起的机会颇多，除了很正规的礼节性宴请外，许多时候，我们都是在一些小吃档共进午餐。他的哲学是讲求实际。他不想出名，却终会出大名；他不搞政治，却与政界关系密切。他的容纳，正如曼谷中心的是乐公园，以最民间的方式，以平民的温情容纳所有的生命。已经显赫而自觉平民化，这是是乐公园告知每个行人的梵语。相信生命于自己并无多少积蓄，到头来全部的东西都是要还回给这个世界的，你只拥有一个过程，追求一种情调就足够了，于是是乐。

佛与花都

泰国既是佛国，又是花都。佛与花街构成了泰国人情社会的两个极端。

佛无处不在，到处有造价昂贵、金碧辉煌的佛寺，大的占地若干亩，如曼谷的玉佛寺，小的有如神龛，是瓦窑里烧出来供在屋里的。一般人家里都设有佛堂，其豪华程度不亚于屋里的其他装修。我的老叔公及一帮留过洋的子女经营着许多生意，终日疲于奔命。而老婶也忙碌得很，早五时便匆匆到楼下去，准备好食物等待来化缘的和尚，然后便东奔西走于一天的佛事。到世界各地旅游，主要也是为着佛事而去。她的全部理想和爱心全倾注在那无处不在的佛身上，她是开着小轿车寻访佛踪的虔诚香客。

佛的精神在泰国的生活中是一种很顽强的支柱。佛祖脸上的永恒笑容化作泰国国民的礼仪精神。陌生人见面也双手合十，点头示意。你仿佛看到有一张无形的袈裟薄薄地披在这个国家之上。所有的人包括穿西服、着牛仔裤的现代派究其实都是佛教徒，只是虔诚度的深浅不同而已。

无处不有的佛的踪迹，与无处不在的色情业一起构成了泰国风土的两个极端。在泰国，公开的妓院是没有的，但随时随地可以找到妓女却是公开的秘密。下午 2 时之后，数以千百计装饰豪华的“大浴室”便开始放射各种诱人灯光，这种诱惑一直延续到午夜法定的时间。从理论与规程上讲，大浴室就是大浴室。泰国是热带国家，没有冬天。沐浴便成生活的一项重要内容。何况是佛之国，沐浴之后进香，必不可少。沐浴不应有色情成分，我想这在商业注册上是明确的，可是男女共浴的结果很难保证不发生别的事情。而且大浴室的一切策划似乎都与这种事情有着天然的默契。

在盘谷银行斜对面有几条街，是泰国有名的红灯区。入夜那里人头涌动，拉客仔说着蹩脚的华语或英语，在手心里展示印刷精美的“节目单”，招徕客人去看裸女表演。半遮半掩的门面里不时探出一些很年轻的脱衣舞女半裸的倩影，震耳欲聋的摇摆音乐灌满整条街。街上小摊上摆满四面佛像和各种圣物，各种泰国的传统工艺美术品，一条条很矛盾又很刺激的街市。

我在芭堤雅的时候，午夜在大街上走，一边是无垠的夜的海浪，一边是永远不会熄灭的酒吧的红灯。芭堤雅是一个无烟的城市，佛很多，吧女尤其多，酒吧林立，占了大半个城市。因为有海、有凉风、有永不知倦的阳光，还有川流不息的年轻的吧女大军和比真正的美女更娇俏的人妖。所以芭堤雅永远不冷清，即使是海湾战争期间，泰国游客顿减，我依然感觉到芭堤雅的拥挤。出租的敞篷跑车呼啸而过，车上挤满吧女和外国游客。佛与吧女共在，共同构成芭堤雅之夜。

我下榻曼谷中央酒店。那天我正在门口候客，一个大约十五六岁的雏妓，穿得很素雅像个女学生，但职业特征很浓。她走过来，用英语又用华语搭讪，都很生硬。她的双耳坠着两个十字架，项链上也坠着十字架，她画着十字说“阿门”，问我，我点点头，我自然很崇尚基督精神，可是耶稣是反对卖淫的，既轻视女性又主张人类平等博爱。可见耶稣的基督精神也充满人类的矛盾性。这个女孩说她来自清迈。泰国清迈在北部山区，与中国靠得很近。那里的特产之一是木雕佛像，也是出美女的地方，清迈女孩是从事色情业最多的。这又是一种矛盾。

人类的所有恶行，都可以在佛的宽怀中得到忏悔，得到赦免；佛的无边的慈悲也许在某种意义上失却了它教义的严峻和对人类某种活动的限制。所谓此亦一是非，彼亦一是非是也。

人们对佛的虔诚与人类自身行为的分离，对性的商业理解与道德准则的分离，这也许正是佛国与花都合一，相安无事的依据之一。

老叔公说既然到泰国来，你又是弄文学的，故泰国的所有地方都不可不去，富丽堂皇、戒备森严的王宫（其建筑与佛寺无异）要去，色情架构包括大浴室、红灯区和茶楼也可以去看看。有四面佛保佑你，没问题。老叔公于是开着轿车，带着我在曼谷城里到处逛。

有几间电影院是专门放映色情电影的。每天两部片子轮流着放，花 30 泰币便任你看上一整天，只要你有兴趣。片子主要是日本和香港的三级片，辅以华语字幕和泰语配音。看的人大多是些老人。电影院里秩序很好，但空气混浊，或许是开着冷气、空气不流通的缘故。有些人并非为着看戏而来，而是来逃避室外的炎炎赤日的。影院里鼾声起伏，整个气氛令人不舒服。

曼谷有许多茶楼，大部分设在二层以上的楼面。从地下有一条狭小弯曲的楼梯盘旋而上，门口用中、泰文写着“××茶室”、“冷气开放”之类的字样。白天并无奇特之处，入夜霓虹灯闪烁，便顿生无尽的诱惑。上得楼去，只见如迷宫一般有许多鸽子笼似的小房间。房间里照例有一张狭长的床。每个房间都有一些年纪很大的女侍，敞胸露怀，涂着厚厚的脂粉，有些吓人的样子。领班的大多是上了年纪的老头，热情得很。我曾担忧上得去下不来，怎么办？叔公说，没有这回事，很讲商业道德的。这些女人主要是陪着喝茶，然后为之做泰国古约按摩。她们是些沦落此道很久、人老珠黄的人物，据说按摩的道行很深。我们转了一圈，说到别处走走再来。领班连声说好，盼早些再来。曼谷的茶楼大多是为下层的穷人服务的，消费水准都比较低，不可与富丽堂皇、佳丽成群的“大浴室”相比。

影院和茶楼照样供着佛祖，在佛祖的眼皮底下做着亵渎佛祖的事情而不以为然，这是一种怎样的宗教心态呢？我不知道。但是，我想，正因为在泰国的宗教意识中，性并非是一种邪恶的象征，它简化到成为一种商品，成为一种交换的方式，所以从事色情行业的人并不以为耻。因为入息颇丰，有些明星级的女孩子竟开着私家的“奔驰”去大浴室或歌厅“上班”。这种现象是限于华人社会之外的。我曾问一些华人主要是潮人：对此的看法如何？他们以为人各有选择，但是潮人是绝不会让自己的子女去从事这种行当的。潮人古旧的文化传统与正统观念在泰国根深蒂固，比之国内可能要更顽强一些。

泰国的四面佛据说很灵，凡是到曼谷的人都要去朝拜。它坐落在曼谷豪华的大酒楼——高尔夫球俱乐部的脚下。酒店因为绕开它而在建筑上变得有些不规则。四面佛的圣地是不可侵犯的。圣地离是隆路的红灯区不远，许多游客是先到此地朝圣然后才奔红灯区去的。也不知祈祷是什么，也许祈祷此去不要感染艾滋病！有的香客许愿的方式和内容也很奇特，带有某种色情的意味。流传于泰京的四面佛显灵约故事之一，是说有一女人买了彩票，到四面佛处朝圣许愿，若中了头彩，一定赤身裸体到佛前跳舞。此女果然中了头彩，得了几十万元，于是为难，还愿也难，欲罢也难。便于夜半雇人围起人墙，居中跳裸体舞还愿。可见四面佛也六根未净。

我也去朝拜四面佛，照例买了花环，只是不知为什么祈祷且祈祷什么？急中生智，在心里疾呼四面佛该保护泰国，别让艾滋病大泛滥。让这个花一般美丽的国度，包括天生丽质的海滨胜地芭堤雅，永远有一副健康和青春的体魄。还有无数的来自山地部落和清迈的泰国女孩子，永远走出花街，到充满圣洁和佛光的新地去。

泰国的女仆

泰国与菲律宾、马来西亚一样，从来就是输出女仆的国家，主要输出地是香港等发达地区。近年来这种状况发生了逆转，许多泰国女性已经不再轻易远涉重洋出外谋生了，在国内当女仆的实际生活待遇并不比到发达地区差。这是近年来泰国经济起飞，成为亚洲的四小龙给国民带来的福祉。

从曼谷到芭堤雅一百多公里的高速公路两边，耸着无数几十层楼高的厂标或广告牌。许多空调大巴士停在路边的安全岛上，接送数以千万计的泰国劳工上下班。在这长达一百多公里的工业开发地带上，来自港、澳、台、日本、韩国等地的大型投资厂比比皆是，大部分是世界上较有实力的厂家，诸如丰田、东芝、奔驰、可口可乐公司等。这些大规模的合资厂卷走了许多泰国女性，予以就业的机会。

可是泰国给人的印象是女性太多了，尤其是来自北部山区清迈、山色的乡村女性，简直多如牛毛。合资厂只分流了一部分，有相当部分女性还得从事女佣的工作。大部分的中产阶级和一些职业家庭都需要女佣。女佣的月薪大约在二千泰币左右，吃住当然是主人包了。

我到过的一些华人家庭，大多是当地的富豪。每个家庭一般都有几个女佣，各司其职，有种花的、侍客的、洗衣的、炊事的，还有专门看管小孩的。泰国的女佣，在过去年代，大多是终身的，从小女孩开始，跟主人一起几十年不变，几成家庭一分子。我亲戚家的女佣，是一位五十多岁的老太太，肥肥胖胖的马来西亚人。她十四岁从乡下来，带大了亲戚家的孩子，又开始带孙子。也嫁人生子，可仍然留在主人家，一年便请长假回乡下一趟。也有举家迁到城里来，丈夫在城里谋生，妻子仍在主人家当女仆的。这类女仆的子女一般都较有出息，有许多女仆的子女反而考上了国立名牌大学诸如拉隆功大学或法政大学。主人家的文化环境和仆佣地位所促发的更新意识，使他们能于逆境中自强不息，怀抱着一个远大的梦想，把一切的更新都寄托在子女身上。

拥有若干女仆的现代家庭，其住宅的建筑一般都设有两条楼梯。一条专门给仆人通行，直通仆人的居室。主人的居室有一道门通过去，在工作时间仆人可自行通过进入，其余时间门是紧闭的，未经准许，仆人不能打扰。两个世界很分明。仆人的居室条件也不错，有空调和洗手间等现代化设施。当然，仆人的待遇优劣，要视主人的现代观念和人道精神的程度如何了。

侍客的女仆一般都是些很可爱的女孩子，长得小巧玲珑。我每去一处，女仆送茶都是从门口便跪行进来，直至你面前，双手把茶杯捧过头顶给你，然后双手合十行礼，再跪行着退出去。如果不是看作礼仪，则其情状相当凄楚。那天我去拜会《星逻日报》的老总，在会客室里，女仆也依然跪行送茶，令我大惑不解。文化单位应另当别论才对。转念一想，报社也是家庭，这是私有制的原始特征使然。不以为怪。

仿佛泰国的女性天生就是温顺与柔情的，不管是家庭的仆佣或是商场酒店的侍应生，一有接触，她们一无例外相视而笑，那种淡淡的友善的嫣然一笑，极尽一份意外的惊喜和感动。即便是在电话里请接线生接线，你依然可以从那甜甜的语风里感觉到一张同样甜甜的笑脸。

与许多趋于现代化的国家一样，泰国的女仆正渐次摆脱依附和低贱的处境。慢慢地女仆这个行业开始成为某些乡村女性走向城市走向新生活的阶梯和中转站，也开始出现女仆对于主人与工作内容的选择了。这是无可非议的趋势，也应看作社会进步的趋势。自然，有一些事情也是很令人啼笑皆非的。那天我去老叔家，老婶正对着电话气急败坏。情由是新来的女仆，才干了两天便自行辞职了，丢下一揽子家务黄了。原因是女仆嫌天天要上下二楼，很累，不愿再干下去。她家在乡村，世代就不曾有过楼梯这码事。你说怪也不怪。老婶正在电话里大呼小叫，急聘女仆。可一时到哪里去找？

香港、台湾等地聘用泰国女仆的工价猛涨，从原来的一千多元涨到几千港元，可是对泰姐并无多大的吸引力。一个更大更现代化的世界正在她们面前展开，女仆已不是她们的终生唯一的选择了。

你只要在曼谷往芭堤雅的高速公路上走上一遭，你就会感觉到，泰国输出女仆的时代将要结束了。有一天，也许泰国要到别的国家聘用女仆，这不是不可能的事。已经有一些资历不错的中国姑娘，旅泰探亲滞留，又不愿到酒吧谋生，于是暂栖身于主人家，也当一回泰国的女仆。

滞留的茨岗

泰国有多少滞留者，一说有二十万，一说至少三十多万。反正曼谷那么大，那么嘈杂，几十万人融会其中，如泥牛入海无消息。我曾在好些地方遇到滞留的同乡。有一天在亲戚家，碰到一青年，他说来泰已经三年了，租了房子住，打工，弄了个顶死人户籍的身份证。很想家，但不敢回，怕让海关查出来扣住，只好再待下去。那天在廊曼机场候机去香港，同机的有一个十五岁的小同乡。他告诉我，他已来泰一年，现在回去探亲。我以为他是办了移民手续的。岂知他说，他是一年前来泰探亲滞留的。“那怎么还回得去?”我很惊异。按照泰国的法律，凡逾期滞留的，被告发、抓获将被判罚款。逾期一天罚一千泰币，然后驱逐出境。对自首者则从宽，只需上法庭接受判决，然后罚款一千元遣送回国即可，被告发、抓获的很少。这个十五岁孩子说他太想家了，于是去自首，罚款一千元，然后得以签证出境。本该由军警押送上机的，但看其年幼免了。他说得很轻松，我听得很沉重。

“你还来么?”我问。“当然！申请探亲很容易的，过了春节再来。”我一下子佩服到骨子里去。我十五岁时，只身去海南，坐大轮船去，呕得心都要跳出来，可从未幻想着能轻松归来。他也十五岁，却坐着飞机国际大串联！而且面无愧色地上异国法庭，儿戏一般。

这个潇洒的茨岗！

曼谷的许多酒吧和歌舞厅，有许多年轻的女孩子，大部分来自北部清迈，或是国民党九十三师的后代。在一些华人聚集的场所，则有一些是来自大陆沿海或北方的女孩。她们像蒲公英一样漂流。有些是直接从国内申请旅游探亲来泰不归的，有些是假道中缅边境进入泰国的，怀着各个的梦想。

泰国是个令漂流者幻梦又令人失望的地方。太多的歌舞升平给人如入蓬莱仙境的感觉，而满街飘荡的柠檬味和烤肉味又让人坠入现实的平庸之中。没有文化、没有太多奢想的滞留者，也许凭借劳工的体力去满足低微的欲望，尚可丰衣足食。可是对于幻想成就事业的文化人来说，滞留的吉卜赛生涯是难以忍受的。

有些人想在泰国滞留后转道第三国，无非是试探性行动而已，并不容易。每一个环节都潜伏着危险性和投机性。几家华文报纸天天有人刊登广告，说可以代办移民云云，但天知真实性几何？有些人侥幸过去了，成为了另一种茨岗，另一种吉卜赛，依然是蒲公英的漂流。有些人倒霉透顶，被扣住投入监狱，那滋味绝对没有比坐波音飞机离开中国强。

我也曾动过居留的念头，从泰国回来不到一个月再度赴泰，只住了七天就往回赶。我发觉无法承受那种离开了国有的停泊地所产生的惶惑和游离的心态压迫。在中国我也到处流浪，可那停泊地再远也离你很近。可是在异国，你没有了停泊地，没有了茨岗的大篷车和帐篷。你在一个尽管并不陌生的环境里，所感觉到的是更深刻的陌生与孤独。所以，我极佩服那些流动穿行于酒吧，举目无亲的北方女孩，凭一口标准的普通话或谁也听不懂的北方方言，她们居然能活得滋润，幻想着有一天也如别的泰国女一样，开着“奔驰”私家车去上班，完成大篷车到“奔驰”的飞跃，但愿她们能够实现茨岗的梦想。也许她们已经学会包裹起很苦涩的内心，而从容地面对茨岗的命运，只要是自己选择的生活方式，也就无所谓幸与不幸。

有一位上海戏剧学院毕业的男生，很帅，唱美声的。他也是滞留者，杂在一群唱歌的女孩子中间，逐个排着名次上小歌厅唱歌。他唱得很好，很有些英雄气派，可是他弄错了对象，来小歌厅听歌的人，有几个是来享受艺术的。他究其实还比不上一个脸蛋俏些能卖弄风情的小姑娘有价值。我不知道他每天能挣多少泰币，但看他夹杂于那些佳丽中间，委实为他不平和可怜。

滞留者们滞留的原因是复杂的，每个人都有一本难念的经。好在目下流行中国的《易经》，有些文化的人都可以自称能看手相、脚相、观五行、算八字。这也是茨岗们的谋生手段之一。只要你是东方人，随便来点儿东方神秘主义，来点儿云里雾里的《周易》，赚赚洋人的钱，也不是很难的事。

我相信一方水土养一方人，只要活着，无根的蒲公英终会寻找到黏着地的。我在再次离开泰国时，对着廊曼机场迷宫一般的灯火，在心里祝茨岗们好运。

富人的别墅

别墅是富人的时髦。

在泰国，富人的明显象征不外乎名牌车，诸如“奔驰”之类；有若干处于不同地域、不同景观和气温的别墅。如既有位于南部的芭堤雅别墅，又有位于北部山地的清迈别墅等等；再有就是豪华的现代化设施齐全的写字楼，特别是有能以自己企业名称命名的大厦，如李光隆先生的华尔街大厦。这三位一体大约便基本上象征了富人阶层的基本条件。我所接触过的泰国富人，在这三方面的体现上，很令人咋舌，我因此而知道什么叫做富豪，也许是太知道贫困的缘故，故于豪富的环境中，我与我的同行都极不习惯。我们全都是来自山林和窝棚的人。

从曼谷去芭堤雅的高速公路两边，除了高耸入云的广告牌和日本、台湾以及欧洲的投资厂家外，远处海边的绿色丘陵上，是疏落的别墅群，有乳白色、赭红色和淡蓝色的，大部分为西班牙式建筑，这些别墅都各有草坪与绿树，有的还配有天台式泳池。它们是曼谷与清迈的有钱阶层度假的私人住宅，一年中也就来三五次，其余时间空置着，让仆人看管。我认识的一位企业家，他就拥有三五处这样的别墅。位于旅游点诸如芭堤雅和曼谷郊区的别墅，价钱都相当昂贵，每座起码都在几百万铢以上，再配以成套的设施诸如空调和三五仆役，那一年的正常付出就更是一笔大数目。

泰国人是懂得享受的。我的朋友说，他请的劳工，只要身上挣得三五百泰币，那么他此刻就比你富有很多。这自然是指感觉上的，他会马上暂时中断工作，尽情地花完这三五百泰币之后，再来当穷人、仆役或劳工。这是一个不太善于讲究积蓄并不以一个鸡蛋的家当起家的民族。所以，很多这种风格的泰国工人，他们可以活得惬意，但买不起别墅，别墅便永远属于那些富人。华人就不一样，穷则思变，许多人是以一个鸡蛋的家当，在十几年中变成富豪的。自然也就于节衣缩食的奋斗过程中，逐步累积起别墅来。

许多华人，都以自己的不同富有程度，拥有各种档次的别墅。

我见过最豪华的别墅，是一位华人企业家的别墅。它位于芭堤雅邻近的另一海滨胜地挽盛，与泰国一些部长和外国使节的别墅邻近。四周是无边际的海边绿地，不远处是海和弯曲而雪白的山间马路。铁栅栏围起的一小型高尔夫球场深处，是炫目的西班牙式乳白色建筑。入门的大厅有两座巨大的象牙，底座是泰国柏木镶嵌着无数的珍珠贝；所有的家具都是按中国样式制作的，古香古色的红木上同样镶嵌着珍珠贝，这些家具已经属于泰国上一个时代的流行遗迹，因此也就更显得珍贵。主人很自豪地跟我说，已经很难再寻找到这一类的东西了，工匠已经不再制作这类精致昂贵的东西。客厅里摆设的古玩大部分是来自中国的玉制或陶艺珍品，有些文物价值连城。别墅里的空调系统被藏得无影无踪；地毯是来自比利时的纯羊毛织品；鱼池里许多硕大的锦鲤，每条价值都在5万泰币以上。还有纯种狼狗和非洲丛林鹦鹉，每只也均值十几万泰币。还有各种奇花异草以及管理这座别墅的各类仆役，包括厨子和司机、养花的和内仆等等不下十余人。我想《红楼梦》里的大观园也就不外乎如此，何况这仅仅是主人度假的别墅。

我也去过一些中产阶级家庭的别墅。这类别墅一般都是在旅游城市中，接近郊区的地方的公寓房。陈设简单但是设备齐全，完全从实用出发，即供周末度假之用，通常是一个套间。拥有这种别墅的人，我想还是相当多的。也就几十万泰币的价值，一般人都可以拥有。曼谷是个拥挤且很有些空气污染的城市，周五工作制又使得人们拥有较多的休息时间，与其每周花钱去旅游点租房度假，不如攒钱买别墅，一劳永逸，还可兼有房地产的某种收益。

我想中国也许还未到一般民众可拥有别墅的时代，但如珠江三角洲新的经济区所有的经济起飞和人的消费结构的变化，完全可以在一些风景秀丽、适于休息和度假，又交通方便的地方，建设一些不必豪华，但价廉物美、住行方便的别墅式租屋，让新婚者度蜜月，给写作者写作，供旅游者短期租住。一切从简又一切讲求中国标准的舒适，我想是可以的。联想一些南方海边泳场，许多海边别墅因为太过豪华和昂贵，连同那些很野味的木屋一起，于旅游淡季停业弃置不用。若干月后再度启用时，由于荒废而不得不花巨资重新装修，好在大部分是国营的，没有人会特别留意和珍惜。因为那不是富人的私家的别墅。

穷人应该有穷人的别墅。哪怕是位于海边，可以看海、入海的海边的窝棚，我想对于穷而不失浪漫的中国男女，也不失为一种诱惑的去处！

水边的棚屋

富人的别墅，对于穷人来说不仅仅是难以企及的梦想，也是一个遥远的、无法登临的圣殿。富人在泰国毕竟是少数，正如赤贫如洗的平民也不在多数一样。在歌舞升平、花街柳巷和霓虹灯编织成的曼谷夜幕下，你还是可以看到泰国惊心动魄的一面的。我住的曼谷中央酒店，对面是曼谷最大的火车站，俗称火车头。那里有一条河，晚间到河边散步，只见河边的树荫下，躺着许多蓬头垢面的人，身下只垫一张报纸，便在那儿呼呼大睡。火车站前的小广场上，聚集着许多流浪汉和看得出从乡下来的人。卷着个铺盖，怀里抱着脏污的孩子，伸出手向路人行乞。还有许多挑着小吃担，在那里卖粥和各种烤肉等泰国小吃的小商贩，大部分是没牌照的“走鬼”。当然也有些形迹可疑、交肩搭背、穿得极暴露的女人，都很年轻，可能是雏妓。火车站既是贫民窟，又是暴力与性的市场。

在唐人街耀华力路，也有不少乞丐。大多是拖儿带女的马来西亚女人和残疾者，在拥挤而狭小的骑楼底下，让烈日煎熬着，蜷卧在马路边，等待路人掷些铜板。也有些来自阿拉伯的乞丐，极威武极帅的阿拉伯男人，留着连腮胡子，头上缠着乌结，极高贵地伸手向路人讨钱，并没有点滴的可怜相。幸好在泰国期间，我从未发现有当乞丐的华人，也许是我辨认不出，极有可能。

最让我触目惊心的是，那天我坐出租的小艇去游湄南河。泰国是个多河的国度，曼谷市内的水道穿梭，坐着小艇，可以穿行整座城市。河上有许多大大小小的桥，有许多各种各样的游艇和贩卖各种商品的小艇，构成一个很有热带风味和情调的水上商场。每经过一座桥，我都很留意桥下那些棚屋，那是些用废水泥板和各种工业废料草草搭成的仅可遮挡一下风雨的棚屋。河面上不断漂来各种城市垃圾，淤积在棚屋四周，泥浆一般的水流在棚屋四周回旋着。棚屋里住着的当然是穷得光腚的人家，所有的家什，都是河上漂流来的废物。男人在棚屋底下的河水中洗澡，女人蹲在河边洗衣——用那泥浆一般的河水。

还有一些棚屋傍河而搭，河水长年冲刷着草草架起的屋柱，整座棚屋便向水边倾斜。一座依着一座，相傍而立，形成一种湄南河特有的风光。那些不断添砖增瓦、不断加固的棚屋，因此而变得五彩缤纷，于摇摇欲坠中如比萨斜塔般屹立。它们已经存在许多年了，也许还将一年一年地存在下去。由儿子而父亲，又由父亲而祖父。据说泰国政府正在努力改变这种状况，可是泰国落后的农村人口，由于曼谷的畸形繁荣，正在不断地向曼谷涌来。在曼谷至芭堤雅的高速公路出口处两边，有一大片铁皮棚屋，那也是泰国乡下人口涌入的产物。那些日本式的小楼，比之湄南河上每座大桥下的水边棚屋，要高贵得多。那里居住的一般都是在曼谷已经立足的趋于小康的平民。

也许城市棚屋是一种世界性的城市现象，尤其是那些开始经济腾飞、处于新经济变动和转型期的现代城市，这种伴生的肿瘤是很正常的。一些豪华的酒店夜夜笙歌，一些豪华的别墅在冷寂空落着；而一些草草搭起的棚屋，污脏的棚屋却拥塞着惊人的贫困和疾病。我不知道这些水边棚屋人家，是以什么为生的。

我只知道街上的乞丐和横卧于火车头的乡下人，他们连栖身的棚屋也没有。

那天晚上，朋友请我在泰国最豪华的荷良登（Oriental）酒店吃饭，他开了一瓶法国红葡萄酒，说是已有四十年历史的陈酿，要价是六千泰币。喝起来全没有一点酒味，却有很浓的橡木味，是典型的法国南部山地的优质葡萄酒。那餐饭大约花了三四万泰币，足以让棚屋人家吃穿上一年。

酒店的高雅和贵族气，使我想起水边污垢和贫困的人生，那些无告的妇女和儿童，以及耀华力路骑楼底下的乞丐，阿拉伯人高贵的乞丐神态里，那掩饰不住的饥渴眼光……于是我不合时宜地提起水边的棚屋和耀华力路的乞丐。朋友轻描淡写，说："他们比我富有得多，他们拥有的，我全没有。"他不是哲人，他是很地道的靠自己的奋斗而成功的生意人。尽管他很有钱，喝六千泰币的陈酒像喝汽水一样随便，他依然难免惆怅和空虚，他比谁都明白人生的辩证法。有富人的别墅，就必然要有水边的棚屋，它们各自站在世界的两极，向对方遥望，我们所能做的，只是使它们互为靠拢，架一座没有河的桥。

可是，因为没有河，桥也许反而就变得不重要了！

潮州阿叔

他没有中文名，我又弄不清他的泰名。因为是同乡，我便估摸他的年龄，叫他阿叔。

曼谷的车多，出租车更多，生意并不十分好。各大酒店门口有许多拉客仔，替出租车司机拉客。唯独广州人投资的白兰大酒店没见到拉客仔。也许是酒店位于唐人街耀华力路的缘故，这里除了地下停车场外，紧挨马路的酒店门口只容得下一辆汽车停靠。那几日我常常见到这位高高大大满脸胡须的阿叔，穿着曼谷出租车司机的统一服装，那种淡青色的短袖夏装，在马路边的烈日下，对着每一位从酒店里出来的客人殷勤地询问，要车否？住白兰酒店的客人大多是中国大陆的广东客，宁愿步行节省几个外币。阿叔于是难得揽到生意。

那天杨应林说要去芭堤雅观光，我让叔公开车陪去。杨应林说还是我们租车去，于是便认识了阿叔。说清了意思，并不讨价还价，每日 1500 元泰币，去二至三天，走了再说。我看阿叔在烈日下晒得一头汗，便说：你何不进酒店大堂，那儿有空调有沙发！他说进不得，开车的怎么可以随便进！我马上明白了，在泰国，司机是与仆役同等的，而仆役可能是最下等的。在连浴女都可以驾私家"奔驰"的泰国，司机反倒是苦力一族，这是中国的司机们始料未及的。在中国，坐车的要看开车的眼色，小心殷勤之态可掬。

坐阿叔的车很幸福，开得既快又稳，且相当周到。上下车抢着开车门，临走前先发动好，放足冷气，清扫车厢；开车时目不斜视，连后视镜也调到看不到后座的位置，唯恐干扰客人。每到一地，理所当然请他共餐，他都受宠若惊婉拒，坚决不从。起初只好随他，后来才知是规矩。仆役不能与主人同席进餐，主人赴宴五六小时，司机就得啃馒头喝白开水，在车里等五六小时，且时刻注意主人是否突然出现，可及时侍候主人上车。这等事我在泰国期间见得多了。司机的诚惶诚恐，很令我们这些大陆客吃惊且极不习惯。

陈皮大王杨应林也是啤酒大王，我自然很能抵挡他几杯。喝得热闹，一定请阿叔一起来饮。就权当这是在中国的三人世界吧！把异国的一切规矩都抛得远远的。也是乡情难却，阿叔终于坐到我们的餐桌上来，新生活开始了！

他很能饮。饮得脸发红，于是无话不说。他说他娶有三个老婆，都是泰国的山地人，分住三处，所以并无纠纷。我说你养得起吗？他很豪迈地说："娶老婆与养得起养不起有什么关系？她们都有工做。有时我没钱花了，还上她们那儿拿去！很幸福的！"他用很蹩脚的潮州话说。他有他的逻辑。泰国的平民阶层，像阿叔这种婚姻状态的不少，倒是上流社会比较规范，至少在明处是很规范的。

夜宿芭堤雅。在芭堤雅最好的花园酒店，我们订了 2 间房，自然也给司机阿叔留了一间。事前阿叔就强调他绝不住酒店，我们说无妨，无须他付钱，而且又是老乡，有什么好见外的。他见婉拒不近人情，便勉强答应。但又说他喜好风凉，在自己的车里蜷惯了，权当守车，否则车被偷了，老本也蚀了。我说酒店保安极佳，无须顾虑的。他便不再言语。午夜，一起去看完人妖表演归来，说好一起夜宵并叮嘱明日早餐一起到西餐厅用餐，他一一答应。夜宵时不见他的踪影，夜里他也没上酒店歇息。那一夜我有些失眠。芭堤雅的海浪终夜不息，光怪陆离的街市一夜未眠。我想着阿叔黝黑而粗糙的老脸和那魁梧的身材下那一小片遮不住的阴影，想起了叔公豪华的带酒吧的办公室。第二天在西餐厅，阿叔没有践约而来，我说去寻他，杨应林有些喟叹：他不会来的。我们刚离开餐桌，他却神出鬼没地提着我们的行李，已经静候在大门口。大家便默默地上了由他预先开足了冷气且敞开车门的汽车，告别芭堤雅。

离开曼谷归国的前夜，我又在酒店门口碰到他。我很想明天一早去机场用他的车，可是叔公和老婶一定要亲自驾车送我。我不好太过推辞，便把实情告诉司机阿叔。他说没什么，下次来泰国，一定租他的车。我与他在夜色中握了一下手，说声一定。我说到时怎么找你呢？他有些黯然。我明白了，用不着留住址和姓名，我若能再来此地，而他又活着，那么，在白兰酒店外面马路边的烈日下或暮色中，总能找到他。

泰京发廊 ABC

我住的酒店里只有美容厅，没有发廊。整日坐在车上奔来奔去，难得找个地方去理发。那天稍有空闲，又不好意思请熟人陪着理发，便打电话给酒店的大堂副理，询问什么地方可以理发。岂知副理小姐说，请稍等10分钟，理发店将有人来请你去理。闻所未闻，我怕太远，她说只有10分钟的路。

来人是一位很娇小的泰国女孩，大约也就十六七岁。没有话，只有很羞涩又很得体的微笑。原来酒店和一切服务行业挂钩，凡酒店没有的，当班副理都会为之迅即联络，满足客人的一切需要。我很佩服国外这种灵活有效又极精明的商业头脑。那是真正的宾至如归。诸如寄信、发电报等等，一般酒店都会殷勤代劳，收取一定的费用而已。我想，这种做法的直接经济收益是次要的，其由此而产生的间接效应却是无穷的。旅行的人要的就是方便和热情。

小女孩带我走过二条横街，也就是10分钟的路，这是一间只有 3 个座位的小理发店，里屋是店主的住家。外屋摆着三张橡皮软床，客人可以躺在软床上让其洗头修面。带我来的女孩子就是理发师，她问我是不是台湾来的。我摇摇头，她却笑了，一个劲地说："yes，台湾。"我想既然你那么希望我是台湾来的，也就不扫你的兴，便不再言语。

她问我怎么理，我想怎么理是你的事，国内的理发师可从没问过我该怎么理。我说随便。可她就是不能随便，拿出 5 本发型簿让我指明，我只好找了一款自以为很朴素不花哨的点了点。她又笑了，很满意的样子。

躺在软床上洗了一个极舒服的头，便转而坐到转椅上。她刚要开剪，另一个女孩子便托着一个摆满各种小器械的不锈钢盘子，准备给我修脚指甲和手指甲，我连连摆手说不用，她有些失望。我倒有点内疚。我知道泰国的女孩子谋生都很困难，除非从事色情业。很简单但很舒适的理了发，前后不过半个小时，说是好了。我自觉精神振奋，一扫半月来的疲惫。但见头发并未短了多少。于是准备结账，女孩子又问："你是台湾的？"我又不置可否，只是笑笑。我问多少钱，说是泰币 300 元。我的天：相当于人民币 80 元。也就洗洗发、剪一剪吹干而已！

对于暴富的台湾客，泰国人是毫不客气的，谁叫台湾客财大气粗呢！

回到酒店，和同伴们一说，没有获得任何同情，因为几乎大家都有共同的经历。而大个子杨勤华先生更惨，他理发的代价是 500 元泰币，因为他让那女孩修了指甲。他一点不在乎。他的原则是，既然出国了，就入乡随俗，不问耕耘，但问收获，花冤枉钱也是收获之一，很有点大将风度。我极同意他的认识。如果是带着几大箱速食面去国外艰苦奋斗，丢人现眼，即使是抱回几件大电器，也是不胜唏嘘的事。何苦来着，倒不如待在国内终其一生更为风光。

半个多月后，我再度赴泰，我想再去那小理发店，这一回，我将明确告知那女孩，让她明白我是从中国大陆来的，看看她会收我多少钱。可是我再也找不到那理发店了，尽管我在那似曾相识的街口徘徊了一个时辰，以至于卖榴梿的泰国老太太警惕地有所防备。泰国街头，时有斯文贼抢劫。我友好地对老太太笑笑，她更怕了。我于是在曼谷街头酷烈的太阳下，遥望着令人炫目的曼谷天空，匆匆地离开那里。

找对车站搭错车

我的毛病之一是常常搭错车。候车的车站是对的，所搭的车常常是错的，在石牌等候黄埔线，就常常错上了22路，待那车从天格底下又拐回石牌时，这才发觉又搭错了车。有一日，《南风窗》的赵洁小姐叫人向我约稿，那专栏的名目就叫“搭错车”，引得我自己一阵好笑。

我第一次赴泰是集体行动，一切事情都有人代办，出入海关有人接送，只管跟着别让人甩了就万事大吉。再度赴泰是独行侠，自以为是二进宫，轻车熟路，用不着太留意，于是马马虎虎，在白云机场海关碰了几个软钉子，那感觉与搭错车无异。

我坐的航班是北京飞曼谷途经广州的飞机，我是在中途上机，广州的旅客并不多，大多是持公务护照的。那天海关工作人员比旅客还多，我是最后一个过关的。在边检那儿，由于没有预先在另一个柜台查验出境卡，被训了回来，我贸然进了海关，填了物品申报卡之后，提起旅行箱子便走，自然被叫住了。海关小姐说开箱查验，我便打开。她见我箱子里有几张名片，便问："你就是郭小东。"我说是的。她刚要放行，又问，有没有带外币。我记得海关有些通道标着"5000 元外币以下由此通行"之类的字样，便以为最少可带 5000 元外币出境。所以这次不多不少就带了 5000 元港币。我便如实说了，且拔腿就走。一个很锐利的声音拦住我："只准带 200 元。"我一听毛了，便说："不是可带 5000 元吗？""谁说的，只准带 200 元。"很原则很威严的女声。我知道多带无望了，心想离上机时间尚早，与她拌拌嘴消磨点时光聊补旅途寂寞也很好，于是便说："200 元连'打的'都不够，中国人干吗老得穷出国呢！"她回答得机巧："那你问李鹏总理去！我不管。"我这才觉得该见识这位海关同志，刚才检查我行李的那位小姐很温和地说，那是我们科长，很年轻也很厉害的女科长。大约是新提拔的，虎虎有生气。

妻子在关外见状急得不得了，她怕我跟她纠缠会有麻烦。我远远地向她笑笑示意，表示不会有什么事。继续与那科长"聊"，我指着放在桌子上的 5000 元港币说："都是 1000 和 500 面额的，你看怎么办？那就带 500 吧！""换去！那我不管！"又是不管。既然不管，那我就带 500 元吧！说着招呼妻子，把 4500 元带回去，科长见状，忙说："不行，只准 200，否则别带！"对，别带！当洋乞丐去，我于是与妻子匆匆话别，身无分文的七拐八弯的登机而去。

本想用这笔钱去回请我那些钱袋满满的、比我年纪还小的叔叔姑姑们喝一杯泰国咖啡的，这回又落空了，何况还有回来的机票款呢？

在香港，朋友笑我太老实了，几千元，马马虎虎啦！

在泰国廊曼机场海关，我这一回有经验了，很认真，把箱子开得大大的，且很自豪地说身无分文。关员是个满脸胡须的阿拉伯人，他并不认真，连翻检一下都没有，只是笑容可掬地拿起两大包中国凉果，作了一个可不可以赠送的手势，我自然欣喜，这意味着我不必再作任何手续，便可昂然离去，我慷慨地多送他两包，捡起行李“拜拜！”

老婶和她的儿子已在出口处等我了，坐上他们的轿车，我忽然对老婶说，我不能请你们喝咖啡了，不知她听见没听见，反正她一直没停地在问我老家的事，老屋与祖坟的事。

这回的感觉是搭对了车，却错了车站。

芭堤雅，芭堤雅

芭堤雅没有冬天，岁末的阳光依然烧灼着永不知疲倦的海。风从很遥远的大洋懒懒地吹来，在白色的沙滩上吹出许多很吃力很难受的褶皱。我已经不止一次地独自到芭堤雅的海边来，绕过海湾边缘那些灯红酒绿的酒吧和船形的高屋，以及高骑在海水之上的渔舫酒家，找一块干净的沙地，心中一片空白地坐下来，看着海，看着海上无风的帆和轰响着的机轮，在急急地行驶。

我想找个人说说话，可是没有。附近有几张阳伞，阳伞下的躺椅上卧着赤裸的洋男洋女。多毛而且被热带阳光烤得发红发火的皮肤似乎流着油，流着血。有几个同样庞大的马来女人，一一骑在那些肥胖的洋人背上，吃力地做着泰国古式按摩。为了减肥，也为了领略这个热带国度的种种新奇和出名的海鲜，芭堤雅汇集了世界各国的大部分游客，主要是来自西欧的游客。他们在这儿很廉价地抛着用美元兑换来的泰币。

泰国是一个低消费的国家，芭堤雅是外国游客汇集之地，按理各种消费应该相应提高才对。可是我感觉却似乎比曼谷更便宜一些。可能是中东战争爆发期间，游客锐减的缘故。

芭堤雅是不会令人寂寞的。它有无尽的诱惑。在海边找一块寂寞的净土倒是一件艰难的事，用不着找人说话，很快，我的旁边就已经来了许多人，全是些做生意的，自然也有夜总会的皮条客。有个年轻人不时变换着语种：英语、泰语、潮州话、广州话，乃至普通话，当然全都很蹩脚，半生不熟，向我介绍各种去处。看真人表演？人妖？找家居小姐？洗泰国浴？或是坐游艇去对面的小岛吃海鲜？活龙虾一斤500泰币！还有坐玻璃船看海底景色？再就是请马来女人帮助减肥按摩？年轻人肤色黝黑眼窝深陷，很可爱的泰国孩子。我笑着摇摇头，指了指海，“我只看海，曼谷没有海，芭堤雅有！”我给他20泰币贴士，他很高兴，双手合十向我致谢。在泰国，给小费是一种友好的表示，尤其是语言不通的外国人，给点小费能增加彼此的感情。

年轻人弓着腰向我告别，到洋人那里去。泰国有许多这样的孩子，做各种各样旅游生意的掮客，换一点客人的小费和老板的佣金过活。这些人一般都很讲礼貌，绝不勉强客人，当然，一些与黑社会有勾连的营业就另当别论了。

芭堤雅夜晚也是白天，或者说夜晚更像白天。通宵的人声和车声，所有的街道和店铺都流动着24小时的喧闹。只是白天似乎比夜晚稍为萧条一些。

你无法令芭堤雅寂寞，芭堤雅也不让你寂寞。我在海边坐不到一个钟点，类似刚才那些年轻的“拉客仔”就见识了好几个，近乎川流不息。

看着街市流动的灯火和闪烁着神秘诱惑的霓虹灯，我感到小说世界中的那一份熟悉和惊悸。芭堤雅夜的诱惑和光怪陆离是连香港这个国际城市也难以比拟的。我在香港起码还有着一份陌生的安全。而在芭堤雅，我处处感到一种温馨的暗涌。当然，这实在是一种多余，每一个初出国门的中国人都会有这种感觉，并不奇怪。

我于是离开海边，早上陪同我们到芭堤雅来的潮州阿兄，那位很有钱又很豪爽的独臂人，说明天一定得让他请客，他将带我们游遍芭堤雅。

你不认识芭堤雅，你就不认识泰国。正如所有的海南人都会一本正经地告知游客一样："你没有去过天涯海角，就算不得来过海南岛。"是的，芭堤雅的情调和色彩，最粗浅的印象也已令你吃惊。泰国会有、应有的一切，芭堤雅全有。

我还是走回海边的净土，去等那位自豪于芭堤雅的独臂人。

做一回上帝

独臂人没有来，他给我下榻的酒店留了电话，有急事到别处去了，他派了一位伙计来。伙计未到，我乐得独自到街市中去闯。

芭堤雅之夜给人的感觉是到处都是红灯区。这也许大半是出于敏感，小半出于无知。过于提防的心理，全然是由那些很离奇很诱惑的霓虹灯，和由霓虹灯管勾勒出来的图案所暗示的。

在傍海的大街一侧，海鲜餐厅一间紧挨一间。门口是衣着华丽也长得极漂亮的泰国小姐当领班。她们照例对所有的过路人双手合十地行礼，笑得动人，不由得你不会心地回报以微笑。而这样一来，你便极有可能被她们很客气极热情地请进餐厅里去。我正是奔着用晚餐而来的。只是一个人吃饭很索然寡味，犹豫再三还是被让进一家餐厅。

海边的所有餐厅都是凌海而起，用柚木和水泥筑成，构造得曲折也平添几分幽雅，是那种稚拙中的幽雅。是大排档的格局却又分明有着西餐厅的典雅高贵，十分讲究，处处看出对人的重视，餐巾台布刀叉各类酒杯一应俱全。菜谱是中英泰三种文字的，还特别标明菜种，诸如粤菜、潮味或川菜、泰式等等，印刷精致而且明白。用不着问和解释，你可以点到很满意的菜肴。假如有兴趣，还可以到菜柜那儿去，亲自配菜。各种海鲜和蔬菜都是洗切好，分类放在敞开的雪柜中。领班会不断征求你的口味，咸淡甜辣酸涩，无微不至。我点几件海鲜和黑啤酒，并不贵，也就 300 泰币，约人民币 70 元左右，已是很丰盛的晚餐，足够 2 个人吃喝。在这儿，你真正感到你确实是上帝，你完全可以按照你的意愿实现你对饮食的种种要求，而且侍者一定是不厌其烦的。所有的交易都不带有交易场所的气氛。小姐会不断地双手合十，不断地说“沙地叩”(你好)，笑容可掬。这是真正的宾至如归。人心其实是很容易满足的。

在餐厅看海，芭堤雅的夜海有无尽的渔灯。傍海的亭楼全是餐厅和歌舞厅。芭堤雅是一个纯粹的旅游城市，几乎没什么工业，所有的设施都是为旅游业服务的。据说芭堤雅是在近十年间，随着泰国经济的腾飞和旅游业的发达而发展起来的。许多大亨都看准了这块地方，争相到此地来发展旅游业，盖酒店和别墅，连泰王子也在芭堤雅的海边山地上盖了两座几十层高的酒店，芭堤雅在这十年间已经到了寸土寸金的地步，连银行家也为之垂涎。

泰国的生意人大部分是旅泰的潮州人，这些号称东方犹太人的潮州老乡在芭堤雅经营着一流的事业，即餐厅和酒楼。在这里潮州话也很通行，我在餐厅里吃饭，一旁侍应的泰国小姐居然也会说潮州话。她说她有一点点潮州人的血统，可是她身上已经找不出丝毫潮州人的痕迹了。

芭堤雅是十足的旅游城市，我不知道芭堤雅一年要从游客口袋里掏走多少金钱，但你只要站在高处望一望这座无烟的美丽城市，蔚蓝的天空中没有一丝污染的城市，以及不断在兴建的高楼，你就明白了。它其实是泰国国民经济中一支最强大的吸管，对准蜂拥而来的名副其实的“上帝”们的口袋，让上帝心甘情愿地很高兴地把口袋往吸管上凑。所有的餐厅都座无虚席，又都让人感到温馨幽雅与愉快的休息。对“上帝”无微不至地侍候的结果，是上帝对于芭堤雅的美丽温情礼貌报以最热情地回应，大把大把地抛洒美元和外币，直至囊中空空才惬意地离开它。

这就是经营芭堤雅的人们的聪明，合于上帝意旨的聪明，它的聪明之处不外乎想尽方法，让所有去过芭堤雅的人，离开之后都比第一次去更热切地期待着再度抵达。

挽盛的海边

离繁华奢靡的芭堤雅不远，有一个叫挽盛的地方。那地方有很狭长的海岸线，海岸线连着绵延不绝的丘陵地，丘陵地布满浅草和灌木。山坡上几棵棕榈、几棵槟榔和仙人掌，在海风中招摇。这些热带植物簇拥着一座座奶白色的西班牙式别墅。那是富人的别墅。主人一年中很少有时间来，但终年有仆人在侍候这些闲置着以显示高贵的建筑物。从车窗远远望去，可见这些建筑物里外闪动的人影，那是些养花剪草的仆工。我的许多异国朋友，各占有不止一处的别墅。拥有别墅，在泰国是一种时髦。由此我想起曼谷市内的湄南河两岸，那些半浸沉在肮脏的河水中，斜倾向水边的棚屋，那些穷人的棚屋。

别墅拥有很大的花园，说是花园，也就是一片同样奶白色漆成的白栅栏圈起来的青草地，那草地有的绵延至海边，没入浅滩的白沙砾中，主人可以从别墅直接到大海里去游泳。

我们绕过这块连着别墅草地的海滩，向一处拥挤不堪的海边长廊走去。这里是挽盛最热闹的地段，也自然是真正的挽盛。只有在这儿，你才能真正感觉到泰国社会的呼吸。

大约有一公里长的海边长廊，沙地上密密麻麻的摆着一张紧挨着一张的沙滩床，每张沙滩床上都撑有一张相应方寸的帆布伞，遮挡着那随风吹来的炎炎热力。泰国是个高纬度的国度，每年平均气温都在40度上下。拥挤的曼谷街头，热浪滚滚，所以每到周末（泰国是周五工作制），也即星期五，城里的人们便纷纷往海边跑，去沐浴大海风和大海水。有钱的人，大多到芭堤雅去，那里的海水阳光和各种设施都是超一流的，声色犬马和人妖应有尽有，集结了泰国的所有享乐和海的风光。相比之下挽盛就要逊色得多了。这里原是一处僻远的渔村。百余年前还是一片礁石和荒草，从中国大陆主要是东南沿海漂来的“红头船”，便是在此地登陆的。我们祖上也由潮汕的农民，漂洋过海而来，九死一生地于此地登陆，在泰国生息发展而成贵族。挽盛实际上是一条潮汕人铺成的血路。如今，百余年过去，这里已经是一个很有些名气的地方了，但依然是穷人的天堂，富人是很少到挽盛来的。我想，并非挽盛不好，而是挽盛实在太嘈杂了。大约有上万人挤在约一公里长的沙滩上。与这沙滩并行着的是一条同样挤满了各种贩货小车和小吃摊的“商业带”。各种旅游纪念品和泰国小吃，应有尽有。毒热的空气中沉荡着海的腥味、烧烤鲜肉和柠檬汁浇在烤肉上散发出来的怪味。

黄昏是挽盛最好的时光。阳光已经明显地疲软，海风也变得甜腻清凉起来。人们开始从河滩上爬起来，到海里去。

海滩上，也开始活跃着一些按摩女郎，这是真正意义的按摩女郎，大多是韶华已逝、体型肥胖的女人。也就30多岁，但热带的阳光和窘迫的生活已把她们折腾得花残柳败，只好流落于海滩为人按摩。她们大多穿得很暴露，肥胖的身躯骑压在比其更肥胖的外国游客的庞大躯体上，很卖力也很地道地做着泰国古约指压按摩。这种按摩，是真正治疗意义上的，看她们干得喘吁吁的样子，令人酸楚。

来挽盛海滩度假的人，大多是拖儿带女的穷人或中产阶级中人。有开私家车的，更多是坐大巴士来的。私家车在泰国曼谷依然是少数人的事。一家人在这里租一二个露天床位，与去芭堤雅的饭店租一个房间，我想是相去很远的消费。何况芭堤雅的海滩并无这种价廉物美的去处。那里大饭店林立，每晚大约都在千多泰铢以上（一块钱人民币约折合4个泰铢）。挽盛的海边便成了穷人们的天堂。来旅游的外国游客，并非个个都是富翁，并非个个都能去芭堤雅住昂贵的花园酒店。在挽盛的海滩，许多露营的人，便是来自香港和一些发展中国家包括西欧的穷人，他们大多是公司和企业的员工，由老板出资来作年度旅游的。所以，捏着几个难得的外币，捏得出水地省着用。还有一些便是来自潮汕的探亲农民，在泰国滞留，便也到挽盛来凑凑热闹，看看当年祖上登陆的地方，好回故乡去摆摆龙门阵。

挽盛，只要有曼谷所没有的海水阳光沙滩和甜甜的大洋风，它就是天堂，周末也就因此而美丽和温馨。

夕阳照在丘陵地边缘和大海之间的柏油路上，泛着油亮的红光，路边的租车铺，有许多两个轮子却可供三四个人坐骑的自行车，长长的车身大约有两三米长，几个人踏着各自的脚踏，齐心合力便可踩得飞快。这也算是挽盛的奇观。我看见许多孩子合骑一辆单车，沿着盘山的柏油路从海边直踩上山顶，又从山顶慢慢地滑行下来。

我很想去试试，但终于没有。

挽盛的海边处处流动着原始与朴素的民风，同时又充满着现代商业社会的某些光色，它代表着泰国这个农业国在渐渐苏醒的那一部分乡镇的真相。

我离开挽盛到芭堤雅去，那晚在海上餐厅，在那种飞搭在海水上面的高低错落的木板楼台上，遥望挽盛那黑糊糊的天空下点点如豆如烟的灯火，心想，要是当年的红头船，不是碰巧在那里登陆，而在另一处海滩，挽盛会是今天的挽盛吗？会有那么多人慕名去瞻仰那红头船的地方吗？如果没有红头船，没有那么多中国大陆人在那儿开拓，挽盛会是什么样呢？

第 五 辑

寻找家园

家庭也许并非人生唯一的停泊地，但是，却是一个不可取代的停泊地。不管它是多么破旧的码头，即使是已经风烛残年的拴船桩，也足可令疲惫的小船获得瞬间的安宁。很少有人拒绝家庭。对于千千万万过着正常生活、从事正常社会劳作的人们来说，家庭是腊月暖暖的灶火，是七月的凉风。没有什么比家庭的温馨气息和淡淡却又郁结着的亲情更富人性的诱惑了。我是从很古老的意义上来确立这个命题在现代生活中的价值的。许多极为新颖的命题，其实都可以从古老的人类行为过程中获得新证。总有那么一些东西，从人类诞生之日起就承担着支配人类直至灭亡，也即人类始末全程的责任。这种承诺的精神链条是永恒的。人类只不过在不断进步中寻找一种更为切适的方式而已。

我的企业家朋友，大多像上足了发条的机器那般生活着。尤其是那些既搞实业又搞贸易的朋友，人们戏称为“流亡政府”。办公室里很难寻觅踪迹，陀螺一般地旋转于天南海北。我发觉在这种共同的生存状态中，有两种截然不同的人生方式，它们是那样深刻地改变着人的外表和内心，反过来又驱动着他们的事业成功或失败。

——在许多描写企业家的报告文学与电影小说里，我们日渐发现了这种迹象，只是它们还远没有进入作家精心谋略的策划范畴中，然而这已经是一种时代的进步。从胡万春《家庭问题》到《商界》的家庭描写，时代新命题的古老意义和价值正在家庭的伦理框架中获得一种突破性的证明。家庭之于人物命运的特殊效用，已经从单纯阶级的关系理解与借代中，还原到复杂的人性层次里去作深入的解剖——

同是“流亡政府”，忙得不可开交，有的朋友焦头烂额，为了事业和工作，他们忍痛割舍了家庭的诱惑，像“文革”时期的电影形象一般把事业与家庭区分得很清楚。不同的是，他们主观上倾向于家庭，而客观上人为地无意识地拒绝了正常的家庭生活。工作与各种频繁的社交包括应酬性却于商业企业活动必不可少的宴会等等，像一根无形的鞭子，抽打着陀螺转动得消失了自我。忘我与可敬的企业家形象令人体恤令人怜惜。这也许是由于暂时性的社会性企业管理的无序状态所为。但是，我在别的一些企业家朋友那儿，却又看到另一种人生。鼎鼎大名的九制陈皮大王杨应林，他的事业不可谓不辉煌。他腌制的九制陈皮已经让世界和中国知道他这个人物，知道潮州庵埠小镇。以至于国内已有无数家厂商冒牌假造他这类产品，迫使他广泛登报悬赏 2 万元缉拿侵权的不法厂商。他一个人指挥着几个大工场，奔走于海内外。但是，有人生活得像他这样惬意么!

他天天在寻找自己的家园，这种寻找是为着走得更遥远。再遥远他也不怕，因为他身后有一个女人和 3 个女儿。他们都共同地酷爱音乐，让音乐把遥远拉得亲近。他忙，忙得不可开交，原料、能源、销售、官司……但他怀里永远有手风琴，和妻子和女儿一起吹拉弹唱。他眼前永远有一双明亮又满溢着爱意的眸子，含梦的眸子凝视着他。他从妻子这眸子中寻找到来自家园的绿草地、雨露和风。她不参与丈夫的事业，她只是为丈夫筑一个温暖的艺术之巢。她和学艺术的3个女儿一起，把丈夫的事业的纤绳，放上丈夫宽阔的双肩，然后用一种拉拉队的方式，加入了拉纤的队伍。杨应林，他在忙中时时回眸，勾起许多温馨许多爱意，他因此不知道什么叫疲倦、什么叫烦恼和什么叫失意。

他比同龄人要操劳得多，因为他所从事的是暂时还无法使用高科技的事业，他必须亲力亲为地全身心投入这项工作，全靠多年积累的感觉和技艺，靠一种从民间约定俗成中的脱颖而出的精灵所为。照理，他比别的大企业家忙得更辛苦，可却比实际年龄要年轻潇洒得多。四十出头的男子汉，饱满充沛，全没有半点倦容和“流亡政府”的落魄。他定时拉琴、打球、喝啤酒；准时地出现在他应该出现的地方，而妻子常常和他在一起，家庭的温馨和亲情使他年轻、使他事业不断兴旺。她女儿为此骄傲，我在汕头大学时见到她，她对我说，她最爱的是她的爸爸妈妈。这话离开了规定情境和相应的主题也许等于白说。可是那天我们正在谈一个社会性的严肃主题，而她已经不是稚嫩的孩子。在她们身上，我看到充满着亲情和浓郁的爱意的家庭才可能有的那些神情和意绪。

治国齐家平天下，中国人向来把家国视为一体，把齐家作为人立身处事的起点和本源。商品的富足与物质的泛滥，以及畸形的消费往往能激活人的原始欲念中野性疯狂的部分，而令文明沦丧，崩溃了尊贵。而社会化生活又使许多非人性化的东西膨胀而淹没了人的个性。所以，明智的现代人努力寻找家园，返回家园的绿草地，努力尽可能地回避大水泥建筑的骚扰，尽可能多地呼吸来自家庭的原始气息，这几乎是一个新课题。尤其对于不自觉也无可奈何地让商业企业活动“机械化异化”的企业家们，时时于忙乱中于疲倦中回眸家庭，寻找妻儿那含梦的双眸，从中寻找作为有作为的人驱动事业的动力，那里面有永远耗费不尽的人性力量和文明的启示。这是完美的人的启示，辛勤工作着的人的启示。通过它，也许可以建树一种古老而崭新的文明，关于男人、女人和家庭的古老故事，关于男人背后的女人、女人背后的男人的新秩序。

1989 年 11 月 21 日

请回家吃晚饭

岁月因为劳作的繁冗反而成为框架，可以深深记忆的东西只残留在那些重大的活动上：一次企业的盛典，决定命运的商务谈判，或者一次大开眼界、耳目一新的出国考察，乃至一次终生难忘的酒会……唯独遗忘了生活中许许多多的细节：给妻子一个远行前深长的眼色，与幼小的儿女作一次别无牵挂的郊游、冬泳或者野餐，乃至黄昏河边的散步、阳台远眺的遐想。现代城市人急匆匆的脚步，停不住的节奏和大脑永无困顿的思维，强硬了理性而弱化了感情。生活的机械化加剧了人生的程式化，这种整体趋向首先凸现在企业家和政治家身上。忘我工作与奋斗精神是弓弦，而支撑它使之强旺使之持久的弓背——妻儿对之的精神调剂与鼓励，暂时被遗忘了，遗忘到了弓背的不断提醒已经变得麻木，弓弦也便即将断裂或者松弛。这种把事情单方面推致极限的情状，几成现代人生的欠缺。这是一个不可忽略的临界！

顾此失彼也许注定是现代社会面临的命题。

所以我提倡回家吃晚餐。没有精确的统计过，疲于奔命、完全不自觉地置家庭儿女为“大后方”的企业家们，有多少人是经常回家吃晚餐，与妻儿一起共度黄昏的绚烂？我的许多朋友，他们常在黄昏时还请我共进晚餐，在街头的大排档、在豪华的酒店乃至乡村小酒肆，喝酒聊天共至半夜，把一份冷清、一份寂寞留给妻儿。在夜深人静时，一个人蹒跚归来，那时才顿悟一切人生的奔波和困顿之后，是渴望着一盆热腾腾的洗脚水、一条温暖的湿毛巾的。可是儿女睡去了，哪怕是略作亲昵的机会也失去了。接下来的是又一个沉睡的清晨，儿女早早地上学去，于是无穷的孤寂袭击着本该是美好的大清早。在公共汽车站候车时，他也许会怅望着已经消失在人流中的孩子。

孩子与父亲现实距离拉远因而日渐陌生，从而形成心理上的隔膜。他心目中对父亲的那一份崇拜、那一份温柔在天长日久的陌生中渐被消弭。父亲的这一份忘我工作精神很难理性地被天真的心灵所接纳，而父亲对子女的永远的承诺仅仅是一个无法实现的幻梦。短暂的童年由于父亲可以避免的疏忽而留下了永难弥补的缺憾，父与子的那一份天然的由于血统也由于父子特殊的男性关系的默契，并没有得到积极的开发与发展。孩子人生中第一个男性楷模是父亲，而在紧张的现代社会、中国国情下的城市中，晚餐也许是唯一能够激活这种形象与性格启示的机会，它兼顾了中国家庭亲情表达的所有方式，一天中最为生动也最为丰富——从形式到内容——的时刻，是晚餐。

把共进晚餐的机会留给孩子、留给妻子或者丈夫，把人从社会紧张角色中变换回他原初的模样，尽情地充当家庭中温馨的亲情的角色。只是一家人欢聚的晚餐，除此之外，什么都不是。生活中全新的仪式，与孩子共进晚餐！

许多存在都在努力证明自身的合理与不可避免。也许如此，也许并非如此。企业家们的忙碌与忘我有一部分是属于应酬，这也是必不可少的交际。但这并不妨碍把晚餐留给妻儿，谁都这样考虑问题的话，则“请回家吃晚餐”并非难题。想一想孩子的声音，那一声委屈和难以言说的天真的忧郁，透明的忧郁里有一种你永远无法弥补的东西。你可以因为不在家吃晚餐而获得许多，但可能也因此失去更多，失去的将是遗憾一辈子却又说不清楚是什么的东西。

让孩子告诉你，请回家吃晚餐！留意他那份神态，你就什么都懂了。

1989 年 11 月 27 日晚

女儿生日

在我的印象里，中国人似乎并不太执意于年年过生日。一生中能似模似样地操办上几回，也就不错了，而这也是殷实体面人家的事情，讨个排场而已。依旧时乡间的风俗，周岁时一回，直至15岁生日时再一回，这一回稍为隆重，叫作出花园。乡亲朋友聚一番，略有仪式，意为从此长大成人，出了花园去独立自主，然后于60花甲再作庆祝，这是父母一代以上的事了。

记得父母一代，他们也并不在乎生日。旧时代里颠沛流离，于战乱中求民族生存，解放后则忙于建设，疲命于政治斗争，根本没有过生日的雅兴和条件。他们活得匆忙也疲累，总在为别人活着，将自己的生日给忽略了。我们这一代人也许就更少有生日的隆重观念了。十几岁去边疆当知青，于狂热聊赖中抛却了青春岁月，连生日也视作陈旧，极少有人认认真真地去留意它。

待到有了儿女，儿女稍一懂事，就把生日记得牢牢的，未雨绸缪，常常提醒着买大蛋糕，数着小朋友的名字，邀请他们来吃蛋糕。他们也常常应邀参加小朋友们的生日晚会，认认真真地准备着礼物。平日里让作业压扁了童稚，生日便是他们童年记忆中的大事情，父母们也极为认真地一年一度奋力操办儿女的生日晚会。不惜花大钱购买生日大蛋糕及各种礼物，献给儿女们。

近年来生日蛋糕生意兴隆，越做越考究，少则几十元一盒，多则达上百元几百元的。儿女们也开始攀比蛋糕的大小贵贱了。生日庆祝在慢慢失却它神圣的意义。

我们正在另一种意义上培养下一代人对于生命与人生的浅薄认识。

涂两只红鸡蛋、点一盏长明灯的简朴时代是否已经完全过去了呢？田园牧歌式的抒情诗时代和庄严典雅的教堂式生活方式是否已经成为中国大众生活的潮流呢？生的尊贵和死的苍青是否还在人生的价值天平上急遽地倾斜呢？我们是否已富足到可以把一个月的工资用于子女童年一年几度的庆典呢？

我不知道，但是电影和文艺作品以及我们的某些现状正在絮絮不休地强调着这种存在。

女儿莛莛生日了，她已长成一个小姑娘，不仅仅懂得读《格林童话》和《圣经》，而且到了可以写童话的年纪了。她当然知道公主的生日典礼与王子的生日晚会的盛大，但她更知道那是很遥远的童话。

我必须让她知道平民俭朴生活的存在意义，并立志以过一种平民的生活为人生满足。于是我们开始一起谈论已死与方生的生命内涵，带她到爷爷的坟头去感受大自然怀抱中的另一种生命形式，让她领悟生与死的阴阳界的本质意义。

“人们不在乎一只生日蛋糕，对吗?”她会这样肯定又征询地对我说。“我们可以去买一只蛋糕，但不是在你生日的时候”，我说。她会很认真地接着我的话头，“在奶奶病了的时候，可以吗?”我们相视而笑。

她也过生日，那是很简单的仪式。她有一个很精致的本子，那是我参加全国青年文学创作会议时的纪念本。那年刚好她8岁生日，我在北京开会，作家朋友们为之题签。有王安忆、晓剑、严亭亭、赵玫、筱敏、朱晓平等等，记不清了，写了些很精彩又很平常的话。我们常常为各自的子女生日题签一些很平常的话，目的只在于让他们记住乡间的长明灯、鲁迅笔下的阿长妈妈。

女儿生日，她没有让人置办什么。我等着她提醒我或妻子为她做点什么！然而仅仅是期待而已。她找出了那个本子。

关切自身的生命存在，这是一种进步。但是，存在的意义与价值的实现，才是更艰难的进步。生日的价值往往是由死亡的终极意义去显示的。重要的问题是谋求庄严地活着，而不在乎仪式。

永远的礼拜日

不是田园抒情诗时代，但是我们每一个人都有权利和理由在不影响他人的情况下，寻找自己的田园、自己的抒情诗。

每个人都是在别人那儿显示自己的存在，在为他人为社会的利益奉献上表达自身的价值。利他观念应当永远视作全社会尤其是青年一代遵循的信条与努力的实践。这样，人与社会才能呈现一种本质的和谐。相信许多人都自觉或不自觉地履行着这种义务，主观或客观地实现这种结果。

在这个前提下，我站在人的全面发展的立场上，希望人们珍惜自身精神。尤其是那些为社会而忘却家庭和个人生活的人们，竞争环境中抛弃了自我漠视个性的从业者，都尽情地享有一个自己的礼拜日。

《圣经》上说，上帝用 5 天时间造就了万物，在第六天造人。到了第七日，造物之工已经完成，就在这一天歇息了。这一日称为圣日，也叫安息日。一切神示自然与我们的主题无关，但是既然我们已经认认真真地付出了一周中的6天，我们没有理由不拥有一个礼拜天。

属于自己，说到底也是属于别人。为着慰藉别人而宽松自己的天性，创造紧张劳作之余的礼拜日的情调。这就是星期天的馈赠——我在这样的意义上，来企望那些忘我工作而已经因此而引起妻子儿女不满的人们，把礼拜天留给妻子，留给孩子，去创造一个永远美丽多情柔曼的星期天。礼拜自己的第七日同时礼拜别人，平常的情感里蕴含着人性的神圣和永远的情谊。

因为妻子永远期望不到丈夫的礼拜日，因为没有共享礼拜天而慢慢地淡化了初恋的热情，滋生了隔膜；因为孩子在任何礼拜日都盼望不到父亲的郊游，因而对父亲失去信心，对父亲的许诺视作谎言。该记取的是，在最容易满足别人的地方也是我们最容易忽略的地方。我们可以有千百种高尚的利他的借口，可是我们永远无法弥补天长日久形成的干裂。主动的滋润事实上并非是天大的努力，只要稍为留意，给他们一个礼拜天，而不是给自己。这也是建立在利他主义的基础上的。家庭也是社会，亲人也是朋友。

也许这种说法浅显到令人无动于衷。那无关紧要。唯能正视内心的真实而蔑视流行的虚伪，我们方能谋得一个属于自己的礼拜天，以礼拜自己为义务为人生的节日。

人类应该是有许多节日的，个人更应该有许多节日，生存着的每个时辰因之便有了期待。如同童年期待过年、新衣服与鞭炮，乃至街市的热闹、乡间的喧哗。那种期待一直延续到第二年的除夕，它使时光变得久长、苦涩但是美丽。童年的经验与印象是最富人性同时最真实的。

一周的忙碌，礼拜天是补偿，它是一周中的节日。因有那6天的无私奉献才能无愧于第七日的赐予。创造着的6天使第七日的苍白变得辉煌，使闲适显得神圣，令那一天充满着幸福，反之一周的过程因此黯然而灰淡。

我曾与一位男性朋友谈起他的离婚。没有第三者也没有什么感情的裂缝。有一日她提出各过各的，他也同意，虽然大惑不解，但是尊重她的选择。他请她去香格里拉吃了一顿西餐，她约他去筲箕窝郊游。本是情来理往事后两清也就罢了。可是他却仿佛经历了又一次初恋。那秋天的小树林和凉丝丝的水库水，又一次唤起他们5年前的一个夜晚，那么深刻悸动的记忆。那晚他们陌生，如同路人，可是因为四野无人，因为陌生，所以走到一起谈了一个夜晚，在水中游了一个夜晚，半年后在无数次郊游之后结婚了。他似乎完成了人生的大事，把尿布把换气把9楼遥遥的家务攀登全抛给佣人一般的她，他日理万机永远没有礼拜天，永远把家庭当作旅馆，无视她的暗示。于是连她的最后通牒也当作儿戏，她只好最终和气地与他分手。可是今晚在野地里分手时，她告诉他，假如他有礼拜天，她将考虑复婚，因为她对他从无要求，不过是无法忍受一个连礼拜日也抛弃掉的男人。离婚之后他才深深懂得，生命堪足珍惜在于忘我工作之外还有一个礼拜日。礼拜自己礼拜爱人。

女性是不能伤害的，如同儿童是必须珍重的。她只要你和她拥有一个礼拜日，永远的礼拜日，而这，几乎是每个人都可以而且能够予他人以满足的。

我们一无所有，赤条条来去。可是我们有礼拜天。想想匆忙得如同过客的生命行程中，礼拜天是绿色的驿站。它应该是我们老年回眸的记忆的绿叶。

圣诞·马槽

世人往往视轰烈为显赫与伟大，可是圣诞是发生在马槽里、羊叫声中的。于是我宁可希望80年代的最后日子在静悄悄中过去，90年代于静悄悄中降临，静默中自然有一种力量、一种悠远的长久。所以我祈求90年代元旦那天早晨，也许没有璀璨的阳光，没有和风、潇洒的雨，平静得如同以往无数个忙碌的早晨，可是它就已经流淌着许多温馨、希望和崭新了。

历史是不以轰烈和显赫来记忆的。

于是我想起了那马槽、那咩咩羊叫声中悄无人知圣诞的传说。这也许是这个世界任何长久的东西的起点。它孕育着一种真谛。轰轰烈烈包裹不了历史的真发明和真创造。

我们很习惯那种大嗡大轰的热闹和庆典、无尽的排场和仪式、千人一腔的套话与程序，可是多少人的心里是真正在“热烈欢呼”、“热烈庆祝”的呢？

什么时候能够涤荡我们性格中的浮躁，那种把任何事情都人为地轰烈起来，并且以革命的名义——而实质上对革命仅限于浮躁的认识层面这样一种过于粗朴、极为浅薄的性格弱点呢？

我不知道，也许尚需很长的时间。

其实，很多中国老百姓都知道那种大嗡大轰的苦处的。他们讲究的是实惠，并无奢侈的野心与欲念，他们也厌恶这种社会流弊。他们同时无法不屈从于这种现实安排，因为他们也在迂回地寻求更好的生存方式。

上述无头无脑的话，无非在揭示一种社会情绪。也即人们希望建树平和宁静的社会环境和平实质朴的社会风气。尤其是在党中央号召人民过几年紧日子的现在，一切平添的繁文缛节、仪式与排场、以 90 年代到来借题发挥的耗费资财的庆典，都在令人厌恶之列。

俭以修身，静以养德，淡泊致远。古圣贤如是说。难的正是淡泊，这是人生至境。在现实的拮据中，固然难以清高，可是，保持一份宁静、一份睿智且淡远的心境，去面对世间的热闹与喧哗，面对繁琐形式的诱惑，我想还是可以的。作为一种修养，淡泊而尚进取也许正是“革命”，正是浮躁的克星。

全社会风气的治理，其实是不应忽略对于浮躁和奢华的制约的。

发自内心地说，我们既没有理由浮躁，也没有权利奢华。中国是一具重轭，需要无数顽强而又静默的肩膀来承担它。

当我把这道理告诉 7 岁的儿子时，他并不感兴趣。却向我要圣诞礼物，还说必须藏在袜子里，让他一觉醒来时再去寻找，接受圣诞老人的赐给。我只好让妻子去完成这件上帝的差使。然后，在儿子睡去时告诉他，圣诞发生于冬夜的马棚里，那时天很静，也许下着雪、没有亮光，圣婴就诞生在那只让马齿厮磨得很老很旧的马槽里。世界正是如此安排的。

1989 年 12 月 25 日圣诞夜

绝不忽略

生活里有许多事情被不可避免地忽略了。不忽略什么几乎是不可能的，人类的天性如此。一般来说，在文明程度比较发达的中级阶段，尤其是革命时期的文明风习，总是启示人们天性中崇尚史诗意义的那一部分，由此而注目于那些显赫与辉煌的事情或现象，总是用正史的标准来衡量来调视自己的注意力，这当然是择其社会意识形态大要而言。

市井街巷、引车卖浆者之流当然例外，他们可能相反，可能更多地沉溺于民情风俗中小小的礼数，更注重于田园诗时代的种种遗留，可能忽略错失了冒险性的但是重大的机遇，而对千百年文明风习的每一细微之处，都从未忽略关怀备至：一次平朴近乎贫穷的小小婚宴，孩子的满月典礼或者对于赵公元帅供奉的经常性朝拜，都是他们生活中不可分割、难以忽略的内容。这是千百年的传统对于他们生活的无穷次提示、暗示的结果显现。以食为天所形成的活动和思维中心，正是形成整个文明风习的最初动力。这动力又是由许多琐屑来实现的。

在他们这里，绝不忽略生活的最细微的东西，而且把这些东西看作生活中最丰富也最富人性人情的内容，去认真虔诚地实践，这就是平民醇厚的了无显赫的修养。正是这种修养，有可能积累了千百年民间文化的厚土。

绝不忽略那些被大作为的大人物所忽略的凡人小事，把人生的乐趣建筑在凡夫俗子的日常需求和精神享受上，从而迸发一种理想的创造，这正是我这篇随笔企图探索的话题，它对于经济生活所潜在的意义。

外国人的高鼻子，是否应该为经济活动所忽略呢？它当真被人忽略了许多个世纪，它只在生物学与美学的意义上经常被提及，尤其是举世闻名的为中外小说所倾倒的希腊鼻子，更仅是一种美学而已。国外有一个发明家，却从这高鼻子与喝水的杯子的关系上找到了可能发财的途径。他发明了一种适合高鼻子喝水的杯子。说是发明，他只不过把杯口的平面切成一个斜面，这个斜面使高鼻子在喝水时不至于碰到杯沿，而相吻合。他为此获得专利而新型杯大受市场的欢迎，他也发了大财。他到底顺应了什么？

我以为，这个发明家是一个最充满人性发现和最为体恤细小从而获得巨大的人物。他发明动机来源于他对细小的关心，而这是需要以博大的心胸为基础的。

我小学的同学，出身极为贫寒，一家五口经济来源，全靠他守寡的母亲摆一个卖针头线脑的小摊微薄的收入。箩筐上放一只笸箩充当货柜，日出而作，日入而归，卖一些极不起眼又人人离不开的东西。那时候一分钱可买两根针。靠着这个小摊，他们兄弟几人从小学读到大学，节衣缩食也没拿国家的助学金。我知道第一代华侨，许多人都是靠一个鸡蛋的家当于漫长的岁月中终于发达成为富豪的。

在人们忽略的地方，往往是可能成功什么事情的地方，许多契机就埋伏在那里等待人去发掘。这也许是大自然对于那些不愿忽略细微的人的一种恩惠。

由此我想到许多大公司、总经理于一夜之间骤然出现，而终于不合时宜地迅即倒塌的悲凉。人们总是在不断重复一些已知的错误，总是热衷于对伟大和暴富的不切实际的追逐和崇拜，而偏偏忽略了最实际的同时也最不起眼却最有成功希望的那些细枝末节。想想长江黄河浩浩之水的源头是那么平静那么孱弱的一线水迹，我们便该知道我们该重视的，绝不忽略的是什么了。这是一个为许多中国成语和千古锤炼的古老道理所证实的命题。可是，对于现代人来说，是古老的不正是最新鲜而且最难理喻也容易被忽略的东西吗？诚如《易经》的注释与贯彻。

雷锋是一个最伟大的榜样，他的精华集中到一点乃是平凡中的伟大，他是最不忽略细小、最富同情心和体恤精神的人。他绝不忽略平凡同时把自己的所有奋斗都建立在对平凡人生的精湛理解上，因而最终建树了共产主义文明史上最长久也最辉煌的一笺，同时，他的精神为非共产主义社会的文明风范所接受。

微量的堆积或者细小的发现，其实都在不同程度地改变着社会、历史和人。在物质生活或精神形态的每一领域里，这都是一个极辽阔极富内蕴的话题。

绝不忽略细小，寻找微量的踪迹，去开拓和收获阔大，弄经济弄文学弄生活弄情感都如此。世界如此规约人类，而规律是不可战胜的。

纸　　鞋

人类是很难敌得过诱惑的，尤其是表象的诱惑。皆因为那份精致，精致到令你觉得他的便宜是一种意外。其实它是并不便宜的，只因为它太精致了，所以你便更觉得它事实上的昂贵是为便宜。这种错觉产生于诱惑的强大和人类抗拒诱惑的弱小。这种错误是常人的错误，只有极有心计极有日常生活的学问，严格说是极具市场学问的人才会避免。可我不具备这种知识，于是买了一次华美的纸鞋，穿了两天便开裂了，而且一发而不可收。本该气愤可我已没有了气愤，这不是第一回也不会是最后一回。于是自我安慰一番，几十元钱能买到正宗货色么！即使冒牌但价格持平的东西就不错了。

纸鞋厂家或许正是抓住了某些消费者的这种心理，在工厂里肆无忌惮地制造伪劣商品，这些商品又通过各种走街串巷的商贩大行其道。其结果自然是垃圾桶里日日多了一些新鲜货色。平民百姓徒呼奈何！这些商贩往往是无牌的，而且来去无踪，一次性交易去而无返。

近期这些商贩又有了新招术，把学雷锋和关心知识分子、为之排忧解难这等精神文明移花接木到推销伪劣商品的行径上来，骗起满腹经纶的知识分子来。而这是用不着多少知识的，只要摆出一份虔诚一副殷勤与忠厚就定然大丰收。

大学里讲师教授足不出户，也极少有闲情逸致去光顾新大新，何况大学又往往地处城边城外，进城购物有如上蜀道，应了《别挤了》那首歌的旋律，繁乱的旋律。于是巴望能就近购物，省却挤车之苦。加上知识分子们市场生活知识有限，就更容易上伪劣商品的当。能够就近购物，何乐不为。推销商品的又是朴实殷勤栉风沐雨不辞辛劳而来的青年人，有的还挂上某某团支部的大红横额，于是乎平添了一份信任感，于是乎抢购一空，皆大欢喜。

我的已经消失的纸鞋，就是在送货上门的摊档上买的。我倒没有太多上当的感觉，我只是怀着试试、准备上当的预感去买那难以挑剔几可乱真的纸鞋，去接受那一份诱惑的。

这种弱点所包容着的危机，正如脚穿纸鞋于拥挤的人群中穿行，唯恐被撕裂的惶惑加剧了行路的艰难，那种懊丧的情状足以令人长久的委顿。这种心理的折磨与亏损就不是流失几个铜板的问题所能解释。上当受骗的感觉会使人愤怒，继而诱发自卑。而把这种情绪埋藏起来或嫁祸移情于别的事体，同时极有效地把人性中悲天悯人或对人的信任感无端地冲淡、削弱掉，渐渐滋生视无商不奸为正常世态的观点。纸做的虚情假意便渐渐写上了坚实的双脚，令这脚也蹒跚起来，虚浮起来。

伪劣商品的横行并未形成过街老鼠人人喊打的局面，人们以隐忍的态度强迫自己默认这种欺诈、法制的不完善和诉讼过程的马拉松以及中国老百姓传统心态中忌打官司的情状，都不同程度地使正义囿于口头。

伪品的招摇与流行，似乎不仅仅是商业道德问题，它的背后是社会道德准则的某些动摇和社会风气沦丧的折射。至少许多人对此已不表示极大的愤慨而趋于慨叹，把反常视若正常，诚如既信奉真诚又隐忍虚伪一样。这种无可奈何的中性风格、自认倒霉得过且过的人生态度似乎在腐蚀着双脚，世纪末情调或者以短暂的疯狂或者以药与酒的流行，喧嚣着另一种潇洒，一种无所规约的不负责任的悖离了恒定的道德标准的潇洒。纸鞋仅仅是一个极细微的象征而已。

昨天的太阳

昨天的太阳沉落了。

“旧历的年底毕竟最像年底”，鲁迅在《祝福》中如是说。这是相当有道理的。中国乡间的纪年从来不理会公元。老百姓眼里，庚午起点是马年的大年初一。压岁钱照例在除夕赐予，断断没有在元旦施舍的道理。在一些不是城市又不太偏僻的地方，有称元旦为“小年”，春节为“大年”的。可见传统的顽固并非人力所为。

太阳沉落了昨天，而昨天的内容依旧。这种现实顽固性常常为人忽略，于年轮的转换而把旧符当作新桃来礼拜。新的希望灌注着的其实是往年的希望的持续。持续的累积正在把时间的轮转与节气的象征蜕化为仪式。我发觉现代人比原始人更热衷于仪式。原始思维仅仅把仪式当作一种物化形态，而这种仪式的真实意图在现代仪式中已经成为遥远而悲怆的记忆遗迹。仪式已失去它原初的目的而填塞进别的现代楔子，仪式的真正意图是由无数与它无关的考虑来构成的。扯得远了，回到旧历的年底。

旧历的年底仪式是最多最丰富多彩的。光乡间迎神与送神的祝福就足足延续了一个月。那种繁琐的操持在解放后前之十年间已近乎绝迹。而现在这种活动在这十年间的某些乡村正在由少妇们继承下来。这种复旧也许并不能说明什么，当然与政治无关。很难设想把传统的顽固于短时间里彻底铲除，连毛泽东对此都持一种宽容的科学的态度。他在《中国农村的阶级分析》和《湖南农民运动考察报告》诸文章中都主张菩萨要让农民自己去砸碎且必须有长期的过程。二十年代和五十年代都掀起砸菩萨的群众运动，那种干净利落的效果是相反的。白茫茫反而便于建设旧有。

不止乡镇企业，集体企业和国营工厂的一些车间，已经有公开设置神龛朝拜赵公元帅的事，逢初二、十六便祭礼一番。或由公家掏钱打入成本，或由私人集资操办。电动的红蜡烛于是常年长明，宴会也就逢初二、十六准时开办。乐在其中的真正因由已与真实的朝拜没有关系，朝拜的现实恩惠才是仪式的诱人之处。

我持一种相当复杂的感情来看待这种不可知论的沉溺。大约真正把工厂的盈亏寄托在礼拜赵公元帅的虔诚上，去守株待兔的痴人只在少数，明知儿戏而将信将疑同时借行事者可能比较普遍。初二、十六朝拜的生动活泼，在某种意义上代替了工会工作思维的千篇一律，且与中国传统文化中的饮食文化浑然天成，心理上有了慰藉而口福不浅，双重的赐予比较符合人性的要求。这的确不失为一种朴素的凝聚力，但是难以长久的凝聚力。

我的确碰到好些愿意与我泄露个中机宜的企业家朋友，他们正是借此来弘扬一种很实在的凝聚力和兴奋力的。借一种神意的仪式——

何况是人人朝奉的财神爷——来创造一种集体的气氛，以化解平日工业竞争过程人的隔膜，这种略带帮会色彩而又世俗的仪式也许并无多少害处，虽然耗费一些钱财，但于企业家的统辖人心招安对手也许真有作用。但这毕竟不是长久也难能长久的正道，企业的发达归根到底在于高科技和管理。这同样需要时间来创造与接受，而传统是轻而易举的。现代工业状态中的这种人文现象非一篇随笔所能探究，但是“旧历的年底毕竟最象年底”并非鲁迅随意的怀旧。看他的《祝福》、《狂人日记》、《社戏》等等，就知道在那怀旧里有一种对现世的批判和无可奈何的怆然。一种现实主义者对现实文化包含的许多没有说出难以言传的感慨。中国文化的情理与弘扬并非理论家的事，他们能说明传统但却无法导向传统，更无法干预传统对现实的支配。

我极赞同“太阳每天都是新的”这句名言。但是我更相信昨天的太阳更权威更灼人。我所要强调的是，当许多东西化为仪式时，在企业中真正贯彻政治思想工作，就是一个极深奥的课题：严防仪式。

不必拥有

有些经历在当时并不在意，而越到后来它越清晰起来，以至于到了难以拂去的地步。它常常黏附在记忆里，年深月久地显示着它陈旧的新鲜。只有到了这时，才顿悟在不知不觉的空白中，我们已经悄悄地拥有了什么！拥有什么呢？当初并没觉察而且希望拥有，可是它的君临已成性格中的一部分，岁月里无法磨蚀掉的那一部分了。不必拥有但确实拥有了。

那一年在黎母山插队，我几乎天天要走那条林木萧萧的土路，去邮局取邮件。每天下午 5 时半班车到达，6 时半可取件。我取完信件便往回赶路，7 时准在归途的三岔路口，总是要碰到一个人，一个与我一样也去邮局取件的知青。大约有 2 年多的时间，每天晚上 7 时，我们几乎都在这个三岔口准时地擦肩而过。暮色里相视一笑，微弱得几乎没有表情的一笑，冬日天短黑得早，黑暗中我们都感觉到各自的致意。

有一天他没有来，在经过三岔口时，我忽然感到空虚，走出一段路才发觉自己又转回三岔口。不知道什么时候离开那儿的，反正两公里的路程我直到午夜才走完。我并不希望什么，我甚至无法勾勒他的外形，只是觉到擦肩而过的瞬间，于那孤寂的土路、肃杀的四野顿生了一种暖意。

我们都矜持，都不愿意主动的招呼也无须招呼，都不必从对方那儿获取什么！可是似乎彼此都已经获取了。这种认识和感知当然是事过许久之后的顿悟。

所以，不必拥有就能产生真正意义大价值的拥有。而错觉之一是必须拥有，拥有几乎成了富足的标志、私有制的起源。为此而千辛万苦、彷徨失意的经历着困顿与失望。可是当拥有了一些什么时，却往往会产生一种拥有之前不曾有的烦躁，发觉一切拥有都是多余和不确定的。

有时候，拥有是一种累赘，尤其是当你拥有它而又将其搁置——各种形式的搁置——起来时就更是累赘。诚如买了一本流行杂志，而在有生之年却从不去读它一般。

岁月如流，黎母山的土路已经不存在了，那个三岔口也因为道路废弃而长满灌木野草，秋天的杂木林永远消失和疲倦了那个三岔口。可是，我常想起它，因为那儿曾经有过庸常而又辉煌的瞬间：两个陌生的小知青的天天相遇，记住它吧！我这样强调记忆，他不知到哪儿去了？他是谁？这些都无关紧要。我们难说是朋友，连话都没有说过一句，微弱的相视一笑竟使人感觉到真诚友善的无穷延续与弥漫。它跨越了年代的隔阻而绵远地抑制着遗忘。我究竟在这件事上拥有了什么？又不曾拥有什么？我不知道。我只知道不必拥有所产生的魅力与意味是冲决一切以拥有为目的人类行为的。

拥有是一种正常的人类欲念，商业动机大约也是从拥有发生的。可是因为拥有的欲念所诱发的种种人类丑行，正在天天发生着。拥有是过程也是目的。它便成为一种过于具体的追逐和明确的占有，而作为精神熏陶过程的价值却渐渐苍白正在消失。许多私营企业主朋友在抱怨：儿女拥有太多的东西反而不珍惜任何东西。不知道任何东西，等于没有任何东西。应该让他们知道不必拥有，可以一无所有但依然活得充实。越过物欲而去体会珍视生活中、经历里每一点、每一次微细的真诚，于匆忙的人生中体味粗朴的深刻：一次短暂的邂逅，给无告的夜行人一点帮助，让失败者感受你眼光里的鼓励……让平常经历的轨迹上写满永难忘怀的记忆之点，并由衷地对它说，终生怀念，我爱你。

——不必拥有，可是你已经拥有了……

把童年还给孩子

我常想，每个人都有童年这句话是否有些错？我敢肯定，现在许多孩子是没有童年的。没有外公的田野，没有荒草中的蚂蚱，没有夏天中午玩水和拯救差点被淹死的同伴的体验，没有用马尾套知了在野地里打滚和帮放牛的老爷爷割草等等的经历。没有用温情而又朦胧的眼光看白发苍苍的女教师的神态，没有为了节约金钱而对妈妈说："玩具太贵，别买吧妈妈。"没有。

那么，有什么呢？

有严厉古板的钢琴，风雨无阻的电子琴以及各种什么琴，不管自己的孩子是否有音乐天才，反正别人孩子有的，我的孩子也要！每当我看到下班回来疲惫不堪的父母，又顶风冒雨踩着自行车驮着同样疲惫的孩子去练琴或上什么夜校时，我在不胜唏嘘的同时，在心里对自己的孩子说，你庆幸没有这样一个望子成龙的父亲。否则，你要受真正意义的苦役了，而苦役本来应与童年无关。我的没有接受过任何专门音乐训练的儿子，他根本不懂什么音乐常识。可是有一天，他把电子琴（我当玩具买给他的）搬到我面前，按了段早已储藏在里面的音乐说："你听，这是教堂音乐。""这是佛门音乐。""这是母亲的诗。"……他一口气说了许多。我一点儿也不奇怪。艺术靠悟，而悟来自灵魂的体验与知识的积累。我的目的就是让孩子有一个自由的天空，我努力让他在充满规范和水泥格局的城市里，有一种野性的自由，有一个灵魂幻梦的空间。我的任务只是不断地暗示他爱亲人、怜悯别人的痛苦、尊重别的孩子以及宽容地看别人的错误，因为你自己也处在不断的错误中。雨天，别的父母撑着雨伞在雨中苦苦地等待放学的孩子，我从不去接。他以自己能冒雨回来而自豪。我说你是男子汉，没有你自己解决不了的事。他说是的。我们应该给孩子以机会和希望，而不是时髦的安排，把一个个遥远但很功利的理想，重重地堆积在不堪负重尚未势利的童心上。

还有什么呢？

现代城市里的独生孩子拥有太多不该拥有的东西。电影和小说也在鼓吹这种俗得无奈的拥有。满房子的玩具，把父母当马骑的"活泼"和"父子之情"，无端的任性和残酷的自私，专制但是浅薄的皇帝风范，都能在父母那儿得到支持和鼓舞。我们将在孩子身上收获什么？他们能为未来社会奉献什么？你在无意中培植了什么？

这一切，不是都已写在他们没有童年的童年里了吗？他们勉为其难地生活在大人和大人们安排好的世界里，连接受参观访问也排排坐，一本正经地背诵大人的话。虚伪太早地进入他们的灵魂。

也许，他们什么都拥有。哪怕是再贫困的家庭，独生子也依然是并不贫困的。可是，他们偏没有拥有纯朴的大自然和大自然的生命观念，以及做人的真诚与无私。这不能怪他们，他们无法拥有这一切。

如山的作业，成龙成凤的逼迫，他们事实上是很委屈，同时又很麻木无知地接受这一切的。

还给他们童年，包括还给他们淋雨和自己放学回家玩得一身泥一身汗的机会。让他们去跟牛和蚂蚁交朋友而不仅仅满足于动物园。不要把自己失去的幻想由孩子们去实现。他们应该有人的童年以及童年的自由选择。父母应该是他们走向人生的朋友，携手共进的朋友。

如果真的期望孩子出类拔萃，那么研究一下所有名人的童年，贝多芬、海明威、毛泽东，包括高尔基的《我的童年》，以及你自己的童年。

目的性太强或许终将毁了过程。

女性的走出与回归

女性的职业化，获得独立的经济地位，无疑是女权主义的胜利。同时也是男女平等的先决条件和社会标志之一——但这仅仅是一种平等的表征而已。大多数的职业女性也许还没有意识到，曾经作为女权主义重要内容的“男女同工同酬”之奋争，事实上仅仅是一种女权主义的社会改良。它只解决女性作为社会一员的平等权利，而未真正触及女性在家庭内部的劳动报酬，包括家务、子女抚养与教育等等，所付出的巨大劳动，也应取得相应的报酬，而且这种报酬，我以为在一个文明时代，应该纳入社会分配的范畴，也即把妇女的家务劳动也作为一种社会工作量，纳入与男性社会工作量相对应的劳动分配中。

这绝不是奇谈。

我想，对女性的尊重，首先是对其人的地位和人格的尊重，而这种尊重的最基本之点是对其劳动的尊重。尊重不应仅仅停留在口头与文学中的虚无的赞美诗，诸如对于所谓伟大母性和传统美德的咏叹调。一个昌明的社会，应对女性持一种保护的原则，从女性对于人类生命延续的意义，抑或女性与男性的生理区别诸方面，都力避机械的平等主义。

我们谁也不会否认这种事实，即女性走出家庭充当与男性一样的社会角色之后，原初在这个问题上的男女不平等便获得了平衡。女的有如出牢笼之感，男的也觉得肩上的社会工作有女人帮担，并没有什么特别不好的感觉。但是久而久之，女性们发现虽然在社会劳动的权利问题上是平等了，可是回到家中，那一份家务原则上依旧是自己的，有如牛负重之感，导致了女性的双重角色紧张。传统生活中那种男主外、女主内的生活惯性，在大多数家庭中并没有丝毫改变。男性开始为女性的角色紧张，也为家务劳动的失控状态担忧了。男女双方都滑入一种惆怅的难言的失落中。

对于上班一族而言，家庭与事业的矛盾之调和，基本上以男女双方牺牲一方为代价，只有极少数天才和得天独厚者可以免除代价之付出。这对芸芸众生是没有指导意义的。事业上的比翼齐飞必然包含着各自对家庭幸福的情感欠缺。而家务劳动的社会化，从其最终极的人性目标言，也不是最佳出路，它只能部分地解决问题，诸如钟点工和搬屋公司、袋装菜肴等等，并不可能从根本上解决由家庭劳务派生的人性补偿和感情调动诸问题。如果家务全由机器人代替，那么家庭生活的乐趣便降低到零。家庭之所以诱惑，那就是它有不可代替的千人各异的内容和方式，所以托尔斯泰说“幸福的家庭都是相同的”，是武断且缺少对家庭的人性色彩的深层理解的。家庭的幸福是一种琐屑的关怀，一种无言地劳作中会心的一笑……且因人而异，而这是无法取代的，何况家庭生活从时间和空间上说，它占领了人的生命之三分之二。家庭的安定也就是社会的安定。而女性是一种重要的支撑。

因此，我早在 3 年前，写作有关女性问题的文学专著《逐出伊甸园的夏娃》时，就注意到女性的双重角色紧张问题。这种紧张还应归于女权运动的不彻底性和改良主义倾向。所以，在那书中，我呼吁走出家庭的女性，在获得社会地位之后，应尽可能地走回家庭，回归女性的生命态。这才是真正意义的女性解放运动的精髓，也即女性解放的目的，使女性活得更像女性。这是女性自我尊重也尊重女性的根本。女性比男性的青春期短，却比男性担负着更沉重的生命延续的责任和更琐屑的劳累。双重角色紧张只会使女性更为早衰，却并不比男性命短。这将意味着什么，是不言自明的。

所以，我想社会对妇女的尊重和保护原则，应包括把家务劳动纳入社会分配之中，在这种分配尚难以社会福利支付时，即对有家庭的女性实行回扣政策：如果日工作量为 8 小时，则她们只工作 5 ~ 6 小时则可，余下部分时间分摊到男性工作量中，即男性可工作 9 ~ 10 小时，或用别的方式去弥补这部分女性生产力的回扣所造成的空白。或说只要改革现行体制的某些毛病，坚决祛除机构庞大和办公室清谈，真正做到满负荷工作量，则把缩短职业妇女工作时间，当作对妇女解放运动的支持和礼物，我想妇女们是不会反对的。男人们也不会因为比女性多干一点而斤斤计较。从大的社会范畴上言，男人们应意识到，事实上也是在为自己干。除非他永远不想且不要女人，不为人夫人父。如果有的女性因此感到另一种不平等，则社会也应允许这部分女性跟男人一样干 9 ~ 10 小时乃至更多，以自愿为原则，起码男人们是不会反对的。在社会的大保障之下，允许人的自由选择。男人女人概莫能外，包括乐于双重角色紧张的女性们，以及那些愿意自己干 5 ~ 6 小时而让妻子干 9 ~ 10 小时，妻子又很乐意的男人们！

伴侣的寻求

对于个体而言，世界上几乎没有什么东西不是欠缺的，欠缺几乎成了生活的铁律之一。于是人们企盼圆满，这种企盼本身所潜伏着的，正是对于自身欠缺的隐蔽体现，是对之的承认。

人因此有伴侣，从远古直至将来，伴侣的发生似乎是天然的恩赐。谁拒绝伴侣？除非他对自己的存在已失去信心，否则便是他在企盼圆满的过程中，不敢正视自身的欠缺。他把自己当作了一个圆满来膜拜，这种膜拜其实已经间接地承认这个世界至少是除自己以外的客体的欠缺。问题又回到起点。

男人是在女人那里发现自己的价值的，反之亦然。这种互补互济的关系构成一种天然的均衡，只是我们常常过于直观而忽略了这种关联的微妙。在所有事物中，这种微妙的关联恰恰是最本质的关联。现代生活的复杂性和它的现代化特征，正是因为非常隐秘同时又极为技巧地利用了这种关联，形成了由许多边缘构筑而成的一个又一个的新体系。苦咖啡对于相当一部分人来说，它的苦焦味是一种欠缺（在别的以苦焦味为快感的人那里，它可能是一种圆满），于是聪明的商人制造了咖啡伴侣，这种弥补是生活的必然。因为有伴侣，所以“味道好极了”！

那天，偶遇黄荣泉、王树芬夫妇，他们俩并列汕头市安平家用电器厂厂长，内外勤互补共济，他们目下从事的也正是伴侣的事业。这一对伴侣在为录像机制造伴侣——录像带绕带机，这就很有趣。而他们的产品商标就更有伴侣的味道：佳良——最佳良缘。他们在为录像机制造良缘，使之更长寿更保险。

我知道国内生产绕带机的厂家并不多，许多产品是通过各种渠道从国外流进来的，有的产品还盗用了他们厂的商标。在这种冲击面前，他们不断刷新产品形象，其途径便是不断寻找录像机传动系统方面的欠缺，对产品进行相应的设计，趋附同时完善录像机本身难以解决的问题，使之成为不可或缺的伴侣。

强调伴侣的功能，以互补为原则为起点，对产品进行塑造，使之成为录像机渴望的对象。他们的企业成功，大概首先是来自于他们对自身的领悟，透彻人生情状，然后有事业的开阔视野。在春交会上，法国巴黎的商人一次成交额就逾百万台。

从最简单的价值判断上说，家庭生活的丰富性是与家用电器的多样性及其功能的齐全性成正比的。而这种齐全本身就埋伏着许多的欠缺，众多电器的设计自然首先立足于自身的完善，可是这种完善是相对的。黄荣泉正是从这种相对中发现了自己事业的前景，伴侣这种人生关联，使他坚信自己事业的选择具有无比的诱惑力。这种诱惑力具体到他的产品上，就不仅仅是出于功能性的动机。在此基础上，他的产品开始向装饰性的艺术功能发展。它是录像机的伴侣同时又是美化室内的工艺品，其造型和色彩讲究工艺美术趣味。“佳良”的美感，就不仅仅停留在优秀的功能指数上。

这个很普通的道理，对于黄荣泉来说是并不肤浅的。他爱好文学艺术，同时感到这种爱好在现实中的困惑和失落。生活没有给他安排这种机遇，而将他推入另一种轨道，这也许是一种很深刻的欠缺。所以，他只好在现行的轨道上去实现对这种欠缺的弥补，于是，在绕带机的制造上倾注入艺术的素质。这种重视的源出是商业性的，但更是艺术性的。

重要的是既知道欠缺又懂得如何弥补欠缺。他的成功正是他知道中国家庭要购置一台录像机必须花费一年的收入，对之的珍视与保养是必须通过极为切实的方式来实现的，这就是录像机的伴侣——绕带机的引进生产。

寻找伴侣，生活无时不在以种种方式告知人们。

天然的成功

说不清是什么颜色，黑色？黑红？以深黑为基调的暗红？反正让你摸不准它究竟是红是黑。几个朋友捉摸了半天，终于悟出了一个道理，天然的东西是无法把握的，你无法极准确地判别一种天然。天然最好，可也最难摸索，最难下结论，因为它天然。国外流行黑色食物，说是营养最佳，可抗癌抗衰老，若不是艾滋病，癌与衰老几乎是人类的天敌了。而黑色食物是最佳选择。它是黑色的，而且还暗红，因之不再是黑也不再是红。这一段啰嗦的叙述全然是为着下面这个东西：云南菊普，陈楚荣制造的云南菊普。

只知道广州人近年来钟情于云南菊普。乌龙是闽、潮一带的嗜好，在穗已不甚流行。这可能与粤人极重四时节气的流变与人体内温的关系有关。王老吉的诞生就是证明，王老吉毕竟是药，上不了宴席。而介于药与茶，或说从色香味形都兼而有之，又身份高贵、不失风雅的，便是普洱茶与菊花的文野合璧，这恰好补足了穗人的多元苛求。不煴不燥，有色有味，良药可口是也，这就是云南菊普，汕头市郊区天然饮料厂研制的“云南菊普”袋泡茶。

回到开头，我们这些被称作“红卫兵知识分子”的人，闲来无事便灌啤酒，难得有兴味像马二先生般坐下来慢慢品茶。乌龙也罢，老君山毛针也罢，都一样地涩中带苦，全无味觉的兴奋。那天谁弄来陈楚荣的系列产品，云南菊普袋泡茶，还有新近投产的人参茶等等，逐一让大家品尝，不是那味，而是那色。流过鲜血，血浓于水的经历里，大红大紫、大起大落的感受还少吗？可是那颜色，黑得醒目，红得温柔，不热烈也不寒冷，就那么默默的暗红，流溢着久久不散的温馨。这是令人震撼的颜色。慢慢地啜着，方知道懂得享受也深味人生乐趣的广州人，其饮茶的选择中是浸润着许多经历的非凡感受的。

我没有见过陈楚荣，听朋友说他大概也属于我们这一代人，什么活都干过，什么经历都有那么一点。朋友介绍里有那么一种欣赏，说他干什么都能出其不意。潮人原来并不钟情普洱菊花茶，潮人的饮食最讲究清淡纯正，同时在形式上是把茶与药区别得极分明的，然而在内容上又是把茶当作药来崇拜的。潮语里药的发音与茶相同。现在潮人也极欣赏陈楚荣的杰作：云南菊普与人参茶了。他的诀窍是他的产品，一切都是天然的，他崇尚野生，正如广州人崇尚海鲜的“生猛”与“游水”。

天然最是可信赖的，也是极富真实的魅力的。一切的虚饰皆因为远离了天然，丧失了天然，人生当亦如此。

喝着陈楚荣的云南菊普，嚼着他的“陈氏果仁精品”，那种说不清的滋味，看不透的颜色，我想起了海南岛诸多传说的神秘果、万泉河。我们插队的地方也有许多名贵的山茶和全黄的野菊花，还有五指山参，红红的五指山参令人遥想当年：小乔初嫁了。

看不透的颜色，说不清的滋味，构成了一种动人的感觉和撩人的魅力。它启动我们去认识天然、信赖天然、怀念天然。因为天然而真诚，因为真诚而持久。它是建立在一种随时接受5000年的饮食文明的检测的基础上的。

上个周三我曾写过一篇《纸鞋》。现在脚上的纸鞋已经没有了，赤着脚走在马路上，于是天然，于是更有感于天然的成功。

天赋的开发

一个人从事什么或者已经在干什么，于他或许很可能仍是一种未知的局限与约束。有的人一辈子也许处在对自己的长处迷惘无所知之中，至死也没有萌生过对自己天赋的寻找、发现和发挥。在一种人为的别无选择的浑浑噩噩之中，消弭了自己本该可以获取的事业顶峰或才能的佳境。我们过于习惯在一种固有的、恒定的环境中，安步当车、别无风险地生活，惧怕换防，患得患失地安于现状。于是，我们也就丧失了许多发现自己最适切的天赋临界，把生命的冲动和蓄能降低到一种很平庸的位置。这是庸人和庸才的自我包裹的因素，其实他们可以不平庸，他们天才的临界点只是因为某种主客观原因而被遮蔽了。也许很勤奋，但是勤奋找不到契合点和喷发点，于是事倍功半。

开放改革的潮流和规律无情地冲击了这种外部原因，同时深刻地诱发了这种自我因素的否定，使庸人和庸才的诞生环境失却了某种程度上的社会保险。竞争机制和市场经济调节，使人们有更多机会去发现自己的事业的最佳寻求点，迫使人们去认真思索自身的社会角色充当，以及社会责任的最满负荷。自我开发于是获得了一种社会赞许并与社会进步同轨。

事实上，人的天赋是人都具备的东西，它与勤奋糅合之后产生人最大的能。音乐对于某些人来说是一种灵魂的赐予，有的人对数字过目不忘，天生是文学的人是真正的作家，他们在别的领域可能会一无是处也未可知。有的人对品茶有一种令人难以置信的感觉，他的味觉与感觉、视觉相通，同时使判断的误差降至最低点。

我在采访别的事情时，偶然听到一个人，在说茶经、在说他自己的经历。他的经历的最佳点，就是他在茶叶上悟到自己的才能、自己人生的最佳方位。他引起我的兴趣，是他为自己的自我发现同时开发得成功津津乐道。我极为欣赏这种风格的人生态度。

他叫欧先涛，汕头市华龙茶叶公司经理，30 岁左右，在部队搞供销，什么行当都尝试过，弄茶是很偶然的事，碰上了就甩不掉。他发觉自己对茶叶有一种钟情，那种可以令他的灵魂震栗，而且调遣全身细胞，活跃整个身心的情绪在暗示他的主动，在诱发他的智慧。他几乎用不了多少时间便自然而然地入道。茶的成色、产地、价值，他三两眼便估摸得差不多。与其说他痴茶不如说他痴于茶道，他之易于入道之处便是他寻找到气质与兴趣同对象的契合点，从而开发了某种适切于这个行当的性能，正如九制陈皮大王杨应林之于九制陈皮一样，这种并非以精密仪器和大工业生产的产品，十有八九是靠体验与感觉与悟性来临场发挥，从而不断积累成为经验。各行各业都不难粗通，但至精至密之境则要靠化靠灵也即“火候”。茶叶除了品种质纯外，全在烤制的功夫上，味道的特殊化、装潢的民族心理、东西方文化区别等等，都进入了现代茶道的大范畴。

他寻找到自己气质与事业的契合点，也就寻找到事业的佳境。他的茶叶品种已远销国内外各大商场，并深受日本、西欧、港澳客商的青睐。除了质量外，装潢的文化因素也起了相当大的作用。日本是一个茶文化相当悠久发达的国家，古老的锡罐包装本身就是对茶道的尊重和弘扬；美国历史短浅，西欧文明悠久，它们都极尽现代风采之后，崇尚古老原始，于是极喜用丝绸装饰的包装，突出其古香古色的观感。还有竹木包装、硬纸装潢等等。这种“玉兰牌”商标的茶叶，在欧先涛的侍弄下已近 300 个品种和众多的包装形式，年销 1700 万元。

他干起来得心应手，一个人又是经理又是技师，真正的行家治厂。而且看得出，他活得相当潇洒轻松。一切皆因为他寻找到他的天赋，同时又将这天赋非常切实非常勤勉地应用到实践中去。

一个人去干什么或已经在干什么，实在并非是最重要的，重要的是在干什么的同时不断反躬自问，不断寻找自己最适合干什么而且干什么才最能发挥其潜质潜能，才干得最愉悦最永不知什么叫疲倦什么叫不痛快，同时最出活、最有社会贡献。

那么，他就去干什么，他就已经真正寻找到自己事业的契合点和天才的临界点。

琴　　岛

行船走马，煮酒论世，浪迹天涯然后有家，人生豪壮也就不外如此。那种四顾苍茫的江湖感觉，于粗砺的奔波中渴求温馨、希冀宁静的心境，却常常在双重地编织着异梦。梦见清流，梦见家园的瘦竹轻笆，那缠绕着许多绿色许多温情的牵牛花。那渗透着许多白的紫、许多紫的白的说不清什么颜色的花瓣，足以令你举足犹豫。行船走马毕竟是人生的终极内容，此种来也匆匆，去也匆匆的奋斗过程，正是人最本质的生命状态。即使是终生固守于一地老死于乡土，那种人生使命的负重躬行也具有同等的意绪。这就极需要对人生取品味的态度。经常咀嚼而后有旷达的忧郁，滋生征战的慷慨。

故而我想到中国人与酒。聚也是酒，别也是酒。对酒当歌，慷慨之至。魏晋风度绵延了那么多时日，几成了一种时代精神。渗透进世俗生活中，还原为俗世的享受，一种刺激生活调节平庸的灰色的文化享受。

魏晋酒之壮烈，几年前苏俄格瓦斯的冲击，归根到底都不太吻合现代中国人的脾性。近年来啤酒的风行程度，可视作一个地方文化风气和生活水准的风信鸽。而这种风行也就必然导致了对之的选择。选择的精细与执著，我相信在“味道好极了”的内涵中，是包藏着对酒的名姓及其源出的挑剔而后产生的崇尚的。

这是一种比酒本身更耐人寻味的文化现象和心理奥秘。

那天从广州到汕头，在市区兜了一圈，几处热闹的地方人头涌动，穿梭如过江之鲫。横跨马路上空的巨幅标语，红底白字是“庆祝琴岛啤酒荣获1990年西湖国际食品博览会金奖”。大规模的宣传酬宾活动，包括张灯结彩的宣传车在市区、达濠、澄海县等地游行，到处设点请市民免费品尝啤酒。送酒小姐佩带“琴啤”彩带，出没于宾馆、餐厅的就餐者之中，免费赠送“琴啤”。青岛琴岛啤酒厂厂长董全兴带领一干人马专程到汕头来与消费者见面，与汕头总经销琴岛啤酒的经理部经理陈楚荣一起主持免费品尝酒会。在汕头市群众艺术馆，我还有幸读到本地获全国奖的歌词作者为“琴啤”制作的《琴岛啤酒歌》、《琴岛啤酒之赞》等歌词。是那些歌词使我想到了潮汕酒文化的变迁与当前人民生活水准的提高，以及与此相关的一切问题。

潮汕是一个很讲究的社会。人情伦理、礼义廉耻乃至饮食等等，一切人文内容都渗透着讲究。讲究即选择，选择筛选的意向转移，太能够研究一时一地的人文演绎了。

我知道垄断潮汕啤酒市场的啤酒曾经是青岛与海珠，还有许多名目的啤酒辅之。琴啤以一种崭新的姿态，浩浩的君子风度呈现于、裸视于市街，之所以值得一提的是，它主动地提供了该选择的机会，它顺应了潮汕社会务实重信誉而又讲究规范礼仪这样一种优良文化传统的要求。

“琴啤”彻底地裸示了自我，表演了自我。它的得天独厚的源出与质地使得这种裸示与表演获得了良好的酬报。酒的酿造很大程度取决于水的质量。琴岛啤酒厂位于崂山脚下，闻名的崂山矿泉水流经蕴藏丰富的人类健康宝石——麦饭石的舞旗山脉。神山名水奠基了琴啤的质地。另外，我想鮀岛有琴，琴棋书画文明化成，无意间却吻合了潮汕人文传统的审美情调。回到文首那一番感喟，乃出于对“琴岛”的一种人性亲情的理喻！琴弦丝竹，岛之超卓秀美，令人情之灵秀，故情之独钟。我以一种旅人的孤独和饥渴，以行者思旧的情思去幻想、去憧憬这个命名所包含的意绪。虽然不是所有名叫琴的女子，都有琴一样的姣好的音色，但巴金《家春秋》以及许多小说许多真实中都有一个叫做琴的或如琴一般形象引入遐思的女子，这是无法抹杀无法遗弃的文化心理趋向。“琴啤”吸引了并借助了这种趋向。

它实在令人首先感到一种相通。想起了也叫琴岛的鼓浪屿，想起了那个岛街巷中淅淅雨声里悠扬的钢琴声。连激越的海浪也是温情的，呢喃细语。这就是我想象中的琴岛的魅力。这也许是“琴啤”在崂山神泉延年益寿的具体内容之外，其命名与潮汕文化传统心理的切合之处。近日我有一种“琴啤”将席卷潮汕之感。

我们无需喟叹外地商品的流入，这也许是一个激发本地商品精益求精的信号与动力，所以汕头市群众艺术馆广告公司出动人马，为琴啤的免费品尝、宣传活动不遗余力，精心策划，既是一种姿态，也是一种主动。

琴啤作为行船走马之累的人生补偿与休息，即使是仅仅因为它而获得一份遐思，一份慰藉，我想也就足够了。对于一瓶饮料或酒的寄望，它所能负载的最大限度也就尽到了。

守灯塔的老人

我家离海不到百米，大潮汛时城市有三分之一便浸在海水里。海边密密麻麻地泊着许多三桅船和舢板，在没有风的日子里，那片船便都远征去，带走了我童年的许多梦。我曾经躲在小伙伴父兄的三桅船上想跟着去出海，被发现赶下船来，便只好与小伙伴去偷摆小舢板，那种没有帆的船。

船是我走向彼岸的梦想，我自己的第一个玩具是一只用粗木凿成的三桅船，有梧桐叶做的帆。带着三桅船去海湾里试航时，我知道了帆的意义，同时知道帆是极容易折断的。

我 15 岁时去海南岛当知青，在密不透风的原始峡谷里，我忽然明白我的帆折断了。可是有船在，我的船是谁也无法剥夺的，我的船就是我对文学的憧憬。躲在阁楼上读《水浒》、《三国演义》和《圣经》、《格林童话》的日子已成少年记忆。山林里没有童话和圣经，却可找到成捆的《反杜林论》、《论共产主义》和“毛选”四卷。我读它们，发现里面有更深邃的人生哲理和文学精华。它们提升了我少年时对文学的认识和对人生、历史、社会革命、自然的观念。这是一种不幸年代的有幸赐予。手不释卷的疯狂阅读令我的船找到浩瀚的海，海上有无数座灯塔和守灯塔点塔灯的老人。我体恤老人的孤独同时把自己的忧郁所包含的失望和绝望，化解为一种平和但是坚韧的力量，即使没有帆，有这动力也足以使船不会淤在岸边。

在没有太阳的窝棚里，山风很大，昏浊的小马灯摇出一片很阔大的海。我自然幻想着我的船有帆，载着我去实现文学的浪漫憧憬。可是我又千百次地告诫我自己，千万别有风正一帆悬的幻想。马克思的人生和著作，那本弗·梅林著的《马克思传》时刻在提示着真正的奋斗人生的命题与命运。

我不再去幻想帆。

在大风暴到来时，最先折断的往往是帆，然后是桨。船散了依然是一堆救生的木板，依然可以再造船。如果没有船，要帆有什么用呢？

排斥功利或完全没有功利的文学是没有的，那应是指效果而言。可是作为作家，一旦真正地投注全部激情进入文学，功利是逃遁得遥远的，只有把文学当作自己生命的一个部分，或者说从生命中发掘出来，你才占有了真正意义的属于自己的文学的船。所以我一千次地想告别评论，一千次地遗憾曾经自命为作家，我自知有时也难以不为流弊所俘而顾左右而言他地不很真诚，亵渎生命的船。这时，我也才体会到即使得到的帆很大，风也很鼓胀，而船却太小的悲哀。最终会没有船，失去船之后，要帆有什么用呢？

我也不止一次地告诫自己别企望进入伟大作家的行列，那只是没有意义的诱惑而已。在文学规律中，动机、过程与结果常常是相悖的。唯求一种发自灵魂的真诚与切实的期待，在作品中，表达对人民哪怕是琐屑的关怀、微小的幸福以及朴素的人道精神，且宣扬一种通达的人生观，那么会实现一种意想不到的境观：没有船的帆，并非没有那船，它隐在波山浪谷里……

第六辑

致我童年的峡谷

那天一定有雨。

风很淡，峡谷里蒙得静谧。秋实已经落尽了，野莓子的鲜红变作乌黑，散在刺丛中。唯有去冬的老草，永远茂盛地蔓延着，仿佛它从未衰落过，它是知道冬天将临的。

我想知道峡谷中老草们的岁数，也许这是一个永远无法解答的谜。它们太古老，因而年轻。它们的年轻是靠着生命本身永无休止地连续，所以古老。

峡谷的雨渐稠，把斜照的阳光洗得很淡，一棵老草攀在风化石上，把那斑驳的石绞得呻吟。依着它的根须，那石才在风中不至粉身碎骨。它们原来是相互依傍着走过许多世纪的。

在零乱的跳跃的记忆中，我走过峡谷的每一条折皱。在每一丛老草面前，我都感到一种从未有过的惆怅，仿佛进入什么境界，只有泰戈尔与惠特曼才知道的那种沉界，他们是明确的，我却混沌。我无法进入泰斗们伟大的状态。

我记不得我为什么，在什么时候走进这条峡谷？无目的地漫游居然导引到这条千真万确的峡谷中来。这是童年的峡谷。那时很小很野很调皮，偷摘学校厨工种的葡萄，看谁吐得最远。那葡萄其实小如珍珠，离成熟尚远，酸得我们龇牙咧嘴。许多年后，峡谷里居然蔓生起许多葡萄来，我惊讶得回忆起童年岁月中那偷葡萄的壮举，它居然成为一种生命的形式。也许，那是我的另外一些童年朋友在葡萄成熟的季节所为。那峡谷写满了我们那一代人童年的足迹与梦想。

又是许多年，风依然很淡，峡谷空濛而且神秘。我见峡谷已成一条名副其实的葡萄沟。自然是秋天，而且是暮秋——我不知道我为什么老是与暮秋结缘。《橄榄树》、《在雨中》都是一种秋绪——暮秋令人珍惜生命，真正看到生命的挣扎和涅槃的困苦。南方暮秋的葡萄沟是可能的么？

我怀疑这是我去年在新疆吐鲁番留下的印象幻觉？不，这是不可能的。经霜的老叶上有海的气息。峡谷那端是海，我听见海涛在那儿狂吻着礁石，发出醉人的咂咂声。还有老草，缠着葡萄的枝茎。至少老草是真实的。海是真实的。

可是葡萄不会假。峡谷里确实蔓生着许多许多的葡萄。

我把这事告诉朋友，他们竟无兴趣，都笑我无事生非。达濠这地方，穷山恶水，葡萄是罕物，娇贵，野地里哪来的葡萄？我想想也是。那绿色的希望和憧憬一下子全破灭了，那峡谷变得干裂而且颓败。

不过，那天一定有雨，这是千真万确的。

他们说这地方有一条谷叫梦之谷，梦之谷有许多浪漫而凄楚的故事，萧乾的长篇小说就题为《梦之谷》。我们一位老师也写过梦之谷的文章。而我那条童年的峡谷呢？干裂、寒冷，缺少色彩、阳光和风，永远有雨却没有人写过的峡谷呢？

它到哪儿去了？

我知道在达濠这地方那座座大山里，有无数条赭红色的寸草不生的峡谷。夏天酷热，冬天寒冷，没有牛和羊。可我还知道有一条童年的峡谷是绿色的，有绿色的葡萄蔓生着。而且那蔓生的葡萄还是我们偷来的种子，不成熟的种子的后代，是一群遥远年代的野孩子使这峡谷有了生命。他们长大了，他们不再想起那条可怜的峡谷。可是有一个人，有一个不再是孩子的人，没有忘记这条峡谷，他在干裂的峡谷河床上，在累累的乱石中看到了绿色的葡萄……因为他记得，那天有雨。

是有雨！唯有那雨，铭刻在他的意念里。什么都可以没有，可以消逝，唯有那雨是不能忘却的。

雨钟情地淋在他脸上，暖暖的。峡谷里走过来打草的女孩子，峡谷无人，她把草筢子和背篓甩在草丛里。草边有一眼天然的清潭，浅浅的，潭沿长着茂盛的飞龙草。她慢悠悠地脱了衣服，走入潭中。

雨弹着老草的叶片，发出像弦与风结合后的声音。他像读《格林童话》一样，读着这空谷中最优美的一页。他太小，甚至比她还小，但这并不妨碍他对美的形体和生命状况的遐思与钟情。他只感觉到她的存在使这峡谷充满了无上的绿意，他甚至没有弄清那优美的形体究竟美在什么地方。但是他从此知道了，人是这世界上最美的，尽管这使他在后来的许多人生变故中吃了许多苦头。可是，那打草的女孩子和那峡谷使他记住了：那天一定有雨。雨弹着老草的叶片，叶片拂着那令人钟情的陌生的女孩子。她在哪儿?

他是当真误入那梦之谷了!

——因为没有峡谷，没有葡萄，没有打草的女孩子，没有了童年的我。

即使一切都没有了，我也依然相信，那峡谷曾经存在过。海涛吻过它，老草绞缠过它，雨钟情地沐浴过它。

沿着它，我走向大海。海边有一座悬崖。

悬崖下有人在撒网。

掏海贝的人赤身露体，在大海怀抱中他们尽情地袒露生命的本相。

还有一群孩子，开放年代年轻父母们的独生子，娇贵但是蛮野，嗲声嗲气里有许多任性。

他们在追逐海涛，追逐那曾经狂吻过我童年那条峡谷的海涛，我因此欣慰。

我很想告诉这些孩子，掏贝人、撒网的，告诉他们，郁结在我心中的那条峡谷，请他们相信那葡萄，那老草，那打草的女孩，一切都是真的，都生生地存在过。告诉他们那天有雨。

可是，会有听众吗?我不知道。

还是走回去，寻那条峡谷，我相信在达濠座座大山里无数条寸草不生的峡谷中，一定会有一条长满葡萄的峡谷。

我记得很清楚:

那天一定有雨。

1988年3月25日·广州

寻找青石板

——写给达濠青林的老师

那条青石板终被刨得百孔千疮。路口那块竖了好几个世纪的路碑翻倒在泥泞里，碑上“报功路”几个字涂满泥浆。它从海边来，在田心宫停了一会，拐过这座很古老的祠堂，往山上去。它走得慢，很艰难，有些蹒跚，老态龙钟的样子，还轻轻但是嘶哑地咳嗽了两声，风把那声音吹灭了，吹到很遥远的山里的河中去，河水颤抖着，又复平静。

这是唯一残存的青石板路。它很快将消失，不会再有。因为没有了青石板。

那时可是有许多的青石板。也不知它们从哪儿来？反正很多。所有的路都是由一米长、半米宽的青石板拼成，像多米诺骨牌一样排列着，仿佛谁只要轻轻地动其中一块，所有的青石板路顷刻都将倒伏，陷落于路两侧的稻田里。

夜来多梦，我于是常常梦见搬运青石板的人。他们像赶羊一样赶着青石板，然后拼成路。神话上这么讲，于是我信。常坐到海边去，幻想那过海的人，从驳船上，舢板上，把青石板赶下来。达濠岛上不产青石，只能从海上来。

海上不见有船，于是我喊，喊船来，喊海啊把船托来吧！托来赶青石的人。他们赤膊，裸体，胸肌暴突，罗圈腿，但是腿肚子全是肉疙瘩，海养的，船弄的，风咬的。海并不理会我，它把温情全给了风。风推着潮汐：戚戚地哭，咯咯地笑，咕咕地低语，和沙滩，和船帮，和无根的浮草。

我不再企望海的恩赐，没有恩赐，不会有恩赐。还是自己去搬！到哪儿去寻找我钟情的青石板呢？

三毛说，不要问我从哪里来！地球和人类的出现本来就完全因为偶然。否则无涯的宇宙怎样就单单诞生一个有生命的地球呢？那么浩渺那么阔大那么苍茫茫的宇宙，我们怎么就找不到一个同类？人类偶然得寂寞，孤独得偶然，生命的初晨混浊得离奇而且伟大！伟大得不可思议：无法溯源泉，不知末日终极的风景。那么海是一个过程，青石板是一个过程。珠穆朗玛峰曾经是海底。我在帕米尔高原的峡谷中曾看到巨大的海贝的痕迹。那么，苍老的地球不过是宇宙一次很偶然的过失造成的。我的一个朋友说，他的出世完全是因为上帝在那一瞬间打了一个盹，于是他妈妈就把他给生出来了。所以他不属于上帝的管辖，完全是一次偶然。他说这话时我吃惊得合不拢嘴，把到口的半杯鸡尾酒全喷在朋友身上。对他说：这才真叫地道的现代派，黑色幽默，不是时下流行的伪现代派。什么残雪在这一瞬间可以暂时见鬼去！好在大家都是朋友。

最后他说，不要问我从哪里来？到哪里去！

可是我不行！我依然得找寻青石板，因为那青石板砌成的路，在田心宫那儿停住了。就一会，我得在那儿好好看看，我的童年在那里，没有青石板我会迷路。你知道迷路的滋味吗？

森林那么黑，树稠稠的。黑豹子在低低地哼哼，无数的磷像鬼火一样在树根上窜，真正的鬼跳舞。你没见过，当然不怕。见过了才怕，那叫真怕。那次我们四个知青走迷了路，三个走出来了，觉得草屋边那羊肠小道真宽，宽得可并排走三架牛耙犁，粘裙草也并不讨厌，尤其是那热带灼灼的晒死人的阳光，多好！一点也不刺眼。有一个女知青没有走出来，她彻底地迷路了。至今仍在大森林里走着。她会找到她的归路么？去年我回黎母山，去那大森林里找过她。在泉边发现一个发夹，是她的，挂落在泉边的草丛中。可她没回来，也许到别的森林里去了？我等着她，想着让她将来走一回达濠的青石板路，带钉的高跟鞋尖会在青石板上敲出很清亮很悦耳的声音来。在深深的夜里，神秘而又迷茫。她会来么？

我不知道。我只知道她穿着解放鞋。鞋带掉了，没有妈妈给她系上。

我只知道青石板路被刨得百孔千疮，宽敞的柏油路将取代它。她即使来，也没有了我童年走过的青石板路了，没有了那即将会有的神秘的声音了。

我只好去寻找另一种声音。

我曾反复说青石板路从海边来，在田心宫停了一会，也许还咳嗽了两声，不过让风吹走了声音。那么田心宫是什么？

它依然故我。原来是李氏宗祠，解放了便做了小学校，乡名青林便叫青林小学。记得那时大殿被木栅栏隔了，做教务处。两张桌，校长和教务主任各一张。两侧回栅隔成四间课室，中间夹着个“八尺”，便是老师的寓所。一方天井，我们在那儿做课间操。屋檐上有燕巢，春天有燕，冬天唯有风。门口有两只石狮，很威武，威武得你不敢骑上去撒野。但是我敢，而且常常骑。门口有金凤树，后来砍了。卖钱？还是做了海里的船板或水手的桨？不得而知。反正砍了，空落落的，阳光便直晒进课室里去。我的小学友，你热么？

还是那模样，不过残破了又草草地修补过。我在这儿读了六年书，常在那青石板路上数石板，怎么也数不准。仿佛有鬼。教我的老师很年轻：周少玲、杨文勤、林少云。他们是我父母的学生，我是他们的学生，人就这样过来了。上中学时我写了作文《我最熟悉的人》感激他们，得了奖，那个年代的人都知道这个有些永恒的作文题目。时代的纪念。他们现在已经有些老了，退休了。我都有了孩子，做了父亲了，可依然想回到青林小学校去，那天我悄悄地去了，在大门口站了一会。想进去却不知怎么进，有些陌生感，天井很小，课室里有苍老的声音，教过我的老师的声音，已不再年轻。在我坐过的那个座位上，是和我那时一般大的孩子，不过是女孩。倏地使我想起在森林中迷路的女知青。我有些凄楚，为这一切依旧，为她依然在大森林中寻找归路。

我悄悄地走了，满眼是激动的泪水：那声音太苍老，那座位依旧，一切应该年轻。

很偶然地悄悄去来，没有人留意我，只有敲钟的校工不经意地瞥了我一眼：闲得无聊的过路人？

没有了石板路，也许还将没有了古老的田心宫，正如围绕它的田野已经没有了。而坐在我曾经坐过的位子上的女孩子将长大，我们将死去。她会有属于她的未来的田心宫，她的另外意义的青石板路。那是她们的事了。

上帝还会打个盹吗？

1988 年 11 月 22 日 · 广州

一个人的句号

一个人的句号，写得如此苍凉，如此寂寞，忧郁地画在山野一隅。

他孤零零地来。那是一个暮秋的黄昏，血色黄昏悬浮在半生不死的濠江上，沿着一条蜿蜒爬动的黄土路踽踽潜行。黄昏礼赞白昼，而白昼死了，黄昏活着，为它哭泣。两个人，他的学生，抱着他的骨灰盒，在宽秃的野山一隅，为他寻到幽静的一方净土。孤独的野山因他的到来而不再孤独，也许这山因此便有了名字。有叫二房山，有叫凤凰山……或者出于随口杜撰，或者仅仅迁近俗艳，一切似乎与这个人的到来有关，又无关。

生命其实是很奇妙的现象，它的一种形式中断了，消弭了，却以另一种形式存在着。已死预示着方生，中断意识着新的连续。一个人生命本身也许应有句号，由瞬间折断画就，然而生命的外延却因其折断而活泼泼地显示了它的活力，在它折断的瞬间，人们开始意识到了别的什么。正如他的死，使人们终于开始珍重他生的价值。人们曾经吝啬地对待他的生，甚至残忍地苛视他与生俱来无法改变的一切，却慷慨地痛惜他的死，死便成了一种启示，启蒙乃至生者灵魂的鞭笞。这种也许是无法根除的人类蠢行会使人类不断聪明起来，而倍加珍视生存的价值，珍视活着的生命的浇灌，珍视对每一厘生命时光的挽留，尽情地款待和人道的相知相恋么？我想应该是会的。否则，人类在文明之途上将始终是一个跛子。

大翻译家傅雷夫妇的死，现代文学史家刘绶松夫妇乃至大散文家杨朔的死，不幸年代一帧暗淡的插页，这插页是在许多年过去之后，在现实与历史的辉耀下，愈来愈加深它悲凉的色泽，文化夭折的意义。对他们自身，是一种解脱，一种抗争，虽然软弱，却有非常人的坚强，大丈夫当断则“断”，我佩服而且从心底里皈依这种信念。对别人，对人民的文化事业，那无疑是一种自私。把一切过失归诸于不幸年代是容易的。可是，反思，忏悔与自省或许才是一个人走向天堂之门的第一个梯级。

——十五年后，我跟那位曾经在动乱年代不怕一切指责而凭着对教诲过他的老师的一点感情，或者还有一些对一个正直的人之夭折，可能还有人皆会有的其他种种复杂情绪的学生，抱着他的骨灰盒去埋葬的学生一起，又一次来到这野山一隅。

也是暮秋。又是暮秋。

我们已是人到中年，十五年前都还是孩子，在还是孩子的时候，这位学生就显示了他作为人的高尚，任何在动乱年代显示或者时刻保留固守作为人的善良人的尊严的人，无论他是老人还是孩子，都是值得尊敬的。这位学生现在组织部门工作，他的素质和胸襟非常合适做人的工作。一个领导，一个干部，他首先应是一个善良的人，懂得人的尊严的人。我们常常忽略了这个普通的道理，忽略了这一方面的认真考察，而导致了许多人的悲剧。

暮秋的流岚在林中穿行——野山已经不再荒秃，覆盖着许多台湾相思树。什么人种的？什么时候种的？绿色令这山头变得温暖，变得充满人的生气，变得郁郁葱葱，不再苍凉悲戚。通往墓地的林中踏出一条小路，还有一条小路。他的基地周围的山坡上，又来了许多的安息者，十五年里，他的同辈人，他的学生又相继和他走到一起，在同一片天空下，同一片树林中，同一块土地上，描下一个又一个生命的句号。

他不再孤独，尽管依然是暮秋。

我忽然悟到一个奇怪的命题：人类是靠什么来延续的，靠生存吗？抑或是靠死亡，一个问题的两个悖论。

原始时代人在大自然中的无助渺小，生命短促到转瞬即逝，火之祈求到火之发明经历了漫长的摸索。死亡使人类想到火，想到医药，战争死神使人们想出许多制止战争的办法、条约和法令。形同死亡的群婚、血缘婚惨剧把人类从愚昧时期拯救出来，踏进了文明的门槛。死亡启示着人类思索许多问题，它不是把人类引向地狱，而是为文明奠基。这种文化现象固然由死亡启迪，却是从生存出发的。当一个人的死亡令人感觉悲戚感觉欠缺时，其实是对生命存在的一种遗憾，一种补偿，一种惋惜。

无可追回的意绪弥漫在郁郁葱葱的山头，填充着一个又一个的句号。我细细地辨认着每一座墓碑上记载的每一个死者的诞辰年月。最年轻的是他的一个女学生，三十三岁时因病故去，他是在五十三岁的暮秋故去的。他们将永远停留在这个年龄上。就人的生命史来说，这无论如何都是相当年轻的年龄。他们不再苍老。他在最辉煌的年龄里黯淡地死去。作为他的学生，在他罹难时，恰我远行归来与之邂逅。那是一个漆黑的滩涂之夜，不知为什么竟谈到死、绝望和失望。他全然没有死的意识，虽然他对做一个教师已感相当索然，对已往加之于他的一切不实之词和迫害也已不屑一提，但他对未来的生活道路依然有许多的安排。再度整饬他的学校，重树昔日学风。这所建于清末民初的中学校，近一个世纪来建树了许多人才，如今满目疮痍。他自刚解放就拖儿带女到这间学校执教，虽被扫地出门，却依然梦想它的中兴。他的喟叹夹带着一个知识分子的浪漫，在漆黑的滩涂之夜显得苍凉。“或者去做乡下郎中，或者去老家种地”，他终于为自己的未来设置了一个顺乎自然的佳境。唯独没有设想到死，事实上，他高昂的头颅下，死的阴影已早早地君临了。

我最后一次见他，是在小码头上，他来送他的儿子重归海南岛，我与他儿子同行。他们默默地握手道别，像一对朋友。他苍老的额发在海风中摇。海轮走得很远，他那身躯与码头上的拴船柱子重叠在一起，粗硕而又严峻。这是我青少年时代留下印象最深的中国父亲的形象，在动乱年代。我忽然产生一种强烈的感觉，假如我也有这样一位父亲，在我远行时，默默地与我握别，长相知，长相忆，有多么好。那是一种生命的暗流在汇合。父与子，人与人，都一样。为了寻找这种无与伦比，难以言喻的相互间的汇合、理解，我们寻找得好苦！

他站在辉煌的年轮上，黯淡地折断了。没有任何悼词和仪式的火化，然后走进墓地，青林乡慷慨地捐赠一块荒芜的乡土，让其安息。他的儿子在黎母山上为他举行了一个心造的葬礼，和他的知音伙伴，他父亲的学生们一起豪饮了一葫芦又一葫芦的木薯酒。他在黄昏接到死讯，天明时成了一个会喝酒的男子汉。从此，他不再懦弱。

句号终究是要画的，问题是画出一个怎样的句号。有的画得潇洒自然遒劲了无遗憾，有的如阿 Q 画圆，抖抖索索，终究不圆。

在暮秋的山野，长满台湾相思树的山野，这个人的句号虽然写得苍凉，写得寂寞，写得孤独而忧郁，但是他写得圆满，写得潇洒。从这里望去：远远的是大海，濠江向门嘴蜿蜒，在礁岩处吐着飞沫。许多年前，这里一片孤寂，只有海潮仿佛在为悲凉的时代哭泣。许多年后，我听到许多人，许多从他执教过的学校出来的人，包括曾经当过红卫兵的人，以一种惋惜的追怀谈论这个人的故去。一个人死了，尽管他并没有什么功名，但他以一生的真诚和兢兢业业的劳作，使一些人忏悔，使一些人怀念，使一些人看到生命在平凡中的光色，这就是价值，生命的价值。

许多这样的人终将故去，他们构成了历史。历史是这样写就的，也将这样证明历史自身。我听到一位哲人这样说。

也是暮秋，又是暮秋。暮秋固然是肃杀，却有辉煌的收获，大自然如此，一个人如此，许多人如此。我期待着那一个辉煌的暮秋，并非人人都可以实现的辉煌的暮秋。

在岛一边

——东湖海滩断忆

在东湖的海滨，黄昏里不见夕阳，海滩已归于寂静，五颜六色的太阳伞依然在轻柔的海风里款款地摇。海上没有了帆船，晚归的竹排载着一双长桨在波涌里缓缓地行。这是一个很难得的海边黄昏：风是甜的，海水并不咸，也许刚下过豪雨，夏日的炎热溶化在细沙里，漫长的木麻黄防风林带滤清了城里的喧嚣和工业废气，绿色的针叶在湿润的沙地上旋转着。林中的尖顶木屋开始透出淡黄的橘色灯光，它使人想起荒原上的矢车菊，温暖而又多情。游人渐少，海滩被一种超然的肃穆和世纪前的沉静包围了。水线下退，潮平了。

面对这海，生命的骚动退得遥远。当宁静成为可贵的心境时，东湖海滨的黄昏便是人生的憩园。我与几位曾在海南岛黎母山里当过知青的朋友，坐在阳伞下的藤椅上看海。海几乎没有颜色，或许说不出是什么颜色。

记得二十年前，我们登轮去海南岛插队。轮船经过妈屿，进入南海之后，我注意到东湖的这一片海滩。它的荒凉和旷野令我惊异，我生长在富饶的达濠岛。自从我知道达濠这一片陆地是一个岛之后，生性使我钟情于达濠的海。我曾以一个野孩子稚嫩的双脚，和渔民们那些叫“虾牯”、“龙虾”或者叫“虾皮”的孩子们一起，走遍了从广澳到岩石的狭长的海滩，那被人称之为“壕江”的长长的海峡两岸。神迷于蟛蜞和跳舞鱼，在潮尽的黄昏里，追逐漂泊的红树林，寻找丢失了母亲的螃蟹。在礁岩上剥蚝，淤泥里掏蚬。这是一条繁忙自然也充满着城市气息和商业色彩的海峡。我从不知道，在达濠岛的另一边，还有另一种海，另一种意义的海滩。此刻，从海轮上看去，犬牙交错的礁岩和峻壁，辽远而绵长，人迹罕至。寂寞的海岛驱逐着太平洋的信风，在野剑麻的呼啸中踽踽独行，平滑的沙城，印着失群野雁清晰的爪痕和带血的鸟蛋。许多世纪前海滩的破船，嵌在礁缝里，在无边黄土崖上印下一页沧海孤魂的历史。

那时，岛上的人群正陷于“文革”的狂热中，红卫兵无一例外地席卷这个丰饶的小岛。而岛的这一面却异常严峻而且孤单地迎击太平洋的信风，它在乱世风云里傲然显示着历史的姿态：一切都将过去，包括生命、厄运和人类的横逆，唯有大自然是永恒的，尽管僻冷，粗粝，原始。我居然在这荒凉的海滩上，在那靠近险崖的野剑麻丛中，发现一间小小的赶海人的小茅屋，这金黄色的小茅屋陡然令我感到一种童年才有过的温暖。我忽然记起，它对我是并不陌生的。不久前，父亲成为“黑帮”。我流浪于“后江”的海边，一个贫农母亲收留了我，虽然那是相当短暂的一段日子，但那是我永生难忘的，可惜她已经故去了。我再难报答她。后来红卫兵干预了，我又重新回到海边，在后江的一间渔人的小草屋那儿，我常常一坐半天，呆呆地望着潮涨潮落的大海。我童年钟情的海不见了，这是秦牧笔下愤怒而又汹涌的海。胼手胝足、豪荡不羁的渔人在草屋里煮着钓来的鱼，我吃着他们的鱼，听着他们大声地讲海的故事、妈祖娘娘的故事和风暴的故事，听着他们小声地谈论时局、抨击动乱，传说红卫兵传单上的种种骇人听闻的消息。终于有一天夜晚，我不顾一切的黑暗，一切的惊惶和胆小，在后江的海滩上狂奔，跑过埭头险峻的岩石，来到东湖的海滩。父亲正在那儿作短期的羁押。我是永远也忘不了东湖古朴的乡情的。父亲在那里并不太吃苦，相反，公道在人心。我在渐渐驶向深海的轮船上，凝眸注视着东湖的海滩。它的荒凉同时豪野，化为一团多情的海绵，藏进我几近干枯的心灵。我在心里说，不管我将走向何方，我记住你了，记住你辽远而荒凉的海岸，记住你温暖多情的海水，记住你永恒的生命，连同将在风雨中衰败的小茅屋，记住栖生于你胸怀的粗粝的人民。果然，十年后在父亲的追悼会上，我喊出了“人民万岁”，算作是我对这个人世一切美好和值得回忆的东西大彻大悟之后一种难以名状的感激。

又一个十年过去，去年年底，我和潮汕籍的几位老作家一起来汕参加“文化战略恳谈会”。其中一个活动就是采风东湖泳场，那时正在筹建中。可惜我与诗人郭光豹因穗有急事先归了。后来秦牧先生等也因为日程太紧未能光临东湖。想来是为憾事。我毕竟年轻好动，不过半年，这已经是第二次来东湖了。想着这片昔日荒凉的海滩，居然已成为十分理想的避暑胜地，固然仍在建设中，也正因此，少了许多人工脂粉气，多了一些天然的野性和粗朴的豪美。我惊叹潮汕人尤其是特区人的聪明，他们的生意经和无孔不入的经营方式，这也许正是除了冰岛以外无处不有潮汕人涉足的原因。青岛、北戴河甚或台山的上下川岛这些海滨，自然是声名大震的海边泳场，我领略过那一份繁华，那一份拥挤，那一份由于声名带来的喧嚣。深感到大自然的情趣在那儿的规避。而在东湖，也许是命运中曾有过的某种契合，在这儿我感到真正的闲适，采菊东篱下的悠然和来自太平洋深处的洁净。从岩石来的高速公路在埭头接上柔曲的小混凝土路，两边是田园和海边林带。农业社会前期的农耕风光，在古朴的气氛中流动着现代城市生活的足迹，络绎不绝的旅游车辆和衣着时髦的人们，在清晨和黄昏，流向木麻林中的木屋和帐篷、海地和海水，在那儿洗清烦愁和负担，大自然的娇美和千金难买的乡野情趣在东湖泳场以最大限度的恩赐，沐浴着人们的心灵。她依偎着城市而又远离着城市。当前有两大互相逆向运行的世界文化潮流，构成了世界文化的当前特征。一是在发达国家中，人们纷纷从城市流向乡村，去乡村寻找一片宁静的净土，这种流动本身自然裹挟并创造着一种新的文明潮流；相反，在一些不发达国家中，乡村人口正在锐减，乡村人口涌向城市，构成了乡村凋敝而城市畸形饱和的状态，这自然也形成另一种文明潮流。据说东湖海滨泳场星期天游客有时达八九千人，这个数字本身是很说明问题的。它开放伊始，低度宣传却已人满为患，这至少可以看出一种潮汕城市生态和心态的近期迹象。这个问题留待生态学家和社会心理学家去研究。我只是想说，东湖泳场的自然特色，这个城市边上乡村式、田园式、原始而又现代感殊强的海边胜地，它的潜力正在于她的自然情趣，在于对大自然的因势利导而不是越俎代庖，或者以华艳的现代装饰去取代天然。

说到天然，让我回到文首的黄昏。

我为着寻找宁静，寻找大自然的童贞而来。我的知青朋友们在青春的人生战场上疲惫归来之后，在城里都已找到生活的位置。然而永不满足的人生追求依然在煎熬着并不年轻的心。昨天太灿烂，或者太灰暗，都会使人对昨天依恋不尽。这一代人的过去岁月注定他们今后永难安宁。在东湖黄昏的海边，面对着渐渐由轻佻变得庄严的大海，大家都沉默了。大自然引导人进入思考的境地，这是无法回避的。这时，我5岁的儿子，这个永远不知疲倦的“汉子”，在海滩上长时间的跳跃奔跑之后，和一个比他略大的本地小姑娘一起，拉着手在海滩上拾贝。儿子说普通话，姑娘说本地话，那种发音沉重的与达濠话略异的东湖话。他们凭意会能够交流。人心本来是极容易相通的，假若以童贞为基础的话。孩子往往是成年人的典范，在心灵而不在才智方面，心灵的圣洁化解了语言的障碍。这是空前的欣慰和生活的现代启示录。我顿悟了一个伟大然而十分普通的真理。在大自然的憩园中，我们的一切寻找都不是没有价值的，都有可能成为现实。

我又想到并且憧憬着：十年、二十年，甚或三十年、四十年后，当我五岁的儿子已不再五岁，青年、中年、老年，他倘若能记住东湖海滨这个曾经和他拉过手拾贝的小姑娘或能与她再见，他们依然能够用两种不同的语言交谈、依然手拉着手、毫无芥蒂地在人生的海边拾贝吗？但愿能够，但愿他们共同记住东湖海边这个黄昏，我遥祝未来时代的他们。

东湖的海边是梦幻的，往澳头方向去，是岩石的“梦之谷”，往南边的海岸线，是辽阔的“后江”海滩。海上有缥缈的南澳岛。它构成一把梦幻的小提琴，东湖的海滨是跳动于这把小提琴上的一个柔美的绿色的音符。

在东湖的海滨，黄昏里不见夕阳，海滩已归于寂静，星星升了起来，我该归去了。我不愿归去！

西海无帆船

西海帆船很少，海岸连着峭崖和荒凉的黄土山坡，乱石嵌在瘦瘦的铺着毛茸茸草皮的原上，终年不断的大海风把那原那草刮吹得溜光光。我站在那儿只感觉到海的无情和乖戾，尽管那天海很平静，胜景天然千娇百媚，然而沙滩平滑得令人凄楚，野剑麻弓着腰，这里的野剑麻都弓着腰，海风强烈到它无法骄傲起来，即使在久旱的沙漠中，它也是可以骄傲挺拔的。

海岸悬崖上就我们两人。他无话我无语好像所有的思想都归于大海归于荒原，因为海太大天空太高远荒原荒凉得太久长，一切都有可骄傲的历史而他没有，我实在找不到什么可以激励他的话，两个年龄相仿经历各异但都尝遍了生活的艰辛的男人，在这悍野的诗情里，还能有什么抒情的话可说呢？在他们的世界里，抒情已退得遥远而生活是坚实得如同老干的核桃，要花费全身心力气去啃去咬去认认真真囫囵一阵子。于是只好沉默，只有沉默对着海对着岸想各自的心事。

我们原并不相识，他是我弟弟童年的赶海伙伴，那时我独来独往虽说也常在海里泡但不认识他。后来我去下乡，他像所有幸免于难的孩子一样，在艰难岁月中不但没有收获什么，而且连尝遍那异地艰辛的机会也丧失了。我们至少经历过集体的受难，同时感悟了大时代的风霜雨雪，在灵魂里奠基了一种很崇高自然也很虚妄的理想主义和集体主义精神。愤怒过狂热过也呐喊过，带着伤忍着泪坦荡荡地在人生路上走着。他在幽闭的小镇里，在庸碌的人堆中，在漠然的民工队伍中，他的灵性他的才华在无烟地焚烧着。他告诉过我，在异地工棚里，晚七时收工后从八时起他躲在蚊帐里读《费加罗的婚礼》，读《别林斯基选集》和《汉堡剧评》等等。这些异域理论引他走向另一个世界，同时也使他自觉超脱与世人不同，因而更为孤寂更为沉默更为与世隔绝。我也有过挑灯夜读奋不顾身追求文学事业的时候，那时没人瞧得起，无书可读，只能天天读《反杜林论》和《哥达纲领批判》，居然读出门道，连《资本论》也当《红楼梦》，那种苦境那种欣喜我深知滋味。所以他来找我，希望交个朋友，互相学习，我当然义不容辞。于是我们谈，在西海无人的悬崖，在广澳松软的尘土飞扬的乡村小道，在肮脏但是亲切的小酒馆。那年我在达濠度假的所有时间，几乎都投入这种既郊游又交谈的活动中。

我很喜欢西海岸那无人的荒原，有些凄楚的沙滩和孤静得骇人的荒坟堆。他那有些愁苦舒展不开但依然埋藏着天真善良的脸相，同时又让无情的庸碌为生存计的劳作销蚀得百孔千疮，与这幽然的荒原的寂寞很合拍。那时他对文学对理论似乎有一种迷恋的情绪，我看得出大凡过于急迫的情状中，都难免隐伏着急功近利的目的。不管这目的出于何种可以理解的隐忧或高远的理想，我想都是难以持久的，我担心的正是这一点，可是我没说，我不想浇灭一颗对文学执著到不顾一切乃至连女人也避得远远不思婚娶的地步的灵魂。西海岸无人但是有文学，有文学的灵魂在，他就是。能否持久那另当别论。我知道达濠并非出大作家的地方，建埠四五百年历史浅短但文风气盛，捻断三根须的苦吟诗人有的是，家学渊源极深民间文墨极浓诗书琴棋兴盛，讲古论世麻衣相术风水先生也代代不绝。青云岩上九曲幽径石船红壁，除了“南无阿弥陀佛”超凡脱俗硕字赫赫之外，到处有先人墨迹镌刻其间，几代骚人虽然不见经传但也为达濠争下了一份名山秀水的古迹。可是在孤零零的西海悬崖，宽草遍地朔风无情古文学古风情古雅致古书斋一风吹，我想这正是产生新文学的地方，他就踌躇满志旁若无人苦求文学心想胜券在握。那时，我想也许达濠或会出个文学理论家，第一号种子可能是他，于是我想当一回伯乐或许推小同乡一把，也尽了对这片土地的情谊，至少在当今理论不吃香评论已冷落的世道中，多了一泓清泉。于是我密告他些许文坛秘诀，作文契机，从选题到作文到投稿到发表，一一授之以“天机”。他极勤奋极龙钟也极辛苦地炮制了一篇论文，我认认真真读了，费了九牛二虎之力才把那些欧化得化不开的中国字给啃进肚里去，从肚子里往外明白。请他改了一遍便兴冲冲去打某总编的门，从他维艰的身世开始说到彻夜通读名著既为五斗米折腰又苦求文学等等，说得老总老泪横流，认认真真读起文章，我在一旁口头注释文中怪句，努力使总编明白这是业余评论家的晚近之作，各种新思潮新语言渗入读起来费力一些在所难免，请将其发表并于编前话中介绍。老总是真正的伯乐，又改了一遍快快发出来且多给了些稿费。这些他自然不知道我也不说，只希望他再拼搏一阵子再发表几篇文章，新星也就升起来了。

以后见过他几次，他已经没有了多少热情，诚如西海岸的土塬有些板结。我这才知道他已是衣食无着，工作也找不到，只好到外地流浪打小工。虽然手头也还翻翻书但那已是一种愁苦无聊时的消遣了。从中兴到末路看来是命中注定。我有些悔疚自己常常把某些执迷的情调注入别人的心田，到了不看对象的地步。鲁迅说过人必生活着，爱才有所附丽。文学也如此，它是最靠不住的。把自己交付与文学尤其是理论，那里面并没有黄金屋、颜如玉。我想他必先赚些钱养活自己再说，于是便建议他去海南闯闯。

再度西海，他已经不在了，两个男人的黄昏无语是否比一个男人的黄昏独白更具撼人的魅力或更有文学价值呢？我不知道，反正其时那西海悬崖上连棵草也没有了，最后一阵大海风把草连根拔起，吹送到太平洋中，我看见它在浪中旋转着、漂流着。

文学的梦于他已经更遥远了。这也许是好事。人到中年才来坠入文学幻梦中，这是极悲凉的事，我想他已从这种悲凉中悟觉到人生的另外的责任。

台风过后的海很混浊，同时也更平静。如果这时他在，我们再来讨论文学与人生，是先吃饭呢还是先读书，做一个痛苦的哲学家好呢还是做快乐的猪好，这些问题的两面单就其一来说都有诱惑力，若仅能选择其一就显得人生太欠缺太残忍，但是，这种讨论会有结果么！

有一天很偶然，也是黄昏，我在海口市的街上踽踽独行，他迎面走来，我们各自来不及做出反应就已擦肩而过。我见他闪过他乡偶遇故知的惊喜之后，在熙攘的人群中定住。我也同样，但突然卷过来的盲流把我俩冲开了，无从寻找，复空荡的马路上，又行人稀稀，我头脑空空，诚如在这西海岸的塬上。

帆船没有了但有海在就会有船，渺渺的海水永不停息地波动是因为它没有船的抚慰？船是为着海的诞生呢，还是海是为着船的到来？这些粗浅得被人们理所当然地忽略的问题，顿时塞住我的心胸。

此后我再没有见到他。也许文学的幻灭于他已经熄灭了。我依然经常到西海的悬崖来，原来的悬崖已经倒塌了，原来是山坡的地方底下被掏空了，新的悬崖又降生了，已不是原来的悬崖。

1989 年 7 月 3 日 · 广州

三桅船·荆棘鸟

她告诉我这个故事的时候，我正在黎母山喝酒。她说得很轻柔，大家都不在意。酒把天空沉沉的暮色熏得微醉，河水也泛着淡淡的红晕，有些冲动地失了自持，左冲右碰地蹒跚着去。我可是听清楚了，甚至那一声生命的长啸，尖刺得心脏发憷。也许她觉得跟一群醉鬼在暮色的河边说这个故事本身就是错误，也许因为没有听众，她便不再言语。

她没有喝酒，我从未见过她喝酒，但是关于她喝酒而且醉得昏厥而且极端清醒的传说，我却隐隐约约地听说过。我跟她并不很熟，这类传说便只能让它去继续流传无法证实。

这时我突然想到她说的这个故事与她那曾经喝醉酒的传说之间，好像冥冥中有点联系。它也是生命的长啸，而且人生只有一回，在刚刚开始就结束了，那是憋了许多岁月、许多精气、一生的血泪然后最为辉煌同时极端寂寞的一声长啸。

有些人生时来得及，有些人至死也无法实现这声长啸。这就是正剧与悲剧的区别。可是，她这个故事说的似乎并不是什么偶然，那是一种叫荆棘鸟的并不美丽的鸟。

那一晚，尽管我醉得厉害，但是河水很凉，夜色很凉，风也凉，浸浸的凉意呛得我的心很寒冷。我老在想着那生命的一声长啸，她究竟是为着什么，毕其一生去作这种苍凉的寂寞的牺牲。我一千回地问这个有些忧伤、有些寂寞的夜晚。我从未发现黎母山的夜晚有这样寒冷过，寒露还没有到，蛇却早已横陈在草棵那儿，老草也早早地黄了草梢。

大家都醉了，连看山狗也醉得有些傻气地呵呵着一个劲地喘气，它好久没有醉过了。我于是再问她，那荆棘鸟的事该不是童话吧！她不置可否，只是很黯然或许很热烈，反正天黑沉沉，她亮亮的有些朦胧的眸子透着河水的凉意，让我弄不清楚她是忧伤呢，还是崇尚，抑或在作浪漫的憧憬、关于荆棘鸟、关于她有过的人生、关于种种价值取向与评价。

她说她见过荆棘鸟，而且还见过那荆棘上遗留的血渍。那血渍在阳光下是铁色的，像钢一样幽幽地蓝着，让人觉着这血渍将连同这历史一样久长地凝结在这儿，永远不会磨蚀。她说她好像还听见那声长啸。她甚至描绘了那长啸的形状：起点是“叶”的一声很短促的突破，然后往上冲，很直很急迫地喷射，声音自然尖利，然后，然后……我还没听说声音有形状的，她描绘得相当出色，有些出神入化令我有一种女巫的感觉。她本是很天真很透明的，一如她那白色的或严格说是谈不上是什么净色的衣裙。

我还是弄不明白她所指的荆棘鸟是什么生灵，查遍了《海南岛的鸟兽》，厚厚砖头般大本书里并无任何记载。可是我依然相信荆棘鸟是真的，她的真诚无可置辩地写在脸上。我想到海边童年的长堤上那个终年坐在堤石上望海的神秘女人，没有秋冬春暑，没有雨雪风寒，隐匿白天黑夜，她像一堆风化了的岩石永远坐在那儿，望着海，望着云，望着风和帆。三桅船漂过眼底，她会轻轻地呵起来，那声音像无泪的嚎哭。没有人听过这声音，只是传闻而已。她与三桅船的秘密，谁也不知道，也许只有海知道。许多年后，我再到那长堤，她还在那儿。我已经没有了童年的骇怕，坐在那儿想与她聊。她只是望着海，海上空荡荡的。她不开口。我明白海上没有了三桅船，这古老的风帆让小马达代替了，偶尔有张着单帆的独桅船。再后来我去长堤时，就再也寻不到她。有人说她死了，让海水漂去了。我明白那是因为三桅船。最后一艘三桅船是去年上岸拆毁的，这片海面再没有三桅船了。于是她去了，风化的岩石让风吹到海里去，她和三桅船的故事也便湮没了。

很卑微的人生里也有很坚执的精神，那是一种长久的孤独的期待，大自然因为这期待的坚执而惊叹人类精神的韧长。许多事到头来都没有结果，无法实现结果，可是人们记住了过程。对于难以中断的人类生活来说，精神的过程不是比那瞬间的结果实现更有价值么！许多卑微的人生创造了过程，只有少数人实现了结果，而我们却礼赞结果冷漠了过程。

悲凉的是我们往往忽略了过程的辉煌，那无烟的焚烧对于灵魂的燎烤与长久的烧灼，常常于麻木中漂逝了。匆忙的过客一般的奔波，疲倦的应酬与碌碌的劳作，模糊了人生精神天平的准则。

大家醉了，她想起了荆棘鸟，那生命的长啸背后，是她长久的沉默与期待的积蓄，无言的蕴蓄是为着那或者希望或者无望的拼死长啸的。在那长啸之前，没有人知道荆棘鸟的沉默与期待的痛苦积蓄，那么娇弱的纤细的鸟，在荆棘中孤独地翻飞、筑巢，射向天空，那么沉静地生活着。全部的目标是为着死亡的壮丽，她把死亡的辉煌当作生存的价值实现，她拼尽一生的寂寞与孤独，居然是为着那一声没有人听见不会有人听见的生命长啸。

她说荆棘鸟时，她流泪了，河水是黑色的，黎母山是黑色的，她的眼睛也是黑色的，她的眼泪是否也是黑色的呢？我想是的。

她反复地告诉我，那声长啸是荆棘鸟一生中唯一最为动听的带血的长啸，这长啸也许对于大千世界的美妙音乐并没有丝毫的作用，也许因为期待太久长，蕴蓄太深沉，因而喷发时便已喑哑，撕裂了声带，迸裂了心脏，胀破了肺叶，洞穿了喉管，开炸了胸腔，她的长啸与胸中的血一起喷向天空，洒在荆棘上，那刺破她身体的荆棘上——没有人目睹这壮烈苍凉的一幕，没有人听见那悲怆然而雄阔的声音。荆棘鸟就这样消失了。她消失了吗？

大海拍岸的浪涛，是为着慰藉自身的孤独，她黑色的眼泪是为着她的荆棘鸟，为着那漫长的期待。

我知道了黎母山林中的小路为什么那样漫长，许多寂寞的脚步踏出了漫长。所幸的是，我也曾有过那寂寞的脚步，也踏出过黎母山无数条小路中的一条。我虽然没有看见过荆棘鸟，没有听见那生命长啸的动人节律，可是我已知道荆棘鸟的故事，知道她蕴蓄的期待像火一般的热烈，知道三桅船和那神秘女人的并不神秘之处，人生的收获也就不外如此。

并不美丽的荆棘鸟因为这个过程而显示了什么叫美丽。她告知了我人类精神中的许多构成之一，是由残酷的浪漫来编织的。

大自然的伟大并非它的富饶，而在于它常常创造着一种启示人类精神境界的生命方式，它用卑微包裹壮烈，它用过程的漫长显示坚执，它把所有的成功希望都结晶为一种主动的必然实现的期待，它礼赞的是无烟的焚烧……

待到她再告诉我荆棘鸟的故事时，我握住了她的手。我听见了深沉的叹息。荆棘鸟，荆棘鸟，她没入黎母山悠远的林涛中，黑色的庄严骚动着同一个节律。

半岛无河

说是半岛，实际上是岛。只因为一座长长的、高高的桥，将它与大陆连接起来，于是成了半岛。

说半岛无河，实际上是有河的。在我永难遗忘的记忆里，至少有两条弯弯的、浅浅的季节河，从瞭望山上潺潺地沁下来。三月春水泛泛，九月凉秋水瘦如线。许多洗衣的女人，就着那蓝莹莹的浅水，捶着、搓着、吱喳着，那是女性的河。后来那河消失了，消失在群楼与马路底下了。我再找不到河，找不到满河的颜色满河的温馨。

没有了岛，也没有了河！我记得的都消失了，不记得的也消失了。

静悄悄的街巷，风从山上凉凉地漫过来。河边有许多木棉树，高得望不见树梢。绿绿的叶子遮蔽了阳光，炎炎夏日于是凉飕飕的。硕大的客鸟于是在树叶间扑腾：叫着同伴，叙说着关于自身也关于自然的神话。有许多年没有见到客鸟，听到它们的神话了。我真的不知道它们从哪里来？又飞到哪里去？我只知道漆黑漆黑的羽毛，在阳光下幽蓝幽蓝的亮着，那羽毛让你想到黑色的远古，远古的单纯，单纯的神秘与美丽。

客鸟不再来。客鸟已经没有了。木棉树叶凋零了，它在落实的夏季听着孤独的雨点轻轻地洒在光秃秃的枝丫上，在无法潇洒的雨季里，一切都显得单调，因为客鸟不再来。

上游没有绿色，水渐渐地瘦弱如丝，喘着气，拖着浊泥，河的辉煌时代终结了。代之而起的是都市的风雅，那是以田园抒情诗时代的终结为代价的。没有人能改变这一点。正如南方的繁华必然要牺牲它的古朴。

人类啊！你在干些什么？为了生存，我们只能把一些永恒的印象毁灭掉，善良地不无恶意地毁灭掉！生存之路这样安排着我们的必然命运。

于是半岛无河，但是有都市的风雅，人类不可能什么都拥有。既有田园又有都市，我们注定要永远地在未来为今天忏悔。

我们只能从记忆中，去与河叩谈，与河一起神游每一个有河的早晨和黄昏了。

古牌楼的坍塌与新屋宇的诞生几乎在同一瞬间。地面上的河是消失了，可是它永远地被镌刻在屋宇上。还是那远古的石，还是那无名氏匠人的杰作，不管世道怎样轮转，作为平民的杰作，它于一次次的毁灭中被保护下来了——“河东书院”、“人文化成”被虔诚地嵌进空间，嵌进永远的遗忘中。设想停车暂借问，只有老年人才知道“河东”在什么地方！河东意味着什么！河东是作为文化圣地流动于世的。

人们已经渐渐不知道河东，河东也在渐渐地失却它的辉煌和庄严，古朴的河没有了，可是有梧桐！

南方少梧桐，梧桐雨纷纷。梧桐是一种气质也是一种气节，王安石视梧桐为化身，愿斫作五弦琴！

创建河东书院的人与种梧桐的人似乎是出于同一种希望。这种希望成为历史和文化沉积下来、固定下来时，深刻就产生无法挥却的力度。

只有在雾失楼台的清晨，去遥望河东，在雾里舍弃许多拥挤的群楼，因为省略旁枝而河东独存，你没法不想起河东的原始：一片拓蚝的滩涂，一座蛮荒的岛，是如何诞生了无法遗忘的河东书院——河东文化的。因为梧桐！

梧桐是河东的象征，它的无尽岁月简直就是此地的文化生命之河！

当一切对之的赞辞也成为历史，近若梦呓时，这种冷寂与落寞正是人们开始珍视，开始寻返的征兆，再度梧桐将是一种必然。

岁老根弥壮。它的衰老它的凋残所诉说的悠久，所证明的丰厚，都令人觉悟它的君临人间是非凡的杰作，难得的杰作。岛之半岛，河之无河，与梧桐相比，似乎都无关紧要了。并非人人都愿意从梧桐这儿去悟觉什么，然而我想河东书院的缔造者在缔造文化希冀时也就在造化一种精神象征，他们愿意所缔造的不仅仅是一片屋宇，更是一种源源绵远的人文精神。屋宇终于要坍塌而且已经坍塌，何况梧桐！

半岛梧桐难再有，客鸟不再来。这不是真的！不是！连同半岛无河，也不是真的，有河东在。

我就常常再度河东。那是很久远的早晨，从这里可以眺望海，海上的云和土红色的风帆。有一个老人常常在梧桐树下自语。谁栽的？多久了？只有他知道。因为他知道，所以他每天早晨都到这里来。在梧桐最繁盛的时候，他死了。可是梧桐活着他也就活着。他很老时我还是孩子，吓人的胡须和一脸黑气并不慈祥。他说他与梧桐一起长大，可是他要死了梧桐活着还将永远活下去。我至今仍然深信这一点，于是梦里河东也就梦见老人梦见梧桐树下的青石板，十几张丈把长的青石板上密匝匝地镌刻着捐建书院人的姓名和款项。这些功德碑也湮灭了，无处寻返，连同那些捐赠者的灵魂一起飘散了，他们的功德飘散了么？我不知道！岁月是何等无情啊！

河东的坍塌和河东的再度抵达，是自然而又可能的事。海内外的捐赠者们又用血汗耸起一座新的楼台，有些疲倦的梧桐还站在那儿，它在楼台底下显得矮小老态但是不愿死去。它不愿意！它曾经那样伟岸那样繁茂那样阔大地遮蔽着古香古色的书院，它作为传统成为传统顽强地延续下来，在无言地暗示庄严。只有认真地面对生活又严苛地面对自我的人，才会在这种庄严面前感觉到传统的伟力和从这儿走向世界的尊贵与骄傲。才会于频频回首中又见梧桐，又是梧桐，于梧桐而追溯每一个远去的捐赠者的或者丰功或者琐屑的人生，他们所怀抱的微小的阔大对于人类一代代的精神延续的意义。

在北方荒芜的古驿道，我与他相遇纯属偶然，而居然是河东的校友就更为偶然。他问河东，河东的梧桐和曾有的孔子像——后者被铲灭时我还没出世，早知今日又兴尊孔也许要忏悔当初——我尽知的他都知道，我不知道的他也知道。他是搞地质的，四十年来归河东，四十年前梧桐未老青河依旧，他很年轻，四十年间他心目中河东依旧：弧形的廊墙，墙外的杨柳，柳树下汪汪的池塘，池塘外是滩涂和海，那儿有一座灯塔；高高的牌楼有厚厚的门板，三扇大门向着海向着云空向着梧桐；东西花园藏在两座精致的偏院背后，萧姓的花工养出许多名贵的花果，墙脚下有秋蝉有冬生还有人形的何首乌，和鲁迅的百草园、三味书屋没什么两样。那棵无花果不知还在不在？他偷果子摔伤了脚至今风雨天还隐隐地痛，他什么都问，我什么都知道一点可无言以对。他问他的老师郭大藩、林世文、朱重豪、马燕惠、林怀望、陈景山、马星校长……他怀念他们感激他们栽培之恩想拜望他们。我说有的死于非命，有的晚景辉煌。于是在北方荒芜的古驿道，两代校友想诉说点什么又一切都无须再说。历史依照它的生命轨道悠悠地走着它的坎坷，它的酸楚和它的灿烂。匆匆地相遇匆匆地分手，留下一份难言的惆怅和永远的怀念给古驿道，南方容易遗忘而进入北方遗忘便复活变得缠绵然而旷达顿生忧患！

没有了河却有河东，河东梧桐依旧，半岛便有五弦琴。

在师大校园草径，他搀着汪涛散步。在河东校友中，汪涛是最年迈的学者，而他是最年轻的教授。历史在这瞬间停顿了一下，戏剧性地暗示着命运的契合。汪老从河东走向延安，他于浩劫中去“革命”。从本质意义上说都怀抱着一种憧憬，一种源自河东梧桐的浪漫精神：梧桐、杨柳、灯塔、海！

真的没有了河，但是海呢？愿意看海的人是有希望的。

于是我对儿子说，我们沿着已经消失了的河去看海，去看梧桐。他去了，他自己居然找到那座河东偏院的小屋，一个风雨交加的海啸之夜，他就出生在那里。这是命运的安排与牵引。

落日时，我们再度旋宫

走了，不再来。像曾经去过的许多现代建筑一样，时髦的豪华与超前的消费并没有给人留下特别的印象。可是旋宫，说不清因为什么或者渴望什么，在再度抵达之后，我想我在那落日的瞬间记住它了。记住她吧！我在落日的庄严严格说是在旋转的落日中默默地对自己说。一切皆因为在那天，那个时刻，冥冥之中我忽然悟到一种难以言状的意味，无法表达的意境来自哪里呢？没有人告诉我，我又想起那落日。旋转的落日。

落日旋转着，旋宫悬浮在阔大的辉煌中，你在静默的远眺中悟觉自身的超脱，你无法不面对旋转的落日，在那血红的膜拜中升腾灵魂的圣火。我见过无数的落日，原始森林里幽冥的灰赤的太阳，西海岸细雨霏霏之中苍青的残阳，遥远的山脊广袤的荒原老牛驮着的沉重的光的磨盘……落日在那一瞬间疲转地西坠，我知道落日忧郁地叹息是因为人类抛弃了它，人类在它面前没有激活创造力，没有发自内心的温情与祈祷。可是旋宫，落日因为它的到来它的存在燃烧起自身的圣火，它觉到人类对它的青睐它的钟情它的眷恋因而它熊熊地燃烧了。不是因为落日自己，而是因为这座国贸大楼终于在八十年代中叶，在古老的乡村包围之中极为现代地站起来。而旋宫，那样悠然地高踞其上。落日为此辉煌，即便是瞬间的辉煌，也已经足够了。彻底的燃烧是为着旋宫的到来而存在的。我问落日，“你的忧郁的叹息到哪里去了?”它问我，“为什么流浪?”答非所问的对话归结到旋宫的主题，它是为着这双重的意义而诞生的。这是一个人类生存行为的主题。

因为海上常有风暴，渔人傲岸地睥睨浪涌但是很累；因为无风的秋日零落的小雨焚烧着海岸，寂寞的林带显得慵倦；因为到处是人群密集，城市沉溺在浊重的呼吸里；因为太多太浓的颜色组成的空间过于斑驳，没有颜色的单纯便难以寻觅；因为一切都在急剧地蠕动着爬行着，旋宫优雅地缓缓地旋转恰似宫廷的芭蕾，顿觉典丽而高贵。于是我便要想起那旋转的落日，它本该是垂直的坠落，可是在旋宫那儿，它不再垂直单调地坠落而是摔掉了原始的蛮野，它燃足了圣火然后绕着旋宫慢慢地悬浮着它的鲜丽，它的温柔的妩媚。它释放它所有的古典的魅力然后把东方神秘主义的种种含义，化作东方女性的全部精神，远远地但是无限亲近地遥望着旋宫，旋宫里闪烁的蜡烛火和沉沉的野棕榈，遥望着旋宫里无数孤独的沉思，忧郁的钟情，热烈的喁喁私语的人们。它把落日仅存的辉煌永远地印在旋宫的茶色玻璃板块上，永远地沉淀在去过旋宫的每一张脸上。

我本不想再度旋宫。它毕竟是一个消闲的时髦的典雅的去处，尽管那蜡烛火令我冥想无穷，那野棕榈撩起我热带的记忆，那“天使之吻”把我带入上帝的氛围里，还有长窗外那无尽的星空，开启你心中隐秘的浩渺长河，我依然不想再度旋宫。可是我竟无法不再度旋宫。

倒不是依恋落日的辉煌。我想那旋转的落日的瞬间辉煌是永远无法穷究的。

我只是觉得，仅仅为着寻觅单纯而来，在那单纯里透视足下的世界，长窗外，一切的喧嚣与骚动，都在无声地旋转着，流动着，无声地诉说着激烈。所有的缤纷和炽热都在静默中显示着温情，显示着活力，连那稠稠的秋雨，也飘洒着默默的多情，预告另一个秋天的印象。

春天的蒲公英，秋雨中的芦苇；夏日的矢车菊，冬夜里的灶火。我搜尽记忆中所有温存的往事，连同大自然中的所有爱情。秋窗风雨夕，河与独木桥，天阶夜色凉如水……那种圣洁的单纯，单纯中无限的温馨与爱意，我们每一个人在匆匆的长旋中轻易地忽略而于孤寂静默的瞬间却常常翻搅的话题，在那落日的旋转中被不知不觉地启示出来，无声无息的启示是那样巨大地叩击着心扉。我们渴望，我们希冀的原本就是这么片刻的宁静与恬息，而我们却常常于不知不觉之中粗俗地挥却它。一切都于寻觅中无意散失了，一切又都于再度寻觅中悄悄到来。

谁也不否认他的灵魂时刻在渴求着伟大，可是却极少愿意让灵魂于一处高雅的境界中去获取反思。我再度旋宫，当汕头市远近的街区和田畴，狭小的陋巷和阔大的马路雄伟的建筑群尽收眼底或沉没于沉沉的星夜璀璨的灯火之中时，我思这儿是一个历史的瞭望台。既瞭望千百年的历史，于无声处便窥视自身的灵魂，我是在那儿，在再度旋宫时忽然间感于时空的无限人生的短暂而顿生一种往事的忏悔的。于是再度旋宫。

那天有雨，又是有雨。好像要有雷暴。一个久远的故事连同主人公在蜡烛水中旋转着。现实在橘红色的烛火中焚烧成为过去。殷勤的服务小姐不断地递给我湿毛巾，不断地给我替换干净的烟碟，我这才发觉在凉意袭人的旋宫里我已大汗淋漓。我完全坠入亚热带火一般炙热的记忆，公关主任王小姐有些惊诧地感觉着什么。我仿佛经历着一次炼狱的火炙。我很想向周围的人们剖白这个故事，但是周围那些高雅的摆设和整个典雅的气氛顿使我觉得应该高贵，而高贵是与克制相联的，我无法不在这个令人高贵起来的旋宫中也自觉高贵一些。这个久远的令我忏悔的故事因为篇幅浩大也因为秘而难宣故而只好暂时略去。但我已忏悔过了，旋宫便成为精神的憩园。

大提琴的低沉和小提琴的幽婉其时在默默地显示着音乐灵魂的力度与久长。我不知道他们在演奏着什么，门德尔松或贝多芬在我来说其意义是相同的。我只渴望那流动着的琴声是发自那有生命的胸腔和柔若无骨的弓弦。旋宫果然如此，我们追求单纯、城市里的纯净，同时就拒绝假声和金属组合的嗓子。好在旋宫有一支很好很雅的乐队，四套黑色西服在大小提琴后面显示着英国绅士和维也纳的崇高，闪烁的烛火为黑色礼服镀上一层梦幻般的浅色。

旋过了许多棵野棕榈，还有其他什么花草，大自然的静谧和忧郁的墨绿一直围绕着我，它们流动同时于默默中拔节，与我一同翻着年龄之页。这儿当真会诞生泰戈尔，他那些片言只语的深邃哲学含义，并非产生于九死一生的战场，正如海明威“流动的圣节”构筑于爱美特咖啡馆，后面还有一个污水池。

我不怀疑这一点。

到处都可以看到落日，以及落日的辉煌。可是并非到处都可以感觉到落日的旋转、垂直的坠落与旋转着西沉，乃至有意迷失沉落的方位，不仅在物理学解释上是不同的，在审美的哲学意义上更是别有一番意味。我无法准确说清，但是感觉到它的骚扰，感觉到它令我不安宁，于是坠入沉思，坠入旋转的落日的沉思。

可以不去旋宫，但是既然去了就难以不再度旋宫。我离开旋宫的时候，这样对王小姐说。

她相信这是真诚的，对谁都一样就意味着真诚与共识。

沙　　灶

——写给海边的孩子

放下手头正在写的文章和一大堆琐务，匆匆赶了上千里路，到故乡的海边去看她。仅仅因为那一纸告知她病危的电文？我与她只见过几次面，很短暂的时间，话也没多说过几句的。说白了，我连她的脸相也难说得十分清楚。

暮色沉沉我才到故乡的小镇，海潮似在戚戚地哭，又好像吻着长堤在咕咕地笑。反正夜的声息是很富联想的，何况于一个匆匆而来探视垂危者的旅人。

突然归来令妈妈惊愕，继而是欢欣。我说了来意，妈妈黯然神伤，她已经故去了，就在几小时前，现在恐怕已在火葬场了。我想不到会是这种情况，她的灵魂也绝未想到我会来看她。我们之间毕竟连朋友都还谈不上。

好几年前，我还在城里读书，暑假回家，妈妈笑说要给我寻个对象，指的就是她，我很小就去当了知青，对故乡印象疏淡，从未想过要娶个小同乡。妈妈笑说，我也笑笑，我见过她一面，瘦瘦弱弱的，很平常很良善的一个。后来听说她当了民办教师，每天背着一太摞作业本，过海，走一段泛着碱花的乡间路，去与一群乡间的孩子为伍……

后来结婚了，嫁给一个很硬气的小伙子，夫妻感情很好。那是一个很和睦的大家庭。丈夫有好几个兄弟，都到了成家的年龄，一大家子挤在母亲单位的宿舍里。丈夫便想着盖房子，于是和兄弟们奋斗起来。好在靠海，业余时间便去，赶海挣得一些钱，居然盖起两间陋屋。丈夫在单位里是极豪爽无私，在家中又极痛爱兄弟，把新房让给兄弟们结婚去，他们照例猫在公家宿舍里。这时添了孩子，一间小屋住两代人，也极难为她的。本也无话，闲人多嘴，直嘀咕得她也觉着吃亏，终是未能免俗，便与丈夫怄气。丈夫耿耿正气，埋怨她太小气，于是便有了“离就去离”的话。中国人讲究夫妇相敬如宾，离婚的玩笑是万万不可开的。玩笑开过了，心里却总还似有一块铅。她的心太细微了。后来我常想，她得了那病症，是否与她心气过于琐细，又不说出，郁积在内有关？照中医说，是郁了血气。

有一回，我在码头见到她，斜风横雨里，怀中兜着个孩子。我建议她何不调到海这边来，反正是民办教师，没多少手续。她笑不露齿，说那边孩子们好玩，舍不得呢！也是的，人很挤，摆渡的在船上硬是给她匀出一块溜滑、淌着雨水的船舷，让她坐。此地民风淳厚，虽说是民办教师，也还算是先生，我看那渡船在海夜里一漂一摇的，直担心她会被摇进海里去。

她走了。再不用去走那乡间的远路，去挤那风中的渡船。她卧床年余，乡间的孩子们也大了许多，有的恐怕会摇舢板去上中学了。

我匆匆而来，却终不能于她弥留中见她一面。遗憾之余，却也宽宥了良心。我见不得眼泪。有时看电视里杂技表演，总想着高台上那人会掉下来，之后是一摊肉泥的惨相，想得心里发憷，惹得妻子好笑，自己也觉得可笑。在海南岛黎母山里当知青时，背着被大树砸得血肉模糊的伙伴，在森林里爬，血水顺着脖颈流进嘴里，咸腥。也不知是怎么过来的。

我回省城，她葬在海边。她也就三十出头吧！平平常常地生活过了。为人母亲，为人妻子，为孩子师。我不知她弥留之际想过什么。她曾有过什么幻想？也许是幻想海上有一座桥，从这边到那边，让摆渡的老人清闲，结束飘摇的生涯，她也不用再去坐那滑溜溜淌着水的船舷。我记得那天在码头，她似乎说过桥的事的，这是孩子们的事了。

忙碌的大人们会很快地忘掉这个实在过于平淡的年轻的母亲，一个乡村小学校的民办教师。孩子们呢？但愿他们不会太快地忘却，长大了也别忘了她，别忘了仅仅因为爱他们而天天背着一摞作业本，怀里兜着个婴孩搭船过海的女教师。

海边有许多孩子，在垒沙灶，灶边，是她爬满金银花的新坟。

贝　叶

——知青作家西双版纳笔会插曲

我总觉得有一双眼睛在注视着我。从一进入那傣家竹楼，我就感觉到它的流盼。但稍一留意，它便又收敛了盈盈眼波，用浓密的睫毛，盖住了两泓幽深的春水。

第二天，我们乘船去西双版纳首府景洪。伙伴们在甲板上跳舞。澜沧江上回荡着电子琴演奏曲《流浪口哨》的旋律。乐声钻入漩涡，漩涡随着急湍的水流，转了几圈，便猛地拉长了。鬼使神差，我又想起那一触即逝的、带着几分忧伤的眼波。

我下意识地回过头去，猛地又碰上了那双眼睛，它近在咫尺。哦！她一直站在我附近的船栏边。这一回，那双眼睛直视着我，并不回避。我急忙向她微笑点头，表示友好，也借此冲淡不该有的尴尬。这时，舞曲又起，呵！是《别在星期天》。成双成对的人们非常兴奋地旋舞着。船栏边，只剩下我和她。我一下子变得笨嘴拙舌，往日的机灵消逝得无影无踪。

“跳舞吗?”她低眉顺眼，语气却是那么坚决，把我吓了一跳。

昨天在她家的竹楼上，她为我们这些客人跳了一个傣族舞，轻得像一片云，那蝉翼一般的筒裙上，绿孔雀仿佛展翅飞舞。走起路来也嘎嘎作响的楼板，在她脚下却悄无声息。我早已知道她的名字叫玉依罕，傣语的意思是“金子般的姑娘”。昨天我们刚到橄榄坝，是她负责接待我们，并在她家竹楼上为我们做了一席丰盛的傣家菜。我的名字想必她也是知道的，带队的王洪把大家都已一一介绍过了。说到我是广州来的，她的眼睛便有点异样。

“一起跳一个?”她又嗫嚅着。可我比木偶还笨拙，在她面前现丑露乖是小事，把她的脚踩坏了可不是好玩的。我歉疚地摇摇头，建议同到船头去看山。

“你当过知青?”她沉默良久，终于挑起话题。

“嗯！在海南。”

“在黎母山，是吗?”

“对。”我不自觉地望了她一眼，她这是明知故问；她什么都知道了。

“我看过你的小说，里面写的都是真的?”她很认真地问，直视着我，那两泓春水凝冻着，平静无波，却好像要溢出来。

我端详着她，她至多不过二十出头，但那模样还像个孩子，我怕解释不清，只好照实说：“有些是真的，有些很难说。”

“丁一明和玉春是真的呢，还是你编的?”

我愕然了。转念一想，才明白了几分。昨天晚上，我们跟业余作者座谈，任务是派定的，每个人都必须讲讲“创作体会”。我不好推托，也草草发了言。正想收场，下面递上来一张纸片，要我谈谈我新近发表的一个中篇《三月的人》中，知识青年丁一明在回城前夜与黎族姑娘玉春在河边幽会，玉春成了丁一明的人；第二天，丁一明终于取消回城的打算，与玉春一起在大山里生儿育女这一情节。“这事是真的吗?”纸条最后这样写。看得出是女孩子的手笔。也许我当时并没有解释清楚。那纸条是她写的！我猜测着。

她不待我回答，也许不想使我为难，却又提出一个更棘手的问题。“假如你是丁一明呢？你也会那样做?”

会吗？我扪心自问。我不想亵渎她的纯真，我毕竟不是丁一明，于是老老实实地回答她：“我做不来丁一明，他是很高尚的，对吗?”

她释然了，点点头。“假如我是玉春，我也会那样做，爱他，即使他要走了，飞了，不再回来，我愿意把一切献给他，不后悔。像你小说里写的那样。可是……”

她一定有什么难言之隐，眼睛的两泓春水里，残留着冬天的冰凌。短短的交谈，我已多少猜测出这个女孩子的心灵，曾经历过人生的风暴。

我不急于追问，让她平静些。

天气突然变得阴沉，江风猛烈，江岸的断壁像要压下来，浓浓的一团大雾，从断壁上飘过。一蓬巨大的枯竹，根部缠住一棵倒树，躺在水边。江水冲击着它们，发出“嘎嘎”的怪叫。

洲渚上没有草，消失了绿色。上水船突然走得慢了。

“你知道那是什么吗?”她突然手指江滩对我说，江边靠山的地方是一片密匝匝的芒苇，江滩与江水相吻的地方，有几顶用树叶搭成的三角棚，棚子旁边，撑起几架沙筛，几个傣族姑娘从江水里捞沙往筛上撒去。

“她们在淘金!”她见我惶惑不解，便告诉我。“我也淘过金，和他一起!”

“谁?”

“知青阿哥!”她说得很沉重。

“就在那里?”我望着江滩上淘金的人。

“不! 在澜沧江靠近国境的地方。很荒凉的，看不到船和人。那时，我十七岁。是一九七八年吧!”

我惊讶地打量着她，等她讲述她与那个知青阿哥的经历，想象着他们孤零零在蛮荒的河滩上淘金的情景，不由心中一阵酸楚。眺望江岸，是一幅黄土与沙砾融成的江滩，其间散落着凹凸不平的礁岩，没有人的足迹，也许千百年来没有人登临过；沙滩是平滑的，野草在礁岩上爬出一条浅黄的呢边。傍江的山头上，是一片郁郁葱葱的凤尾竹。墨色的、灰黑的鹭鸶在空漠的沙砾上走着，时而跳上礁岩，好寂寞的鸟啊!

两条黑色的猎狗，站立在白色的沙滩上，向江轮高昂着头。

“我七岁的时候，寨子里来了一伙子知青，从上海、北京来。我们家分到一个，是阿爸去领来的。爸爸对妈妈说，毛主席给送儿子来了。最高兴的还是我，父母只生我一个，现在我有阿哥了，我们家也有小普毛（傣语，小伙子）了。我天天跟着他，跟他去田里摸螺，到河里洗澡，他抱着我过独木桥，我带他上阿佤山，我逢人就夸耀：他是我家的小普毛! 惹得大婶们直羞我：‘叫阿爸给你们盖个小竹楼!’我回家告诉父母，父母乐得直笑。

“那天晚上，我偷偷钻到他被窝里，搂住他的脖子，悄悄地告诉他，爸爸妈妈答应给我们俩盖个小竹楼。谁知他惊恐地捂住我的嘴：‘小孩子，别乱说。’我一子吓得大声哭起来。他慌了，哄着我，给我讲故事：‘从前，有座山，山上有座庙……。’直到我长成个小普少（傣语，少女），我一直记着那个天真的夜晚。

“知青们陆陆续续地走了，小学校没有了老师，孩子们在街子上逛。他没有走的迹象，我心安了。十年朝夕相处，我知道我的心已属于他。有一天，他跟我说，明天他将和父亲去淘金。我说服父亲让我一起去。父亲答应了。

“为了找金砂多的地方，我们远离了淘金的人们，在一个静得如同上古的江湾里搭了两个三角棚……”

她忽然顿住了，虽然傣家普少都是很大方坦率的，但是，在那看不到人和船的地方，他们自有属于自己的秘密。我不想多问。我理解也相信他们之间纯洁的友谊或恋情。

“一个月后，我们带回一小包金砂。他对父亲说，给我盖一座新的竹楼，第二天，他走了。那天早晨，我发现他不在了，问父亲，父亲默默无语。我发疯一样地赶到江边，漫天大雾中，没有船和人。我哭了。”她顿了顿，问我：“你笑话我吗？”

“不。”我怎么笑得起来呢？

“你恨他？”

“不，我明知他不会回来，但我仍在想念他。我闭上眼睛，就会看见他赤裸着上身，弓着背在澜沧江里淘金，为给我盖一座新的竹楼。”

“你们常联系吗？”我想把话题引到高兴一些的事上去。

“他考上大学了，后来去了深圳工作，听说结婚了，已有一个孩子。”

“哦!”我不自觉地吐了一口气，是叹息吧。

“每逢春节，他都给我寄一张贺年片，四月的泼水节，他也寄明信片，用傣文写，没有其他话。我理解他，也感激他。”她说得平静而动情。

过了好一会，她才又缓缓地说：“你和他长得很像，脸部轮廓粗看起来像极了。我一看到你就想起他。前些天，听说要来知青作家，我还幻想着，说不定他会来呢。他也很喜欢写东西……我抢着把接待你们的任务包了。”

我被她水晶一般的心感动了。不懂得怨恨、没有怨诉的人生，有多么好！我在心里默默地为她祝福。

甲板上传来了甄妮的歌声《等你在青草坡》，这回，是我主动邀她跳舞，感谢她给我讲了一个故事，一个像当年那个知青阿哥给她讲的“从前，有一座山……”那样永恒的故事。

我们要离开西双版纳到滇西去了。临别时，她赶来送行，送给我一个礼物，并托我带另一个给远在深圳的知青阿哥，那是一片贝叶，用金砂和着胶水写着几个傣族文字。问她写的是什么，她不肯说，问了旁边的人，道是“橄榄坝的人”。

呵！我记住了，橄榄坝的人。

将要离开云南的时候，主人要我们每人留下几个字。我写了：

树的繁茂是泥土的。我将像挚爱和眷恋我插队的海南岛一样，挚爱云南的土地，澜沧江的激流，眷恋西双版纳之夜，橄榄坝的人。

让多情的青春和无情的岁月，为她，为知青阿哥，也为我自己，唱一支属于明天的歌吧！

这里有一片椰林

这里没有椰林。

她从远方给我来信：来吧！这里有迷人的阳光、神秘的海水、童话般的沙滩，还有……她强调说：这里有一片椰林。

我来了，没有椰林，连一棵令人遐思、慰藉旅人的哪怕是孤单的海椰也没有。四顾是我失望的海滩，蓝的天空，蓝的海水，蓝的寂寞。

她和她的伙伴到大海里去了，五颜六色的泳装使寂寞的海不再寂寞。我踩着水线走去，渐渐地离她们的海区远了。转过海角，这里是光洁的海滩。没有海浪和风。一只疲倦的小船，静默地搁在水边。一只海鸟，停在船头，翘首蔚蓝的海空，一动不动。它刚从海面飞翔回来，依恋海的浮动，海的咸腥，企盼着灰云那边辽远的海空。它一定很累、很乏。我陡然驻足，唯恐惊动这阳光下累乏的精灵，海的精灵。

鸟群，像一片欢跃的乌云，从海角那边漫过来，宁静的海湾瞬间鼓起风涛，如大潮，在远远地呼啸着迫来。船头上的那只海鸟，倏忽腾空而起，箭一样地冲向天空，汇入那叫啸的乌云之潮，渐渐地远去了。

突来的风涛息了，疲倦的破船，依旧静静地吻着海水。

我惊异，这没有椰林的海岸，连海鸟也感到孤单寂寞的海岸这瞬间的变迁。那只疲倦的小船，曾经是孤单的海鸟喘息的乐土，给了它追赶鸟群的力量。它依旧静静地、静静地躺在水边。它难再扬帆、远去，它太疲倦了。我向它走去，我感到，孤寂的海岸因它而有了温暖。

一行浅浅的、有点散乱的脚印，向前方伸延。犹豫、惆怅，然而努力地伸延着，好像没有尽头。强烈的阳光妨碍着我的视野，又一个像我一样孤单的旅人，在我前头走着；留下一行多思的脚印。

是谁？

身边扬来一股清风，不知什么时候，她已经走在身边，紧身的泡泡泳衣，勒出她这个年龄青春的象征。我拘谨，不敢直视她。但却必须装得落落大方，似无介意。她是末代知青，我即将离开海南岛时，她才从城里下去。现在已成了海南岛颇有名气的女作家了。

“椰林呢？”我久羡东海岸遮天蔽日的椰海，却无缘流连其中。我插队的地方，是没有椰林和海的黎母山。如今千里迢迢而来，眼前却是一片光秃秃的沙滩，一溜赤日炎炎的海岸。我迷惑地问她，为何把我引到这没有椰林的地方来？

“我正在写一个报告文学，题目就叫《这里有一片椰林》。”她环顾大海与岸。

“这里？”

“对!”

“笑话，我只知道这里是留不住海鸟的海岸，单调、孤独、寂寞、炎热。”

“哈哈！这里有一片椰林!”她开心地笑着，“真的!”

“一个哲学命题，一片柏拉图式的椰林，对吗?”我索然寡味，眼光却投向海边那只依然孤单的疲倦的小船。

“不对。是一个弱女子的故事，想听听吗?”

“像这行浅浅的脚窝，草蛇灰线般断续而平淡的故事，对吗?”我有些讥讽，但又不无思索与兴味地回答她。我多少领会了她命题的堂奥。

“脚窝?”她莫名其妙地看着我，突然顿悟地大喊大叫起来：“哎呀！你真行!”

“这个故事最好由我来讲。”我狡黠地瞄了她一眼。其实，她的这个报告文学，还是我提议她写的呢！——一位女编辑，一位能写一手漂亮而忧郁的散文的女编辑，甘愿放弃写作而去做培养业余作者的工作——想不到她居然会抓到这样一个漂亮的题目，如此深刻的升华，不由得令我嫉妒，这个末代知青!

我突然对脚下这行浅浅的脚窝产生了无穷的联想与敬意。一个孱弱然而无私的灵魂，它远离名利与物欲的滔滔浊流，孤单地寂寞地在海滩上寻觅着什么！仿佛那位我们所敬佩的女编辑，刚刚在我口头走过。看这浅浅的脚窝，还是湿润润的，未经风化和潮刷。

我和这位末代知青，还有许多曾在海南岛待过的文学青年，有的现在已经是国内小有名气的青年作家了。他们从事文学的第一步，都是从这荒凉的海岸起始的，都和那位女编辑的青春岁月相联……

落日庄严地沉入大海，那只疲倦的小船融入红彤彤的圆心之中，凸现出梦幻般的毛边。那只寂寞的海鸟，不，也许是那片鸟的乌云中的任何一只，在大海翔飞累乏之后，又回到这小小的船头。它给疲倦的小船带来了大海深处的咸腥和热气，用它那被海浪打湿的翅膀，深情地依恋地扫拂着那个小的船体。也许这个船再也不会远航大海了，然而，鸟群是它的儿女。

我突发奇想，这里虽然没有椰林，但是，这只疲倦的小船，足以把你引渡到有椰林的地方去。直到它彻底地破了、沉了，搁浅淤沉在没有人的海滩。于是海滩上崛起了一片椰林，把这只疲倦的小船簇拥起来，为它遮挡来自大洋的风涛。椰林是到处都有的，我感激地注视着引我而来的末代知青。

这里有一片椰林。

黎母山的故事

我在一篇小说里，写进去一个故事。

一群寻找沉香的人，从海外到黎母山去。大凡去从事一项事业的人们，尤其是类似淘金、找沉香这种行为，暴发心理是很突出的。大约个个踌躇满志，梦里黄金。这一群人自然也不例外，也是一伙子穷怕了的人。

瘌痢头尾随着这一群人。他的心态全然不同。他仅仅于饥寒交迫外加世人歧视冷遇之中，求得生存，无梦。这一群人也确需要有人为之打杂，便派了个烧饭的角色。注意，“烧”这个字与沉香有了联系，也是瘌痢头交好运的一个契机。

找寻沉香的人翻山越岭，自然也尔虞我诈地各自算计着什么。在原始森林里角逐、找寻，也自相残杀。终于日久出山，空空而归。

瘌痢头只是虔诚烧饭、烧水，在炭火的升腾和消逝中乐天知命地做自己渺小而高洁的梦幻，仿佛人世间一切的角逐与邪恶与他无干。

找寻沉香的一群终于撇下瘌痢头走了，把他孤零零地扔在荒野的森林中。就在这一夜，他烧好饭和热水，等待着人群归来。人们永远不归来，他也不知道自己被抛弃的命运。他突然闻到一丝暗香，燃烧沉香的香味愈来愈浓。他冥冥中发现，他日日燃烧的木头这一瞬间全变成了沉香……

这个故事我听说许久了，大约是我刚到黎母山当知青不久，分在伐木队。夜里山中窝棚，黑沉沉的天空和黑黝黝的森林里没有星光，只有风夹雨吹打着摇摇欲坠的窝棚，马灯熄了又点亮，终夜不熄的篝火被风雨盖灭了。困兽在林中哀啼，豹子吼叫着在山脊上闯荡。长夜听着山林的哭泣，我已习惯了这种恐怖之夜。比起人的厄运来，还算得了什么？躺在掏空了的棺材里和白骨一起酣睡的经历都有过，这人生人世也就没有什么叫做恐怖。人活着是需要梦想，需要做事的。于是，老单身汉老刘便给我讲了上述找寻沉香的故事。

老刘讲得兴奋，也黯然。他也是找沉香的人。但是，他把大半截子生命交付给黎母山的原始森林，经他像牛一般拉出来的木头，大约可垒起一座山。他如今什么都没有。

那一夜，这个故事使他年轻，苍白的脸上开始有了光泽，风干老橘般的皱纹松开来，舒展成一片片美丽的木纹。风夹雪依然在吼，依然在摧毁着山林中的弱小者。但天空似乎不再黑沉沉，有了些许星光。

他大约向往着成为瘌痢头，我虽然还未到企图发财的年龄，但父亲死于非命之后我变得极想喝酒抽烟，每月十六元的工资显然不够开销。而偶然在药店中发现一片沉香价值七十元，将近我五个月的工资，150 天，天天伐一立方米木头的代价，一个天文数字。何况瘌痢头所得沉香不计其数。我有心盼望一夜之间脱胎换骨。

去年我去黎母山，特意去找老刘。二十年前，他是个衰老的壮年汉子，种一手好香茅，砍一手好木材，还会烧炭、打猎、做手艺，喝个斤儿八两的二锅头。我去过好多次黎母山，都寻不到老刘。有人说他死了，有人说他一人进山找沉香去了。我不相信，去年他到底让我给找着了，老得不得了，我有些怀疑他真是我年轻时那个老刘。我想起二十年后又是一条好汉这句中国名言。许许多多中国英雄就是因为这句名言成为英雄的。二十年过去，我已不再是那个文弱得有些窝囊有些懦弱的十五岁知青了。二十年间喝了各种各样的酒，和伐木师傅老刘干个平手绝对没有问题。何况我正壮得可以。

老刘却全没有了酒兴，这令我索然。黎母山是用木薯酒泡大的。酒下革命菜、芭蕉根的日子记忆犹新。黎母山教会了我一切应该学会的，包括酒。而老刘是我酒的启蒙。离开了酒，黎母山要冷却许多。

更令我惊愕的是，老刘狡黠地问我："我说过瘌痢头的故事?"

他说过吗？我问自己。

也许有另一个老刘，另一个姓郭的小知青在另一座也叫黎母山的另一个二十年前的山中窝棚……

他依然一个孤老头。

如果我也忘记了那个恐怖之夜，有一个老刘给我讲过万千黎母山故事中的这一个，这一个瘌痢头的活，则我算什么？老刘可以忘记，他可以，他也能够而且应该。他没有理由非得去记住那个过于温情的故事。不，一个浪漫得近乎残酷的故事。尤其之于老刘，他对历史没有丝毫的责任，也许倒是历史欠他点儿什么！

不说瘌痢头，也不喝酒。黎母山之夜可怎么过?

我已经找不到当年窝棚的方位了。我曾经花了两天两夜的时间在山中转悠，要寻找回那个恐怖之夜的山中窝棚，那盏风夹雨吹熄了又亮的马灯，却什么也找不到，连方位都迷失了。岁月在改变这个世界，同时在改变人们的记忆。

再度黎母山时，我知道以什么方式和老刘度过一个不眠之夜了。

我们埋葬岁月、青春，连同那个浪漫的残酷的故事，而我却依然把它写进叫做《绿峡》的中篇小说里去。这篇小说居然得了《江南》文学奖，拿了500元奖金。也许正是这个故事作怪，它最末一句是“找沉香的人”。500元奖金连同稿费千多元，按二十年前的价码，是我十年的工资，可以买好多沉香，和瘌痢头的运气差不多。天理良心，我写作时绝未想要这么多钱，可它居然来了。

——瘌痢头显灵。

这些稿费应是老刘的。

讲女孩子故事的男人

她来约稿时我脑子很空。她热情谦恭得令你觉得不写一篇好稿子那才真叫残忍。她找到陈剑晖然后寻到晓剑，寻到朱海还有我，一屋子烟雾腾腾，陈剑晖侃侃而谈。我依然头脑空空糨糊一盆，觉得无论如何该写一篇，否则出不了这间屋子。

其实很多年以前我就想写一个人的故事，以为那故事写出来比黄继光堵枪眼更壮烈，那故事在那时候尚没有结构没有情节没有人物，可那模模糊糊的气氛却如同鬼魂一般缠绕在我发育尚不成熟的脑沟里。我确认这气氛一旦清晰，它凝聚成的故事自然天下最棒。可惜这个稚拙的想法始终没有实现。

晓剑大将风度答应给她组半个版，派给我写一篇短小说，我虽然脑子空空一言不发却在心里默认了这种摊派。我想许多年以前想写的那个故事虽然寻找了这么多年依然杳无踪影，生活里许多东西包括我与我的朋友们的经历却在艰难的流失中沉落了，我想拾起它们同时想起那个鬼魂一般顽劣的想法，期待实现那个不朽的比黄继光堵枪眼更为壮烈的故事的念头，冲淡了许多本可写进小说里去的生活故事。一想到这一点我便感觉到时下文学的索然、虚假与缺少真诚。

送走编辑之后我们去散步。忽然想到此刻去喝一杯，于是话题是酒、酒神和生命过程之关系。

他说：假如有人不会喝酒，却愿意为你喝上一杯然后呛得泪流满面痛苦得欢欣，难受得惬意，你感觉如何？

这个问题和我那个故事无关，却无法不把你牵引入一种近乎伟大的状态中去。这不是一般的利他观念可以解释，事情本身的浪漫色彩遮蔽了形而上的庄严内涵。于是我说我将从此为她祈祷为她祝福为她献身直至为她撰写墓志铭，在四月清明她孤独的坟头为着忘却的纪念……

他表示欣赏同时重重地说声“好”，然后说去喝酒。夜市早已收摊，时近午夜，椰风凉凉夜露湿湿脚下有些滑。我们默默无语全因为刚刚开始的话题在处于开始状态便于无言中自然被掐断，这种奇怪的思维方式和没有过程、没有结果的谈论事实上最能显示生活的原生态。没有结论便是生活的结论。而永远处于开始状态也许正是一种最佳的状态，扯得有些远了还是回到他。

无语便寂寞，于是他忽然谈起他生活中的三个失踪的女性。他说他无法清晰地记起她们的面孔只留下依稀而遥远的印象。

男厕所坍塌了，于是只好上女厕所，11 岁的男孩子和 10 岁的女孩子出了娘胎便是好朋友。他 8 岁已经一米五，大院里没有别的男孩女孩，他长臂猿般的瘦手搂着一米二高的女孩子的肩膀去上学。在坍塌了的厕所前他憋得不得了。于是女孩子自告奋勇把他引入空无一人的女厕所，背堵着门为他放哨。几乎常常如此。比他矮小却俨然他的保护人，她“文革”中当兵去再无音讯。他说将来他一定写一篇小说纪念逝去童年的这一页。他无法不回忆。

如果他不去坐牢她不被抓走，也许今天他们是一对夫妻。可是他为了在“四五”丙辰清明那天去了天安门，莫名其妙被关了 7 个月。他很清楚地记得他们只不过认识一个星期。他初到北京舅舅便引来一个女孩子为他当导游，他们逛天坛，走天桥去故宫。那天天安门人山人海，后来突然，全封闭，她已经穿过警戒线又跑了回来，拉起他钻过人民大会堂的铁栅栏逃出来。他逃出来了，她被抓回去。第二天他也被抓进去莫名其妙坐了 7 个月的牢。他到处找她，找了好多年，这个世界也许不再有她。

在牢里百无聊赖研究墙上青苔，像人似鬼甲骨文写意画大千世界应有尽有。没有人没有声音，终于有一天一个女兵出现在铁窗口，注视他没有话很惘然，一连几天转瞬即逝。他寂寞得发狂犹如看到一幅世界名画般如饥似渴地读着她的脸孔，她的神色，她的瞳仁。他奇异于世界上居然有如此美丽得近乎神圣的女性。她走了，他出狱了，他企图回味那神色那脸孔那瞳仁，却无论如何回忆不起来，只觉得灵魂里多了一点什么添加剂，时时在诱发着什么冲动什么不安什么情怀！他压根儿不知道她是谁，她从哪里来又到哪里去，她过去怎样，现在怎样，将来怎样。但他永远记住她这个人了。

既然寻找不到那个童年就想写的故事，那么我们回去睡觉去，于是回到屋里躺在床上似睡非睡永远睡不着，既然睡不着那么醒着再想想那个故事，那个能为你喝上一杯然后痛苦得欢欣难受得惬意的女孩子。

1988 年 10 月 · 海口

渴望雨季

这是一个优雅的餐厅。透过饰有花草的落地玻璃长窗，可看见热闹的十字大街。晚上，对面商场的霓虹灯，在长窗上印下梦幻般闪烁不定的彩影。在昆明逗留的日子里，每当夜色降临，我总要踱进这个有点神秘色彩的地方，找一个角落坐下来，要一升啤酒，一碟云南牛肉干巴，慢慢地受用。

那是一个星期五的晚上，我正在临窗一个座位上自斟自饮，观赏街景。这时，进来一只轮椅。椅上人脸色黧黑，双目阴沉，两腿齐刷刷的截去了。他也许三十五岁，也许四十五岁，说不准。一位服务员奔过去帮助他，他并不拒绝。看得出他们很熟，轮椅一直驶到我跟前。出于同情与礼貌，我连忙起身让座，并帮他把轮椅扳正。他友好地点点头，表示感谢。看他的风度，我猜他可能是一位荣军。

想给他斟一杯啤酒，他忙推让，却从别在轮椅上的黄布挎包里取出一瓶“云南大曲”。

“您贵姓?”我带着几分敬意地问。

“钟长缨!”他声音有点暗哑。“今日长缨在手，何时缚住苍龙。”他自嘲地说着，把酒在我面前晃了晃:“喝点吗?”

“我已经很久不喝烈酒了。”我客气地谢绝了。

“知青都会喝，你也当过知青吧!”口气是肯定的。我这才想起，那天主人在此地为我们几个所谓“知青作家”接风，他便也坐在这个座位上，久久地看着细雨斜侵的长窗，偶尔冷冷地旁视一眼。我们走时，他还在这里坐着，以后我每次来，他都在这儿坐着，只是我不太留意罢了。

我点点头，认可了他的判断，并问道:“你也曾是知青?”

“是的。在西双版纳，六八年下来的。”

他含着瓶口咕噜咕噜地喝酒。他不属于这个优雅的餐厅，他来自荒原大野。我见过许多知青，回城以后，什么都可以重新学会，却无法根除粗放无羁的秉性。

天飘起细雨。初冬的春城之夜，变得潮湿了，一丝丝冷气，随着轻柔的夜风流过街市。大十字街口的巨幅霓虹灯广告，在潮冷中变得更加奇幻多情。

长窗的玻璃上，留下一滴滴粗疏的雨珠儿。圆圆的晶体渐渐拉长，最后成为一条泪痕似的水迹。

他对着那水迹凝眸。

我默默无语，猜度着这个人的经历。许多当年知青的往事涌上心头。

“来体验生活?”他似沉睡方醒，含糊地问。

“开笔会，去西双版纳。”我准备岔开话题。

“哦，无非是游山玩水。”他一点不留情面，但口气却极为平淡。

“你常读小说吗？”我扯了开去，希望换一个能使相互贴近的话题。

“翻翻，不过瘾，戴着脚镣跳舞的东西！”

我一时语塞。他说的并非全无道理。

我罗列了一大串近来呼声颇高的知青小说。他并不作正面评价。“生活本身要比这些作品严峻得多，你说是吧！”他咄咄逼人地说。我表示理解。他的激愤，是他的经历太令他伤心了。

我决心和他交个朋友，这个人很有意思。

此后几天晚上，我到这个餐厅里来。他准在，我们已经像老朋友一样无话不谈了。

这一天，夜已经很深了。明早，我将去西双版纳。餐厅的门早已关上。他熟悉的那位服务员特别照顾，允许我们继续留在餐厅里交谈。我们谈了许多，从个人经历到对整个知青运动的评价。他给我讲了不少云南知青的事情，谈了他几个伙伴的命运。

这时，餐厅里华丽的莲形吊灯灭了，只留下一盏镶在圆柱子上的壁灯，暗红的灯光淡淡地洒在桌子上。他的脸显得那样凝重，坚毅的眼睛直直地望着长窗外细雨飘飞的大十字街。街上空荡荡的，偶尔有一两辆“菲亚特”轻轻地滑过。一对中年夫妇依偎在一把雨伞下，往长街深处走去。他的眼光追踪着那身影，一直到他们完全消失在视野中。

我想起他曾对我讲过的那个叫夏云的女知青，便试探着问：“你爱过她？”

他抬起头，很严肃地打量着我，随后又低下头，叹了一口气，深沉地说："是的，但我从未想到过能够得到她。年轻的时候，太褊狭，以为男女之间，除了爱情便无友谊。其实不然，有一种友谊，或许比爱情更深，更纯。假如她现在还在人世，我大概也不会和她结婚。是大概吧！人间世事，实在难说。"他淡淡地一笑。

我相信他的真诚。一个人只有失去了许多，爱过了许多之后，才会透彻领悟这个本很简单的道理。

她在哪儿呢？活着？死了？我的思绪飞向丛林、战场，寻找那个单薄的美丽的灵魂。他大约看出了我的心思，反带着几分慰藉的口气说："她一定活着，有一天她会到这儿来，我们约定的，不管走到天涯海角，最后都要到这儿来相聚。像神话吧？"他颇有几分伤感。

"六年前，临分手的那个晚上，她就坐在你的位置上，面对着我，我们默默无语。天空中传来战车驶过的隆隆声，披着伪装网的炮车彻夜向南开去。我问她，什么时候，在什么地方再见呢？她笑着，说：胜利之后，在我们分手的这一天，这个地方。……

"那天夜里，也是下着这样的雨。昆明街上，交织着两股匆匆的人流：一股是返回上海、北京去的知青们，一股是南下的军队和支前的民工。她可以向北走，我也劝她这样做，她应该有安定的生活，应该去填补十年流失的青春与感情的空白。可她不肯；她要加入南下的人流，去为祖国而战。我们在这儿握别了。她到救护队去，我上了战场。"

"每年这一天，你当真都来？"

"是的，也明知希望很渺茫，可心里总放不下热切的期待。每年这一天，心里就绞得厉害，非来不可。但今年……不会见到她了。"他有点哽咽，眼睛闪着泪光。

“明年吧！明年她会来，会的！你相信吗？”

“我相信！”用不着考虑，我爽快而沉重地回答。

他艰难地欠起身子，从桌子那头，缓慢地伸出手来。我连忙站起来，紧紧地握住他的手。

……在去西双版纳的路上，我回忆着这一切，思索着我的同代人昨天的生活。我没有到过西双版纳。但我知道，这片神秘、偏远而肥沃的土地，孕育过钟长缨们的理想、友谊和纯真的爱情。此中的甘美与苦涩，是其他人难以领略的。我将去寻找他们的脚印，并把他们走过的道路，告诉给亲爱的读者。

龙虎墙的倒塌

我永不能原谅和平静我自己的是，在黄雨先生弥留之际，没能与他告别。那天跃虎来电告知我黄雨先生逝世，我正在深圳，赶回穗时先生遗体已火化。遗嘱一切从简，来去如烟，人间的任何牵挂与繁文缛节，都与先生秉性无关，他是一位真正达到笑傲江湖、铁骨铮铮境界的文人学子。他于病中却能安详归去，这是他一生凛然，无私无愧的心境所致。

我正是怀着这种对于超凡者、傲岸者的恩师的敬意，对于才学双绝式作家的钦羡，凝视阒如轻烟飘去的先生的魂灵，以此检视自我，它将蒙绕着我此后也许并不漫长的人生道路之所为。

有一段时间，我几乎每周都有三五天在先生身边工作。那是广东民间文艺家协会于“文革”后开始正常运作之时，先生创办《天南》杂志，我协助他办刊。在龙虎墙的旧木板楼他摇摇欲坠的寓所里，他几乎中止了写诗作文，全副心力交予《天南》。组稿、编稿，年近古稀的老人，摇着蒲扇终日伏案，为一份刊物的诞生与生存绞尽脑汁。那份严谨与认真自不必说，为严肃高雅的民间文学杂志于如潮小报中之飘摇驻足耗尽他生命的全部积蓄。于是欢欣与痛苦都离不开烟与酒，何况先生除了一生耿直所致的坎坷苦涩之外，并无长物。我常常于黄昏即将离他归家时，面对先生清癯苍茫的面庞，环顾那熟悉而又孤寂的小楼四壁，顿生一种凄楚的惶恐。想起先生的一生，他本可以活得华贵一些，他极有资格做文坛绅士，可是这一切离他的性格太远。命运注定他将终生为着一种常被他自己调侃的事业奋斗至死。

他由革命而文学，又把文学作为革命的投枪，1937 年参加革命开始发表作品；解放前辗转于粤、桂、香港和潮汕从事写作和革命活动，解放后历任华南人民文学艺术学院讲师、省文联群众创作辅导组组长及《作品》执行编辑、省文艺家协会常务副主席等职。他是一位学问功夫很深、精通古典诗词和文论的学者，著有《新评唐诗三百首》以及关于现代诗派的讨论，后者曾是新时期新诗评论的精深之作。他在很年轻时就把所有的学问都贡献给群众创作辅导以及文艺的普及活动，将其当作社会革命的一个内容，著有论文集《群众创作漫谈》和青年读物《进入新社会之前》。他又极注重带有乡土特征和地域色彩的创作，如反映潮汕人民革命斗争的诗集《残夜集》和叙事诗《潮汕有个许亚标》。他全部的文学活动都贯穿着他的革命生涯，真诚地表达着他作为革命作家的良心和责任。他近年出版的讽刺诗选《啼笑皆非集》以及《听车楼集》，集中显示他的个性文章：智慧和凛然正气。1983 年，我协助先生搜集他散见于报刊的讽刺诗以备结集之用，我是率先让先生的严正胆气所折服的。他如钟馗一般，于嬉笑怒骂之中打鬼而毫不顾虑背后有鬼的袭击，又于某些无可奈何之事的困扰，而潜心于《神仙传》的写作。他的刚直与清廉所招惹的不幸，导致他晚年的郁结，这郁结耗去他生命的最后时光，我是极明白先生的心情的。

我非常明白先生之于《神仙传》的写作，乃是对来自现实的文坛困扰及郁结的一种哲学意义上的排遣。他在那些“神仙”身上，那些怪诞的行为方式上，寻找一种改造世风也鞭挞自我的方式。他企图从中寻找积极的人生方式和悟道的禅机。我偶尔去看他，与他一起啜饮他珍藏的陈年老酒。于微醉之时，我发觉黄雨先生永远进入不了他笔下神仙们的境界。作为一个老共产党员，一位笔锋遒劲的诗人与作家，他始终对一切歪风邪气无法沉默，无法视为自然。他总要抨击以至于激昂的声讨，他已把一切功名利禄置之度外。其壮怀之激烈，不亚于热血青年。我甚至觉得，黄雨先生至死都未脱孩子式的天真和青年的热情。他始终以他透明的性格和清高的人品面对一个充满着困扰和诱惑的世界，面对是非丛生的文坛。我留有他题签的著作，那苍劲的笔画仿佛如长刀下的雕刻，一画一顿的写字方式，用力太过的雕刻式书法，分明投注了他的千钧心力，又有着孩子式的认真严肃。这是黄雨先生为文为人的风格。他的透明与他的苍劲一起共同塑造了先生的超凡与傲岸。

先生住过的龙虎墙早已倒塌，可先生的灵魂犹在，风范犹存。我唯有以永远的努力，永远以忠诚的透明，去凭吊先生的魂灵安息。直至在我的墓志铭上，写上这样一行字：我已经无愧于我的所有师长。

致 王 艺

也许这是他死前发出的最后一封信。

那天，我将远行，他的信到了。因为很久没有联系，我即草草地复了信。他来信情绪很好，说大特区省如何如何，我自然是勉励他。并约好下月去海南时再去看他。

一周后我回到广州，空闻他车祸殉职将近一周，追悼会刚刚开过。我细细一算时间，顿悟我在接到他的信时，他已不在人间了。

在三十岁时夭折，无论如何是令人感到残酷的。

我与他虽为师生，但我比他仅年长几岁。十二年前，我到民族学院中文系任教。77 级一个班，有两个黎族学生，都叫王海，都爱好文学创作，于是常常到我这儿聊天。两人同名同姓，总让人觉得别扭，偏偏他们又常同来，因之印象殊深。

后来他改了名字，叫王艺，有献身文艺的意思。他毕业后年余，我路经屯昌县，才知他已经当了县文化局的副局长。那时，他大约二十五六岁吧。他屡屡约我去屯昌作客。有一次我当真去了，他恰好又下乡去，没见着，事后他极遗憾。此次给我来信，就溢着无限的歉意和期待补偿的心情。

黎族的青年作家不多，参加省作家协会的也就那么三五个。他和王海是这三五个中较为年轻的。

在广东民族学院中文系 77 级这些学生中，后来在文艺创作中做出成绩的，大约也就是他们两个。我以为他们是黎族当代文学作家中两棵不可多得的根苗，如今一根英年早夭了。作为他的老师和文友，我是深感痛苦的。

我几乎读过他的所有习作，诗歌、小说、散文。那年，我把他的诗歌处女作推荐到校刊发表，81 级的女同学在联欢会上朗诵得极富感情。王艺当时在场，我想那是他短暂的一生中最辉煌的时刻。对于一个从僻远的黎寨中走出来的黎族大学生来说，没有什么比这更能唤起一种民族的自豪感了。我已记不清那首处女作的题目。但那抒写黎族在新旧时代历史命运的诗行，完全感化了的诗句，使我确信王艺将与文学结缘。

果然，后来他陆续在报刊上发表作品，散文《洗衣歌》还上了北京的《民族文学》。每每出差来广州，他都带有几分腼腆地递给我一些稿子，希望我为他推荐出去。我把他推荐给《天涯》主编冯秀梅大姐，她乐于提掖来自基层的作者。王艺在冯大姐那儿果然长进很快，接二连三地在《天涯》发表作品。

他把发表的作品寄给我，我也很想为他写一篇评论，这是我的责任。但至今我仍然没有实现这个宿愿，内惭得很：有几分对不起他。

我从未当面夸奖过他的作品，意在怕他停滞而放松文学追求，把文学看得过于庸淡，过于浅薄。可是他死了，即使我再写上一大篇文章去褒扬他，他也听不到，不需要。为此相当内疚。记得有一次他问我："郭老师，你说我还能写得下去吗？还是干脆去做生意算了。"我笑而不答，我确实无法明确回答他的问题，裁决他的选择。我从来就不鼓励别人去走文学道路，去刻意追求文学成功并将其作为饭碗。在众多的饭碗中，文学是最靠不住的。我觉得文学并非是人人可为的事，也不是仅靠热情勤奋百折不挠的精神意志就可以成为大作家。

我为他早逝的生命惋惜，也为寥若晨星的黎族作家过早陨落其中一颗而惆怅。他本该为正在起步的黎族文学贡献更多的东西，可是他死了，因为车祸。

可以欣慰的是，他死在工作岗位上：去乡村送电影拷贝途中殉职。他当无憾。

生养他的地方，正是我当年插队当知青的地方，那里的黎族母亲曾经用她们的温情温暖我苦难的少年时代。那片土地上也曾经掩埋着我的知青朋友们的遗体。如今，山坡上又多了一座新坟，一座我的黎族兄弟的新坟。已死的正是方生的，我以我真诚的眼泪凭吊他们。凭吊王艺，我当再读他的遗作。不是为欣赏，为着永不忘却的纪念。尽管他仅仅是我的学生，没有留下任何功名和显赫业绩的相当平凡相当淡薄的学生。因为他作为一个人，一个人活过了。

1988年8月25日·广州

最后的凭吊

——致刘茜

我们悄悄地来，没有惊动任何人。三叶树开始落叶，但依然郁郁葱葱。海南岛，总是悄悄地默默地蝉蜕。

土堆依旧，长满苦蒿爬着金银花，和二十年前那个细雨蒙蒙的清晨完全一样，只是那一排用床板锯成的墓碑已经化成泥土，这儿便成了无碑的坟冢。

我们站在那儿，依稀可以辨认出微凸的土堆，每一个土堆下都躺着一个永远 17 岁、18 岁的灵魂。一共 23 个土堆，其中最末一个是空冢，连衣冠冢都不是。这个 17 岁的大眼睛少女，没有留下任何遗物，一切都让洪水卷走了，连同她的灵魂。许多年后，有人告诉我，她活着。她让洪水冲到 5 百公里外的一片丛林中，让一个黎族老猎手救活了。这消息自然是辗转了好多人的。居然还报了她的名字，叫刘茜。

我的善良的纯真的知青朋友哟！5 年前我发表的中篇小说《无边的边地》，写的正是那一场大自然的惨剧，不，政治欺骗的惨剧。我让刘茜奇迹般地活起来。只不过仅仅是为了抚慰难言的惨痛，顿失女友的哀思，那里面有多少幽幽的苦楚哟！他们当真了。

我抚慰了自己却欺骗了他们。事实上我连自己也让我自己编造的文学给欺骗了。我常常在梦里惊醒过来，冥冥中重现那惨酷的一幕。

牛群漫过草坡，放牛的老人怀揣着冒烟的火罐，抖抖索索地绕过土堆。他那血丝密布瞳仁依然乌黑的眼睛射散着淡漠的光。这些土堆并没有给他什么特别的记忆！在他还是一个精壮的中年汉子的年代，23 个十七八岁的漂洋过海来的知青却已尸骨不全地埋在了这里。他们因为什么死？他们怎样死去？让另一个愿意讲述、愿意纪念的时代去论证吧！他对一切都已经厌倦了，淡然了——我从他的目光里看到了这一点。这一瞬间我几乎陷入一种从未有过的窒息。此地的人们早就把这一切忘却了，而我们却还那么老远地跑来作旧地的抒情！你既然无法改变已经让历史固定在某个瞬间的现实，你又何必作这种无谓的凭吊呢？

问题是这种凭吊究竟有什么价值？

我无法回答我自己的提问。放牛老人或许是对的，他没有理由不淡漠。一批批的知青来了，又走了。一会儿是农场，一会儿是兵团，一会儿又是农场。耕耘了，又收割走了。走马灯的给予又走马灯似的收获。土地上留下了支离破碎的森林，污染的河流。他放牛的终究还是放牛的，只不过从一个精壮的汉子变成一个漠然的老人。

不错，23 个青年的生命是死了，活泼泼的死是惨烈的。

不是早就跟你们头儿说过，这儿不能建猪场，不能住人！峡谷中的小岛雨季一来山洪暴发岛就没了。可是当官的能听得进去么？还要住进毛泽东思想宣传队，抓阶级斗争新动向！好了，人死了几十，丢了上千头猪。还又是开会，又是表彰发奖……可人死了，死了！

牛群踩过土堆，扯起一片又一片的金银花和苦蒿。裸露的坟土血红血红的，湿漉漉似渗着血。晓剑半跪在一座土堆那儿，头埋在金银花丛中。前几年我们一起在云南西双版纳参加知青作家笔会，在景洪橄榄坝的密林里，那里面埋着三个知青，凡是掩埋过知青的土地，都能使这个北京知青顿时进入另一个世界，彻底扭歪他那张对一切都无所谓的坚毅的脸。他久久没有出来。后来，他在《人民日报》上发表了一篇关于知青墓的散文。有关这一段的文字被删去了，这无异于删去了他生命的一部分。那文章不再是晓剑的，它没有了灵魂。朱海背对着晓剑。他眯缝着狭长的眼睛，灰蒙蒙的远眺着灰蒙蒙的群山，他是我几部中篇小说的责任编辑，早在小说里读过黎母山读过海南岛的知青命运，尽管当我们还在山林里砍芭，在山洪中死过一回又一回的时候，13 岁的他还在流浪，在瓜地窝棚的隙缝中偷窥看瓜人的性交。但是，他无疑是属于我们这一代人的，所以他后来说，他愿意砍下一只手臂，埋在那个空冢中，搂住那无处归宿飘弋不定的灵魂，让她安息。我感激他了。

——这话本来应让我来说的，我为此将懊丧终生。我只能对失去的女友报之以活转来的文学欺骗。可他，却给她一条手臂，一条男子汉的手臂。我枉作一个男人。

我后悔那一次，在深深的丛林里，我躲开了她的吻，她流泪了，我惶恐得如同受惊的小鹿，跳跃着，摔倒着奔出丛林。那一回，我丢失了我 16 岁时最珍贵的东西——一本袖珍《毛主席语录》，里面夹着一叶黎母山经霜的三角枫叶。我永远地丢失了那初吻，那枫叶。我唯一愧疚和伤感的是，我让她带着不情愿飘逝的女贞漂走了，献给叫啸的无情的洪水。

我是在第六天，一个星期五的黄昏得知师部宣传队全军覆没的消息的。那时，我怀着一线希望，沿着那条高高的悬崖上画着水线的峡谷去找她。在黄沙覆盖的草丛里寻找着。3 个月，没有关于她的一点踪迹。20 年了，再没有她的消息。她在哪一条峡谷中走着呢？这是真正的残忍。如果那天我吻了她，她会留下来，会的，她说过！我确信，在那个灰色的时代，一个吻，的确可以改变一个人或者两个人的命运，可是假若那样，一切都得重写。

灰雾变作淅淅的雨，雨里牛犊咂着母奶。放牛人突然出现在我面前，草帽压得低低的，浑身透着生切烟的气味。我们通了姓名。读过《无边的边地》的读者也许记得那个叫贾明的知青领袖，他是那一次惨剧的肇事者之一，也是唯一的幸存者。我在小说里宽恕他了。想不到在这个地方在这个时刻相逢。我和他，虽没有突然重逢的喜悦，也觉得惊奇。他也就三十八九岁吧，非凡的岁月已使他形容枯槁，我将他误作老人了。我们只是默默地握了一下手，这是一只没有手指的手。粗硬得如同岩石。

他是唯一尚留此地的广州知青，曾主演革命样板戏移植舞剧《沙家浜》的郭建光。

我留给他一本我的新著《中国当代知青文学》，我和朱海、晓剑都在扉页上签上了名。在三个名字上首，我写上了刘茜的名字。

我并不崇信原罪。但是，每个人生来都在以各种方式为自己或者历史赎罪。我有些明白贾明在知青大回城的潮涌中孤单地留下来的原因了。为此，我彻底地包容了他的一切罪孽，如同包容了我自己。

我请他用他那只残废的断掌，沾满泥土的断掌，在我新著的扉页上，压下一个赫然的暗红的掌印。

我们悄悄地走了，回眸知青坟冢，忽然发现即将破土动工的高速公路的红色标记，正指向那23个土堆，它们将消失在新海榆中线上。也许这是我最后的凭吊了。一种世纪末的情调弥漫我的心头，如果生命允许，我将衰老的站在21世纪的高速公路上回首往事，而刘茜，她却永远永远属于17岁！

1989年11月·海口

第 七 辑

我们时代的作家

历史转型与文学转型所构成的时代空间，令被称之为作家也习惯于以作家自居的人们，经历了一场前所未有的精神空白。往日一直持续着的作家神圣和文学神圣，由于转型期的到来而与现实状况发生了深刻的矛盾。文学价值观和文学的社会地位已经发生了不可避免的倾斜。危机的诞生首先是发生在作家及其作家的文学追逐上的动摇。

我以乐观甚至于是鼓掌的态度看待这种动摇，看待这种危机的诞生。我以为一个分崩离析的文学时代的到来，并非如一般人所理解的那样，是一种文学的不幸。相反，它意味着真正的能够代表一种历史真相、能够为一个时代作历史发言的史诗性的大作家即将确现。我们太习惯于对莺歌燕舞的文学时代的怀恋和对于平静温馨的文学气氛乃至轰轰烈烈的文学捧场的期望。而脆弱到哪怕是一点点的社会批评、漠视和冷落都视为对文学的不重视，对作家的不尊重。期待文学永远处于轰动效应的境地，处于万人瞩目的境地，处于一呼百应的境地，严格说这是一种左派幼稚病和对文学自身权威的误解。文学永远是时代的儿子而不是历史的父亲。作家只有真正成为历史的时代的代言人，把历史真相和时代精神告知读者，传递一种人道主义的声音和对人类精神的讴歌与批判，作家与文学才是真正实现了它的社会良心的。我们常常忽略了这一点而简单地把社会良心狭隘解释为政治责任。这就导致了作家单方面去承担政治意志而漠视文学的艺术要求和人道精神，自然，作家的位置为历史生活与时代要求所忽略的现象也就并不奇怪。

企望把所有的社会目光都集中于作家与文学，并将之作为救世军的状态，起码是病态时代的病态倾向。诚如在文学的荒凉时期——四人帮刚刚被粉碎之后那个短暂的时期，一篇政治小说红火一个作家的现象难道是正常的么？难道是一个作家所梦寐以求的效果么？

一个真正的以社会良知为己任，以人道精神的弘扬为艺术动机的作家，在某种意义上说，他将活得寂寞、孤独，并不热闹的。他是站在人生边上的一个痛苦的智者，而非名利场与欢场中的勇者。古今中外，概莫能外。我不知道，我们在肯定《红楼梦》时，是否同时也肯定曹雪芹的人生遭际，以及他作为一个杰出作家的价值。我们无法再造一个能够产生《红楼梦》、《战争与和平》、《九三年》和《人间喜剧》的阴晦时代，无法令作家们人为地进入非常特殊的足以诞生文学巨著不朽名作的历史环境。但是，毫无疑问，作为一种文学的民族精神和作家传统，不管是为他所处的时代唱挽歌抑或是赞歌，作家的人道主义精神和社会良心，永远是作家之为作家的最低纲领。否则，文学的堕落就不是外部环境之所为，而一定是作家自身的堕落。我以为对于作家而言，成仁比成功更值得我们努力追随。

不是要求让环境去适应作家的生存，而是作家在任何环境中都不忘记自己是一个作家。经济改革和社会生活的商品化倾向，是现代社会的必然趋势，这种趋势打破了以往社会态势的虚假平衡和秩序，这是一种符合人性发展的生活的崭新曙光。作家没有理由不欢迎这种曙光的降临，它将改变大多数人的生活质量并使人类走向世界范围内的人的觉醒。文学疗救社会的作用已经同时为其他文明手段所部分代替，作家的权威的削弱也就是理所当然的事情。因此，时代生活和历史要求赋予作家更高远的目标和责任，同时也便使之有更多的竞争对手。走出文学低谷的唯一途径，就是令作家们自行寻找与选择。这种寻找与选择包括作家队伍自身的自我淘汰与重新组合。

严格说，作家对于大多数作家来说不是也不应成为一种职业。职业化的结果必然是作家作品的商品化转化。文学的商品化从本质意义上说是“写手”们的事。有商业价值的文学作品与文学的商品化是两回事。《红楼梦》在当时并不具有商品价值，而在流传的几百年间，它的商业价值随着它成为经典成为世界范围内的文学精品而不断增值。

是命运使曹雪芹成为作家，而不是作家的理想梦使曹雪芹成为作家。是国难与国耻使鲁迅写出《彷徨》与《呐喊》，而非别的什么使他成为职业作家与教授。

没有这种心理准备的人，是很难为文学而奉献终生，同时舍弃俗世的幸福而追寻精神形态的文学成功的。

作家创作作为一种精神劳动，它所强调的是内心的崇高与自由，也即人类精神范畴中最高贵的风度与气质。这种风度与气质对于人与人生而言，是一种素朴的人道精神和平民的怜悯，一种克己式的宽怀他人和对他人痛苦的体恤，一种对于即使是最黑暗的处境里也毅然把自己化为灯火去照亮他人的智慧与勇气，一种如鲁迅所说，“肩住黑暗的闸门，让千千万万人到光明的地方去”的献身成仁的情操。

任何一个时代的生活风尚，都不拒绝这种情操与智慧，这就为文学提供了一个宣泄的场所和成为风尚的可能。作家的任务是多找这种风尚的切入点。曹雪芹、鲁迅、雨果和巴尔扎克，他们以他们的文学方式切入时代生活而使其著作成为经典成为时代的向导，我们自然也应该能够找到我们的切入点。这就取决于作家自身的修养和天赋的性格。对于青年作家来说，思想修养与艺术修养是不同形式的同一问题。风度与气质其实正是一种思想，而艺术表现说到底与思想是密不可分的。故事的曲折与思想的苍白依然是一个故事，平淡的故事与高深的人类思想的天然结合就已实现艺术的极致。

我们时代的作家，尤其是我们这些还被称之为青年作家的当过知青的作家，乃至更年轻的未经残酷生活洗礼的作家们，与其说缺失对艺术的陶冶，不如说对人类历史、文化与精神，也即人类思想的补课来得更迫切与重要。文学创作是一个苦难的历程，没有在血水里泡三次，在碱水里泡三次的经历与思想韧性，做一个真正的作家，那将是很遥远的事情。

在一个注重形式和形式包装的时代，在一个连明星也可以制造的商业社会中，做一个有操守的作家是很艰难的。但是，坚实的内容最终是要穿透形式粉碎形式的，这就是曙光与希望所在。我们时代的作家，比之曹雪芹与鲁迅有更多选择的是，他可以毅然义无反顾地放弃作家而去做一个商人或别的什么！现代社会的多元发展和人生的自由度提供了种种选择的可能性。这种自行选择的结果是，我们时代的作家，将由一批真正的为时代为人民生死歌哭，心存高远而又在寂寞与清贫中领略灵魂的无限丰富的人们所组成。

故此，我在写作《中国知青部落》、《流放者归来》和《立地成佛》三部曲时，我没有丝毫的惶惑。成功与否是并不重要的。重要的是你是真实的。

1993 年 8 月 22 日午后在雨中

走出孔乙己

到处都在传说文人“下海”的事，很惊奇也很刺激。无非是某些作家、明星挟笔从商之类，由花边新闻扩至周末大版。这在国外根本就不是个问题，在国内却成了很热闹的社会话题。可见中国文人从来对于市场对于文事以外的世界，是抱着一种如何隔岸观火、独钓寒江雪的心态。

从很小的时候，我们便读鲁迅、读鲁迅的《孔乙己》，知道鲁迅是既同情他又批判他、视他连那不识字的店小二也不如的。可是同时，我们又不知不觉地把自己变成孔乙己。毛泽东最欣赏鲁迅的是，他没有半点奴颜与媚骨，所以他是新文化的先驱。毛泽东与鲁迅的共识是，中国的旧知识分子必须改造，其途径是到工农商学兵群众中去脱胎换骨。于是有了知识分子工农化的一系列创举，最后演成了“五七干校”和“知青运动”。就其最浅显的动机和出发点而言，都是为着保证中国新文人不要变成四体不勤、五谷不分、不知“茴”字有几种写法的孔乙己，其事与愿违那是另当别论的。

当我们读遍鲁迅的书与他的人生，知道他除了那一手绝妙之笔外，还经营着一个书店时，我们还会对文人“下海”感到惊奇和刺激么？

鲁迅是公认的深刻作家和大学问家。他的文学创作与他的史论，都从不同的学问角度和技艺水准体现着他的深刻与阔大。可是，假若从旧中国民间标准对于士大夫文人学习的严格要求来说，鲁迅依然是很不及格的。“诗词歌赋文，琴棋书画拳，山医命卜讼，嫖赌酒茶烟”。这二十般武艺构筑起来的旧文人形象，现在看来是够吓人有点恶劣够令人敬而远之，只能到古小说古传奇中去寻找了。现代社会的专业化程度，从某种意义上来说，在使人变得更“专业”的同时，退化了作为人的丰富及至孤立了人自身，使人在“专业”以外成为一个很“业余”的畸零人。许多人在人生一旦变故，走出或失去其“专业”以后，便茫然无措，难以生存。孔乙己便是典型。鲁迅正是深谙孔乙己的命运而有了《孔乙己》的慨叹的。

于是我忽然明白了“国粹”中的文人标准是很有些道理的。梁启超曾经吁叹“二十世纪无英雄”，其根蒂也是出于对时代趋向于专业化而窒息了人的多种潜能的感喟。

作为文人，鲁迅与梁启超都是对“国粹”有所清理有所维新的处于新旧时代门槛内外的文人，是作家、战士，是情人，同时是一个丰富的具有多种技艺、智慧的人。

鲁迅是毛泽东最钦佩并视为革命同路人的文人和战士。用现时的观念来看，他早就在“海”中，他是沿袭中国文人的传统又有所反戈那传统同时浸润于严酷的现实世界的第一人。

从这种意义上说，新中国的文人比任何时代的文人都更应该在“海”中。我觉得这是一个知识价值转换机制的问题，而不存在什么下不下海的问题。以前，计划经济把什么都统起来，一个人的价值和他所处的位置有时并非是恰如其分且成正比的，往往是错位的。这就难以避免这种很定位却不一定很对位的社会状况：人一旦被定位于某个格局中，也许便可能在此位上终其一生。轴承与螺丝钉的错位，对各自都是苦不堪言。怀才不遇与勉为其难这种源于错位的境遇便只好被解释为命运。知识本来应是一种社会动力，但在这种错位中，知识反而成为一种后掣力，知识没有实现它本来的价值。所以，我认为市场经济最大的受益者是知识分子，是文人。市场经济彻底地给知识分子松了绑，使之有可能成为一个独立的知识阶层。在突然卷来的商品大潮中，我们瞬间的惶惑很快就可能化为一种清醒的得益。这是解决脑体倒挂的最强有力的实践。你不是很愤忿于自己所拥有的知识所面对的不公平么？你的知识终于有了一个显示其价值的机会。科研成果、点子、企业创意、书稿等等，都可以进入流通领域，待价而沽。思想和智慧一样，终于要成为商品与财富。只要你的东西流通了，你就下海了。你与社会事实上达成了一种双向选择的对位状态。人完全以其思想、智慧、技艺，实现并收获他的社会价值。知识分子由此而得以实践他的经济独立同时摆脱依附的处境包括幕僚的门客的心态。

只有当知识真正成为社会动力，文人以其所拥有的知识真正实现其市场价值且待价而沽时，这个社会机制才是正常且是优越的。市场经济对于文人来说，对于改变社会错位所导致的人的价值窒息和价值夸大的弊病所形成的冲击，确实是一种社会进步的福音，而不是相反。否则，我们的心态就必须更新和有所调整。任何时候都是时势选择人，而非人选择时势。

——你可能是一个很有天分的作家，可是你却不得不因为环境、机遇、缺乏自由竞争意识等，而终将被“锈死”于一种勉为其难的生计中。他或许根本就不具备一个作家的大体素质，却因为某种机遇使他别无选择地成为作家，他将苦不堪言或悠闲自得地顶着那桂冠误人误己地走着“作家”之路。这种制度的弱点曾经形成一种极为普遍的恶性循环。人在不恰当的社会位置上，对于社会的贻害和消耗是无形且无言的，是对于社会生命也是对自己生命的一种蛀空。

文人“下海”与否本身并不重要，重要的是这种社会改革意味着旧的文艺体制已经开始向积极的方向滑动。随之而来的是文人的重新确认和位置的大调整，它将实现一种由某种社会契约所奠基的人的价值衡量的公平状态。

不管是作为作家，还是作为大学教授，我都以一种欣慰和欣赏的期盼面对市场经济所带来的商品飓风对于旧秩序的横扫。尽管我不会做生意也用不着去经商，但我确信一种新制度新秩序新生活风范的确立，且已经为绝大多数的平民百姓所欢迎，它本身必是一种进步。现在有人惊叹于文学滑入低谷，失去轰动效应，而流行的庸俗的东西流淌于市场书肆。这自然是对文学的一种反动。但不正是这种现象使作家们更深刻更沉痛地检视自身，以一种新的精神去解救文学的失陷么？我们没有任何理由去埋怨民众对文学的冷淡，他们的选择永远有一种冥冥的指引。当你的东西当真能成为“照亮国民灵魂的灯火”时，它将是永远不会熄灭不被人遗忘的。你同时也就在某种意义上“下海”了。当然，去经商，去路边摆个棋阵或到大榕树下讲故事收取几个铜板，或啃几本中医书去做游街过巷的乡下郎中，也不失为做为的乐趣，有起码的生计。文学无疑也一定是很高尚很尊贵的。但绝不是一种孤芳自赏和附庸风雅的摆设。它与现实的自由人生共着一个命运。由是，文人“下海”与否应是一个无须饶舌的问题。在市场经济的时代，为生计也为深入生活，化作一个凡人一个平头老百姓，于文学于人生都是一种必需。难过的无过于在一种不适切的错位状态中煎熬自己消耗自己，且活得自我感觉良好。

文艺市场的开放和作家们之纷纷“下海”，并不意味着作家艺术家的贬值，而是一种真正的升值。版税制度也许终将代替目下的稿费制度，文艺单位的企业化进程以及企业对文化单位的包容，文人内涵的重新确立和文人功能的多方面拓展，都表明着预示着文学与文艺风范的诞生。当我们的一些评论文章在很热烈地庆祝梁凤仪等的小说时，别忘了他们同时是一个商人一个有着多种技能和谋生手段的人。当我们以同一尺度来观照和衡量海内外的作家时，我们便不会面对汹涌而来的商品大潮对文学的冲击，对原来很稳固的很轰动的文学格局的失衡，怀着无可奈何的茫然心绪和惶惑神色，喟叹文学和艺术的贬值了。

1993年3月11日

走出空漠

陈国凯有一手绝活，时时来篇把令文坛尴尬也令社会瞠目的“志异”，名为“文坛志异”，其实是借文坛这方土地，排演些拷问魂灵的文明戏。忍俊不禁与捧腹之中，社会自嘲乃至嘲人的调侃式自我批判，是温情地撕裂了假面与虚饰的。从《曹雪芹开会走了》到新近的《作家出租》，他越来越圆融地面对诸多棱角的世界，越来越透彻着这个世界上黑色幽默的诞生原因。他把最神圣的与最粗鄙的、最观念的与最现实的东西对位，然后使其在原生的社会关系中去自说自话。到了作家也可以出租的地步，现实关系中还有什么不可以流通交易的呢？幸好陈国凯末了告知人们，这不过是一场空梦、一个骗局、一个借作家之名行骗的骗局。但是，意犹未尽的弦外之音，却着实包容着严峻的时代命题和警醒。

他无非就是写了一个发了财的经理王有财，玩转了金钱却让文学给玩倒了。严格说是让玩文学的骗子给骗了。他花了10万元企图买来“著名作家”的名分和桂冠，却竹篮打水一场空，怀了一个空梦，终于吁叹什么都可以玩得转，而文学是玩不转的。说现实很现实，说深刻很深刻。社会批判于调侃中实现了命题的严肃：物质满足之后，人的文明状态如何？这是南方文化的现代形态构成中一个毋庸回避的话题。撇开这篇小说中作家企望解决的种种问题，诸如文学与经济联姻、互动过程所产生的一系列非文学倒置与反弹，以及作为精神生产者的作家在经济包围中的价值取向等等命题不说，单就小说最直接也最浅显的方面说，它所制造的这样一个空漠地带——在玩转了一切获得了金钱之后的王有财，他企望的已经不再是金钱本身，他需要儒雅，渴求名士风度，崇尚文学桂冠。而对于这一切的欲望，却依然建立在他固有的基础上，却遵循着他原生的原则，用经济手段去捕获作为人的文明标格之一的作家桂冠，用经济方式和经济原则去实现文学的虚荣。这是一种也算典型的心态，王有财此举虽然荒诞，但是作家取意幽默。问题是这个空漠地带的出现，正意味着南方社会意识形态在经济迅猛发达的同时伴生着的危机，那就是经济发达与人的文明程度之间的冲突，王有财是意识到这种冲突的。只是他无法解决这种冲突，并真正填补他灵魂的空漠，这是一个极为普遍也极为难解的难题。

应该说王有财的欲望儒雅，正是他走向文明的标志。他的成为著名作家的理想自然有许多暗含的其他动机，但是他对于财与名的权衡，已经进入现代人精神追求的视野之中。这应说是一个获取大量金钱的人的良知启蒙。可指责的只是他的手段。这手段说起来荒唐，可是简化为一种通常的方式：用金钱去买文名，却又不足为怪。若由此辐射出去，它似乎又是建筑在同一个亘古不变的私有制定理上的，私有制的交换原则在左右着他的精神世界和行为方式。

由此我想到这个属于社会意识形态的空漠状态的填补，实在是一个极重大的社会课题、一个有关时代操守的命题。南方当代生活过于丰富炫目的色彩和激烈的经济活动，遮蔽了这空漠，它的苍白与失血的现状让霓虹灯变换为“丰富”，而文学自身的贫困，使它那样容易地受到经济的诱惑而不自觉地屈从于这空漠。我们于是忽略了这空漠的危机。陈国凯暗示了这一点，他调侃地写“作家出租”，而暗中强调的是作家不能出租，进而警告什么都可以玩，唯独文学不可以玩，事实上也玩不转文学。他在呼吁文学神圣职责的回归，回到它的圣殿上去，它不能产生金钱，不能诞生王有财及其财富，但是它有责任拯救自己同时诞生一个填补了空漠走向新的精神秩序的王有财。

生活里有许多王有财式的人物，他们并非不善良，他们渴望崇高儒雅名士风度等等，有出于虚荣，也意味着一种新的生活迹象，人生舞台上更为壮丽的卡拉 OK，是他们的下一个目标。我们没有理由拒绝这动机中良好欲望的诞生。

追求文明和崇尚文明，乃至幻想自身社会标格的提高，这都是当代人精神意识中可宝贵的选择。我的一些企业家朋友，也常常为这种选择所困惑和苦恼，常常陷于上文所指的空漠之中寻找不到归途。于是他们几乎丧失了拼命工作以外的一切人生祈盼与精神追逐。他们希冀既是一个企业家又是一个有现代文明技能和现代精神感觉的文化人，于是我与他们一起追寻，追寻走出空漠的路标，这是下一篇随笔的话题了。

1989 年 11 月 14 日夜

死亡的诞生

——电视剧《商界》人物解析之一

1990年元旦前后，钱石昌、欧伟雄创作的《商界》有三喜：长篇小说单行本在穗发行，珠影新片公演，广州电视台拍摄的12集电视连续剧由中央电视台播出。三种不同形式的传播媒介，在20世纪末最后10年的第一个节日，集束投注《商界》。仅此《商界》也会成为一个话题，何况于全民经商的荒唐抛却之后，于新年的热闹中再度掀开《商界》这一页，这个也许纯属偶然的巧合，相信对于90年代的观众与读者，尤其对于在生意场上拼杀得疲惫不堪的商界中人，更是别有一番意蕴。

的确如此，当我们从一种现象中挣脱出来，又返回另一种形式的现象——在返回的同时更多的是去面对——再度抵达这种现象的映象时，我们一定已经有足够的体验去证明，有相当的理性精神去反思已经逝去的一切。《商界》恰当其时地提供了这种可能性和观众需求。

对于一部电视剧来说，一般观众关注的还是人物：他离我们近呢？还是远呢？剧情的微言大义和它对于文学史电视剧史的意义尚在其次。人们只是问，它好看呢？还是不好看？自然还是剧中人的命运是否牵动芸芸众生的心弦！

于是我首先选择电视剧中一个似乎不甚主要却又令人难以忘怀的人物——老银行从业者廖修儒。

干瘦、佝偻，多病体弱，然而铁骨铮铮。岁月沧桑与人格崇高的形式冲突，包裹在导演对这个人物的深度理解之后所作的设计上：风烛残年且满腹经纶，前履蹒跚依然深怀忧患。他隐居于深巷小楼自得其乐，上茶楼，弄花草，与世无争，可于不动声色之中却捺不住寂寞。儿子廖祖泉与好友张汉池商谈生意，他写纸条暗示儿子勿与朋友做生意。生意场上无友情，这是他多年的经验。后来廖祖泉、张汉池因为生意纠纷而对簿公堂，让他不幸而言中。他在茶楼上，同桌两个小青年对金融规律无知，他便忍不住教导了一番。同桌的小青年因此发了财，主动奉送他3000元作为咨询费。他始而推却，推却不了便也心安理得，从道义上说，他有足够的理由收下这笔钱。所以当工商部门来追查此事时，他激奋地捍卫了他作为一个知识分子对于知识的尊严与价值。最终死于非命。在这里，一切的争论都超然于具体的3000元，而进入一个崭新而又棘手的命题，这就是与知识的尊严、价值相关的包含着某种社会观念深层改革的命题。电视剧在人物身上所寄寓的这种社会观念改革，虽然没有作更多的铺陈，仅仅是一种对于古旧的社会现实的又一次启蒙。再度启蒙最终于屏幕上凝聚成一幅古典式的画轴、一幅刚刚开头就马上结束的画轴：一个风烛残年的老人，就这样永远地躺在那古老的躺椅上，如同一座倾斜的雕塑，低垂偏斜的脑袋和刀刻一般的皱纹，微风吹拂着半掀起的窗帘，四壁是书，散乱的房间与落地的字幅。

他捍卫了他应该捍卫的。他拒绝了强加给他的一切，同时面对现实又感到内疚。这就是他的一生。他也许琐屑的生命形式里所升华的是能够使观众检讨自身同时获得一次新的洗礼的东西。

我所肯定的是，他作为一个从旧时代跋涉过来的知识分子，他永远活在正气的浸润之中，他的谬误甚或某些孤傲，都在无言地强调他既深潜于这个社会生活又超然其上。他身上产生的观众的由衷敬意，我想正源出于此。

因为有这个人物的穿插，商界的冲突便于淡泊与平和中潜流杀机，凸现它的残酷性。把许多感性的商界经验化腐朽为神奇，从感性到达理性同时汇聚为一种文化意识。他的外形和内心的和谐加深了这种文化意识的视觉印象。困顿、仙风道骨以及通脱的多层气度变通而成的人物蕴含，使他的死成为一个延续不断的问号。不尽的追寻是趋向于无穷的忧虑的。

廖修儒的死，不仅将电视剧情推向崇高与深沉的境致，同时使其风格顿生一种南方式的忧患色彩和情调，这是南方地域色彩和特殊的社会环境所由的比较温和比较内向的表达方式。这种方式在人物性格的全程中虽然始终潜行，但因廖修儒的死而实现了自然的转折——由隐到现、由弱到强的转折。所有的人物性格衍变也都因此而获得一种转机、一种重新选择也重新组合的转机：选择人生也选择自我的转机。

死去的太阳，烧灼了群星。这就是死亡的诞生。它是艺术的、更是思想着的艺术。

1989 年 12 月 5 日

必然的丧失

——电视剧《商界》人物解析之二

在崇高与完美面前，《商界》中的人物都不是生活的胜利者。当剧终时，他们不同程度地失败了，但是他们得到的要比失去的多！他们不同程度地收获了崇高与完美。因为他们自身仍然存在着作为人的欠缺以及对这欠缺的冷静认识。所以他们能够在今后的生活中永远地反思自我。伟大的人与庸俗的人的区别仅仅在于：伟大的人认识自己的庸俗并改正这种庸俗；而庸俗的人恰恰相反，他们并不认识自己的庸俗，因而只好永远地庸俗而无法超越自我。

这种人物评价的准则，是《商界》人物的电视形象具备一种超凡而又入世的气韵因由。每一个人物，即使其欠缺是如此明显何等险劣，但是我们不得不说，他们都揭示了生活中人的真相，我们因此对之便产生一种迫近，迫近他们同时迫近自我。

秦月双和罗泰康是两个比照着的人物，秦是银行信贷部工作人员，罗是信贷部主任。极富戏剧性的是，他们都同时收到个体企业主曾广荣的礼品，饼干盒里藏着几千元现钞，作为对他们给予贷款的酬谢。罗始而惊惶且执意要如数退还，可是他那极为世俗极为悍野的妻子却大不以为然，不但不同意退且把他奚落一阵。从此，罗泰康便于惶惶然中过日子，存着侥幸又惊恐万端。终于事发。至此他若能洗心革面，也不失为正人君子，在这件事上，他毕竟还是处于被动与顺乎自然状态的，他完全有可能自我拯救。可是，另一件事促成了他由边缘而入沼泽。在偶然的情绪失落中，他与秦月双发生了男女之间瞬间的罪错。他完全无法自拔而想到死，没有了任何正视自我也正视现实的勇气，他的才华，他的年富力强的生命，终于在车轮下碾碎了。也许他深悔自身的庸俗与罪孽，可是他并没有能够勇敢地正视这惨淡的既往。小知识分子的促狭和脸面导致他精神的崩溃。我们憎恶他，同时惋惜他。

他顺乎剧情，更顺乎现实。现实中有许多脆弱的人生，自尊自责却又不能免俗，抗拒不了种种欲望的诱惑，于是便堕入尴尬与两难。唯有彻底地失去，方能真正地保全。除了主宰自己的生命，他们并不能主宰其余的东西。这是一种必然的丧失。他的性格悲剧里似乎有源远流长的河。

从积极的人生观点里，秦月双的作为是可取的，也许伟大这个字眼，在她身上会有滑稽之嫌，但是知错必改且从头开始以获取坦荡诚恳的心态，去切近新的人生的话，平民的伟大也就为期不远了。丈夫性无能，于孤寂惶恐中偶然失落，“移情”于罗泰康，这种乘虚而入于秦月双来说也许可以原谅。她自责地向丈夫张汉池坦白此事，丈夫理解她、原谅她，于她是一种鼓舞与慰藉。饼干盒中礼金一事，她一发觉便如数上缴，良心并未欠债。一个弱女子，在这些伤及颜面的事情面前，终于撕下一切人的遮蔽，别无掩饰地吐个干净，安然地等待现实的拷问和制裁，她因此获得一个崭新的自我。她是失去一些东西，但是她同时让生命前所未有的绚丽辉煌起来。她认识了自我的弱，坚持了人最不容易坚持的东西，认清自己的庸俗，同时挥却这庸俗的缠绕。这是一种并非壮烈的壮举，人性中伟大的发挥。我们只要真诚地正视自己，同时无情地审判自己的灵魂，我们会发现，要真正地公开这灵魂中与那些良好的东西扭结共生在一起的丑陋是需要何等的胆识，需要自我撕裂的明智和非凡的勇气。能做到这一点，还不够伟大么？我从世俗人生的自我解剖的意义上来争取伟大的含义，同时更从人们自我遮蔽的人性弱点来比照伟大的诞生。逃避生命其实是最悲凉的选择。

在人的一生中，什么事情都可能发生，但坚守做人的准则，绝不避讳人所努力要避讳而又无法避讳的弱点，人就已经完成了最伟大的生命的扩张。

东方式涅槃

——电视剧《商界》人物解析之三

尴尬的两难境地，于难以适从中去选择一种也许是正确也许是失误的生存方式，把人的种种问题，陷于两难的现实关系中，从中峭拔出人的应世态度或行为方式。这就是电视剧《商界》对人的处置方式和围绕人的关系所作的陷阱。

剧中的每一个人物，几乎都以这种方式实现自身，也几乎都在这种方式中完成人生的归宿。

观众也许记得梁依云这位女性，一个敢爱敢闯的新女性，是如何于两难中走出两难的羁绊，以牺牲自己的贞洁为代价，去实现对于尴尬的两难的解脱。我们很难用胜利或者失败的概念来框定这个人物，我们只能对这种近乎残忍的或叫作残酷的浪漫的现实存在，怀抱着无可奈何的心境，继而对之的选择赋予宽容的解释。梁依云有权作出这种残忍的自戮。她在焚烧自己时保全了她所倾慕的，她在糟蹋自己同时也塑造了自己。她在这一方面是失败了，但在另一方面她是胜利了。她固然依旧没有挣破那张也许一生一世都无法粉碎的情感之网，但是她的确很理智地走向一个新的世界，属于她自己同时也不妨碍别人的世界。她走出了尴尬，尽管她依然永远的尴尬。

作为廖祖泉的秘书，既是廖的智囊又是工作伙伴，她的开放热情与风韵理所当然地感染着廖祖泉而且冲击着廖祖泉的男性矜持。她倾慕他到了难以自持的地步，又在道德的临界点上却步。就她的秉性而言，敢爱敢恨没有什么东西阻拦得了她，而在这个问题上，因为廖的固守道德的堤防，对梁依云负责任的同志式的爱护，无形中把梁推入一个极有意味的两难境地之中。她没有任何理由因为爱这个男人而去破坏这个男人的家庭温馨，她也没有理由强迫自己不去实现自己梦寐以求的愿望。何况她从廖的眼神中看出了他的克制，一种令女孩子难以自持的高贵的克制，这种克制事实上具有相悖的反弹力量。既然他也倾慕于她，这种吸引无论如何都是一个难以摆脱的、但又必须摆脱的场。

她周旋于廖与廖妻的微妙关系之间，她无法不去注视廖那种男性的魅力，那张因为忧虑而永远蒙着阴鸷的脸，他的每一丝刚毅都在诱发着她的种种遐思与舍命的冲动、种种新生活的憧憬。同时，她又无法回避廖妻那双忧郁、疑惑的眼睛，那眼睛已经开始出现阴云，开始衰老，她没有勇气面对一个为丈夫的事业倾尽青春的妻子的逼视。

她于两难的抉择中悄然出走，违背自己意志和秉性地进入了另一种两难的境地，她只有以牺牲自己的情感来寻找情感的停泊地。

她之投身于港商魏仲良的怀抱，是一种残酷的自焚，企图在这种自焚中涅槃，这种现代东方式的涅槃从古典的审美角度看近乎无耻，近乎卖身，但若从人极其具体的环境、极其现实的经济交换原则上来理解的话，则这种涅槃的现实依据和艺术效果又另当别论。对于梁依云而言，这种自焚的痛苦是人生剧痛的加剧，是一种加剧之后暂时的缓解，她暂时的麻木是以长久的遗憾为代价的。为了摆脱尴尬的境地而寻找出国的途径，为此她只能作出这种选择，选择了魏仲良，他们之间的关系既是五万美元的关系，对梁依云来说，也是借此割断旧我的契机。

这是一种于尴尬于两难中企图超拔企图解脱的方式，一种现代社会的痛苦涅槃。

梁依云所选择的这个归宿，也许是并不重要的。重要的是，我们从中感悟到的，情感与商品流通准则之间的本质抵牾的残酷性。当然，人是可以自觉回避这种抵牾的。但它只对少数人这样说。所以，我反复强调的是，克制就是一种高贵，尽管它寻找不到宣泄的缺口，但是，克制的过程及其效果已经从另一种意义上完成了另外意义的东方式涅槃。

无烟的焚烧

——我感知中的谢望新

许多人童年所拥有的完整和人生的幸福，在谢望新那儿，恰恰是一种缺失。他像所有没有父母，而由外祖母带大的孩子一样，有着特殊的气质和对世界的眼光。也许他比别的孩子享有更多更深刻同时也更痉挛的温馨，一种来自人的母性的深度发挥和沧桑感、岁月感堆积而成的温馨。多情、敏感，且把深刻的忧郁和懦弱沉积感藏在一种漠然的坚韧中。这种坚韧不仅常常流荡于他即兴的讲演语言语风上，更多的是潜行于他文章的字里行间，甚至影响着他叙述的语言方式和语法结构。读过他那篇自传性长文《文学，生命的节日——我的中学时代》的人们，大约不难得出这种印象。他对自我描绘和检视的一如瀑布般的无所忌惮，那种急切而又直白的坦率；那种适切性格和性情的直抒胸臆：青少年时期无花的花季里，掺杂着阴冷却又时刻荡漾着无处不在的温馨与爱意，以及徒令相思无尽时的人生憧憬；那种为着寻找亲人的灵魂的失落，这一切，构成了谢望新生命的节日。种种在那种年龄那种经验所难以遭遇不应遭遇的东西，在谢望新这儿，都成为命运中不可或缺的部分。正是这些缺失，使谢望新拥有另一样同龄人无法经验的经验。我想，这是谢望新这位人生、事业经历并不艰坷——与许多人相比，或许可说得上顺利——的作家与评论家，他的文学和文学的对象世界并不贫乏，并不苍白，相反却沉积着一种难以言说的情怀和深刻的缘故；也是他能够异常迅速地切入对象，体验对象同时把握捕采对象的灵魂之门，给予中肯的坚决的断语的原因。我想，这正是一个评论家最重要的素质与天分。他特殊的身世和童年世界的缺失给予他的不是缺失，而是一种大而化之，人文化成的晶体。这晶体植入灵魂成为灵魂，令他有足够的力量去承受那深藏的忧郁、懦弱和漠然的坚韧的人性折磨，把他们化成事功与行动、精神与思辨，意绪与襟怀，入世与超凡的生命许诺。

依着这许诺，他命运中许多不期而至的东西，尽管如梅雨天气，他却把难熬消解。依然是永远是行色匆匆，依然是永远是无端的流转。可是，在每一个命运和时势所赋予的中心里，漩流中，他都把握着自己，壮观着自己，同时把这把握和壮观分享给别人。以文学，以情怀，以无法遏止的激情的投注，去实现他对人生对文学的一份置评。

这置评是思想的凯旋和他对读者对文学的征服。我不想很直接地介绍和提示谢望新在诸多著作中的观点以及实现这观点的谢望新的方式，我想那是用不着我饶舌的。我只是想说，谢望新在他的评论论著《落潮之后是涨潮》、《浪潮之外的孤魂》和即将出版的《历史会记住这些名字》以及与他人合著的《岭南作家漫评》、散文报告文学集《落难者和他的爱情》、《未来的领袖们》等作品中，所透示给读者的，是一个思想着的谢望新，也是一个情性中的谢望新。他的思想和情性，使他和他的对象消失了隔膜和陌生乃至犹豫。他以体恤的坚决和不容置辩的决断，与批评的时弊暗中较劲。这种评论风格的权威性，暗示着他思想的明确和自信。所以，对一些有争议的文坛现象和人云亦云所形成的强大之势，他几乎都是以一种情性叙述着坚决的方式，强调着自己的态度。欧阳山、谌容、张洁、航鹰、莫应丰、张一弓、刘西鸿、张欣、刘恩谦以及《商界》等作家作品的辨析，无言地建树着独立不阿的格调、思想和观念立场的格调。

依着这格调，去寻觅谢望新在广东文坛的道路，是并不困难的。

他自己曾这样界定自己在广东几代评论家中的位置：七十年代末，“是踏着思想解放运动的大潮走向文学批评论坛的。被称之为在年龄、时间、空间、批评实绩方面衔接了第二、第三代批评家的特殊的一代批评家”。

历史常常在无意识地造就和驱使着这样的人：是为上一个时代或时段当然更包含着思想方式和观念内容的终结者或延伸者，同时又为下一个时段或时代的奠基者或开端者。这种承前启后的人物对于时代的贡献，最终是把自己无烟的焚烧。当我们看到西海无帆船的时候，幻想着期许着海天之间的船桅。上一代已被确立而下一代正在冲刺之时，谢望新们的命运指向如何呢？边缘和结合部的命运令他们应有更宽广的胸怀和更睿智的目光，同时要求有更坚韧的承受力，去承受种种的负担与牵累。

他是承受了，他既是被告又是讼师，既是天才又是傻子，既是天堂又是炼狱。他幻想伊甸园之门，可又无法关上潘多拉的盒子。于是他只好听命于时代与历史的调遣，既是作家又是评论家，既是编审又是文官，既渴望自由又手执着自由之荆冠，既写“诗”又起草着文告，既跳着舞又守着舞厅的大门……

由此我想起了在泰国的经历，他与我同在曼谷唐人街，近在咫尺却又互相寻找，好不容易寻找到了又匆匆分手。生活永远以使命与责任的形式在驱策和召唤着他的归返。

正是这种使命与责任，令他能于十年浩劫之后的彷徨中，自觉地追随肖殷并记录着肖殷的思想，其最后的声音。在铺天盖地的控诉与呐喊声中，他听到另一种音调，那是《落难者和他的爱情》。人情人性的发掘使郭光豹与郭蔷的悲剧的诞生，闪烁着一种来自天籁的辉煌之声。广东文坛的一度沉寂，文学的失望使他深悟“走出五岭山脉”冲破地域观念的心理樊篱的灵犀，他是坚决于此道并率先把这口号贯彻于种种著述和广东文学创作实践的评论家。他的犀利来自于他文坛经历和学识的厚积。他对南方文学始终持一种客观检视的态度。对之的颂扬与批评，都力图使之置于全国性乃至世界性的文化烛照之中。他是对广东文坛老中青三代作家作品关注最多涉及面最广的评论家。

他来自江西兴国，原籍江苏金坛，又在江西南昌景德镇度过了他青少年时代不短的一段时光。但他完完全全地融入广东。这种融入是灵与肉的融入，是一种从青年时代就烙下而将永难抹去的记忆和体验所为。他把生命交付给广东他就有权利对广东的一切取主人的姿态。所以他对作家作品的评析，是消解了地缘关系的狭隘思维的。

学者型的作家，几乎都是两栖的。谢望新也不例外。报告文学和散文是谢望新著作中很重要的部分。且不去说他评论文章中的散文化因素，他的散文更深刻地表达着他的精神方式和人性深层的声音。

他是个情感主义者，人所共有的忧伤和怀旧情结，在他的散文里尤以人生化的叙述和感伤，以一种冷峻的浪漫去抒发去覆盖。时代精神已不在马上，不炫耀于马革裹尸的战场，而在人的心天一角。他写伤情、写惜别、写乡缘，写别人与自己岁月匆匆的并非峥嵘的行脚，都将之当作生命的节日来欢庆来祝福来纪念来疚责……他把人情之常升腾为非常之旅，旅途上那一丝孤独而欣慰着旅人的旅人蕉。他把从外祖母那儿沿袭来的稻草的温馨细密的针脚钉成的岁月，写进每一篇具有自叙性质的散文和传记文章里。在别人的生命内容中看自己抒发自己，或在自己的生命形式中激活别人、关注别人。每一篇散文里都有着时代的天幕在徐徐升降。

我始终坚决地认为，衡量一个作家评论家的质量，看他的散文，没有哪一种形式能比散文更成功地检阅作家的操守了。作为起点也是归宿，最易入手也就预示着最难抵达。谢望新散文比评论更丰富更自由地表达和显示着他的个性风格和文学修养。他在散文中的天马行空，真正实践着他生命中渴念和期许着的东西，那就是对于人道人情爱情和渴慕之情的尽情追逐。一切规约在这里都失去了规约，失去了这种规约之后的谢望新，也许就更充分地凸现着更真实的谢望新，他人的魅力在这些作品中，是如此的热烈着另一种方式的文学燃烧。

他把他自己燃烧为文学为评论为散文，把这种无烟的焚烧，献给落潮之后的涨潮，献给浪潮之外的孤魂，献给历史终将记住的名字。

作为广东新时期文学评论的重要代表之一的谢望新，他对广东文学评论格局的整体性建树，是起着一种不可或缺的作用的。他以他从不中断永远持续着的对文学和评论的兴趣和使命，以不断的文字形式，使读者记住他并从中感觉到文学的严肃，使命的不可规避。大量文章的质与量的堆积，令人觉到他生命的勤奋，觉到有单薄的身躯背后的文学的坚挺。

只要有人在文学的寂寞中坚守住寂寞，文学就永不寂寞。愿意为文学永远受难的人，是为普罗大众点灯的人。

于是，我想起深巷的黄昏，那个在朦胧中摸索着点街灯的人。

为永恒所累的于力

在我的朋友中，于力是活得最累的。

在这个世界上，人人都活得很累，即使是当今那些自己觉得活得很轻松潇洒，或让人感觉到轻松潇洒的人，也都是很累的。可是，累与累毕竟不同。于力的累，是他太耽于那些这个世界上太缺少太难觅的东西。他太高的心气和他太难以承担的体魄之间的矛盾，他太远的理想与他所处的太近的世界之间的距离。因这高远所构成的冲突，令他很累。简言之，他追逐人所难以追逐的，他梦想人难以梦想的，所以很累。有好些日子，没有听到他的消息，我甚至会于冥冥中有一种惊惶：于力也许是否已经在哪一次心力交疲的劳累中永远地睡过去了。好在我们都是无神论者，也不很迷信，否则这种惊惶的预感是很讨厌的。

于力与我的所有交谈，几乎没有一句废话。这说起来有些矫作，但事实正是如此。他总是在开头问："小东，最近读什么书，有好的吗?"结束语自然也是。我是个很散漫的人，也不怎么读书了。经他一问，我便自审，该读点书了。于力是以他的自自然然的勤勉和无时无刻的思虑，令人鞭笞自我：该努力些了。

我们见面的机会不多，一聚会，他讨论的问题便是艺术，是人生，还有一些我觉得新鲜古老遥远的故事。他永远在追随着一种在我看来现在已经很不流行很不时髦很不被人强调和重视的东西。那种东西隐隐约约地令我感觉到于力的追随并非单单是一种理论兴趣，而是对于自我的寻找，对人类世界的自我寻找。这种寻找甚至已经让于力苦行僧式的生活方式纯化为一种宗教情绪和道德法则了。

人类秩序是永恒的，于力因为明白这永恒，却又为这永恒所累。他企望自己的一切努力也能随这永恒而去！所以，他以一个并非雄健的体魄，完成着一个又一个即使是雄健的体魄也难以承受的人生命题、文学命题、艺术命题。他所要实现的，是在达到这些命题之前，那个非常难受非常焦灼和非常艰苦的过程。当他和我谈他的创作道路，谈他从诗歌创作到电影剧本创作之转轨时，其间的契机和动机竟只是，创作电影剧本可以令他可以更自由地在年迈的母亲身边呆上更多的时间，他为此放弃了诗歌，皈依电影剧本的创作且一发不可收。他本该从事更具个性风格发挥的创作，诸如诗歌和小说乃至理论这些更能显示自我精神方式的样式。然而，他却遁入人性人伦的樊篱，亲情与母性崇拜令他选择了不该选择的艺术方式。这种貌似与艺术选择悖反的选择，令他陷入一种悲剧性的循环中——他很可能成就为一个大诗人或者出色的小说家，然由于上述的为亲情与母性崇拜所作出的牺牲，令他在电影这种集团性操作、综合性艺术样式浮沉而黯淡了他的独特风格和个人色彩的凸现——于力非常明白这种选择所导致的艺术追索的痛苦。在我看来，他损失了对某种钟爱的艺术样式的纵情与深度发挥的同时，他也就收获了另一种人性深度，同时以这种深度去驾驭生活，用以融解于电影文学剧本的人性表达与认识之中。所以，我读于力的电影剧本（而不是由该剧本制作而成的电影），是舍弃了电影对之的规约，而努力从中读出于力那些本该在更具表现力的文字叙述中表现出来，但却由剧本的既定形式所遮蔽了的那种人性精华，读出那种不得不被遮蔽的痛苦的。所以，我很肯定的相信与揣测，于力的剧本与拍摄出来的电影成品之间的差距，是更令于力痛苦的东西。这正是他的悲剧所在。

尽管剧本这种形式黯淡且遮蔽了于力作为诗人的激情和这激情的合理流泻。但是，诗人的气质和对事物的眼光依然以另一种形式流荡于思索于他的剧本构思和人物性格表现上。他尽可能在剧本上为电影画面营构一种诗或接近于诗的视觉效果，导演能否理会并付诸画面那另当别论。《生于同月同日》、《半边月》、《山之阿水之湄》、《阿罗汉神兽》等，都建筑于诗境的哲理构想之中。这种语言组合背后所显示的，是对人生的诗意理解，是一种很不单纯的审美态度。正如语言是一种哲学一样，诗究其实便是对人生况味赋予一种审美或审丑形态，一种较为曲折难以让人一眼看穿的深层意蕴。于力剧本中从叙述到总体构思的诗意诗味，是对于人生有相当体验与认识之后的一种哲学阐发。他把人从具体的生存状态和一般的浮泛的认识中形而上为一种难以言说的意味，这意味着经由于力的气质感染升华，激情为剧作中一种流贯始终的弥漫。这种弥漫难以捕捉，它不显示于太具体的情节与人物上面，却又令这些情节与人物都多少黏附了这种弥漫。那种类似人种与地缘、血缘的特殊种性的东西。我至今也很难准确地把握住这种弥漫是器质性的呢？还是于力无意间形成的艺术情调。诚如他对《周易》有关中国年历中时序节气的解释一样，那种对对应的事物与天象之因果关系的分析，是一定有着某种种性的弥漫的。我所指于力的剧本之诗味诗境，是立足于这种非常之意义上的，并非一般所认识的那种诗歌之诗。故此，于力剧本中便有一些隐藏得很深，或叫作他自认为隐藏得很深的东西，那些东西只有他自己能够说得清楚。这自然也构成于力剧本与拍成影片之后的某种距离感。这种距离是永远存在且无法消弭的。所以，于力也大可不必为此遗憾。说电影是一种遗憾的艺术，其实也是人类对自身的一种无能的解脱和逃避而已，大可不必当真。

于力是宽阔的，他的宽阔是牺牲于他的狭小——他把他多方面的艺术才华，诸如诗、小说、占卦、解“易”等等汇聚于电影剧本和电影脚本的创作之中。在明知的悲剧角色中演绎着他艺术的悲剧。其反弹的效果并非如他所悲观所嗟叹的那样。读他的剧本，只读剧本，是不难读到作为人的悲剧角色所演奏的和弦的。也许稍微体味一下瞎子阿炳的二胡和明眼阿炳的二胡，同是二泉映月，其颤震是不可同日而语的。于力把自己对自己的悲剧认识融化在他剧本构思中。如果他一开始就很钟情于专业于电影剧本创作，也许终将会导致一种习惯性专业性的平庸。无数文坛实例昭示着这种现象，最好的人生效果是无心插柳柳成荫，最欣喜的人生终间与收获是歪打正着。

由此，我想着重谈谈于力尚未投拍的《四个酸柠檬》。他收在该书中的几部剧本，或被文化部定为建国四十周年献礼片，或获上海国庆四十周年剧本征文奖，或被选为十四大献礼片，唯独这部《四个酸柠檬》因资金不果未拍。我以为这部被作者定格为“电影诗”的作品，恰恰非常贴切非常精彩地表达了于力的人生观世界观乃至艺术观，是一部极有艺术探索精神和现实人生况味的作品。如果电影调度且其综合性艺术合成能够真正实现作品的追求的话，则将是一种极富创新和现代意味的尝试，是对于电影以及电视小品之庸俗化的革命。

于力着眼于人的残缺，以其残缺显示人的美质。人只有残缺过才可能是完美的，这自然是反映精神上，形而上的残缺。但是，一般的人往往无法体味残缺的滋味，也就是说，残缺是一种天赐的机遇。人人厌弃害怕残缺，也并非人人也都能享有残缺，它是命运的一种机遇。从这种意义上说，大部分没有经历过残缺的人，或说没有认识到自我残缺的人，是无法完美自我的。所以，回到文首，我说于力钟情的是自我的寻找，是认识自己包括人类自己。在《四个酸柠檬》中，他通过对四个窗口的窥视，对四种残缺人生的描述，事实上是对哲学命题，人命题的探究。他以残缺为出发点，却以完美与崇高为归宿。这说起来也并不复杂，在许多经典作品中我们都有过类似的熟悉。但是，对此作有意识的集中的思索，并把它们作为人生主题来发扬，集中了于力的智慧与心气。我以为最不平庸的人生是永恒的痛苦，皆因为它首先是残缺的。因这残缺而产生弥补它的愿望，成为人类文明的动力之一。革命从某种意义上说是对人生残缺部分的再破坏与再建设。于力在这部作品中所描述的是他人，所投视的是自己，许多感觉都带有于力的思虑和对自身革命的体验。他借残缺人生来表达他对命运的解释、挑战和挫败它的理想。

我已经说过，于力是一个心气极高天分极高的人物。有名家要为他作序而他一定要我写，我于是从命且放下写至高潮难以中断的长篇小说《流放者归来》。读了他的剧本，写了上述文字，乃是我出于对于力的敬重和才华的钦羡。我不是以评论家的身份来评论于力的剧本创作，我想那是无意义且有侵犯内行的味道的。我想，重要的是于力这个人，他作为人的魅力，他在他的作品中所投注所奉献的人的精神的深度，他对艺术对世界对他的读者的激情，是如何以自身的痛苦和悲剧性的运作为代价，去实现着他的艺术良知，他对社会对时代对历史所怀拥着的那一份责任。

1993 年 4 月 17 日　大雨

从此奇男已丈夫

——出了花园的肖映川

肖映川今年五十，出花园时年十五。

现在时的肖映川，是臻于五十与十五之间的一个人。那天读他的自传和画册《潮汕农家系列》，我说肖映川，你这个人不是太单纯太天真就是太城府太藏匿，他笑得很得意。我便看出些味道。心想，肖映川应是两者兼得的人物。五十岁的老谋深算和十五岁的圣洁真纯，珠联璧合，正应了他的版画《除夕夜》中的对子：且看淑女成佳妇，从此奇男已丈夫。这就是肖映川的理由。他的心情飘移于两极之间，这自然地就构成肖映川一种很美丽又很硬实的心境。面对纷扰的红尘，他是十五岁的处子；陷于潮汕文化泥淖，他是老谋深算，机锋幽厉的天命之知。他的艺术创作，努力追寻的，正是这两极的交融所产生的境界：从淑女奇男到佳妇丈夫所涵示所象征的乡土文化和人生经典。

肖映川的版画，那是一些能令人怦然心动，遐思灵动的洞穴，那幽森的洞穴里有许多未知的东西，在诱惑你步步迫近它乃至陷落进去！这种诱惑是那个有着亮亮的智慧之灯的额头的肖映川，由于出花园之前的憧憬与幻梦，由于出花园之后对花园里的泥土、闲花，杂稗与荒草的不断回眸。由于他曾经那般热切地远离那花园、远离那保守和自我封闭得极为成功极为辉煌极为精致的自成文化格局，以此傲然于世灿然于世的潮汕，他的每一次远离，都是对潮汕文化和粤东画派的一次开拓、反叛和吸纳，都是对潮汕文化传统的一次承继、审视和把握。许多人都把对本土的批判轻佻地以为是一种背叛和恨，而我认为，对于一个艺术家而言，不，对一切人而言，真正而且真实执著的深爱，是建基于批判之上的，缺少批判的爱意是极为可疑极为短暂的。肖映川的自传和他的所有作品，让我读出的，是一种弥漫于、散发于他灵魂深处，对于潮汕乡土的无尽依恋，建基于文化批判之上的依恋。这依恋使他尽管漂泊异地，他的目光始终胶着在潮汕物事的文化焦点上：出花园、辞郎洲、红壳桃、雨落落、百福、满堂富贵、三更灯火五更鸡、天朗朗、晒紫菜、麒麟到此、乡井，等等，等等，他只差扎起水布，斜披蓑衣，去凄风苦雨的古老滩涂“闸薄”了。他把最古旧的生活内容中最富表现力和文化意蕴的习俗物事，那种深匿着东方神秘主义色彩的乡野之风，予以最具现代象征意味的艺术改造，所有的视点都是崭新而又暗变其形的。他依照不变形的思维、不违背逻辑概念的组合，却以奇妙无比的色、色块和线条、乃至光的透视？几何式的处置，达到某种变形的和谐，他尤以消弭背景、突出局部，或者消灭局部的亮丽、突出背景的模糊等等技法，透彻画面的是一种奇崛的感觉、思想、认识和象征。他把透明化为混浊，如《正午》；他把混沌提升为明朗，如《老屋》。我完全以文学的感觉去侵犯、外行地评说肖映川，其本意也正在证明一个道理：换一个视角如何？走出去再回来如何？看远处再看近处如何？穿过混浊和黑暗去含蓄亮丽将又是如何？我不止一次地感喟，只有走出潮汕才能获取潮汕，只有逃离伊甸园才能重归伊甸园。我顽强地相信，有绝大多数的潮汕人，并不真正认识潮汕，认识潮汕文化对于自身生命的价值与意义的。原因正在于他们永远无法无所牵挂逃离潮汕。其实，义无反顾的最终结局，是一生一世的再度回眸，再度占领。

肖映川已经完成了他艺术长旅中一次最重要的跋涉。他事实上是在做一件前无古人的创造，那就是以别样的眼光，以独特的艺术视点，以全新的绘画语言，以充斥着古老的新鲜，以十五岁的透明和五十岁的世故，营造着以明丽为基调的苦闷的象征。他用大片大片明暗渐次的色块所构成的画面，如《正午》、《阳光·鸽子》、《三更灯火五更鸡》等等，其色块所沉淀着的是思想，是一种历史。没有人用如此方式来表达其对潮汕历史文化的诠释——它是陌生的、令那种传统的习惯性艺术形式吃惊与突然的陌生的形式，非常淳厚的又非常机敏地唤起你沉睡已久的遥远记忆，那是一些遥远得长满青苔的记忆，这些古旧的记忆，在肖映川的版画里，无处不显示着现代艺术的生命力。我曾经很感喟潮汕的文化艺术，没有能够真正地有意识地裸示自己的根；以全新的思维和现代文化思想去裸示。包括我自己，对这种裸示也曾抱着敬畏但是轻薄的态度。而肖映川已经先期到达了。他的裸示是从根部开始且皈归根部的。

潮汕文化选择是以福禄寿为主题的，肖映川尊重这种文化选择本身的顽强固守。他的版画，也努力不溢出这个主题内涵的规范。可是，他作品内部的张力，分明已经击破了这个规范的硬壳，予这个古老的主题以广阔的空间，变焦了主题视野：依然是福禄寿的农耕主题，依然是古旧生活的写实，然而，一种对于人类生活终极体验的神韵和精神内容，弥漫于所有具象的写照，而升腾为博大的形而上的概括。

从此奇男已丈夫。出了花园的肖映川，依然人在花园中。这是我倍感欣慰也是他的艺术曙光所在。他版画的意义，对于大潮汕的文化艺术传统而言，既是一种血缘的承继同时又是逃离之后的再度皈归。他的艺术追索，是超越了他版画的范畴的，是对潮汕文化寻根的革命性拓展与启示，也将对潮汕的文学创作产生影响。尽管这种影响还未充分展开，但是，我想，潮汕作家对于本土文学的苦苦追索，也许有必要读一读肖映川的画作，定然会从中悟觉到踏破铁鞋无觅处的那种灵动的。也许是我过分偏爱肖映川画作中那种对乡土文化特征的着意渲染与开拓，偏爱于那些充溢着人性温存和怅然但是宁静致远、超凡脱俗的心情，起码肖映川的画，让我于喧嚣中回到久违的童年、外婆的祖屋以及与那祖屋相关联的潮汕历史深巷之中去。我们已经很不容易回到那种田园的心境，很难挣脱现代城市的种种诱惑之毒杀了，可是，只要一有机会，我们还是会珍重那顶变得极为遥远极难寻找回来的母亲的草帽的。

感谢生活，感谢大潮汕，自然要感谢肖映川和他所奉献于世的全部艺术，全部的亮亮的智慧之灯。

他的画，使我常常想起那个悠长的香火缭绕的庙街里，摸索着点街灯的人。

一九九五年五月七日凌晨·潮之阳

林中空地

我对那些从事幼儿教育和幼儿服务的人，常常怀有一种由衷的敬意，常常令人想起玛利亚，回顾巴赫的《圣母颂》。我曾经写过一篇散文叫《寻找青石板》，那是记述我童年和少年时代的青林老师的。不知那些我幼时的老师们读过没有？我是怀着一种感恩的情愫写下那些文字的。

有些人有童年，有些人没有。有童年的人是因为他们的童年记忆里，永远萦回着依然魂牵着童年的呵护者和启蒙者，诚如鲁迅心中永生永世的长妈妈。

写谢丽华这个人，却有如此的感慨！是否离题太远？

我是极喜欢从极遥远的地方，从那些人们认为极不相干的位置、角度和物事来遥视遥想一些事、一些人的。何况谢丽华的事业与人的童年的美丽隐约有些关系。

她对我说她是幼师的老师时，省略了舞蹈两个字，以至于我以为她在调侃。当我知道她不仅仅是舞蹈教师而且是汕头市管专家、拔尖人才时，心头掠过淡淡的愕然，我向来有一种极偏颇的观点，常常以为美丽对于相当部分女性而言，是一种命运的虐杀导致命运的悲剧。对于那些自恋美丽的女人，就更是如此，这与“红颜薄命”无关。我曾经碰到我以为长得美丽的女人，她很真诚地说她长得不好看，而且从没有人认为她长得好看。我顿时对她产生一种由衷的敬意，固执地认为她就是鲁迅笔下的长妈妈无疑。

美丽是一种青春期的生命信息，除此之外，它什么也不是。这些短暂的信息常常贻误了人的奋斗。有一个很老套的观点是，长得太漂亮的女孩大多是没有太大出息的，因为对漂亮的自恋或他恋常常贻误生命的周期，忽略人生意义，而当青春逝去美丽凋谢时，美丽也就走完它的路程而留下了不美丽。不美丽常常使人去追逐文化与深层意蕴的美丽，所以女作家女科学家大多不太美丽，但生命很美丽，道理大致如此。

回到谢丽华。她占尽了全部。

她的老师，在一篇写她的文章里，旁征博引了宋玉的《神女赋》中的华章丽句，描绘了她的美丽和风采，我便不再多言，何况我对女性的美丽与否常常抱着淡然的悠然的不以为然的态度，认为那与人生价值与风度无关。这很令女性愤怒但生性如斯惭愧如斯。

从七十年代成长起来的舞蹈演员，最终锲而不舍努力结晶为一个优秀的舞蹈家，一个师范学校讲师的谢丽华，我想她一定经历过许多克服自我坚守自我张扬的坎坷。各种坎坷与她不失时机的正确选择构成了一部人生的和弦。

她有一个嗜于酒死于酒的父亲，那是一种很无奈也很豪壮的人生、男人的人生，这种人生一定对她产生重大的影响。以酒的眼光来度人论世，以父辈坎坷和与这坎坷始终同行，甘苦与共的母亲的情怀蘸就的笔墨，去摹写自己的人生际遇的人，应该是与众不同的。所以，她能够于万人瞩目的舞台旋转与浮动中，看到自己最终的归宿和价值所在。她及时地中断了那种舞台旋转的晕眩，从那晕眩中走出来而选择更切合她情性又挥洒她致趣的事业，那就是幼儿师范的舞蹈教育。她在当时还很空白的地方旋转出一方天地，天地里的风景已经渐遮眼目，乱花迷人。

她创编舞蹈，创编教材，她把舞蹈从舞台引进课堂和讲坛，又把舞蹈带出校门，走向民众。

于是我想起一幅画，一幅叫做《林中空地》的俄罗斯画家的作品。那是一片莽莽林海中，燃烧过的空地。天阴沉，雪是黑的，但冲天大火之后，天地间证明着燃烧劫余的无言。此刻，天籁之意暗示我启示我：只有无言是对的。她选择无言是对的！

所以，无须饶舌，也无须藏起红舞鞋，在劫后的林中空地感受硝烟，感受人生另一种境界与风景，走一条许多人一旦热闹过就再难寂寞的路。她开始收藏起青年时期曾经的辉煌，开始把自己童年的感受和对艺术的钟情以及种种天赋，倾注于对她来说还是很陌生的事业。演与教毕竟是两回事。一个出色的演员不一定是一个优秀的教师，而一个优秀的教师同时又是一个有造诣的演员的话，那她的风景就一定非同凡响，难怪她的学生对她的崇拜到了模仿明星的地步。也就是此刻，她告诫那些学生模仿外在的东西是最没出息的。对学生重在启悟，开发学生的悟性，这几乎是所有优秀教师的共识。

她编创的舞蹈节目，令人感觉到生命的切近原来就是一首儿时的歌谣。只有走过原始才能走向现代而回归原始精神中人的纯朴，给喧嚣的现代生活以宁静以修养。她创编的《剪绫谣》取材于潮汕歌谣中对田园牧歌时代的怀恋，这种怀恋之舞蹈语言是那个叫谢丽华的人的语言，是她对人生、对命运、对生命风景的解释。我总以为潮汕歌谣中蕴蓄着一种企图叛逆俗世又更深沉地钟情俗世的精神，这种精神常常遮蔽在雄壮无比的潮州大锣鼓背后，以纤细的欢乐、清稚的典雅和含蓄的挑衅，诸如“雨落落，阿公去闸薄，闸到一尾鱼，阿公说欲煮，阿婆说欲煎，两人相拍相挽毛……”的幽致。谢丽华对于潮汕歌谣的舞蹈化是深得其潜伏的很深，幽闲于平凡生活环境中的情调捕捉的。她把她性格中的典雅清淡，潮汕女性心灵中对传统幽闲冲突的企图，对新文明与新理想的祈盼，寄意于传统生活中一个小小图景。这是很值得倡导的。

我甚至觉得，《剪绫谣》就是谢丽华自身的写照，整个节目所凸现的，所透视的就是那个隐藏在演员形体之点与线的勾画、锣与鼓的点染，各种音乐语汇，和舞蹈语汇所串演而成的舞台演义背后的谢丽华的人格蕴藏和艺术爆发。

有时，她与她的舞蹈，让人觉得她是一片林中空地，又让人觉得燃烧过的空地焦土下无数伸枝展叶的尖芽，在奔突地表。有一种传统的，对传统的骚动，以清丽、以冬藏，以无言和静息的骚动与反叛。

从演员到教师，她清纯的丽质必然会为世俗的庸常带来莫名的波澜。尤其她曾经是一个舞蹈演员竟然又成为专家这一点，是很令人从这种真实中挑剔出一点可疑的。正如我从一个知青竟然成为一个教授一样令人可疑。为此，她偶有浅浅的忧思。这浅浅的忧思为她的生活添上了一丝莫名的不可言喻的惆怅，这惆怅是她的财富，令她的内心更具风采。我是主张人有时是应该去寻求点儿痛苦来自虐的，那样不至于活得太飘然太轻狂太软骨。在与她很少的短暂的接触中，我似乎觉到因为这种偶有的忧思所就的沉重，是如何增添她生命的内涵的。

她已然走出虚饰的舞台，走进真实的人生舞台，她就必然要经历许多难以承受的轻之袭扰，人向往童话，可又不能生活在童话里。我想，她的舞蹈艺术创意欲表达的，就已经包含了她的这种思索。

浓缩和重塑她的乡土，剪裁她乡土的风情，谢丽华的舞蹈艺术，已经从通常的描摹中走出来。她走过她的童年世界，穿越幽深的时空，走进潮汕的历史，她再度走出来时，《剪绫谣》的传统就已经轮转为现代。

《剪绫谣》是她追索潮汕文化，把这文化心得转化为舞蹈语汇的尝试。听说她的下一个作品，是对中国唯一的男性舞蹈史诗，源于北方山东而今硕果仅存于潮汕的“英哥舞”包括女性英哥舞的舞蹈创作。我想这应该是谢丽华艺术生涯的一个高潮，是她全部人生故事的顶点。她如面临一个更深邃的艺术课题和文化难题，以男性舞蹈的剽悍搏击，与女性对男性精神的重新理解与包裹所糅合的舞蹈史诗，在她的舞蹈艺术中，将是一幅怎样的风致呢！

我仿佛听到，那从遥远童年就已经如雷贯耳的木击声，那种裹挟千军万马的悲壮呐喊，那种对人间悲剧、传奇故事和平常人心的高度张扬所致的呐喊，那种为死去的英雄和英雄无路的末世的呐喊，怎样从谢丽华的新作中奔腾而出，而化成一声声来自潮汕人胸腔深处的重浊呼吸。她将以怎样的优美和典雅，来表达那旷世的粗豪之反叛。

我之极为关注和感兴趣的，是她的舞台上，将走出一个怎样的一丈青孙二娘。

1994 年 11 月 24 日

沉实的坚挺的透明

“我愿执著地用手中的竖琴，弹奏富于南国情调的真善美的诗章。”说是“阿慧自白”，不如说这正是邱昶所向往所追逐所梦想的，也正是他的自白。有这样的自白和闪着这自白的全部内容而生活而奋斗坚挺着自己，把所有的热情化为一种执著，把所有的执著燃烧为一种生命的弹奏，把所有的弹奏都奉献于他所侍奉的事业的人，你面对他与他所创造的一切，都难以无动于衷。他能激发你人性中最粗朴也最细微部分，对于大千世界的点滴实现的敬重，对于一个奋斗过了也磨砺过了依然在奋斗依然在自觉磨砺，精神中永远倾听和注视着天籁之声的，向五十而知天命冲刺又蔑视它的法则的人来说，这个世界没有什么东西，对于他不是新鲜和充满着魅力的。这就注定了他时时在敲响他生命的晨钟，把生命中每分每秒的轮转和磨合都当作远离暮鼓的前奏。

这就是我印象中的邱昶。

我所认识的邱昶，是热情、忙碌、笑意盎然且很能卡拉 OK 的年轻人。在他那儿，我竟自惭于为什么在我更年轻时不学点卡拉 OK，以至于不能像邱昶一样在茶前饭后或种种聚会中，也引吭高歌一曲，自娱自乐。在他在的场合，我觉到自己的老气横秋和无端的沉郁。在我们共同的世界里，他是比我们活得更苦累却又更快乐的人物。这就令他已近知天命之年，而在我的印象中他要比我更年轻，更充满生活与生命的朝气与激情。

我们都是喝韩江的水长大的。他生于风雅颂年深月久传统如青苔再生青苔的潮州，我则于剽悍蛮野海涂遍地海风劲吹的潮阳度过无知的童年。我从小便对酒有着一种神秘的向往与探究，以至于成年之后，在黎母山中把酒当水，一夜之间让酿制了去，虽然永远练不出喝酒的硬功与软功，但对会喝酒的男人是心存一种野性的敬意的。

邱昶能酒，他的风雅融化于他对酒的钟情中，如秋之酒旗风，别有一种大野一隅的雄浑。无须劝酒无须废话连篇，他自饮自乐独钓寒江雪，自入一种悠扬的意境中。这自然就很令人羡慕，他把喝酒这种很令风雅之士生厌的作为，真正幻化为一种极乐世界之极品。他与酒一起成为了酒之经典。邱昶，我相信很少有人会这样对你与酒之关系作如此的注视，酒与文章在这瞬间完成了它以魏晋风度的铸造与继承。

邱昶因为酒的方式而更趋风雅颂。他的情性和他的文章，在总体上是契合且呼应着的。本来我想，为人作序，透视作者为人远比透视他的文章重要得多。文章是人人可做的，理应没有太多的人别具一种所谓“独特之处”和“写作特点”的，我常对学生说，说每一课文都有一、二、三、四、五的写作特点，且每一课文之特点首先是主题思想如何突出云云，等等，等等。这是近乎扯淡的。最难的也最无可能性的便是让文章显出特点来，尤其是“写作”上的特点。写作特点应是“技艺”的异人之处。这异人的技艺如何是篇篇文章都具备的呢？所以我想，与其先说文，不如先说人。知人论世，何遑论文？

我与邱昶谈不上有许多的接触，但仅有几次的工作机会和电话交谈，已知他的勤勉与热情。读过他在《信息时报》上署名夏里、在“功夫茶”专栏和“望潮楼随笔”中的一些文章，知道他为人为文的风致。先入为主的风雅是很切合潮汕秀士的品位的。他虽然年轻时就已经离乡别井，浪迹湘鄂，求学求生，但他骨子里依然未脱一个潮汕文化人的根底。他叹功夫茶，从现实到文学，都承袭了一份精致一份明了。他依赖着后来的人生经验和童年的文化熏陶，记述着与他的现世人生有着必然联系的人与事。这些文章不难读出邱昶对人生的品味和追随。他写李淑一、写陈惠瑛、写郭婉华、写石畏三、写李嘉诚……他写各种各样杂而又杂的言之有物的文章，尽着一个报人与编辑的天职，一个文化人和作家的梦想。我明白他是以一份不泯的童心，面对人生面对文学的。否则，我所曾经描写的邱昶就不是邱昶本人，而成为一个人海里匆匆来去的遥远过客。

经营报纸与经营文学是两回事，一体，这应说是好事。时代迫使许多作家与报人两位一体，太专业使人在专业时就变成了业余。邱昶的散文，那些写人的散文和“功夫茶”里的文章，是很风雅幽致的。写人的散文见着一份对所写的人的真诚剖白和认真的严谨，且时时流溢着邱昶式的热情，这是极不容易的。在知天命的年龄里，人极容易以散淡和世故开解自己的寡情和对新鲜印象的疏离，很容易藏起自己真实的情感，使一切都具备了伪装的本能，令人很难窥见真心真意。邱昶的文章可见着一种透明。《蝴恋花》、《港西，你听我说……》、

《多情的曼陀林》，写人写己，写故乡故情，都横溢着童年的热情和少年的憧憬。这是一种成年人难得的情怀。我极为珍惜作家在自己作品中所流注的那点滴清澈与柔情，那丝丝牵挂和莫名的意绪。我想，那一定是超脱尘缘且绝无矫作的真实。

1993年8月31日黄昏

无风的颤动

有五千年文明的中国，对于中国以外的世界来说，她的一草一木，一抔土一片瓦都是一个故事、一个传说，一个神秘得令人咋舌，伟大得令人汗颜与崇拜的神话。东方神秘主义以它世人无法窥透的奥妙与惊世骇俗的沉静，慢悠悠地、不动声色地怀拥着这个古老的国度。她的每一出品，每一传世的佳作，甚至连空谷幽兰的每一声无风的颤动——我在黎母山中就一直听说着一种可解蛇毒的神草，在大风来时它岿然不动，在无风的岁月，它永远在无言地颤动，一种类似兰草的软弱的小草——却令人在惊叹中无言地畏惧与崇拜；却让人联想到本体生命的轻贱，而自愿地将之提升到祭坛上，把生命以外，或许连同生命本身都幻化为一种宗教。谁说中国文学中没有或缺失宗教感，我自觉应该从自己的文字中修正这种评断的谬误，那实在是出于对中国文化和文学的无知。东方古国的威严与构成皇权意识的权威形象，难道与这个东方古国每一寸土地所丛生的物事，每一时间里所发生的缓慢的变异，包括物种选择过程的缓慢变异，可以感觉且进行表述的一切没有关系么？

出自中国的一切精致与粗俗，背后都是一堵无法穿透的古墙。在这堵古墙上，从龟壳到象形文字所勾勒所写照所表述的思想，都应该且希望有一个故事的载体。一个新鲜的故事的载体。文学在成为被寻找的载体。

——这是我读了王国梁的这部作品（我暂时无法用一种准确的文本界定来限制其体裁）之后的无端漫想。我只是想说，与其说作家寻找生活，不如说生活在启迪和感召作家去由衷地发言。最普通最平常的生活中，最粗陋最卑微的物事，也许正是被人忽略而又是最有天地的东西。

在闽粤边缘这一块阔大的、布满丛林和岩谷乃至漫长海岸线的版图上，孕育着迄今在现代生活中最领风骚的饮食文化。世界各地乃至中国京城，最昂贵的饮食去处是潮菜饭庄，最昂贵的茶叶是潮汕的各式单枞茶。王国梁该作主要描写的岭头白叶单枞茶、国宾茶的确立，正是此情状的二度证实。中国民间有“茶经”，日本有“茶道”，大同小异，异曲同工，都共同地把东方的神秘融化为一种可感可饮的情调或带保健性又是日常生活的诤友，一种文化和文明的象征。而王国梁的这本书，则把这“清”与“道”的重帷厚幕轻化为一泓涓泉、一脉血流；若干个故事、些许陈陈相因的史事和野闻，些许现实人生的追逐与挣扎。一切与茶相关、一切又逸然于具象的茶事之上，隐隐有一丝埋伏于万千轶闻野谈中的追索。在绵延的时间隧道中，关切着许多时空里的故人故事故情故闻和故思。他既给这蔓长于或独生于野山于峭岩的草木以一种南方的千古沉淀，又予这沉淀于无穷的回味。

民间文学的狡黠与简朴，书面文学的雕饰与浸陶，并不很复杂又很错致地交叉在一起。似觉行文的阻塞，但这阻塞又分明体现着一种现代文人的窘困与惶惑。这种美中不足我将予以最宽怀的理解与认同：他无法不把自己所要弘扬的张木霖及其他突出人物，非常显要地带进这种沉淀的厚重中去。他的动机本在于这些人身上，也只有这些人能够体认和弘扬这曾为世人惊骇又为时间所淹没再而复出成为现代至宝的白叶单枞茶。他的苦衷和不顺遂的笔致，是他所面对的东西的客观性使然。至此，我反而产生了一种感觉，王国梁，作为他那一方乡土的年青的文学代言人之一，他的热忱和对乡土的发现与发问，及至这精微近乎穷极的心思的动作，是每一个青年作者都可从中记取的文学之道。他以他艰苦的寻访与曲意的安排，所构筑的是在潮汕当代文学画廊中固然未被妄谈深刻阔大但一定是挖掘了一种日常和古老的新鲜的话题。虽然未脱民间文学眼光和报告文学剪裁的些许窠臼，但所谋求的对这一茶文化现象，一地一物的深入探奇，览胜寻幽的精神与实践，却是在潮汕文学作者中较为罕见的。他有志于在人迹罕至的地方踏出一条小路，一方天地的摸索，令人感喟于生于僻远之地的文人学子的文学钟情。

写过《春晖赋》、《绿色王子》和《三香茶店》的王国梁，我们接触不多，对他也仅止于作品中产生的交流及几次短暂匆忙的交臂而过。我深知潮汕的文化渊源和家学的风尚，在每一代潮汕文人心胸中所造成的影响，那种对文化与文学的崇尚与熏陶，成为一种隐蔽的但是又极其强烈的骚动，在咬噬着他们由于沉重的土地、僻远的方位以及重重因袭的心灵，他们很难从这种文化包围中冲突出来，以一种反传统的现代姿态去反视自己的乡土与物事。而不突破这一点，潮汕文学是很难谋求到一条与现代文学同步且峭拔潮汕文学精神的新路的。新近很有一些潮汕文学青年正以这种姿态，悄然地出世。王国梁自然是其中走得较为稳重的一位。他所选择的题材和发掘的方位，既带着传统的重重印记，又从这印记中萌发出一种新的气息。他的《春晖赋》，他的《绿色王子》，都与这古老乡土的革命与精神革新相关。并且从中寻找一种现代文化的烛照。

围绕珍稀茶宝白叶单枞茶所发生的几代人的故事，尽管是民间传说与现实人生的平朴记叙，但同一时间隧道中不同的时空物事所辉煌着的历史文化态势和人文精神，却是如此惊世地告知僻远生地可歌可泣的人生，包括张木霖这位农民出身、只读过两年书的企业家那种传奇的却又顺应时代潮流且始终先知先觉时代变革先声的人物，都让人读了难耐平静而坠入另一种大平静中去。是的，骄傲的地大物博，骄傲的东方神秘，骄傲的勤劳勇敢的我的千百万潮汕子民，如何止于张木霖一个呢？每一个农民、干部、放牛娃和赶小海的人，每一个走出农村，走出部门，走出草坡和海涂而勇敢地展示、开拓潮汕文明精粹的人，都是文学扫描的对象。诚如王杏元写出饶平穷乡僻壤的农民天赐与阿狮一般，王国梁致力写作的，同样是今日的天赐与阿狮。

文学也应是一种物竞天择的东西。固然文事兆人力、关世运，则潮汕五千年的文明所孕育的，应是有中国最悠久的文化遗产积淀的新生儿。所以，《茶国探奇》既是茶的野史的民间集萃，又是现代茶农茶客茶商的礼赞。他们保存着的、发扬着的，是一种地域文化的自然也是中国茶文化的历史延伸。王国梁为潮汕地域研究提供了一部以文学形象出世的作品。

我确信，茶的风度就是潮汕文明的风度，从世俗的福禄寿崇拜到工夫苛刻、程序精微的种茶、制茶、饮茶艺术，都从一个侧面非常细致地表达了潮汕乡土文化对人生、对工艺的浸润。它像文房四宝一样深入民间且成为民间的规矩与乐事，乃至家训等等，这是一个挖掘不尽的文学矿源。但愿王国梁能于今后的创作实践中，摸索出一条能更体贴地描状这文明风度的途径来。以茶或由茶蔓及去的有关潮汕历史文化与人文精神的精确画摹，而穿透潮汕人文的历史深巷，活脱潮汕人的心理深层。我想，他应该有这种准备，他已经作出了这种准备。

今年的冬天又是一个暖冬，是冬天可依然是单衣薄裤。想饶平的大山里，那叫岭头的地方应该会有几许寒意，被焚烧过的那株白叶古茶树大概已经无处寻觅了，可它的子孙，那十二株粗枝早已繁衍生息了好几代。适今日是冬至，按乡下的旧俗，该是庆祝秋收场净地干准备迎神祝福的时候了。农舍的炊烟里有焚烧稻草的香气，水牛也已不再浸在河水里，开始进栏反刍了。乡下的人们都在吃夜饭了，我的文字也只好打住了。

最后，我要说的是，潮汕，你有福了，因为茶神佑你。权作序。

1992 年 12 月 21 日黄昏冬至于广州

序《潮汕短文精粹》

就文化范式言，潮汕至今依然很成功地守成着中国历代传统文化的总体精华。讲究文以载道和文的古典主义，即化繁为简、微言大义的文言风格，几成文化人的叙述方式与风度的传统。捻断三根须的苦吟精神和匠心神气的精益求精，其风尚，在文坛、在民间艺苑，家训条诫，乐此不疲。是故精巧典雅神思运气情有独钟的短文，是潮汕文化人的拿手好戏。在一个有限的地域经验中，精心耕织营构相对无限神思邈远的文学世界。为文虽难说阔大悠长，但也不失精神的高远。

集中短文，是潮汕文坛五十年来短文精品的一束。它们既让人窥中国传统文化质与文互致之斑，也可见现代文化人为文的基本方式和精神，是如何延续又进取着一种传统之执著。

人文化成的结果是捕掠高远于短小精美的格局构思中，其主题与对象又固守着现实世俗的沉浸和人生感喟，故知文事关气运，非人力。同时也是潮汕历代文化所凝固所守成的一种文化心理归宿，适切其潮汕地域、社会、时代和风习。其短文的心境、诗境与词境乃至哲理之境的营运，形成一种典型的与潮汕文化范式相关的审美调式：一文常一意绪一境界一音调一情理，并不婀娜，但清丽潇飒，或峻峭隽永，省之悟之觉之，人生风致尽收。

在长文和长话流行国中，而生活又行色匆匆，文艺欠缺撼人尤捷的年代，编者黄荣章兄，意在守成潮汕文化精华之结晶，倡导晶体中之短话短文实事求是的精神，摈弃文艺之繁文缛节，欲以短文之平实造境界之奇崛，以神思之通达营风气之峭拔，故数月苦守丹田，沉浸于故纸堆里，流连于五十年来潮汕有名和无名的作者群中，广泛征询，求得共识，拾篇幅九百字内短文佳作一百篇成书，此乃弘扬潮汕文化、团结海内外潮汕人功德无量之举。

长话短说，是为序。

1992 年 7 月 24 日晨于广州

第八辑

我与批评

我与批评，正如我与童年的海。我坐在海边，以孩子的眼光感受莫测高深的、令人惊讶的海的变幻。云飞云驻，潮涨潮落，我想知道它为什么这样，却又茫然。

面对文学的海，我想问点什么？说点什么？然而只是一种欲望，一种朦胧的冲动而已。文学并未真正进入我意识到的世界之中：它是描述的而不是表达的。我的困惑于此。当我从文艺理论教科书的层层书页中走出来，开始以我对人生的体验，去验证文学中的人生，以我对自己心灵的痛苦的理解，对别人痛苦的体恤、同情，同时穷究这痛苦的因由，包括对忧郁、孤独、渴念等等属于人生恒定情绪的些许理解之后，我好像开始能够模模糊糊地对文学诘问，对文学作出点什么判断，从而也能对文学进行某种意义上的选择了。我觉得我进入一种身不由己的境地之中，这就是我在不知不觉地钟情生活的同时，也便坠入批评的情网。完全是一种驱使：我想游泳，到海里去。我与批评，大约也出于此种选择。

所以，我批评的意向，常常不是首先受制于某种清醒的理性的判断或者相当清晰明确的功利。而是由于某种艺术的初感的撩拨。它强烈地唤醒了我心灵中积淀已久的体验，或者对人生问题的思考。它们之碰撞产生瞬间的电闪，这电闪构成我批评的前导，构成我批评文字中流贯始终的血液。同时也照亮我被惯常的理论和俗世的观念遮盖了的对人生的真正看法，还原我骨子里的人生态度。我发觉我的真诚和曾被掩饰了的自我由此而得到解脱与释放。由批评对象激发的艺术初感，有时竟相当强烈地纠正、提纯、升华了我人生态度中的不良因素，我从与批评对象的互渗中获得一种启悟：我既批评对象，同时也就检验并批评自身。我越是深刻地理解对象，用生活化的人生态度而不是固定的理论框架，我也就越深刻地理解我自己。我觉得批评的意义与价值，与我对之投注了多少真诚，多少对人生要义的深刻体验是成正比的。

问题的更深层次，在于我的体验，在多大程度上迫近了时代与人民：具有一种与历史取得共振的内容与意义，这正是我常常感到苦恼与惶惑的。所以，我常常在验证我的体验的客观性的同时，寻找自我意识中的确定性，迫不及待地从批评对象中寻找一种仿佛是时代的声音，从比较中来验证自我意识确定性的正误，从中取得一种契合。这种契合正是我批评的满足。而事实上这是很难达到的。它迫使我不断地刷新自我而沉入更深重的体验之中。我之注重体验在批评中的作用，是以为体验是到达作家内心历程、创作心境的一个方式：如果说文学本身是作家不动声色的体验，批评的任务便是寻找这种体验的理论或生活的依据，再现并获得这种体验对于读者或文坛的意义。艺术思维的特殊性，完全有可能实现这一目的。因为文学艺术的审美过程和创作过程，都不可缺少反理性与非理性主义的作用。批评只能尊重这种艺术思维的特殊性。作家作为文学与时代的“中介”，他承担着对于时代生活的体验并使之成为文学作品。人生体验一方面固然有不可重复的个性特征，但因人与人对事物的官能感受与认识的相同，故又往往能够在体验上达到沟通与重叠。批评家作为一个人，同时也作为作家作品的解释、证明、判断、选择……的载体，他完全应该也可能通过体验再现作家的个性特征。

由于批评的体验是以寻找批评家的个性特征与作家个性特征的契合点为出发点与归宿的，他的思维自然便形成一个相当活跃和深广的场。是一种综合型、混合型的思维，具有更明显的审美的性质。它往往能冲破习惯性思维，也即定型的思维模式而到达多种创作心理模式中去。

知青人信札

致《南方的岸》

孔捷生借麦老师的口，对自己的小说评价作了表述。《南方的岸》在艺术构思上，诚如麦老师所说："你写的基本上是生活片断，太跳跃了，连贯性也不强。也就是说——没有贯穿到底的故事线索。"

小说是写一代人青春的消融，精神的磨炼，写情感的更新。一代人的青春，有多少故事啊！但那是不重要的，作者重在写精神的更新，完整的故事情节反而妨碍一以贯之的精神和情感的喷发。一代人青春的销蚀，它对于心灵的巨大力量，正是产生于由感情所裹挟的难忘的、刻骨铭心的生活片断。而如今已经安哉悠哉遁入小康的麦老师，尽管她也有一段难言的惨痛记忆，但她能够理解这些刚刚懂事就被抛进生活漩涡、看过、经历过太多污浊，而今天仍然在蒙受历史失误所造成的厄运的老知青们？

孔捷生在解剖自己和伙伴们的青春岁月，有所得也有所失。对一个有志的人来说，十年蹉跎岁月，十年流血流汗，应是不幸中之大幸事。它所得远远大于所失。我常常在思考，那十年，对于当今三十岁上下的青年，尤其是知青，固然是枯萎他们青春的烈日骄阳，但又何尝不是他们人生大树的豪雨劲风呢！这个道理并不奥秘。

我们已经看到，他创作的根须，真正伸入他生活过的土壤，伸入他为之痛苦，惆怅和想望过的那些土地上的人们的灵魂里去了。

他写了属于几个时代的青年：

麦老师，五十年代末六十年代初的奋发之辈，热情、果敢、有向一切挑战的勇气，但是，后来的社会剧变无声地缴了她的枪械。

谭小汀是八十年代的青年，更富开放年代的气息和特征，是幻想和哲理的混合型，生活于她是一张未经涂抹的白纸。

易杰、暮珍、四目、阿威、丽容，在逆境与彷徨中奋斗的七十年代的青年，属于忧郁型，常处“反思”和惆怅状态。

这三代青年，时代风雨以不同的方式雕刻他们的形态：思想和气质。其外在形式和内在素质是多么不同啊！在他们身上，可以曲折地发现这几个不同时代的精神特征。作者已经注意到时代与人物的辩证关系。

他力求在这些跳跃性异常大的层面之间，在那些看似互不相干的生活事件和人物遭遇之间（如木生的死），在知青们的企望回城终而有人重返之间，在思索的易杰，自诩看透了的丽容、实惠的四目、粗鲁的阿威，忍辱负重的暮珍之间——从这种种对立中，找到一条互为因果，纵横联系的线索来。这就是易杰到处寻觅、苦求无路的“主题”所暗示的。整篇小说的艺术结构反映了作者这种苦求的矛盾状态，赋予主题蕴含的多义性和可塑性。

整个结构服从于心态的发展，基本上采用每章分两大部分，现实的和历史的。每一部分中又时有回溯和交叉描写，主要方式采用主人公的幻觉、梦想以及意识表达，因之在严整中有较大的灵活性，在匀称里不显得单调划一。

将议论、抒情、叙事和写人表意糅合在一起来表现，对事对物少有工笔细描，多为粗线条的勾勒，寥寥几笔。重在写意抒情，和人物的内心独白。

《南方的岸》，题目内涵意蕴很深，表露了作者在“回归”问题上的复杂情绪和难以言状的惆怅。

它是否比之“回头是岸”更为超脱，更富生活烙印和对过去又肯定又否定，不堪回首而又耿耿于怀，令人惆怅而又时时感觉到回忆它是一种愉快——似乎是回忆本身包含的排他力所产生的另一种趋势呢？我们完全有理由推测作者的用心。暮珍易杰的回归，对于全部老知青来说，当然不是势在必然，但对于那些未泯灭青春幻想，对支付自己青春岁月的土地怀着一种执著感的知青来说，由缅怀而踏上归途，也许是必然的。这并非是当年知青运动的简单重复，乃是一代青年经过了残酷的自我否定之后，从一个崭新的起点上走向自己真正青春的战场。它已经肩负起一种明显的意识到的时代重担了，有着庄严的使命感在驱动着。尽管在现实生活中，像暮珍和易杰此举当然不是普遍的、大量的，但却是有生活依据的。尽管各人回归的原因各异，但回归，包括谭小汀的即将奔赴边疆，都说明了知青们更为成熟和明确的趋向。因此，它就不是理想化的了。

在叙述中隐伏着一种理智的痛感（四目招待易杰的酒席上），是对于过去与现在的烦闷感？还是思想的精华失落于何处找不回来？也许是“十二年酸甜苦辣酿成的汁液在心中溢得太满了。”

如果用暮珍的话来评价《南方的岸》的话，我以为是颇为中肯的：“你写的尽是伤心事，这……不全对。那阵也不光是这些，也有别的，再说……人跟人也不同。”的确如此，我有一个感觉，作者写出四目、丽容、阿威、易杰、暮珍各异的性格，但是，他们又几乎同时都是忧郁的，属于一开始就对生活有戒心，冷漠而看不到新生活（倘若那奇特时代的上山下乡运动，激动兵团战士的称号和自豪感，那种开拓者的斗争可以称为新生活的话）对的魅力。这是有失于真实的。

流畅而厚重，但流畅而失于轻滑或尖刻，则没有含蓄的力量，不能涵容深沉丰富的情感。

自然与矫饰造作，归于自然还是矫饰造作，也是涉及艺术格调高低的因素之一。“天然去雕饰”（李白《赠江夏韦太守良宰》）、“以自然之为美”（李贽《读律肤说》），这些因素，在《南方的岸》中，表现为人物性格和人物的面貌具备了生活的本色。纷纭复杂的生活、思考和追求的时代特征，就已决定了人物性格不是清一色的好或坏。好的性格本色中也有杂质劣质，而所谓“坏”的性格内涵也必然含有某些好的素质或转机。庸俗与伟大之间并没有一条鸿沟：正派人之有别于庸俗的人，不是在于他完全没有一点庸俗，而在于他能够看出并知道自己有着庸俗，而庸俗的人在自己的关系上却想不到这一点，相反的，他觉得比一切人都更加是真实的完人（《别林斯基选集》二卷）。小说里大部分人物除那个天真未凿的小汀外，几乎个个都有某种程度的混合，只是主客观色彩的浓淡不同罢了。这种人物性格的客观开掘和辩证描写，不但对于人物性格描写的真实性提供了依据，而且也从人物身上反射出那个时代的真实风貌来。“在现实里面，他看到善与恶，美与庸俗是分不开的，只是分量不同地混合在一起罢了。”这些人物，他们是照原来样子的，没有修饰也没有加以理想化的人。这就是自然，被提炼了的自然。

他过于强调生活的郁闷和愁绪，这是不准确的。他忽视了那些处在风华正茂的青春岁月里的年轻人对于生活单纯而积极的向往，这不单是人的青年时代固有的内在气质和性格韵律，而且是那个狂热的宗教式的革命鼓动在客观上所造成的一种“革命情绪”。不写出这一点在青年人性格中的体现，是不准确的。这个疏忽，表达了作者有意无意地把自己在回忆往事的某种惆怅和若有所失的主观情调融进笔下的人物性格中去。

这个疏忽，不仅表现在人物性格发展之初，也表现在对某些场面的描写上。如第二章知青们将登轮远去，全然悲悲戚戚，是不真实的。上山下乡热烈的欢送场面，曾煽起多少热血青年的狂热啊！小说的描写则给人以这些小将们个个预知十几年后的人生命运的感觉。因此，作者在这点上就并没能写出时代的准确语调。当时的真实情绪尽管今天看来，是不足取的，但却是真实的，而逼真地描写它，更能揭示它结局的可悲性。这也是艺术的辩证法。

如果说《在小河那边》和《那过去了的……》这些题材相近的小说中，作者对于情节的跌宕和奇趣有着曲意追求的话，那么，在《南》中，这种追求明显消失了。其情节设置相对迟缓。这迟缓是作者对生活深入，扎实的表现。作者更多从人和生活的本色关系中去探求作品的深刻意蕴和感人力量，而不是从情节因素和内容的新奇上去希冀艺术效果。这标志着作者创作走向了成熟——从情节曲意追求，转而对生活作坚苦的深思，从中意会艺术的魅力。

异域情调浓郁。

应该用一个五指山人，一个老知青的眼光来看它，“南方的岸”将是可以登临的。

人物，每一个作家，都有它独特的人物画廊，都有他独特的塑造人物的方法。

《南方的岸》中易杰和暮珍的重返海南，在《那过去了的……》和《送行》里就有了预兆，是以朦胧的梦的形式予以揭示。可见作者思想所追求和艺术上的表现，是同步发展的，那一篇暗示或提出的问题在另一篇中给予回答，这来自对于生活的深化。

他写小说，不再是单色的了。一种新的艺术境界，必然包含辩证的力量。在明朗的画面里，不忘恰当好处地抹上些许暗淡，因为它也是一种色。其结果是在阴暗的对比，映衬调和之中，使画面饱满得还生活以原色。如金牙婆的刁难，揩油这些小插曲，本于小说情节可有可无，失之无伤大体，添之则见风韵。

1983 年 6 月 · 广州

致王舟波

你好。大札拜读，这些天我一直在想着给你写信，却又因为心绪常处于茫然之中而不能。有时候，我会突然想起了什么而不能自已地写点什么，几乎不考虑文体，不顾及一切外在的东西，一任情感的流泻。有时候，又十分厌恶一切文字的东西，似乎进入虚脱的境地。我刚刚编完《中国当代知青文学》，才发觉一切好似刚刚在开始，若再给我机会重新写起，我会聪明一些，不至于给自己过往的文字留下那么多的遗憾，给读者那么多的冗杂。

你的鼓励令我惭愧。别看我在文章里似乎给人一种十分自信的印象，其实我是最不自信的。每每完稿一文，只要妻子（她也是中文系毕业，图书馆馆员）不予肯定，或指东道西，我便颓废至极，差点付之一炬。到后来，妻子知道我这种神经质，便不再严苛，反常常报之以欣赏。但我知道自己的东西，依然达不到一种我盼望的境地。凡未成为铅字之前，我都在忧心忡忡之中。现在竟发展到不愿再读一遍初稿的状态了。

我们这一代人生活得太苦太累。我见不得流泪，见不得悲苦情状。我总是把人设想得太好。如今我也依然固守这种设想，人是应该太好，没有理由不好的。也许因此，有时便要上当，招惹来不必要的麻烦。我不后悔。我带着对人的这种设想和感觉进入评论对象，我确信每一个真诚的，愿意善意的进入平民世界的作家，他们的作品都或多或少会流注进这种东西，都会发现潜藏在一切人甚或是不太好的人心灵中的美质。别林斯基说过，伟大的人与庸俗的人，区别在于，伟大的人知道并能改正自身的庸俗，而庸俗的人却永远不知道自身的庸俗。都有庸俗，问题在于有无自知。一切伟大都与庸俗共生。我希望能在作品中发现作家们对此的生活解释，总是将自己投入角色，去获取体验而后评判。所谓的理论先导，退到很遥远的地方去。

我觉得，对知青这一代人的关注与评价，最有价值的当是知青自身。这一代人缺陷与优势是相等的。他们注定只能作桥梁而无望建筑一个崭新的属于未来的世界，他们过去的命运就已注定他们将一辈子

“肩住黑暗的闸门，让千千万万人到光明的地方去”。每一个知青，唯有认清这种命运的悲剧，才有可能爆发潜能且认真地生活，但问耕耘，不问收获，让别人去收获。这绝对不是一种廉价的利他论调，历史已经如此证明且永远地实现。作为中国现当代史上的第三代人，上一代在他们很年轻时就已经完成了建功立业的历史使命，建立一个崭新的国家。自他们很年轻就支撑起一个国家，作为一种权力象征他们自由地发挥，他们现在已近暮年，作为人或者功业的建树，他们都别无遗憾。该付出的与该得到的均等。下一代人，他们是幸福的，也是不幸的，他们已没有太艰难的路程可走，他们将会在一种富足的基础上无所牵挂地走向未来。闸门已有人去肩住，他们尽管放心往前走。而知青一代，痛苦的昨天将永不消逝，共和国漫长的如同他们年龄一般长的历史，每一次谬误都在这一代人身上留下深深的创痛，几乎都要由他们直接来承担后果。父辈在十年浩劫中的不幸，他们自身的放逐，归来之后已是成人的茫然空虚，之后是一系列的社会重负和个人的困窘，一切都落在他们身上。上一代人可能理解他们但并不很欣赏他们，下一代可能根本就瞧不起他们，或者是在一点儿廉价的崇敬背后的轻蔑。因为他们实在一身空空如也，大部分在而立之年依然从头做起，事业、爱情、人生都是一个未知数。这种认识，以至于我有时在行旅中，对神情疲惫的踩三轮的、扛大包的、扫马路的同龄人，问一声：“你一定当过知青?”一种感同身受的悲凉与怆然常常冲击着我，为此，我也愿意永远和他们一起走着。

我的父母、祖父都是知识分子。外祖父年轻时便认定从戎报国是为正路，考上了黄埔军校第一期，后来参加北伐，做到少将。目睹国民党腐败，便想教育救国，去了美国留学弄了个教育学博士回来。变卖家产，去上海办了一个教育学校，日本鬼子一通炸弹，把学校轰个粉碎。他只好孑身归里，将仅有的一点积累办了一间猪肉店，最后死于肉案下。每每思及这些，我便有独怆然而泪下之感。一种黑色幽默流贯我的全部意识。中国的知识分子应有新的道路，这道路，我们这一代人正在摸索。

知青文学，我已出一本专著，这个题目我还想继续下去。相信是不会枯竭的。

《绿峡》后来发在《江南》1986年5期头条。它是我较喜欢的一个作品。

1986年6月·广州

致黄廷杰

《南方情话》终于能够出版面世，我便有着一份别样的兴奋。我自己从山中来，跋涉人生凡二十年，尽知生活于基层的文人学者境况之艰窘，尤其著作要登大雅之堂，为正儿八经的学术团体和出版社所重视，谈何容易？何况目下中国正经历着本世纪来最为深刻最为生死存亡的严峻时刻，一切固有都被打碎了。一切关系包括伦理道德都在重新调整和建立之中，顺应而且投入这种形势以创造一种崭新的人生，也许是这一代人的幸运。在这个潮流中留下足迹：做一件事，写一篇文章，出版一本书，都是一种欣慰。不枉来这人生一遭。

您这本《南方情话》，集中文章虽偏于细小，但是它们是真诚的，我读后作如是想。它们固然掀不起大波大涌，但是它流失了沉重，它以浅浅的淤积为这壮美严酷的时代留下了一串浅浅的脚窝，这就够了。假如所有活着的人，都能严肃认真地做到这一点，以自己拥有的一管笔，并不侈望去营建没入云端而又了无边际的大厦之类，而是实实在在地写去，也许于人于己更为有益。

近年来我极关注潮汕的文学，也不知什么缘故，怀乡之情油然而生。潮汕本是人杰地灵，人文荟萃之地，近年文坛却有些沉寂。你们几位是孜孜于文事的，有文常见于报端，文学是集体的事业，一个地域只有形成作家群，那儿的文学才会为人民发生真正的作用和命运影响。潮汕的文学倘若走出自我幽闭的胡同，它所将发生的关于文化的潜质潜力是无可估量的。潮汕文人有才子的风范和素养，大多有较为良好的家教家风和民间文化的熏陶，琴棋书画、山医命卜都略有染指。这种多才多艺的风气和习尚于文学大有裨益，可惜在许多年轻的文学作者中，这种潜质没有得到发展和开启。这种文化的内潜力假若与自觉到的现实契机、和外面大世界的风涛发生交接、冲撞、汇流而成一种文学的写照，则潮汕将有大文学在，大作家出。

我就常常为自己过于年幼而离开潮汕，且于“文化大革命”的红色恐怖中惶惶然如丧家之犬般逃逸那故土，因而并未真切感染那传统的文化熏陶而懊悔。即使如此，今日反观童年，也仍悟觉到许多潮汕文学的精到之处。近日来我常作童年与乡土梦，偶有笔录，便成散文，便是这个缘故。我寻求用一种忧郁和寻梦的寥落笔致来描抒即将消失了的潮汕乡土人情，而不仅仅是极具体的描状。

您主持的《文化走廊》是潮汕文学的一个小窗口，许多文人都在这里施展自己的才气。我想若作一番引导和倡导，把潮汕人文与现实的交合作为一种创作的主题来尝试，也许能培植出另一种味道与风格的文学来。它也就尽了自己文学摇篮的职责了。

因为《南方情话》作序，正儿八经地作，故而有些未尽的话，便在这儿流泻。

1989年10月·广州

致《我的同桌是台北》

一年多前，朱海从海南岛回到内地，突然打电话来，说他当了导演，正在执导《与卡尔散步的人》，同时筹拍电视剧《我的同桌是台北》，还说由他编剧的《原子弹爆炸秘闻》得了什么大奖。我听后，一点也不吃惊。尽管朱海在这之前跟电视毫无关系，那时他在浙江省《江南》杂志社当编辑，与导演这个行当更是相差十万八千里。使我忧虑的倒是：凡是朱海参与的领域，这个领域的规范必定会给搅得“一塌糊涂”。朱海当导演，这本身就是对规范的一种嘲笑。然而，他果真当了由浙江电视剧制作中心与宋庆龄儿童福利基金会等单位联合录制的电视剧导演。而且，由他执导出来的电视剧还在中央电视台播出。

平心而论，《我的同桌是台北》对朱海来说，既是奇迹，又是必然。所谓奇迹就是一个从没弄过电视的人，居然能导出这么一出与现实生活没多少距离的作品来。剧中所有的矛盾冲突，都包含在一种极其平常的童年纪事之中。那些产生于孩子间的冲突，诸如台北男孩与大陆小女孩之间精神上的冲突与行动上的和谐（即理性的对抗与感性的吸引之间），都关联着很遥远的历史的文化因由。时代、环境、精神陶冶，在决定着这种对抗的本质真实，包括性别上的真实状态。没有故事，却比曲折的故事更有韵味。它拖住性急的观众，却又娓娓地叙说着孩子们天天在发生着、而大人们却视而不见的往事。这些往事对于孩子们的将来所能发生的重大影响，并非所有的人都能体味并加以留意。

朱海很懂得在众多雷同与大人化的儿童片中去寻找回归之路。他把自己对于童年的体验和残留的童年记忆，以一种顽童的方式再现于这部片中。当然，朱海仍有某些地方陷于某种雷同：几乎所有的儿童片的人物构成中，都有一个胖小子，从《小兵张嘎》到《我的同桌是台北》。这种蹩脚的中国格局，连朱海也未能逃脱。

《我的同桌是台北》拍成现在这个样子，在一群孩子们的背后，让观众同时看到大陆与台北两个迥异的童年世界。这种不动声色的没有大悲欢的方式，是朱海的独特表现手法。朱海就是一个对人生采取戏谑态度去实现严肃事业的人。他的这种德性令他在这片子中获得灵感：把一种严肃的文化冲突，负载于难能负载的孩子们身上，让观众看到孩子们行为的历史因由，看到他们灵魂中的不同的投影。

尽管我不知道朱海又要“流浪”到何处？他像一个雨中精灵，永远湿漉漉、迷茫茫地在风雨中游荡，永远让人期待着他的音讯，哪怕期待到的又是一片麻烦！可是，麻烦总是与欢乐连同深刻的思考一同而至的。

我知道并非所有的艺术家都这样，但是朱海永远是这样，谁也无法改变他的愿望。

1991 年 7 月 14 日 · 广州　载《广州日报》

致《海南不会忘记……》。

从我写第一篇关于知青问题的论文和创作小说时起，我就企图寻找一种最具大众传媒而又最纪实同时很艺术的方式，以求最大限度真实地记录我们的同时代人，我的知青朋友们青春无悔的精神境界。

当广州知青回顾展降下帷幕时，我突然感到一种空落，也许，这将是一次历史性的最后记忆了。此刻，我想到了电视。

一次很偶然的机会，促成了我宿愿的诞生和实践。我和晓剑、张泽熔戏剧性地走到一起。我们都是知青，这一点，奠基了我们的愿望，我拍的一部电视专题片，题目就叫《海南不会忘记……》。

几乎是在完全没有准备的情况下，非常幼稚地就把这个决定推向实践，根本不考虑任何后果。第二天我就飞至海南，农垦局长陈新很支持，让高主任派了一部车，我与晓剑便用三天的时间，采访了十几个当年知青密集的西部农场。弄了一个气魄极大，几可囊括中国知青运动史的拍摄本。当然，实拍的时候没能按照本子去做。我想，在这一点上，我的执著点一直僵在19世纪浪漫派的神经上。但不管如何，按照电视的现实规范和约束去拍是一个铁律。

我这才知道，我最初的一些想法仅仅是一种古典的浪漫憧憬，正如海南西部海岸的荒凉，是难以更改的命运象征。气象和地理状况是人力难以逾越的，可以逾越的是人对自身弱点的克服和对时代精神的跪拜。这是我们企图通过这种电视片要努力实现的命题。

尽管这部电视片中关于海南岛西部景观的镜头并不密集，可是我想整部片子所表达的当年的知青精神和知青情结，却只有海南岛的西部风景和西部意志能够囊括。横穿海南岛西部之后，再度经受西部无边砂砾上五月的热风和萎黄的芦苇，漫长的日照和没有水的荒丘，看野剑麻与仙人掌在失血的沙地上挣扎……你会马上想起曾在这种环境中拼搏过来的，已经流散于各地各行各业的数十万知青，他们当年的青春模样，以及仍然留在此地，为西部的绿意和滋润，熬干自己生命灯油的中年的知青们。随着知青的大返城，留在海南岛的知青已经很少了。知青群体和知青意识也已经消退到几乎零度。更年轻的一代人开始用一种困惑的眼光与心情，仿佛面对一个极荒诞极遥远的故事。正如电视片中的那个小男孩，面对且置身于“知青回顾展”中的种种所说：“当时的青年为什么会那样，一个命令就通通下乡去……”我们只能用一种苦涩但是自豪的微笑予以无言地回答。这不仅仅是知青那一代人对某种信仰的崇拜，更重要的是人的青年时代勇于献身的使命精神，勇于粉碎自己去成全某种业绩的胸怀所致。今天的某些青年缺乏的正是这一点。

从撰稿人到导演，我们之间尽管有许多关于纪实与艺术问题的讨论乃至争执，但是在这一点上，既是初衷也是命题。我们是共识的。

我们无法回避许多牺牲了的，永远十六岁、十七岁、十八岁的知青的方尖碑。我们也无法不面对海南岛的知青们无法割舍的，无法断然离开那片土地的复杂情愫。是他们，在非常年代，与千百老农垦一起，使海南岛不至于沉落。他们的青春、生命和理想，是一座草草搭起的行军桥，在从来没有桥的河道上草草搭起，让许多许多的人渡过去，再回过头来，缓一口气，重新建造一座永久性的辉煌的桥。此刻，他们已经不再青春，苍老或许告别了生命！

人的青年时代所交付的，也将是他此生终将会交付的。大部分知青虽然已经离开了海南岛，在岛上留下许多知青的故事。可是，谁真正离开过海南岛呢？盛况空前的知青回顾展，持续不断的知青文学潮水，以及遗忘在每一个家庭中的知青话题，都在绵延着另一种永恒。我们在电视中，在强调知青的奉献精神和无私的人生态度时，也在不断地强化这种观念，即他们永远没有离开海南岛，这正是“海南不会忘记”的最根本之点。

片子已经在广东电视台和中央电视台先后播出。虽然它离我们的真正意愿甚远，有许多方方面面的遗憾。但是，它至少达到一个最基本的，即平凡为历史作证。期望更多的有使命感的知青朋友，一起来为我们自己的历史，为一种永难遗忘，永不忏悔的精神，为下一部一定辉煌的史诗性的知青专题电视片群策群力，没有什么比将一个时代的利他精神往下传送的事业更值得纪念的了！

1991年国庆节于北京师范大学　载《广州日报》

深巷落叶

写作《中国知青部落》时的激越和亢奋已经远远地过去了。将近五年，我不止一次地翻读这部作品、它的某一段章节。也曾因这个话题，写了几篇发表于海内外报刊的文章。许多电话和信件，种种交流都在敦促着另一种真实的诞生。那就是，在历史的真实面前——我所说的历史的真实，不是那种单纯由人写成的所谓历史的真实，而是历史的真相，它狞厉峭拔甚至令人惊悸到怀疑它的存在究竟是否是真实的程度——文学显得无比的苍白和某种程度的不真实。它的伪饰并非因为作者的有意伪饰，而是作者对于某种时尚或观念的误解或屈服。观念服从的结果是对历史的不自觉地伪饰。

明白了这一点，并非因此而对自己作品中，轻淡于某些惊心动魄的历史真相的描状，有着可以推诿可能矫枉而产生的慰藉。不，倒是更切肤地痛苦于文学的无能，一种对于惨酷的历史真相的曲意筛选和剪裁。

于是，我常常自问：这种筛选和剪裁是必要甚或必然的吗？为什么在我的众多知青朋友那儿，在那些直接来自生活底层直接呼吸泥土的腥气和大森林的山岚瘴气的人民那儿，任何对历史真相的回避都被认为是一种粗疏一种对现实主义强大力量的懦弱呢？

8年前的1984年，我是很茫然地进入西双版纳的。我并未想向这片神秘的异乡土地索取什么，包括企图通过它而去写点什么。我只是想去玩玩，轻松一下而已。可我完全错了。西双版纳和所有留下知青足迹的地方一样，永远无法令人再平静、轻松。假如你曾经是一个知青而又至今对那青春岁月怀有一丝一缕的情愫的话，则你在这样的土地上，陌生或者熟悉都是不重要的。你照例注定要背负一份莫名其妙的沉重。这沉重并非来自外部，来自苍山瘦水和栈道古驿，它来自你潜伏着，从青年时代就已经深深根植而将伴随终生的知青情结。它压得你喘不过气来，简直无法喘气，你要喊叫但无言，你要抽打你的灵魂却又无从下手。你只能顺从那土地、那风景，那无言的草木和永远沉默但永远无法使你安宁的知青墓。你不知道他们在什么年龄死去、为什么死去？是草草掩埋还是蓄意择地而葬？甚至你找不到一个能很具体很详尽地告知全部由来的人。许多人如匆匆的过客，君临这片土地又离开这片土地，没有留下任何痕迹，连同他们人生的故事。而这些知青墓，却永远把一些十五岁、十六岁、十七岁的灵魂，留在了里面。在橡胶园，在山路边、峭崖上，在曾经有过知青的地方，我都以一种凄楚的情怀，以婆娑的泪眼，关注着那一个个有墓碑或没有墓碑的隆起的土堆。我无权也作一个匆匆过客，一个在今天忘记昨天、在明天忘记今天的过客。尽管我对一切曾经发生的或将要发生的，都无能为力，只能从心底涌起一片惆怅，去包裹那连惆怅也来不及弥漫开来就已经在历史的冷寂中，永远睁着眼睛看这个世界的土堆……

当我离开西双版纳的时候，我已经不茫然。严格说，当我在勐腊的白塔，在释迦牟尼那硕大而辉煌的脚印圣迹，遥望1979年知青大逃亡的发祥地之一的东风农场那鳞次栉比的群楼和旧屋，遥望白塔山脚下那烟雨迷蒙的傣家村落时，我就已经明白我离开这里之后将应该做什么？那天刚下过一场大雨，上白塔的土路让雨水冲得泥泞。我们深一脚浅一脚地往山脚下挪，在抓住一束荆棘不致滑倒的瞬间，我对同伴说，我想好了一个题目：《第三代人》。这就是后来的《中国知青部落》。

从那天开始，仿佛有一个心中的魔鬼，在折腾着我，在咬噬着我再无法宁静的心灵，我不知如何表达我在云南的关于知青的见闻，我在海南黎母山中的知青体验。我的同辈作家，那些当过知青又执著于知青文学创作的人，他们已经在知青文学史上竖起了一块块引人瞩目的丰碑，已经拓展了一条没有人如此走过又让许多人跟随着如此走去的草莽之路。而我的路在那儿呢？适我那时已经完成《中国当代知青文学》的大部分章节。我一直没有寻找到一种切合我所认识的知青运动和文学的表述那运动及这运动对一代知青未来道路的影响，一种命运的力量或走入这知青群体命运的入口。为此我苦苦地思索也苦苦地等待。我并非盼望文学史诗的灵犀之门，我只是执著地悟觉到这一代有着非凡经历和非凡命运的人，这一代负载着这个时代或者被认为辉煌或者被认作暗淡的年代的人，他们的命运之神究竟在何方？难道以苦难的承受力以及这苦难的呐喊，就能囊括这一代人的心甘情愿的自我放逐么？难道知青文学所表达的英雄主义也好，悲观感伤情调或浪漫憧憬也好，都可以以“伤痕文学”四字概而括之么？且竟是一种祸水、一种异端么？

我不止碰到一些颇为善良的发问：“喂，你的知青文学研究是不是有问题？”我笑而不答，是不是有问题，去问历史，而不是来问我，我想知青文学的精髓知青一代的精华并非仅仅是对苦难的承受或呐喊，他们有更精深的意蕴在。

我终于找到了这知青群体的命运之门。从1984年10月到1987年9月，足足三年，我梦牵魂萦地寻觅着第三代人的命运评判和文学走向，终于在某一天豁然开朗了。云南知青的一系列大动作，诸如五万人集体下跪请愿，三千对夫妇大离婚，等等等等，这些震撼中外、却长时间被知青文学有意隐匿的历史事件，这些被从历史中一笔勾掉的、标志着一代人对于他们所处的非常年代、所经受的不公待遇的抗争行为，一直没有得到一种客观的解释和分析。能够因此而把所有的时代错误和权威错误都泼给他们且让其缄默么？那么，又如何解释当中央决定让知青回城、知青专列启动之时，战争爆发，成千上万知青，也是当年那些做出这样那样极端行为的年轻人们，毅然放弃回城机会，别妻告子，走下专列，奔赴战场，骨埋异国而九死未悔？形态上的截然相反却有一种精神上的联姻。我寻找到这种联姻。这就是我后来贯穿整部小说之魂：知青们之所以要求回城，相当部分人并非为着生存状态的更新，而是意识到一代人的断裂，文化的断裂，人才的断裂。而这一切的先决和最高考虑，又是以国家民族命运为重的。我想，这才是毛泽东时代哺育起来的后来又不幸喝了“狼奶”长大的知青们的精神内涵。

我的任务和作家的良知，便是对这一历史真相作出客观的描述，尽可能找出这历史真相史论精微的和客观的评析。不应回避也无权伪饰。我以最快的速度，以极度亢奋的忠诚，夜以继日地赶着笔头，滑向那一片片不断向我涌来的、虽然非我经历却于我无比熟悉和体恤的事件。我想，这是我对全部知青文学历程和中国知青运动的思虑结晶。我所庆幸的是，我找到了连接两个极端的中介，一种所有的人都很可能接受的中介，而这个中介具体到云南知青运动，又是一个绝无仅有的历史时机、一个辉煌的但不知是否永远辉煌的时机，那就是1979 年的那一场战争。

我深感惋惜，也令导演和编剧乃至演员等所有的人都将会惋惜的是，因为时过境迁，因为种种原因，我们只能忍痛割断了战争那条灿烂光华的线了，但永远无法割断的将是血写的历史。

大雨洗去足迹，这是所有怀望和平的人都希望和憧憬的。但愿为此流血的人也都能持这种心情。

不管在电视剧中，知青领袖侯过、马戈、方炜和林大川等人，以及慷慨赴死、没有归来的夏云等等，一定是以另外的面目出现于荧屏，他们已经与战争无关。但是，在我的心目中，在那些对他们的生命和性格怀有遐想的读者那里，是永远不会忘记他们命运中无法抹去的真相和极端辉煌的一瞬的。

我非常明白这本叫做《中国知青部落》的书之所以引起众多读者的兴趣，乃至获得全国图书“金钥匙”奖的真正因由——并非它是一本如何精彩的书，诸如“当真很精彩吗”的诘问也是很自然的事。精彩的永远是世界，无奈的永远是人自身连同他的作品。因为中国有太多的知青，6 千万人，还有 6 千万人所及的家庭和人际关系。知青对于这部分人来说，是不会消亡的历史，是一个恒久的话题。它像梦魇一般缠绕着你而成一个死结，我占了这个死结的便宜。

我把我所可能集结的真诚，全然投注在这部书中，倾泻给我的读者，每一个人物都有原型，每个原型中都有我自己。不是一个具体的自己，而是形而上意义上的。我想这也是真诚的一部分。

距离第一次去西双版纳 8 年，这部书出版 2 年之后的 1992 年 5 月，我与《92，中国知青部落》电视剧的主创人员：导演袁军、编剧吴启泰（杨苗青因公务忙，未能成行）、摄像梅洪一行 4 人再度抵达西双版纳。严格沿着我当年的采访线路，去选外景点并补充素材，同时体验生活。因为 4 人中唯有我是知青。

那天大雨，租了一辆破旧的北京吉普，从景洪去勐腊的东风农场。东风农场是滇南中缅边境一个重镇。也是当年知青最集中、闹事最凶的农场之一。我们找到总场办公室，主任带至宣传科。宣传科长不在，两个年轻的科员大约是农场职工子弟，在此地喝过一点墨水，很得意于这个“文官”的位置。一听来意，便警惕得很，要总局的手谕。我们忽略了这个环节，左说右说就是不予接待。我们说找场长、党委书记，他们佯装逛了一圈回来说，开会去了。对于山外的世界，他们知道得太少，这里基本上还是个准军事化的地方，无知与僵化在年轻一代那里成为一种素质。在农场采访不成，有狼样眼睛的司机说，倒不如去看看释迦牟尼的脚印圣迹。沿途也有一些当年的知青点。

在景洪农场、在橄榄坝，在西双版纳，每一处曾经流连过北京、上海、四川知青的地方，时过境迁，昨天远远地遁逸，人们已经在过另一种生活，似乎一切历史与他们无关。在平庸与忙碌中，许多人的命运正按既定的无波无浪的方式运行着。但只要你一提起，十多年前的知青大逃亡，也许在路边的草丛中，在乡村酒馆的肮脏条凳上，在流沙河多石而荒凉的河床里，在远山迷茫中的竹楼内，都可能找到当年没走的知青。他们因为各种各样的原因留在这里。如今拖儿带女，或孑然一身。说不上辉煌，也难说暗淡。每个人都有自己的归宿。对未来也依然有一份幻想。对过去只要你愿意提起，永远是一个令他们滔滔不绝的话题。见了我们像见了亲人，倾其所有，到版纳最好的“傣味街”吃傣味，十有八九都是酒鬼。我自然又被公推出来当喝酒的代表。其实这从来都是一种误会。我并非能喝和会喝，我只是不愿意太拂主人的盛情，也不把自己喝酒后的疯劲和难受当回事，如此而已。只要你喝，他们就高兴，就有说不完的真话。这也正是我乐意与老知青一起喝酒的缘故。

留在这里的知青，他们已无悔。这是我始料未及的。人生能臻于这般的境界，就意味着一种成熟与豁达。我始终不解也始终想真实地寻觅到的这批知青的人生观也在这里。

在景洪农场二分场，我们接触了许多北京、上海的知青。从外貌上已难将其与本地人严格分开来，口音也变了。场长章建国是上海知青，也是这一带远近闻名的改革人物，戴副深度眼镜却五大三粗，气宇轩昂，全然没有一点传统的上海人模样和做派。大口吃肉，大碗喝酒，大声笑谈天下事，一根烟一根烟地疯抽。袁军说傣味吃腻了，他说是吗！招呼也是熟人的老板，换个地方吃川菜去了，“大排档怎么样?”大家连声说好，于是驱车去找“大排档”。这是我在西双版纳最惬意的日子，和知青们在一块，用不着防备，无须假模假式，大嗓门摆成娘娘腔。该骂就骂，拍案而起时不会担心茶杯倒了沾污台布有什么不雅，哪怕汤水溅了双方一身，用手抹抹也就罢了，换来的是一串豪壮的大笑。我以为知青生活对于市井文化的改造尤其是小乡小里深巷窄街文化的改造，是草莽之气、英雄之怀的不知不觉融入，以及对世界对人生的浩然和豁达。

章建国到二分场不久，即把老是亏损的农场扭亏为盈，也不知是什么魔法，他只是笑。然后带我们开车上山。过去场员是徒步 4 小时上山割胶，他到任则马上开一条环山公路，旋上山顶，然后再蛇行下山回场。场员割胶可以坐车去，节约 4 个小时，其意义是 4 个小时所难比拟的。从山顶看澜沧江，看西双版纳，看当年五万知青刺血请愿的广场，看三千对夫妇大离婚的陆沉了的小镇，看千百万知青的生命和汗水换回的西双版纳的今天。我不无敬意地又注视着那大大咧咧全不把这一切当回事的章建国。他是一员大将，大有“笑谈渴饮匈奴血”的气势。

临走，他送我们到机场，惜别依依。透过候机室的玻璃门窗，我看见他仍未离去，有些黯然神伤。我忽然明白了另外的东西。版纳毕竟不是他们这些知青出世的地方。正如生于母胎而对母亲有特殊的情感一样，上海才是他们灵魂真正的降生地。

可是，一切都无从改变了。也许在他们踏上西双版纳的那天起，也许在 1979 年大逃亡之夜，也许在知青专列即将启动之时，也许在战争向每一位知青发出召唤的瞬间……那时的抉择已经预示了他们每一个人最终的命运走向。也许一切都没有“也许”，也不曾“也许”，命运在无数的“也许”中显示了它们的不可逆转性和残酷性，我们只能面对这一切而无须吁叹命运的不公。

我不知道我是否已经把上述的情怀写进《中国知青部落》了。也许根本就未触及，一切该来的该去的，都在极其匆忙的选择中显示了它永恒的遗憾。

只有一点，我想通过一种形式，一种由小说转化为电视剧的形式，把这层人生意思告知更年轻的没有经历过割裂般情感剧疼的朋友们：当你已经觉悟到，你已经把一生中最辉煌的年华，交付给荒谬、疯狂和一种错误的决定，同时又由此粉碎了那原本是属于应该能圆的梦，走着一条你从未设想要走的道路而且必须永远地走下去，你将会有什么想法？一切离开时代现实条件去侈谈、去空喊的行为，难道不是最可鄙视的伪善吗?!

我不止一次地听说过：假如让你重新过一趟知青的生活，你将怎样？答案是长长的沉默。没有人愿意重复一遍。至少我自己就最不愿意。可问题是这许多人走过来了，许多人还在走。我对这些还在走的知青，怀着一份不可遏止的敬意和深切的同情。我一点也不讳饰我的愿望，他们应该马上回到城里来，作为青春的补偿。对此章建国和他的伙伴们是这样说的，“按规定16岁以上的子女可以回上海就业读书。我们无所谓了”。这些知青们都不约而同的有一个子女，从小就寄养在上海亲人那里。等待着16岁的到来，可以成为一个上海公民。这是老知青们怀揣着的一个最伟大美丽的憧憬。因为他们太明白，自己16岁时，被告知，到农村去是最有出息的，而且必须无条件地去。历史以相辅相成的方式和这代人开着玩笑。上帝也会因此而忍俊不禁的。

听说要拍知青电视剧，章建国们表示二分场就是你们的后勤部。“要群众演员，上千上万够吗？要住要吃，包在我身上，还需要什么？说！”

还需要什么呢？

我自问。

一切需要的，都写在西双版纳的土地上，写在20多年无私奉献、已经流逝的青春岁月中，写在已死和方生的知青基地和无边的胶林里，写在永远不知人间苦辛只知骄傲不羁地向境外奔流的澜沧江上。

沿着澜沧江的激流，沿着淘金人遗失的沙渚，沿着流沙河怪石嶙峋的河床，我们寻找到许多我们这一代人曾经失落的、遗弃的东西。我们也寻找到我们这代人从未被重视被肯定的东西。这些东西已被历史沉淀为一代人的精神，那就是天地之大，大不过人心；天籁之声，静不过人心。大音希声，而大写的人无处不在。

所以，在景洪清洁的街头，我想起我们常引以为豪的那句话："当过知青的人，扫街也扫得比别人干净。"

关于《中国知青部落》，书外的话题永远比书内的话题要丰富和精彩得多，因为我深感文学在生活、历史真相面前的苍白，已非轻描淡写的事。诸如知青部落这样的事，也许终将成为历史深巷中飘零的落叶，深红、秋绪，风乍起，随着尘埃，飘向人类心灵的更深处。宁可没有悲壮，没有史诗的诞生，没有刻骨铭心的青年时代的记忆，人类也不再愿意付出如此巨大的代价，去换取本来就不应该有不需要有的知青文学的辉煌。

对于知青文学和知青作家来说，归根到底的清醒和深刻只有一点，那就是：他们曾经经历和面对的，是人类本来就在逃避和并不愿面对与经历而又不可避免地面对与经历的东西。

悲剧正是如此诞生，必然的丧失也就成为了必然。

1992年6月23日·广州

生命中永恒的风景

面对知青一代人，我常有面对风中废墟的感觉。因为我曾是一个知青，所以面对的自然也就是我自己。从红色火焰中升腾而出的废墟，自它诞生的时刻起，似乎命运之缘就已令世间的残缺与粗粝变成畸形的美丽。

这种美丽诱惑我们去追逐去渴羡那残缺与粗粝的人生行程，于是有了《中国知青部落》的小说与电视剧。

我为广州电视台的八集电视连续剧《中国知青部落》画册写下了如此的“前言”：

迄今为止的历史，也许可以证明如下断语：没有一个时代，有如此众多的青年，如此集中地经受这么多的困顿磨难、惆怅和迷茫……这种人生命运，是有幸呢还是不幸?

……

《中国知青部落》归根到底的清醒与深刻仅只一点，那就是：知青们曾经经历和面对的，是人类本来就在逃避和并不愿面对与经历而又不可避免地面对与经历的东西。因此，我们在这部电视连续剧中所做的一切努力，也仅仅是为知青一代青春岁月所塑造而成的感叹号，一个惊世的感叹号勾勒一个轮廓。

他们曾经集体下跪，跪在人类的一切苦难之前。也许正因为如此，他们的人格却永远站了起来，作为真正的人站起来了。

这种残缺的双重性注定了知青一代人的优越与局限。他们的经历已经令他们无法改变自己的人生航向。他们注定要为一种固有的精神方式，而不惜剜却自己。对于他们来说重要的不是将来而是现实，即在于怎样实现许多人，或者应该说是人世间大多数人的尽力尽责地完成其生命的过程。《中国知青部落》从小说到电视，所注重的正是这大多数人。知青以其经历，代表了人类一种最基本也最粗朴的生存过程和思想方式。这就是描写知青的作品能够获得各种人共鸣的原因。

最近在北京召开的《中国知青部落》研讨会上，老作家陈荒煤和冯牧老泪纵横。陈荒煤说，他的几个儿女都是知青，冯牧的家族中有三十多个儿女是知青。虽然这些作品时时把人们的眼光拖向过去，可是它们的一切动机和最终的目标，是为着实现未来。它们所张扬的永远是一种跨越人类苦难，攀登生命巅峰的精神：不要说桥已塌船已沉山路已断，不要说故事已老歌已旧部落已流散，那是你想留也留不住的，那是你想忘也忘不掉的，那是你我生命中永恒的风景。

无法了断之缘

这本书写于1987年9月，难产了2年之后，于1990年9月由花城出版社出版。在这之前，对它并没什么期望，我只是自觉写了一种历史的真相，描摹了我们这代人中某些命运的轨迹。同时希望历史上曾经发生过存在过的一段必然插曲，不要让文学忽略或回避掉。至于其他，我在写作时是从没顾及的。写作的自由状态令它真实，也自然会有片面与偏颇。我以悠然的态度等待一家出版社和若干杂志社犹豫的抉择。抉择了2年，没有结果，终于还是得力于花城出版社小说室田瑛、廖文先生的慧眼，在很短的时间里送审、编印、发行、一版再版。出版至今两年多，印了许多册，得了全国奖和省奖各一，现正由广州电视台拍摄成八集电视剧，这种结果令人宽慰的是，并非作者的高明，而是表达了一种社会情感倾向的关怀。人们永远没有忘记那些值得回味和怀恋的历史情节。哪怕它是落日情节。我占了这个便宜。

人不应该把生命兴趣过多地投注入往事之梦中，人总是应该向往未来之梦的。但是，从哲学意义上说，人类的一切行为到了终极的时刻，都会产生一种否定的倾向，这是人类比之别的生物所独具的思维、在文明过程中的自律和检视。对于个体的人来说，也许死是一种时刻，对别人或对自己都是一个重要时刻，一个启示混沌警醒某种执著的时刻和契机。对于往事之梦的兴趣，我想更多地也是出于这种倾向。知青的经历和它所经历的怪圈，固然是独特的，但又一定是带有人类社会经历的共同点的。这也就是知青小说不仅仅是知青作家和知青读者的专利，它同时也令许多与知青经历无关的人为之钟情的缘故。

多少年来，我们忽略了文学的关注点应是最能体现人类曾经经历和将要经历、面对的那些带有共同命题的问题，忽略了朴素的人道精神、琐屑的生命形式，平民的人性关怀和人的最素朴最终极的人生要求这一系列并不太崇高太伟大的东西。而现在，我们终于发现我们的文学追随正是我们天天寄望其中，瞬间便成传统的人生历程中的并不惊心动魄但一定惊心动魄的事件，琐屑的、零碎的、跃动着平朴的人的生活形式和生命形式。生活的艰窘，人生状态的尴尬，无可无不可的给予与选择，别无他法的降临与天赐等等，所有的人生细节所构成的人的困惑，不仅仅在人已到中年正在迅速地向老年滑动的知青一代人中普遍存在着，也是任何一代人共同的话题和面对的风景。人总是很容易将自己于不自觉中便塑造成、幻化成为宗教，让自己变成自己的祭坛，生活在一种宗教仪式里。我的这部小说，自然也包含了这种人类的弱点，或许说一种最自然不过的无法回避的弱点。我想也正因此，它能在较长的时日中，令人不至于太乏味太厌烦。

我努力使作品赋予一种雨意，一种人生常常沉溺其中的雨意。我说不好这是一种什么样的感觉与印象，但我想真实的人生固然没有多少花前月下的诗意和浪漫情状，但最真实的人生总应该是湿润且散发着芳泽的。只是人们总是太粗心于这种被生活的庸常表象遮盖了的实则很芳泽的情感角落，而执著于某些超凡的不可多得的非常境界。所以我努力营造一种情绪和气氛，那是很痛苦很无奈严格说粗粗浏览不出多少精彩却潜行于辽阔的空白中的那种意味。《海南特区报》的李少君先生有次来信并撰文指出了这一点，令我有一种知遇的感觉。于是，我在三版增订本中加进去的，也就是本版第二十章中的情节铺陈中，极力强调这种情调。我无端地突发奇想，在小说结尾处去寻找一个在全书中很易于让人忽略其实是极其重要的寄寓的人物老琴师。老琴师是一个与知青无关与全书情节无关的人物，但又是一个不可或缺的人物。我在他身上寄托了人生的雨意和不绝如缕的执著钟情，我把知青一代的全部崇高与美好，承受苦难且集体地受难的全部经历，在他这儿实现了一种反弹和写照，一种禅。他的淡泊且以生命相对的人生内涵的执著，是与他终生长拉不断的旋律一样永恒的。

本书出版以后，同年十二月一个大雪纷飞的冬日，我与该书责编田瑛一起赴北京参加由花城出版社、《当代》杂志社、中国现代文化学会和天津文联《文学自由谈》杂志社联合主办的《中国知青部落》研讨会。那天很冷，在中国民盟中央的一间三楼的会议室里，《当代》的汪兆蹇先生、中国科学院的贾新民先生、中宣部的秦晓鹰先生和知青作家梁晓声、记者韩小惠、王炳护、李林等都到会参加研讨。他们对《部落》的肯定，在很大程度上是对其记录的历史真相的真诚面对。梁晓声说，它“更真实地逼近了知青生活严酷的一面”，贾新民说：“作者把知青放在人类苦难的意义上反思，挖掘了人的原始生命力本身，写出了活生生的中国人如何面对现实。”秦晓鹰强调了作品中知青们的“团队精神”和民本思想。那天，许多人发言，似乎小说以外的话题，关于知青一代人的话题，谈得很透。我发觉关于知青的话题，并非仅仅是知青们自己的话题。

在这样一个话题面前，任何人都很难冷漠。我想，这正是近年来知青文学在文学的商品化过程中，依然保持一种不衰颓的趋势和拥有一批不同年龄层次读者的原因。

人们已经开始把知青运动当作一个世界性的话题来对待了。这也就同时从客观上对知青文学定出一个更高的标准，一个我们并不陌生但被忽略良久的标准。今年 10 月中旬，在武汉召开的中国当代文学国际研讨会上，有来自加拿大的梁丽芳小姐。几年来她十分关注中国知青问题，对知青文学有她的研究角度。在这之前我们的交往中，她屡有一些令我们意想不到的问题，这也从另一方面让人看到国外对知青问题的困惑。日本的学者岸阳子教授也对这个问题情有独钟。她们都开始以一种对人类文化层面的审视来看待中国知青这奇特的历史产物。知青文学犹如开弓之箭，在它发出时就已经预示着它的出发是不可抑止的。

著名电影导演吴天明在美国《世界日报》读到关于《部落》的报道，来信希望拍成电影，他对此的关注我想也是出于对中国当代历史上这一事件的关怀。许多眼睛在同时注视着一个似乎已经消逝但无法消逝的现象。

在赴京前夕，我去赴一友人的酒宴，喝了太多的洋酒，以至于当晚长醉未醒，险些误了第二天一早的航班。凌晨五时捂着疼痛难忍的胃部上飞机，落机后又撑着到紫薇宾馆、到会议室，我深感这是一种宿命。在谈论这个话题之前，你无法不被诱入一种自作自受的苦难之中。它不是很巧合于一个荒唐的暗示么？

在参与策划把小说拍成电视连续剧之际，去年五月，我与吴启泰、梅洪和袁军赴西双版纳体验生活。我再次体味了上述暗示。一个人只要经历过某种命运的劫难，他就再也无法真正走出这种劫难的荫庇。他将会无时无刻地在一种很意想不到的情状中再度体验以往曾经经历的情绪。我把这种情绪和此行的感受，写成了报告文学《历史深巷飘零的落叶》和《往事之梦》。我想这该是《部落》的补遗，也是《流放者归来》的序幕，一篇新时态下的开篇锣鼓。

借这篇“三版后记”，我想尽力阐明的，也是我在《流放者归来》及其第三部《立地成佛》中将要努力展示的一个文学主题，随着知青这一代人老去的文学主题，即人类为什么总是无力回避那些由人类自身的荒诞所导致的人的荒诞行为，人类当真注定要永远生活在自身所铸就所营造的命运怪圈中而难以自拔么？

我写《中国知青部落》

我们这一代人所亲历的、所体验的，并为之献出年青的真诚、童贞般明净圣洁的朝觐的年代永劫不复了。人们开始淡忘它，淡忘那些曾经雄赳赳，曾经放眼世界而且坚信世界必将在他们手中实现一片红的知青们。即使是知青们自己，也已经开始忘却他们自己的过去，或者将其深深地埋进尘封的历史中去。一种全新的生活已经取代了那辉煌但又黯淡的一页。

即使如此、正因为如此，当我于 1984 年 10 月再度去云南边地，在西双版纳和中缅边境体验生活时，我的生命仿佛重新经历了一次已经淡忘但是熟悉的悸动战栗。每一个有良知能思索的人，面对西双版纳无边无际的原始森林、怪石嶙峋的流沙河道，面对蜿蜒于崇山峻岭中的中缅边境遥远而险峻的谷地，面对无数缅寺辉煌的尖顶，你无法不重新走进你，走进你过去的生活和经历中去，去寻找那已经消失得无影无踪的几十万、上百万、上千万当年知青的灵魂。再度审视你自己，审视你走过的每一足迹。

张曼菱的小说《有一个美丽的地方》写的正是这个地方的知青，后来改编为电影《青春祭》。她把最形态化的生活情绪化、心态化，从而把肯定与否定的界限模糊为一种相当复杂的抒写。在电影中，她以一种祭奠的悟觉修补了小说的欠缺。我在西双版纳所看到的是另一种全然不同的知青生活痕迹，那里至今遗落着许多往事的庄严。我无法忤逆我的感情而忽略这种庄严的再度诞生。

我忽然明白那里的美丽是千百年的自然塑造，其中有着一种残酷的浪漫精神，这种来自家教也来自人心的残酷的浪漫精神，在时代畸变中被异化了，变成了许多人的集体无意识。

我想，云南知青之所以会爆发那么剧烈的动作，会做出那么多令人瞩目的自我牺牲的举动，这是英雄时代极为有趣也极为严肃的两面。这种英雄时代的两重性事实上成为那一代知青性格中的主要内容。

近于癫狂的执著，执著到癫狂的顶点，一切又似乎仍然是以英雄主义和理想主义的利他原则为基调的。否则我们无法解释以极度的疯狂和韧性，极端的行为所谋取到的知青集体回城时刻到来之际，邓小平对越自卫还击战战斗动员令，使他们纷纷放弃回城的机会，撤下向北方开行的知青专列，转而向南，奔赴对越自卫反击战的战场，慷慨赴死！

我刻骨地相信，生活中发生的这个重大转折事件，精神上的纽带是一脉相承的。所以，在这部长篇小说中，我能够做到的，不在于对他们作高尚的评判，而仅仅是力求以一种比较真实的文学描述，来完成对他们中极少的部分人，也可能是极皮毛的他们的故事的抒写。我无法不承认这样一个事实，关于云南知青们真正壮烈的人生，真实而且更震撼人心的故事，大部分已经消失在茫茫人海里了。许多人不愿再重拾起这一切。我自身的经历于我有这种责任，因为我也曾经是一个知青。

被我写进这部小说中的人物和素材，相当部分是我的知青朋友修晓林提供给我的。原本应该由他来写。但他有一种太逼近反而太淋漓的感觉。我知道他心中永远保留着一种对过去生活的神圣感和崇拜感。这种感情一经说出，写下来就必然走样，有些亵渎了原始的神秘。也许那一切对于他太惊心动魄，他难以极为真切地复述那弥漫于故事中的精神。所以他不写，由我来写。我带着一种惭愧一种迫切进入当年云南知青的大疯狂之中。在幽静的森林里，在永远没有尽头的傣家山路上，在勐腊和橄榄坝，我听着澜沧江激流冲击着堤岸荒草的咕咕声。设想着黄昏大雨欲来之时，澜沧江上阳光穿透乌云的景致。拖船在急流中缓缓上行，傣家竹楼上没有灯火，江滩上淘金人的马架子孤独地晃着小马灯。这一切太能勾起我对知青生活的依恋情结。这种悲壮的情结，曾经主宰了新时期文学中最辉煌的十年。也许这种情结，连当年的知青也觉得好笑没有价值。有些知青作家也开始嘲笑这种情结而自觉进入所谓“现代感觉”了。而我不能。我将永远地投入，无法忤逆的情调，也许正是注定我最终无法摆脱一种既定的人生框架，一种无法更改的执著情绪的悲凉结果，也终将注定了我无法进入伟大作家的行列，好在这点于我已没有了诱惑。我只想我能够真诚地记述我的云南知青朋友当年的真实，还给他们一种以集体主义和英雄主义为基调的真实人生评价。

我没有任何理由回避这场历史悲剧中，所包含着、挣扎着的一代青年的理想的破灭，以及他们在实践这种破灭的过程中那种利他的共产主义信念。

我把对之一切评价的焦点，都凝聚在知青们对于命运的选择上。回城与国家民族命运之间，本质上没有鸿沟，两者都是大时代对之的馈赠与使命。后者的形式是走向死亡的挑战。许多知青选择了后者。个人的生与死都维系于国家民族命运之上。这就是我对于这一代人的本质认识。共产主义对于他们来说，经过十年的坎坷人生磨炼，已经走向现实。

我研究过相当数量的知青文学，发觉它们在处理知青回城这个问题上，几乎不约而同地将其标尺固定在知青们对于生存状态的更新意图上。这是一种很容易被误解被否定的动机。我在这部长篇小说中要表达的是另一种意思。即知青们回城问题的认识，是超越了庸俗和短视的眼光的。当然，这种超越更多的是表现在一些知青领袖身上。他们基于对知青运动的深切反思之后的分析，以为知青运动的最要害处，乃是以一代人的放逐，无意中造成了中国文化传统的断层。一切优秀的质的和量的断裂，都无可避免地归诸于对这一代人的漠视行为。这是整整第三代人的全面溃退。他们呼吁回城，是觉悟到运动的初衷与实践过程的必然矛盾，他们已经意识到这一代人在即将湮灭时的及时奋起，对于中国前途的重要性。所以，他们的一切盲动和过激行为，既是当时时尚的产物，也是他们别无选择的出路，假如我们对此还能抱一种客观的宽容的态度的话。那么我们将会对他们的一切行为给予批判的分析，从中剥离出符合时代精神要求的东西来。

尽管我对人物采取复杂的态度，连自己也常失之于困惑，但这却是生活的真实。有一点我是极为明确的，那就是驾凌于他们灵魂之上的一柄由忧国忧民的使命感铸就的宝剑。即使在他们被动、盲动的行为里，也溶解着一种主动精神，这种主动精神就是在小说高潮中，他们放弃回城而为国家民族慷慨赴死的行为。他们事实上是极为负责的一代人。

我并不以为我在这部小说中写出了什么典型人物，但是我相信我的真诚所导致的必然是我所苦苦追索的深刻。因此，所有人物，尽管苍白或渺小，但是他们在各自的人生中，永远地审判着自己，又永远认为自己是最崇高的，他们背上驮着的即使不是十字架，也是山一样沉重的历史使命。

所以，几乎所有的知青领袖，我都遵照生活的真实，让他们在小说结尾纷纷走向自己人生的归途，或者消失在战场上，或者淹没在边疆的人海里，或者终生忏悔驮重弓行于峨眉山道，或者在芸芸众生中永远地期待着。即使是为自己的动机，他们也永远生活在利他的憧憬中，生活在一种无法说清也无法解释甚至无法对自己负责到底的生存状态中。每一个人在他们各自的位置上，都充当了只有过程没有结局的角色表演。悲剧性的苍凉长调，是荒唐的独白，是现代社会的原始萌动，是令人永远忏悔又永远惊惧的人的真实——我这样理解我笔下人物痛苦的灵魂的呐喊。

我无力为知青们树一块丰碑。他们自己已经把自己塑进丰碑里去了。这是一块写满了遗憾同时屹立着、支撑着一代人不致沉沦的丰碑。我的小说只不过为这个碑座祭奠几朵渺小的白色花。

小乔初嫁时

不要说桥已塌船已沉山路已断

不要说故事已老歌已旧部落已流散

——题记

一切都如期而至，像那梅雨天气。你无法让天空收回那淅淅沥沥的雨声雨滴，因为在三月，不管是南方还是北方，三月总是梅雨天。电视剧《中国知青部落》终于在梅雨天问世。

从小说到电视剧，人们始终以复杂的心情面对它，因为是曾经的历史，因为是许多人努力想忘记或许努力想忽略的历史。它的真相的魅力却因为日月的漂移而更具诱惑。

1984 年，当我在西双版纳流沙河 746 的地方，面对许多年青得令苍老的岁月发憷的知青墓地时，那些历史真相如流沙河峥嵘的巨石一般凸现在你面前。尽管十月的流沙河已经有些干涸，寂静而且森然。但是，我感觉到一种来自知青时代的高亢的呼号，诚如最贫瘠又最无奈的陕北农民，其民歌信天游却是最悠远最高亢的，事物总是以相悖的形式表达着相同的内容。

我相信一定有许多人——或许知青们自己——已经能够面对这一切，对那时我在西双版纳直接或间接经历到的历史真相持淡然、超然的态度。但是，我不能。为了回城，5 万人集体请愿，而充当知青领袖的人们，却宣言自己绝不回城。在已经可以回城，踏上北上的知青专列之时，自卫反击战打响了。还是那些曾经刺血请愿的知青们，毅然上了战场，尸骨未还，湮名没姓。我不知道这一切连同那场战争，历史将如何评说？但我对他们中的每一个人，都抱着万分的敬意而自叹渺小。所以，我绝对无法对曾经的历史真相缄默。我于是无拘束、很自如地写出我胸中的血、眼中的泪。这血与泪是属于知青一代人也同时为人类所体恤所认同的——我愿努力做到这一点。

在小说中，我希望所有的人物都既是跪着又站着：跪在人类的苦难面前，又站在这苦难之上。电视剧虽然出于种种原因，对小说情节作了较大的改动，且加进了一些别的东西。但对这代人的认识，以及对他们的最主要的精神、对他们的灵魂的把握，我与编剧是取得了共识的。我们共同地痛惜对某些本来无法舍弃的东西不得不舍弃，对某些无法修改的历史真相不得不修改。这不管是出于艺术或出于其他，对于作家来说，都是一种无奈与痛苦。为此我深感到人的脆弱，像那脆弱的芦苇。我们很难真正地且真实地面对某些东西。

知青文学之最大症结，是对苦难与知青情结的主题视野的认识问题。作为一个知青作家，很难极清醒地从既往的苦难经历中彻底地挣脱出来。自身的苦难经历往往遮蔽了对人类总体苦难与原罪的透彻体认。严格说，所有的知青文学，在思想上都是成功者的回思，这就很容易从苦难经历中导致“青春无悔”的知青情结与结论，这对于认识知青运动对人类文明的危害是缺失一种高远的胸怀的。知青运动，那是人类在努力回避而又无法回避的残酷现实。作家只有清醒地认识到这一点，他的作品才可能具有普遍的人类情感与意义，他才能挣脱自身的精神枷锁而进入人类的人道领域。《中国知青部落》始终追求着的正是这种东西，琐屑的生命形式和素朴的人道精神，构成了人们的基调和人生态度。努力把黯淡的人生方式化成一种辉煌，并不显赫的辉煌。电视剧是部分地实现了这种努力的。把眼光更多地关注于并不成功的千百万仍在社会底层中生存的知青，描写他们琐屑的生命形式中并不琐屑的精神，在卑微的生命形式中寻找来自遥远昔日的但从未消失掉的人的力量。这种愿望，更彻底地实现于《中国知青部落》第二部《流放者归来》之中。我只知道，人类比任何时候都更需要思想，如罗丹的《思想者》那样，对人类的开场与终极都思考着的思想，知青文学当然亦然，没有思想就绝对不会有艺术。

1993 年 5 月 30 日于广州

阁楼与海

我家离海很近，大潮的时候，海水便淹了半座城市，马路上浅浅的海水，有许多海草和小鱼，有时还会爬上些蟛蜞和螃蟹来。从海滩到家门不足百米，我常常坐在海岸上，看海，看云飞云驻，看潮涨潮落。我很想出海去，于是躲在船舱里，但却被船老大赶下来。我怅怅地在海边走，在逃学长长的时光中，幻想着海上的人生和大口吃鱼肉、大碗喝烈酒的船老大生涯。

我终于发现我家的阁楼与中学的图书馆的藏书阁是相通的。仅仅一张腐朽薄如苇席的隔板，隔出了两个世界。藏书阁里有许多废弃的连环画和留待修补的旧书。有一天，我在百无聊赖中捅开了那隔板，发现了一个比海更阔大的世界，那就是由各种各样读得懂和读不懂的莫名其妙的书本构筑而成的世界。

我翻遍了这个藏书阁中所有有画页的书本，先看画，后看文字。连环画《三国演义》、《水浒传》和《红楼梦》等等，看得我血气冲天，我惊奇于世界上居然还有如此壮烈和缠绵的人生境遇。于是我常常在课室里聚集几个同学，给他们讲我从阁楼上看书得来的故事，享受同学们的钦羡。

妈妈发觉她的儿子丢了，她黄昏时分到海边去，对着漫远的海滩和密密麻麻的帆船，呼喊她9岁的儿子。她9岁的儿子此刻正在阁楼上沉沉地睡去。没有人知道那布满蜘蛛网和陈年灰垢的藏书阁上的秘密。

我变得更孤独，我已经不再幻想长大了去当一名船老大了。在父母进牛棚的岁月里，我几乎每天晚上都到海岸上去，在那无月的夜晚，坐了许久许久。那时，我已经几乎读过了当时国内出版的所有中外名著，自然是不求甚解的生吞活剥。只因为无聊，只因为幻想着一种全新的人生，只因为那个偶然发现的藏书阁，书本改变了我此后的全部生活。至少让我在很小的时候就明白了许多人生的苦难，是人应该也无法回避的必然。高尔基的《我的童年》、《在人间》和《母亲》等等，包括奥斯特洛夫斯基的《钢铁是怎样炼成的》，以及《红岩》、《青春之歌》之类的书，都使我至今依然不失浪漫地看待生活，绝不气馁地面对人生的种种挫折。

在海南岛黎母山插队的时候，无书可读，只有《毛泽东选集》、《反杜林论》、《论共产主义》和《哥达纲领批判》等等。我居然发现，这些书是我以前接触过但从没读出味道和意义来的伟大著作。我从未真正读懂过它们。于是，我带着白天劳作的疲惫和无望的梦想，开始认认真真地读它们，我发现，一个人，是不可能不读这类哲学著作的，否则，就难怪生命是苍白的。它们何止于使人明智，简直是大彻大悟。

我以我当时的体验和对那些哲学著作的理解，从中读出许多的人生发问来。而且，大凡好的优秀的哲学大家，文笔也一定是异常上乘的。时至今日，我依然非常感激那些著作，对我人生和学问积淀的重大启示。它们彻底改变了我对自然、历史、人和世界以及人生的看法和态度。

读书，对于当年如我一般顽皮不羁的孩子而言，会是一种负担一种灾难。但是，如果从儿童时期就开始吞噬大量文学名著，当成年之后，蓦然回首时就会意识到过往的一切弥足珍贵。事实上，人在一旦成家立业之后，就很难再有大量时间去阅读那些与专业无关的书籍了。而那些书，真的是与专业无关吗？书，从某种意义上来说，是立人之本，真正读懂且吸收了优秀的文学名著的人，他起码也应是一个优秀的人，一个具备了某种优秀的人类文化和人类精神的人。

从藏书的阁楼到无书的海，从无书的海到单调的黎母山的大森林，我始终感受着一种人类文明的呼吸，一种人性的搏动，那就是书。

人生之船没有帆，闯海者自己是帆，书就是那帆之索，帆索！

君临伟大的状态

因为孤独，因为爱情，因为卑微的人生，也因为感到死是容易的，因而对生命憧憬、惆怅乃至于雨天的沉思……

我想告诉别人，告诉自己，告诉大自然与死去的历史和活着的人生，于是，我写作，写记忆中的命运，命运中的宿命，宿命中的觉悟，在向自己挑战的同时，我渐入“歧途”，走入了文学的众神之车，那天一定有雨。因为雨天就是文学，雨天包容了文学，这些，也许是梦呓，但它是真实的，因为我从雨天的孤独与爱情走向文学。

我一直想写一篇长长的论文，题目就叫《郭小东论》，朋友们也鼓吹我写，说这个主意太棒，该写，而且能评论，为什么不写呢？自己评自己，并非没有先例，且例在国人。即使没有先例就更值得一试。何况台湾最著名的作家陈映真，写过一部几十万字的巨著，书名就叫《试论陈映真》。他怎样论他自己，那无关紧要，我也不甚了了，但破了祖宗的先例，为自己立了一块有字的碑。残缺也好，完美也好，总之是一块碑。他自己眼中的自己，别人怎样评论他此举，他是并不在意的。我敬佩他的也正在于此。谁说我行我素中没有客观标准在呢？

评论过许多作家作品，谈论过许多文学现象，却总是忽略了自己在这项活动中，原本就存在着的，作为一种现象的存在状态：自己与自己参与的事情共生着的状态——我称这种状态为真正的伟大的状态，这或许是一种更值得研究的状态。是什么使大家成谦谦君子言不由衷地打哈哈，言及自我时，总是言不及义地鸡毛蒜皮的“自我批评”，我觉得这种实质上的推诿本身是一种极顽劣的虚伪，一种对自身对他人的极不负责任。这种心理结构背后所埋藏的深层意识，是人格分裂的基础。它是使人无法承受自身的重负，使人常处于灵肉分离状态而不自觉，所以我决意评论自己，甚至不假思索地评论自己，在一种自然状态中显露我那种伟大的状态，给人们一个真实的我的文学与评论过程。

迈出这一步是艰难的，为自己的园地寻找一个园丁，这个园丁竟是自己。他的灵魂同时化为两个：一个超然的我，评论着另一个客观存在的我。

我终于懂得，一个不能也不敢面对自我的极好与极坏的人，他能够真正走入他的对象的内心去评论别人的作品？这很可疑。所以，在发表了百余万字的评论之后，我忽以喟叹，单单忘了评论自己，我所要寻找的那匹马，正是我的坐骑。于我却白白地骑着它去寻找它。这是一个人类永恒的悲剧。结束它只有一个办法，那就是潜心写一篇以自己为对象的《郭小东论》。当然，它是以扫却任何心理障碍为前提的，把自己透明地献给别人，献给自己，献给文学与人生。人人如此，世界就决没有末日。

男人、女人与时间

当这本写于五年前今日的小书，又一次面临“即将出版”的机缘时，我已经完全没有了当年的激情。五年，人生已经历了许多未曾经历的东西，这些大部分写于五年前的文字却依然故我。我没有在时过境迁之后，再度修缮曾经写下的文字的习惯，哪怕是已经意识到的幼稚乃至谬误。我愿意把一个“曾经的我”的思想和方式如实地呈现于读者面前。

男人与女人，女人与女人，男人与男人，这本是一个古老、永恒而又非常新鲜的话题。所有的事关生命事关人生事关社会乃至世界观人生观的命题，皆出于这种关系以及由这关系衍生出来的端倪。我们无法穷尽它，即使是在接近它时，我们也不得不以一种非常审慎非常不确定的态度去面对它。它的神圣和不可知性正在于此。时间之所以是我们的朋友，正因为所有的男女问题，归根到底都将由时间来作出裁决。所以，相对而言，男女问题的神圣也便是由时间的神圣来决定的。因此，我也便没有了什么遗憾。时间既然足以消弭一切，自然也便足以补偿一切，它使我们更清楚地看清一切。

人生有许多值得品味的东西。而最值得品味的是时间。它使我们明白了许多事，也不明白许多事，这正是它的魅力。正如男人和女人，它们从各自的构造到一切的思想、行为，都让我们困惑，又不断提供着明晰。所以，我们既诅咒它，又更深刻地礼赞它。

我希望读这本书的男人们和女人们，读它和批评它的同时，所面对的是被自己撕裂开的灵魂的真相。男人和女人相同而迥异的真相。

为了走出自己而不得不无数次地走进自己，这就是男人和女人最终的出发点与归宿，也是我这本书所要探索的东西。

1993 年 4 月 19 日凌晨 · 广州

本命年的蝉蜕

总想为自己的书再写点什么，一种无法完善永远遗憾的写作心情缠绕着脱稿后的时日。我是在过完了本命年之后不久，开始写这部书的，写得很随意也很顺利，这很令我惊奇。因为，在我的思想里，我对这个题目有一种说不清楚的忧虑，我极想认识它，又觉得最理解女性、知道女性的应该是女性自己。也许所有的人包括女性自己，都会强调这一点的真实性与逻辑性。而我是个男性。我在女性的这种强调面前，极可能变得十分被动。失去主动的仅仅是我的性别而不是其他。一想到这一点，我即充满信心。我是站在人的共同性，人的大系统视野的立场上，来看女性与男性的差异的。而人的历史变迁和文明历程，是这个差异的文化背景。我首先把我自己从性别的限制中挣扎出来，把辨析的态度植入我的研究对象，不管他是男性还是女性。但我更多地还是取一种对人的体恤，对父系文化中心的霸主意识的批判态度，来峭拔我对女性的理解的。所以，我并不太多地去考虑也许并非深思熟虑但一定切近人的内心的我的论证，是否谨严无懈可击？并不重要。我只是希望它至少是一种人的真实的体现，一种人的比较恒稳的内心状态的写照，一种人的无可奈何不得不如此的作态与运命，是一种在人生中、在文学中性别关系的人性诉说。

我想，我对这个题目所抱的这种期望实现，是与我经历了三个本命年的人生磨炼攸关的。一般来说，人只有经历了至少第三个本命年之后，才能真正体悟人本位，包括性别对抗中的和谐关系所蕴蓄的深刻命题，才能够真正获得来自天籁的那么一点生命的启悟。我并没有过于刻意地等待本命年的降临，甚至是在一种贸贸然中蓦然回首：第三个本命年悄然而至又更其悄然地消逝了。说不清在哪一天或哪一个时刻，严格说是在写某一个题目的时候，突然感觉到一种潜行的灵犀，在瞬间实现了它的诞生。我忽然在这个题目中读出了我前所未有的一点哲思，一连串接踵而至的哲思，那就是不知不觉地实践于《中国当代知青文学》这部专著中后半部分的一种哲思。读者也许会发现，那部书后半部与前半部有微妙区别，它们分别写于我第三个本命年之前和之后。关于文学中表现人类的恒定情绪，诸如“忧郁”、“悲观”、“孤独”、“生命感”、“死亡意识”等等的命题，均产生于本命年所发生的人生观世界观的转变或升华。这种无意识的纵深实际上是人在比较成熟的年龄段上，必然到来、诞生却由于不同的人不同的警觉而产生不同的效果。

我之所以稍稍撇开本题而谈本命年对于我的文学活动的影响，目的仅在于强调人的思想成熟和生命进程的同步关系，这一点对于我写作《逐出伊甸园的夏娃》关系重大。从选题的确立到顺利完成，它只能依赖于第三个本命年之后弓满的生命态。

尤其对于一个男性来说，完全理解女性的一切似乎是永远不可能的难题。即使是女性自己，终其一生也许难全这个圆梦。人是世间最难以穷尽自己的东西。我们只能于这个弥漫着男性气氛和父系精神的世界中，极力地批判男性文化自身的异端，和许许多多看似合理，致于人性却实质上不合理反人性的男性判断。没有这种刮骨疗伤的勇气——这种勇气一定要摈弃小男人的媚俗或大男人骄横这虽不同出一辙却同样丑恶的习气——是无法穿透上述这个世界的。所以，我的导师王富仁教授在本书之“序”中这样写：

> 在现代世界上，两性关系的变动更表现在女性的独立意识的形成及社会对女性观念的变化上。这几乎是必然的，因为它面临的是几千年来以男性为中心的人类文化的禁锢。女性要以与男性平等的地位获得自己的独立发展，首先就要向固有的男权主义的文化价值观念发出挑战。

面对这种挑战的不仅仅是男性，也还包括女性自己。这种挑战裹挟起男性女性关于历史、生命、人生的全部内容。女性被推到这个裹挟的漩流之中。从更宽泛的意义上，男女双方都很难穷尽对自身或对方的完全了解。但只要能以宽容和体恤为前导，以男性自我批判同时也启悟女性对男权中心压迫的核心的觉醒，那么，真正意义的女权主义就不会以消灭女性天性为代价而简单地现象地去获取与男性平等的地位了。

本命年的到来对生命所产生的蜕变作用，是我们对男性女性生命内核的纵深理解的契机。在这之前，我们很难对对方有一种很人性又很理性的宽怀和认识。正如悬于枝头的青果一样，没有适当季节的降临，它是难以成熟地掉落的。对于我来说，36 岁以前，童年和少年经验的东西和感受，以一种相当强劲的方式潜行于人生言行中。虽然已为人父，但为人子的被爱护及对大家庭的纽带所由的意识，常常在决定性地发生作用。独立人格和独立人生精神基本上处于脆弱的层面上。对人的认识尤其是对性别的评断，常常带有较多浪漫和不切实际的憧憬，这种浪漫和憧憬，很能使评断趋向感性和世俗影响的交合，而缺失对人本身及其文明规律的尊重与了解。我想有如春夏之交的这个 36 岁的本命年，对于任何人来说，都是一种极有意义的蝉蜕。我正是在这种蝉蜕的猛醒中，突然悟觉了男性文化的丑恶和女性文化的自卑与猥琐——这两者所构成的混合，在新时期作家群的作品里，如此鲜明地显示着冲突、逃离，期望的茫然与寻踪的探索等等文化意义上的创作心态与行为，表达了一种亟待清理的势态。于是蝉蜕的人生结果有了这本书。

这本写于 1988 年 3 月的书，本该于 1989 年 5 月出版发行，由于承印该书的出版社突然撤销，已印好大样的书页便静静地躺在北京的印刷厂中，直至现在才由暨大出版社重新出版。虽然这部书仅仅是我对新时期文学中一个命题的尝试性研究，但我从未对它失望过。正如王富仁先生所说，我是力求使这本谈文学的书，更具有边缘的性质，也就是阐发这个命题本身存在的文化意义，使之成为一本议人生哲学、性爱哲学的书。我希望能通过这种尝试，实现拥有更多读者的目的。借此书得以出版的机会，我又续写了最后两章，对新近文学现象中出现的同类问题再行论述。

适该书稿再度付梓时，我被北京师范大学中文系接受为国内访问学者。承导师王富仁教授厚爱，拨冗为该书作序。王富仁先生是研究中国现代文学的，在晚近的鲁迅研究中多有新锐之论。他在序中，对文学中的两性问题及其文学表现有深邃的历史文化认识，他对我该书的评说，事实上是对这部书观点的深化和点化，于我启悟良多。若我能于早些时日得到这些启悟，也许这部书有望走向精深。先生对我拙著的厚爱与褒奖，也令我汗颜。我所做的只不过是对该命题的投石问路而已。

1991 年 11 月 11 日于

北京师范大学